傳記叢刊

顏儀民著

慈禧太后和李蓮英

——幽靈縹緲錄

文史哲出版社印行

國立中央圖書館出版品預行編目資料

慈禧太后和李蓮英 ：幽靈縹緲錄 / 顏儀民著.
-- 初版. -- 臺北市 ：文史哲，民85
面 ； 公分. -- (傳記叢刊 ；3)
ISBN 957-549-000-2(平裝)

857.45　　85001927

傳記叢刊 ③

慈禧太后和李蓮英

著者：顏儀民
出版者：文史哲出版社
登記證字號：行政院新聞局局版臺業字五三三七號
發行人：彭正雄
發行所：文史哲出版社
印刷者：文史哲出版社
台北市羅斯福路一段七十二巷四號
郵撥〇五一二八八一二彭正雄帳戶
電話：三五一一〇二八

實價新台幣四五〇元

中華民國八十五年八月初版

ISBN 957-549-000-2

幽靈縹渺錄

濤傑

慈禧太后

李 蓮 英

光緒帝

咸豐帝

三歲溥儀

溥儁（大阿格）

光緒與其堂弟載振（攝於光緒七～八歲）

隆裕皇后（光緒后左起）、瑾妃、容齡、
慈禧太后、李蓮英。
德齡（右起）、法國人庚夫人、榮壽大
公主（恭親王之女，右排前三）。

賽 金 花

前言

本書內容是參考我國近百年史及清宮檔案館的檔案史料，以慈禧太后及權監李蓮英爲一條主線，謀篇佈局，塑造一些典型故事。旨在揭露封建王朝荒淫無道、向外人屈膝投降、喪權辱國的行徑，以教育後人，毋忘國恥，喚醒青年一代，發奮圖強爲目的。所述故事當中，以趣味爲主。有的是民間傳聞，有的是筆者親聞親見而不見於正史，用以補正史之遺逸。

作者爲滿族，葉赫顏札氏，與葉赫那拉氏慈禧家族原是近親。醇親王奕環的福晉是慈禧的胞妹，其第一側福晉顏札氏，是作者的姑祖母。作者先父諱毓泰，任內務府直隸東路皇糧督辦；先伯父毓賢任山東、山西巡撫；先岳父恩培任慶親王府賬房總管。作者昔年家中藏有大量翔實筆記，惜在一九六六年一場浩劫中焚燒殆盡。

慈禧太后和李蓮英目錄
——幽靈縹緲錄

一　慈禧太后　降世人間

一八三五年十一月二十九日（道光十五年十月初十日），北京東城芳嘉園一座豪華的宅院，就是滿族葉赫那拉氏的住宅。這一天的大清早，葉赫那拉．惠徵的夫人富察氏正要分娩，卻把將屆「而立」之年的惠徵，喜得眉開眼笑。他默默地禱告上天，賜他一個兒子。富察氏不住地叫喊：「肚子疼死我了。」叫聲一陣比一陣緊。收生婆和丫鬟們圍著富察氏忙個不了。

嬰兒剛一落地，惠徵忙問：「生的是男還是女？」富察氏無力回答。周圍的丫鬟們說：「恭喜老爺，太太生的是千金小姐。」惠徵嘆了一口氣，說：「盼兒來了個丫頭。其中一個丫鬟說：「上房的老太爺聽說少奶奶在生孩子，可高興了。」

大家一通忙亂之後，只聽嬰兒哇哇地啼哭不止。這時只聽門外敲門喊「回事」。老管家急忙走出街門，才知道刑部衙門的兩名衙役送來的「傳票」，限景瑞一個月內，交納刑部衙門白銀兩萬八千兩。老管家沒有把傳票送到老太爺景瑞房中，先來到惠徵屋中，把傳票呈給惠徵過目。惠徵一看，猜知是仇人想毀他家敗人亡。他暫時先不叫老父知道，調查清楚再作道理。兩萬八千兩銀子，就是賣房賣地，也很難把這筆鉅款湊齊。惠徵於是把氣放在富察氏生養個丫頭身上。他走進產房，大罵富察氏爲什麼生個丫頭！富察氏也不是好惹的。她說：「你小子別罵我，其中有你的一半，你爲什麼重男輕女？」惠徵說：「怎麼這樣巧，孩子剛生下來，跟著就是刑部衙門來敲竹槓」惠徵把朝廷索要兩萬八千兩銀子的事，告訴了富察氏。富察氏知道這筆大數字的鉅款，怎麼湊呀！她也想生了這個丫頭的時辰不吉祥，莫非是妖精轉世？惠徵說：「乾脆把她掐死了吧！」富察氏此時心又軟下來，說：「大難之人必有大福。」惠徵說：「你生了這個孩子，明明是激怒了老天爺，才打發人來索要兩萬多銀子。」惠徵餘氣未消，剛剛伸出手去掐嬰兒的脖子，忽然嬰兒哇地一聲哭了起來，就好像嬰兒聽到了父母的談話，也好像看見了惠徵要行兇，所以哭了起來。惠徵於是又把要掐死嬰兒的手收回。富察氏說：「焉知這個妮子將來不做個娘娘？」惠徵說：「她要是當上了娘娘，也是呂雉、武則天之流。」

話說嬰兒剛一落生，門外敲門，刑部發來傳票索要兩萬八千兩銀是怎麼回事呢？原來惠徵的祖父吉郎阿，在嘉慶六年（一八〇一年），任朝廷內閣中書陞爲陞品官，被列爲京察貳等，朝廷對他的考語是：「操守謹、政事懃、才具長、年力壯。」因此，後來便出任軍機京章。嘉慶十四年，出軍機處，被調署戶部銀庫員外郎，次年正式補授，管理銀庫事務。嘉慶二十年死任上。

惠徵的祖父吉郎阿死了二十四年之後的道光二十三年（一八四三年）的三月，京城發生了一宗戶部銀庫大量虧空庫銀額九百二十五萬二千多兩。

道光皇帝獲悉後，大爲震驚，提筆批示：「朕愧恨忿急之外，又將何諭！」他越想越生氣，大罵查庫官員是「喪心昧良、行同偕國盜賊。」這位大皇帝下了一道手諭：「其自嘉慶五年以後，歷任管庫員司、查庫御史，並丁書人等，著逐詳細查明，嚴行治罪，應如何分別罰賠，以及設法彌補之處，即著悉心妥議具奏。」這時嘉慶皇帝睡不安枕，他認爲：貪污竟如此猖狂，對下邊官吏，不加整頓、不嚴厲治罪，朝廷將爲「覆舟之船」爲時不遠。道光皇帝於是又下旨云：「凡是在嘉慶五年至道光二十三年歷次派出的管庫員司和查庫御史，根據名冊徹底清查，按在任之年月，每月罰賠一千二百兩，已故者，由他們之子孫照半數代賠，故惠徵家中共計應交兩萬八千兩銀。」

皇上的旨意誰敢不遵？惠徵只好向老父親說緣由。老父景瑞得到孫女降生的喜訊，老人家正在高興，傾刻之間，惠徵走進父親的臥室，景瑞老人對惠徵說：「丫鬟來說你得了個女兒，可要經心撫養，咱們滿族最興先得個女兒，這叫做『先開花，後結果，大吉大利。』」惠徵那愁眉苦臉的樣子，在老父面前，一聲不語，景瑞說：「看你這個愁樣子，就知道你得了個閨女不高興！你怎麼這樣重男輕女？在你腦子裏，就知男尊女卑，天下父母都生男孩子，地球上的人，豈不都滅絕了？你媳婦第一胎先開花，大吉大利。」這時，惠徵發言了：「大急，大急，沒法不著急！」「你瘋了！」「我沒瘋！」「快給我滾出去！」

惠徵一聽老人家生氣了，自己卻有些後悔，不應該把心中的兩個急，在老人面前發作。於是便對老父認錯說：「阿瑪，您別生氣，我心中有個急事，怕叫您知道著急。」老人家一聽，以爲剛出生的嬰兒母女發生了什麼事，說：「怎麼？產婦和嬰兒出了什麼毛病？」惠徵說：「她們母女都平安無事，就是……」「什麼事呀！吞吞吐吐地，你快說呀！」「阿瑪，戶部衙門銀庫出事了。」景瑞說：「這與咱們有什麼關係？」「不，阿瑪，戶部銀庫虧空九百多萬兩銀子，聽說皇上一怒，叫從嘉慶五年到道光二十三年期間，凡是在銀庫當過差的，不管官大小，就是已故的，都要由子孫後代賠……賠兩萬八千兩銀子。」「什麼？沒王法了！」惠徵說：「皇上金口玉言，就是王法。」惠徵從懷內把「傳票」掏出來遞給父親。景瑞一見，立刻昏了過去。惠徵忙呼「阿瑪，醒一醒。」幾個丫鬟嚇得哭喊：「太爺醒一醒！」頃刻之間，景瑞躺在太師椅上，總算甦醒過來了。惠徵和丫鬟們才把心放下來。

十月初十日這天，惠徵本來為生個女孩而愁眉，加上朝廷逼賬，只好準備典房賣地，家庭把祖父吉郎阿的遺產賣出，日子怎麼過呢？

且說富察氏生了這個嬰兒，哪知她具有天賦的聰明智慧。過了滿月，她就能看出大人的眉眼高低。惠徵和富察氏不但不討厭她，而且令人非常喜愛，卻成了他們小兩口的命根子了。惠徵每天在吏部上班，官職是吏部一名小小的二等筆帖式。差事比較清閑，所以總是提前溜回家去，一進門就先抱一抱小娃娃。嬰兒生下一百天，就會叫阿瑪、奶奶（旗籍對父母的稱呼）了。

滿族的習俗，當嬰兒七八個月，也就是剛剛會爬的時候，家長在炕上放許多什物，讓孩子去抓這許多東西，她先抓哪一件，將來在哪方面就有成就。如抓上剪子，她將來一定會做針線、會裁衣服。富察氏這天在炕上放有針線笸籮、毛筆、書籍、脂粉、元寶、鈔票，還有一束蘭花。

這個嬰兒被放在炕上之後，她直奔這些物件而去。惠徵、富察氏、丫鬟像是圍觀競賽會似的，只見這個嬰兒，直向前爬，兩把就抓住了脂粉盒和一束蘭花。惠徵夫婦和丫鬟們都笑了起來。富察氏說：「以後甭叫她小丫頭了。」話還沒說完，惠徵搶著說：「這個丫頭，將來一定喜浮華，好打扮，將來一定愛美……」富察氏方才話沒說完，說：「你看她抓把蘭花，以後就叫她蘭兒吧！」丫鬟們異口同音地說：「叫小姐蘭兒的名字可眞好。」

時光荏苒，蘭兒逐漸長大，惠徵給她請了一位家館，老師給蘭兒起了學名叫玉蘭，數年功夫，卻給她換了幾位老師，都是老師自己辭職的，都對惠徵說：「令嬡聰穎過人，鄙人敬謝不敏。」這時，富察氏又懷胎生了次女名叫婉貞。婉貞出生後，惠徵把心都放在蘭兒身上了。

原來，玉蘭在家館裏，每聽老師講一個句子或一個典故，她都要追根問底，弄得老師張口結舌，無言以對。經常給老師出難題，老師若答不出來，就窮追不捨，而且無理攪三分，是一個買理賣理不說理的狡黠女子。老師知道她是「乙未」年生人，雖然屬「羊」的，但是她的性格卻比狐狸還要狡猾兩倍。

惠徵世居北京，祖上三代爲官，雖不是達官顯貴，卻也都是四五品官員。惠徵在道光十四年充京師吏部衙門的「筆貼式」。這個微小的官職，只有滿族人才能充當。他接近部院高級領導，所以陞官也快。到了道光二十六年，已經充當吏部文選司主事。道光二十九年二月，被道光皇帝旻甯圈定爲京察一等。玉蘭已然十四歲了。緊接著惠徵奉旨交軍機處記名，以道府任用。惠徵也夢寐以求地想做個知府官當當。正也是他官運亨通，同年閏十月初，升任該司部郎中，到了十月十七日，內閣奉上諭：

宣佈惠徵任山西歸綏道的道員。富察氏問：「山西歸綏道衙門的駐地在什麼地方？」惠徵說：「可遠啦，到蒙古了，衙門在歸綏城（今呼和浩特市），是個寒冷的地方，主要是維持地方的治安，管轄的地盤可大了；除歸化城外，還有薩拉齊、清水河、豐鎮、托拉克、寧遠和林格爾。」富察氏說：「你對那個地方怎麼說得這樣熟悉？」惠徵說：「當然囉，要不然，皇上就點我的名去做官老爺了。」富察氏說：「你別瞎吹牛，要不是蘭兒給你走關節，皇上還能派你去！」蘭兒在一旁聽阿瑪和奶奶逗嘴，便說：「阿瑪您連北京城都沒有出去過，怎麼能到那寒冷的邊疆去呢？要去也要由家中人同去，奶奶也不放心。」惠徵說：「你奶奶又快臨產了，也不能去，況且地方很複雜。」富察氏說：「我就是不懷孕，也不願去做官太太。」惠徵說：「這次出去，帶有隨員和掌稿的，帶有許多親信，又怕什麼？」事有湊巧，就在惠徵上任的前三天，富察氏果然喜臨盆，生下一個男孩，眞是雙喜臨門。惠徵萬分高興，他說：「我拖些天再走不遲，我正在想給嬰兒起個名字之後，再走。」玉蘭說：「阿瑪最喜歡桂花，咱們院中也種桂樹，就叫桂祥豈不吉祥？」惠徵同意了。

話說惠徵帶領一批隨員走馬上任，到了歸化，席未暇暖，他的隨員就給惠徵出謀劃策，請惠徵迅速接管稅務局，任命自己人當局長。

惠徵在隨員參與欺上瞞下之後，果然任職不久，博得山西巡撫龔裕的好評，在年底向皇帝對惠徵政績報告中爲群吏之首，在奏摺中寫道：「查現任歸綏員惠徵，接管歸綏道，雖數月，尙屬實心辦理，並建議對該道直隸各廳稅務就近接管，以耑責成」云云。道光皇帝在這個奏摺上批了「戶部知道」四個硃批，表示認可。

惠徵雖然得到山西巡撫的賞識，但他不耐塞北風寒，經常捎信家中，述說邊遠地區之苦。玉蘭給母親出了個主意說：「要把阿瑪調離歸綏，必須走吏部關節，把上下買通，即可迎刃而解。」果然在玉蘭的參謀下，僅僅花了三百兩銀子，這正是道光三十年（一八五〇年）二月二十五日，道光皇帝病逝，咸豐小皇帝奕詝三月初九日登基，也就是咸豐元年，奕詝皇帝就位之始，便下令把惠徵調任安徽寧池太廣道。

山西巡撫龔裕接到新皇帝聖旨：「調任惠徵赴安徽蕪湖太廣道走馬上任。」龔裕心中想：惠徵來頭不小，於是親赴歸化城向惠徵祝賀。惠徵得知以後，如同做夢一般，不信是眞事，他想新帝上馬，爲什麼首先提拔自己？

話分兩頭說，咸豐奕詝登基以來，第一次挑選八旗秀女進宮。年方十七歲的玉蘭，屬於應選的對象，「百什戶」族長根據玉蘭的婚齡，給她報上了內務府。不久，內務府使玉蘭「榜上有名」，葉赫那拉的住宅，恭候進宮日期。

話說惠徵接到調任喜訊，首先要與隨員辦交替手續，一方忙於上至巡撫衙門，下至歸綏道所屬各單位輪流請客餞行，故在歸綏滯留了一個月之久。

惠徵來到京中，他已然知道玉蘭應選秀女之事。惠徵急於進宮報到，宮中大臣們都知道他的千金小姐已然入選，正選日期已然確定在咸豐二年二月初八、初九兩天。惠徵心中猶豫不決，是先赴任？

還是送女兒進宮再走？萬一女兒被選中，要比走馬上任重要。於是他和熟悉的大臣請示，許多大臣勸他等女兒進宮入選有了結果再走也不晚。

光陰荏苒，新年已過，富察氏已然把玉蘭的出嫁衣裳準備好了，惠徵說：「萬一蘭兒不被選上，去安徽蕪湖太廣道也遲到了？」蘭兒說：「阿瑪放心，我被選中滿有把握。」後來果然不出所料，在二月初八日，卻被咸豐皇帝一眼看中，即被皇帝封為「蘭貴人」，同時入選的，還有貞嬪（即後來的鈕祜祿氏慈安太后）。由此可見，蘭貴人（即後來的葉赫那拉氏慈禧太后）。在咸豐即位後，玉蘭還不能名列前矛，既非「金牌」，也非「銀牌」，她相等於「銅牌」的名次。

根據清內務府檔案獲知，咸豐二年二月二十八日的奏摺為證：「咸豐二年二月十一日，由敬事房口傳，奉旨：貞嬪、雲嬪於本年四月二十七日進宮；蘭貴人、麗貴人著於五月初九日進內欽此。」

惠徵見女兒已被封為「蘭貴人」，一塊石頭才算落了地。層次雖然不高，自己也算是皇帝的丈人了。當個四等「國丈」，也是光榮。在層次上規定：后之次曰妃；妃之次曰嬪；嬪之次曰貴人。

惠徵為女兒進宮，忙了一陣子，他才攜家眷趕往江南，於七月到蕪湖，正式接到寧池太廣道任職。該道駐地是長江上游的蕪湖，所轄五府一州，即安慶府、徽州府、寧國府、池州府、太平府和廣德直隸州，計有二十八個縣，並兼管蕪湖關的稅務。而且地處江南，乃是盛產魚米的富庶之區，當然是個肥缺，不用說魚米之鄉的太廣道，俗語說得好：「一年清知府，十萬雪花銀。」何況蕪湖道呢！

惠徵攜帶富察氏、次女婉貞、小兒桂祥等，走馬上任。到了任上，五府一州，哪個不來接風？真是應接不暇。他每次回請同僚們，總是叫班子裏的花姑娘陪酒，他每次宴請同僚，必然也叫次女婉貞出席做陪，班子裏的姑娘彈琵琶，唱曲子，婉貞一學就會，回家以後，婉貞就哼哼嘰嘰地學著唱。富察氏對惠徵請客叫女兒做陪，況且聽說還有班子裏的妓女陪酒，怎麼能叫自己的女兒也去陪酒呢？萬分反對，幾番吵嘴，惠徵卻不以爲然。有時惠徵應酬上司，請巡撫、制臺、藩臺等上級，在宴會上，也叫婉貞前去陪酒，這群上司，對婉貞的美貌，均垂涎三尺，撫臺們回家宣傳婉貞長得如天仙一般，一代佳人，撫臺的太太們都想一睹婉貞芳容，都爭先恐後邀請婉貞到宅內做客，惠徵對此是求之不得的事。婉貞也懂得，要想阿瑪官運亨通，就要拉攏這些當官的，就是師爺也得罪不起。那些官太太都想把婉貞請到家中做客爲榮。因此，惠徵在任上，一帆風順。婉貞十分理解，凡是男人，不管大官小官，甚至狗腿子，也得要面面俱到，這些「色狼」，女人們只要對他們略施小技，沒有不上圈套的。她在官場中，不過是逢場做戲。婉貞年歲不大，但對一群達官顯貴，終日花天酒地，醉生夢死和那些下級官僚貪污腐化、行賄受賄成風；一些道貌岸然的政客，滿嘴仁義道德，而他們的妻子以及裙帶關係，暗中興風作浪，這些道貌岸然的政客，則視若無睹，都看在婉貞眼裏。

自打惠徵就任之後，老百姓對五花八門的苛捐雜稅，壓得喘不過氣來，稅吏到處敲詐、勒索、制臺、藩臺、臬臺與民爭利，人人叫苦連天，百姓怎能不起來挺而走險呢？

二 宦海波中 一場春夢

貪污腐化，像洪水猛獸般地衝擊著黎民百姓，餓殍載道，哀鴻遍野，那貪官污吏，依然花天酒地，他們不嫌鬼瘦，民脂民膏被這些官吏吸吮殆盡，黎民百姓與其凍餓而死，不如揭竿而起。咸豐二年，太平軍的隊伍，一天比一天壯大，年輕的老百姓，都參軍了，農民革命像疾風暴雨一般向清軍襲來。此時，清政府任命兩江總督陸建瀛為欽差大臣，督兵三千，增防贛皖，清軍在行軍中，被太平軍打得落花流水。陸建瀛逃至九江，只帶了兩隻船：十七個人，他們見形勢不妙，只得向南京逃竄。當他路過蕪湖上游八十里護港時，得知蕪湖地區僅派千名士卒駐防，豈能擋住暴風雨般的太平革命軍？陸建瀛趕到了蕪湖，他召集福山鎮總兵陳勝元和寧池太廣道惠徵研究對策，三人研究結果：決定將蕪湖上游八十里護港守兵撤到蕪湖下面三十里的東梁山。

惠徵膽小怕事，別看他平時色膽包天，但卻沒有經遇過這個陣勢，他心中在打鼓，心想你這個欽差大臣，把圈子越劃越小，這叫「劃地為牢」，只有等死不成？心中七上八下之際。一個巡撫衙門的員司驚惶失措地逃到這裏，一見惠徵便大哭起來，說：「巡撫大人被太平軍殺死了，安慶已然被太平軍攻克。」惠徵說：「欽差大人在此，你可以把細情稟報陸大人。」那員司一聽是皇上派來的欽差大人，急忙跪下磕頭。陸建瀛忙把他扶起來，然後問安徽巡撫蔣文慶被殺的詳情。他陳述衙門內外文武官員逃命的逃命、制臺、藩臺、臬臺諸大人都攜眷逃跑了。欽差大人陸建瀛此時假裝鎮靜，他對惠徵和福山鎮總兵陳勝元說：「勝敗乃兵家常事，千萬壓住陣腳，確保大清江山。」他然後又對惠徵說：「民以食爲天，你等可帶人趕緊去到東梁山辦理糧臺，以安軍民之心。」惠徵聞命之後，口稱「即是！」然後對陸建瀛說：「梁山乃我大清根據地，城池鞏固，卑職定把糧臺辦好，小的乃爲一道之主，印信、款項賬目至爲重要，此次去到梁山，小的可隨同總兵陳勝元一道，押解餉銀一萬兩，以免被太平軍奪去。」陸建瀛一聽有理，於是，又囑咐陳總兵好好地把銀餉解送到梁山，不得有誤。只見惠徵和陳勝元二人小心翼翼地請安退下。

惠徵胸中早有成竹，他想梁山地帶再鞏固，怎能阻得了勢如破竹的太平軍？早晚還不是瓮中之鱉？自己的老婆孩子，還不是太平軍的口中之肉？他秘密地對陳總兵說：「而今大勢所趨，整個撫臺衙門都唱『空城計』了，還哪裏去辦糧臺？這明明是叫咱二人去『望鄉臺』找閻王去，今天我送你一千兩銀子，三十六計，走爲上策。」當時惠徵交給陳勝元千兩銀子，囑咐他快逃回家去。此時，惠徵再次辭別了陸建瀛，惠徵派人把富察氏、次女婉貞、小兒桂祥護送到涇縣寧國府暫避。然後隻身攜款潛逃鎮江，尋找江蘇巡撫楊文定那裏暫居。不久，太平軍佔領了南京城，楊文定考慮到南京尚且守不住，鎮江又如何保得住？

江南戰敗的情報，像雪片似地飛來，咸豐皇帝大爲震怒，如坐針氈，當即將欽差大臣、兩江總督陸建瀛撤職查辦，即命令周天爵署理安徽巡撫。此時朝中諸大臣以周天爵軍戎在身，不宜赴安徽，咸豐皇帝只好收回成命，朝廷考慮派刑部侍郎李嘉端擔任安徽省的巡撫。

李嘉端剛到任之後，即接到廷寄御旨一道，文曰：「逆匪自竄出武昌以後，擾及江西、安徽、江南連陷城池。各該地方文武員弁，除守城殉難各員外，均有應得之罪。所有江西九江所屬地方及安徽省沿江各府州縣，併江南省被賊騷擾，著該督撫等查明該文武各員，有棄城先逃、臨陣退避者，即行革職拿問，按律定擬罪名。迅速具奏，毋得稍有瞻徇遲延，致于重咎。」

李嘉端查到安徽甯池太廣道道員惠徵時，李嘉端對惠徵遍尋不知下落，詢問留守人員，就是知道惠徵逃跑，但誰也不敢舉報。李嘉端反而爲難起來了。他知道惠徵是「國丈」，如果把他如實奏報上去，被蘭貴人知道了，自己的「烏紗帽」將被摘掉。他又想宋朝有包拯，是留芳千古好？還是遺臭萬年好？故此，他又對那些留守員弁作攻心戰術，講清道理，留守人員才把一些傳聞反映給李嘉端。李嘉端根據留守人員的談話，向咸豐皇帝上奏說：「安徽甯池太廣道道員惠徵駐紮蕪湖縣，先聞其攜帶銀兩、印信避至江蘇鎮江府，現在又聽說在寧國府所屬的涇縣，究竟現在在哪裏，問署藩司等官，都未得回音。惠徵分巡江南六屬，地方一切事務，責無旁貸，何以所屬大江南北並非文報不通，乃迄今併無片紙稟函，其爲避居別境，以可概見。除由臣另行查辦外，所有蕪湖道員缺緊要，相應請旨迅賜簡放，以尊職守。」

咸豐皇帝看到李嘉端模稜兩可的奏片，當天發出廷寄上諭責問：「惠徵身任監司，於所屬地方被賊蹂躪，何以攜帶銀兩、印信避至鎮江、涇縣等處？惠徵究竟現在何處？其逃避處所，是否確實？仍著查明據實具奏。」

咸豐皇帝考慮到李嘉端對蕪湖道員缺額急盼下旨派人到蕪湖一事，非常關心，故當即宣佈：「惠徵開缺，著即飭令任命椿齡去安徽寧池太廣道接任惠徵之遺缺。」

李嘉端接到諭旨後，靜待椿齡早日到任。但李嘉端對咸豐皇帝的質問，心中反而打起鼓來了。他想皇上的旨意爲什麼追問：「惠徵究竟現在何處？」皇上又質問：「該撫所聞逃避處所，是否確實？」李嘉端心中沒底。所奏什麼惠徵到鎮江，什麼惠徵到寧國府，這只不過是員弁隨便一說而已，萬一要是不實，不就是「欺君之罪」麼？皇上最後特別指出：「惠徵所逃避處所，是否確實」一句，這句話必有文章。李嘉端疑心與新進宮中的蘭貴人有關係，想必是皇上聽了「枕邊之言」。這「枕邊之言」，比什麼都厲害，自己後悔不該聽員弁隨便一說就稟奏朝廷了。

李嘉端只好向江蘇巡撫楊文定那裏和給涇縣發文，了解惠徵的確實所在地。不久，接到楊文定的回文，才知道惠徵病倒在床上。因爲惠徵聽到了許多消息，知道朝廷對棄城先逃和臨陣退避的，都按律定了罪，他聽說狼山鎮的總兵王鵬飛已被正法。按察使張熙宇和副將賡音泰因戰敗而被發往新疆效力贖罪去了。惠徵心中明白，雖然「名正言順」地向陸建瀛請示過：隨同總兵陳勝元一道押解銀兩、印信等解送到梁山，這完全是欺騙他呀？不該將公款一千兩送給陳勝元叫他回家逃避，這要是叫朝廷知道了，就是蘭貴人知道了，也不終呀？話又說回來了，「朝中有人好做官」，也許皇上給點兒面子。他又前思後想，要是丟了大面子，就沒法做人呀！他寢食不安，楊文定多次開導惠徵，終於無效，他不吃不喝，憂慮過度，一命嗚呼了。歿於咸豐三年（一八五五年）六月初三日，病死在鎭江府，終年四十七歲。

話說在寧國府涇縣避難的富察氏，她與次女婉貞、小兒桂祥以及丫鬟、護從等人，得不到惠徵的消息，心神不安。

一天，忽從鎭江府逃來一名家丁，才知道大人病逝了。舉家聞聽大嚎不止，富察氏痛不欲生。年逾五十歲的家丁，勸富察氏節哀，如何辦理後事爲要，建議帶著兒女一同去奔喪，然後從鎭江府把大人靈柩沿水路返回京城，如果路費缺少，可以請鎭江府同僚資助。富察氏說：「手頭路費並不缺少，只是到了鎭江時，求求大人生前的同僚們協助，把大人靈柩平平安安地運回京城就可以了。」

惠徵生前的友好，知道惠徵夫人及小姐、少爺來到鎭江府，無不熱情幫助，把靈柩護送到碼頭。僚友們在碼頭舉行了隆重的遺體告別儀式。

當惠徵的靈柩船隻到達江蘇北部運河重鎭清江浦時，清江知縣吳棠也有個在皖北作道臺的亡友喪船，也路經江浦這個地方。眞是無巧不成書，吳縣令先派人送去賻金三百兩，然後準備自己再去江浦碼頭致祭不遲。這時，偏巧惠徵的喪船先到了。那吳棠縣令的使者一見惠徵的船隻掛著有三品銜的大旗號，就匆匆地把三百兩銀誤送到惠徵的船上了。那富察氏以爲一定是丈夫的友好所贈，也就收下了。

此時，吳縣令偕同縣衙的同僚到了碼頭，使者向吳太爺請了安之後，說：「小的已把銀兩送到掛旗子的喪船上去了。」吳縣令前去一詢，方知死者是太廣道道員惠徵，吳縣令大爲震怒，即命使者把三百兩索回來，署中一位幕僚對吳棠說：「惠徵既是蕪湖道的道臺，也是皇上信得過的人，聽說他的女兒已然進宮了，封爲貴人。你所送的賻金上既有姓名，又有你的官銜，我勸你少吃兩回花酒就全有了，何必斤斤計較這幾個錢？這次她們回京，必然要把這件事告訴他們宮中的女兒，今日結緣，對君何等有利呀！」這番話把吳縣令心眼兒也說活了，索回賻金的事，也就作罷了。

在喪舟上的富察氏對婉貞說：「俗語說：『事在人情在，人走茶涼。』可這吳縣令，眞夠朋友，而今有多少人雪中送炭？」

母女三人來到朝陽門內芳嘉園住宅，因爲惠徵是「國丈」，雖死猶榮，街坊四鄰幾乎不是親者強來親，像家人一般，幫忙爲惠徵安葬。

這裏交待一下，喪舟到清江浦吳棠誤把賻金送到惠徵舟中一段故事，係筆者根據清末光緒年間進士、國史館協修惲毓鼎所著《崇陵傳信錄》一書改寫的。該書內容開頭云：「孝欽（即慈禧）父任湖南副將，卒於官。姐妹歸喪，甚貧，幾不能辦裝，舟過清江浦，時吳勤惠公棠宰清江，適有故人官副將者，喪舟亦舶河畔，勤惠公致賻金三百兩，將命者，誤送孝欽舟，覆命，勤惠怒，欲返璧，一幕客曰：聞舟中爲滿洲閨秀，入京選秀女，安知非貴人？姑結好焉。於公或有利。勤惠從之，且登舟行弔，孝欽感之甚，以名刺置奩具中，語妹曰：『吾姐妹他日倘得志，無忘此令也。』既而孝欽得入宮，被寵幸，誕穆宗，妹亦如醇賢親王福晉。孝欽垂簾日，吳棠督四川……。」

筆日根據檔案史料得知，慈禧孝欽早在一八五二年（咸豐二年五月）已經進宮併封爲蘭貴人，不可能隨父惠徵赴任安徽太廣道去。前面均已闡明，筆者疑惲毓鼎公爲遊戲文章。

李成棟與「嘉定三屠」

「嘉定三屠」和「揚州十日」都是清初進行統一戰爭中的歷史事件，由于歷史人士的正統思想和大民族主義情緒的膨脹，以訛傳訛，不僅給滿族人民平添了一大堆該死的罪名，也給民族團結投上了濃濃的陰影。弄清事件眞相，恢復歷史本來面目，爲祖國建設事業服務，是歷史研究工作者的責任。繼拙文「《揚州十日記》證訛」後，應臺灣滿族協會秘書長廣定遠先生之約，就所謂「嘉定三屠」發表拙見，敬請方家不棄譾陋，惠賜評教。

一、進入乾隆皇帝敕撰《逆臣傳》的李成棟。

明末，天災兵禍頻仍，飢民鋒起。起義潮中，魚龍混雜。鬥爭的艱辛，形成大浪淘沙，被歷史大浪捲進又被拋出的污滓，一批批的又麕集到明軍中。這些「有奶便是娘」的烏合之衆，對于明朝（包括南明）軍事力量並無大裨；他們在明軍內部搞分裂攘奪，叛變無常，頗具破壞能量。降清後，他們的積極引導行爲，使清軍下江南後進展神速，確曾得力于他們。但是這些土匪武裝，不僅在軍事上給清軍帶來很大麻煩，在政治上也造成了極惡劣的影響。

順治元年（一六四四）五月，南明設四總鎮，史可法督師揚州。在四總鎮中高傑的實力最雄厚，被史可法倚爲膀臂。高傑原是李自成部下，綽號「翻山鷂」，于明崇禎七年（一六三四）叛降賀人龍部，賀人龍被明陝西總督孫傳庭殺死後，改隸孫傳庭部。崇禎十六年十月孫傳庭戰死，高傑率所部逃往河南，沿途縱兵淫掠燒殺。李成棟係高傑部下，隨高傑移駐徐州。南明建立後不久，任徐州總兵。

順治二年三月，清豫王大軍自歸德分兵佔領亳州、碭山後，指向徐州。高傑因內訌而被睢州總兵許定國設計誘殺，李成棟遂棄徐州南逃。四月渡江時，又遭到南明楊文驄、鄭鴻逵的炮擊，進退無所，遂率部降清。降清後受命攻取太倉、嘉定、南江、上海一線，十一月授鎮守吳淞總兵官。

順治三年二月，貝勒博洛爲征南大將軍，進取福建，李成棟應調率兵隨大軍定邵武、汀州，漳州。十月，總兵佟養甲署兩廣總督，李成棟署兩廣提督，合軍征廣東。南明平粵伯丁魁楚和「瞿式耜擁立桂王于肇慶，進東閣大學士兼理戎政。大清兵下廣州，漸迫肇慶，魁楚奉王走梧州，復棄之。」①十二月，李成棟襲殺紹武帝朱常鍔的消息，丁魁楚知之最早，故棄永曆帝而改赴岑溪，「即密遣親千賚黃金三千兩，珍寶稱是，重賄清帥（指李成棟）。」②李成棟接受厚賄後誘而殺之，並將其全家抄殺。丁魁楚假「抗清復明」橫取財物四十船，全歸李成棟所有，「聞舟中精金八十四萬」。③

順治四年六月，「授（李成棟）提督廣東總兵官加左都督銜。先是成棟與養甲兵定廣東，以部衆爭功生隙，至是因養甲奉詔總督兩廣已僅得提督虛銜，疑養甲有意抑之，懷叛志。」④在兵定廣東時，李成棟「收繳文武印信五十餘顆，而取總督印藏之。」⑤到五年正月，江西叛鎮金聲桓與他相約舉兵叛清，他遂于四月初十日將「所轄廣東，廣西兵馬錢糧、戶籍土地悉歸永曆，遣帳下投誠。」⑥八月初一日親率文武百官迎接永曆，「手扶鑾輿入肇慶行宮」，朝賀後，進爲「翊明大將軍」並加「衛公爵（按：《逆臣傳》爲惠國公），極品，賜御袍靴帶，尙方劍等」。⑦此後，大小政務都必須先呈報李成棟後，再上奏，李成棟成爲永曆帝名符其實的「棟樑」了。李成棟第二次降明後，先後殺死了在他以後降明的佟養甲以及巡撫劉顯名，潮州總兵車任重，宣忠伯王承恩，明宗室大學士朱由梲等，在李成棟擁有十幾萬大軍的優勢脅迫下，「于是，廣東郡邑皆從之叛」。永曆帝認爲復明的時機已到，竟倣效漢高祖拜淮陰的故事，也在城東築壇拜將，李成棟督師北上時，自擬于諸葛武侯道：「南雄以下事，諸臣任之。庾關以外事，臣獨肩之。」⑧遂提兵二十萬北上南雄。叛踞南昌的金聲桓也依約南下。不可一世的李成棟，首戰潰于贛州城下。六年二月，再戰又潰于信豐。李成棟丟盔棄甲于慌亂中乘一跛馬而逃，竟墜水溺死。永曆帝聞訊后，贈「寧夏王」並設壇祭這位「中興」之「棟樑」。

乾隆四十一年十二月，詔于國史內增立《貳臣傳》，爾後又附立《逆臣傳》，將吳三桂等人列入。館臣依據乾隆帝關于錢謙益列次的諭旨「錢謙益素行不端，及明祚既移，率先歸命，乃敢于詩文陰行詆謗，是爲進退無據，非復人類，若與洪承疇等同列貳臣傳，不示差等，又何以昭彰癉，錢謙益應列入乙編，俾斧鉞凜然，合于春秋義焉。」⑨的意圖，李成棟列在《逆臣傳》編末，以讉責他品質惡劣，反復無常，抱掠淫殺之罪，申明不可托辭故國而逃誅之「春秋大義」。

二、「嘉定三屠」

「嘉定三屠」一事正史不載，唯《辭海》有此條，釋為：順治二年（一六四五）清軍下江南，在嘉定（今屬上海市）進行三次屠殺。第一次在陰曆七月初四日，侯峒曾領導的義兵失敗，城破後死難兩萬餘人。第二次在七月二十六日，清軍鎮壓城外葛隆鎮，外岡鎮鄉兵，大肆屠殺。第三次在二十七日，朱瑛領導的義兵失敗，嘉定城再被攻破時。一說以上述的第三次為第二次。第三次在八月十六日，明將關之蕃反清失敗時。」

這種不肯定，不確切的解釋，難免令人產生疑問：第一，嘉定到底被屠幾次？第二，如此解釋是否是有註誤而「投鼠忌器」呢？

據《嘉定屠城紀略》載，就「屠」來說，何止三或四次，計日粗略錄之：

六月初一日，由于五月十五日有「不肖子衿群集縣治……攘臂大呼，奸胥亂卒，乘勢劫奪，城中鼎沸」，舊縣令錢默乃重賄明吳淞總兵官吳志葵派兵鎮壓，吳于六月初一日「遣兵執諸生十一人而去」，「褫衣就縛，徒跣行烈日中，窘辱備至」。

六月二十四日，吳志葵借口捕捉清新授縣令張維熙而派出百人「入民家亂索酒食……士民狼狽出奔，遺棄嬰兒失散婦女者無算，天明，閭巷一空」。

六月二十七日，吳志葵又發兵來，百姓認爲他是「恢復之師」，懸燈執香……志葵用南都逃將蔣若來爲前導。若來本市井無賴……從志葵入城，據軍庫，僅有銅銃數十，急使人舁之行，過徐家行大掠，寸縷無遺，至雞豚菽麥亦席捲去」。

閏六月十五日，先是初七日降將李成棟奉命奪取吳淞。途經嘉定暫駐，有擾民行爲，但無濫殺。吳志葵于十二日派人聲稱是晚進城與鄉兵共剿李成棟兵，事成有賞。鄉兵一夜「殺清兵八十四人」，李成棟派出求救的人亦被殺死，「成棟窘迫無計，惟縱兵大掠……，（鄉民）甚望志葵眼穿，始悟見棄皆號哭棄家而走。」閏六月十八日，李成棟「率銳攻羅店……，知鎭民支廉爲鄉兵首，支家橋一帶房屋焚毀略盡，男婦被殺者，共一六〇四人。」

閏六月二十三日至二十九日。在這一段日子裏，因嘉定鄉兵與抗清組織互不統屬，「一言忤意，白刃驟加」，「窮鄉僻壤，自相仇殺，三四人聚黨，拔刃至人家，往往滿門受戮，遠近殺害無算。」吳志葵派三百名老弱來支援，城裏則宣稱來兵「十萬」，另有鄉兵「三十萬」進行合剿。李成棟憂慮兵力單薄，派其弟率人突圍求救，幾乎全部被殺死。二十六日，李成棟嚴陣以待，吳志葵兵不堪一擊，李兵過新涇橋「縱火焚屋，雞犬悉盡」，並「沿村掠強壯益之（充實自己）」，兵勢復振。」二十九日，又在婁塘「沖殺而前，鄉兵力戰，以步騎不敵，死傷略盡，會日暮，成棟吹螺收兵，入村落，淫殺無度」。

七月初一日，「成棟大陳兵仗，踞鄉兵所架之臺，麾兵入鎭，肆行屠戮，共殺一〇七三人，擄去婦女無算」。

七月初四日，李成棟破城，殺死侯峒曾，下令屠城，死數千人。

七月二十三日，朱瑛自稱游擊將軍，率五〇人入縣，督百姓守城，無人響應，即下令殺被薙發之百姓。明中軍徐元吉降李成棟後，乘機結夥殺擄，數十里內，草木盡毁。

七月二十四日，李成棟在降人浦嶂挑唆下，派兵赴葛隆鎮，被鄉兵殺死七二人。李成棟于二十六日派兵進鎮，「肆行屠戮，流血沒踝。乘勝屠外岡鎮」。

八月十六日，前明「把總吳之蕃于江東起兵，至吳項橋登岸」，被當地武舉馮嘉猷率人焚舟，吳兵潰敗，「之蕃連殺數人不能定」，被居民汪三推入水中擒獲，被馮嘉猷殺死。

自六月初一日至八月十六日的一百多天裏，嘉定城幾經易主，經歷了南明地方割據勢力和清軍的戰鬥；也有地方割據勢力的內訌和地痞無賴乘機進行搶奪，形勢混亂，矛盾紛雜，據簡略統計，程度不同的屠殺在一〇次以上，「是役也，城內外死者二萬餘人」。嘉定人民遭受巨大苦難，生命財產受到重大損失。

李成棟本是高傑之偏稗，背叛李自成投降明軍後，沆瀣一氣，惟以殺戮淫掠爲能事。投奔南明後，雖被史可法倚爲中興力量，其本性絲毫未變。降清日短，即受命奪取並鎮守吳淞，清軍主力急于戰略行動，無暇顧及對降軍的紀律規範，且鞭長莫及致使節制失控。李成棟責在攻取吳淞，途徑嘉定而突遭襲擊，恃以爲資本的軍事力量和據掠的財物都受到損失的情況下，獸性大發而濫殺，對李成棟來說是勢在自然。縱觀其一生，兇狠殘頑，實一屠夫。乾隆將其列入《逆臣傳》之編末，蓋棺論定，對他進行了嚴厲譴責。

地方割據勢力所仗恃的明吳淞水師總兵官吳志葵，亦非清操自守的堅貞之士，他責在海防，卻棄汎地而「援」嘉定縣之鎮壓平民行動，也是醉翁之意，別有所圖，實是嘉定屠戮之肇端者。鄉兵中更是良莠清濁混雜同處，無賴惡棍土寇蠭起，乘機剽掠仇殺者在在皆有。

所謂「嘉定三屠」，實乃以清爲幟的明降將與以抗清爲幟的明守將和以反清復明爲號召的「孤忠」之間的一場混戰的結果。

三、「嘉定三屠」的宣傳效應與後果

順治二年五月十日，南明弘光帝棄城逃走，忻城伯趙之龍率明臣獻城投降。二十三日豫王進入南京。計六奇在《明季南略》卷四，五月紀略。「二十二癸卯」條中記「豫王令建史可法祠，優恤其家」後有評語曰：「豫王入南都有六事可取：一不殺百姓；二斬搶物八人；三罵李喬先薙頭；四放婦女萬人（出城去）；五建史可法祠；六修太祖陵。不獨破揚渡江以用智見長也，頗有古賢將風。」二十六日，豫王命在各個城門張貼告示云：「薙頭一事，本國相沿成俗，今大兵所到，薙武不薙文，薙兵不薙民，爾等毋得不遵法度，自行薙之。前有無恥官員先薙求見，本國已經唾罵。特示。」二十七日豫王謁太祖陵，行四拜禮，四顧嗟嘆，喚靈谷寺住持速行修理。二十八日，豫王出南門報恩寺行香，觀者如堵。二十九日，豫王令調兵八萬下蘇杭。（南明）劉孔昭自太平掠舟順流而東，江行入常熟，詭言起義……（掠）白糧滿載入海。三十日，清帥……按兵入杭，市不易肆。六月初三日下午，清兵三百餘騎自北而南，穿（無）錫城中走，秋毫無犯，觀者如市。初七日下午，清兵到無錫，穿城而過，一夜不息……城中頗稱秋毫無犯。七月初一日下午，清兵過往蘇杭去，城中秋毫無犯。從以上部分記載不難看出，豫王親統之八旗兵，自南京下蘇杭，紀律嚴明，秩序井然，而大肆屠戮搶掠者都是南明軍隊。據載，八旗滿洲兵並未赴吳淞一線，到嘉定與江陰之所謂「清軍」，全部是新降的前明軍隊，對這部分「清軍」之所爲，清政府——特別是豫王負有不可推卸之統帥與節制責任，但是八旗滿洲兵；特別是滿人對「嘉定三屠」不負有任何責任的，這是任何不帶有偏見的人都能得出的結論。

辛亥前夕，革命志士爲了推翻清王朝的封建統治，建立共和制，爲了取得宣傳效果，難免有過激之詞，這是可以理解的，也是無可指責的。但也有人借機對和睦相處已久，順應歷史發展而進行相互融和的各族人民進行挑撥離間，煽動民族對抗情緒，以反對封建統治爲借口，把鬥爭矛頭指向滿族人民，以製造新的民族壓迫與分裂。如《革命軍》一書，在第一章緒論中，開宗明義就提出要以「誅絕五百萬有奇披毛戴角之滿洲種」爲「革命」的主要目標之一。在第二章革命的原因中說：「吾讀揚州十日記、嘉定屠城記，吾讀未盡，吾幾不知流涕之自出也。吾爲言以告我同胞曰：揚州十日，嘉定三屠，豈非當日賊滿人殘戮漢人一州一縣之代表哉。夫二書之記事，不過略舉一二耳，想當日既縱焚掠之軍，又嚴薙發之命⑩，賊滿人鐵騎所至，屠殺擄掠，必有十倍于二地者也，有一有名之揚州嘉定，定有千百無名之揚州嘉定，吾惻動于心，吾不忍，而又不能不爲同胞告也。」以「皇漢人種革命獨立萬歲」的口號倡言曰：「驅逐居住中國之滿洲人。或殺以報仇。」先行者號召在前，繼起者響應在後，一九一一年九月十九日湖北獨立後，黎元洪發表之文告說：「……何物滿奴，敢亂天紀，挽弓介馬，竟履我神臯，夫滿奴者非他，黑水舊部，女眞遺孽，太種獸性，罔通人理，……我十八行省之父老兄弟諸姑姊妹，莫不遭逢淫殺，靡有孑遺。若揚州，若江陰，若嘉定，屠戮之慘，紀載可稽。」在這一股排斥滿人的宣傳旋風中，無辜的滿族人慘遭浩劫。「武昌于十九以後，數日間，殺滿人凡數百……軍士見滿人，皆目睁眉豎，無一得活者，……有女就戮時哭曰：我等固無罪，……又一老嫗曰：諸君殺我輩何益，我輩固無能爲也，何如留我輩以示寬宏。然軍士皆不聽，卒殺之。見者慘然。」⑪斯時，教科書、公私刊物、報紙、雜誌等充滿了大漢族主義的宣傳，社會上排滿情緒十分嚴重。滿族人處處受歧視，找工作就更困難了，迫于生計和逃避民族壓迫，滿族人只好更改族屬，冒籍入戶，改名易姓。以北京爲例，很多滿族人冒籍宛平縣。因滿族人大多是兩個字的名字而不冠姓。此時只好捨棄老姓（哈刺）而冠以漢姓，如愛新覺羅後裔就改姓羅、洪、趙等。即使改漢姓，也要愼重選擇，如可以改姓張而不可以姓章，可以改姓趙而不可以改姓肇。有的人則以上輩或自己的名字的第一個字爲姓，如常壽改姓常等等。於是出現了一家人有幾個不同的姓的奇特現象，聽老人們說，一家人姓多一點兒有好處，遇上滅門九族的事情時，興許能漏掉幾個。滿族人找工作就太困難了，所以只能幹諸如打小鼓兒收買破爛兒、棚匠、裱糊匠、泥瓦匠、巡警、賣青菜、拉洋車等被視爲「下九流」的活兒。年青婦女遭拐騙而淪爲娼妓者並不鮮見。滿族人民默默地承受著苦難，把淚水往肚裏嚥。

清朝建立之初，全國人口不足一億，滿族人口已有約五百萬，歷經康、雍、乾盛世的繁衍生息，十九世紀中葉，全國人口已增長到四億了，而滿族人口卻僅有四百多萬。在其他兄弟民族人口迅速增長的時候，滿族人口不僅沒有同步增長，反而有所下降，這主要是因爲滿族人民肩負開疆擴土、戍守邊疆、反抗侵略、維護祖國統一的重任而做出了重大犧牲。對此，滿族人民不但沒有一毫怨言，卻以能爲祖國效勞，犧牲個人而自豪。自辛亥以迄四〇年代末，滿族人口又迅速下降到四二〇萬，這下降的原因，既是多方面的，也是衆所周知的。

由於歷史的風風雨雨，在中華民族這個共同體形成的過程中，難免出現陰霾和坷坎。各族人民都做出了巨大的貢獻，同時也都受到了損害，付出了代價和做出了犧牲。歷史的經驗告訴我們一條眞理：在民族關係上，漢族離不開少數民族；少數民族也離不開漢族。只要各族人民團結奮進，中華民族就一定能夠躋身於世界各民族之林，巍巍乎屹立於世界的東方。

【註 釋】

①《明史》，列傳一四八。

②③ 計六奇《明季南略》338頁。

④《逆臣傳》卷四，李成棟列傳。

⑤⑥⑦ 計六奇《明季南略》卷十，350頁。

⑧ 計六奇《明季南略》卷十一，374頁。

⑨《清史列傳·貳臣傳》乙，卷七十九。

⑩ 順治二年六月十五日，豫王始申薙發令，「楊州十日」和「嘉定三屠」發生時間均在此前。《革命軍》作者是鄒容。引自《滿夷猾夏始末記》七編，革命先聲記。

⑪《滿清稗史》，湘漢百事。

金寶森
一九九二·四·一二夜

三　不喜江山　卻愛美人

咸豐皇帝的父親道光皇帝，是善於招蜂引蝶的風流人物，他對旗籍女子的大腳，已然司空見慣了。他異想天開地不顧家法，要把漢族女子引進宮中。大臣們諫言：「選漢女進宮是違背我朝家法的，千萬使不得。」道光皇帝說：「把漢女引到圓明園，並非引進宮了，家法有哪一條說不準引進花園？」大臣們見皇帝色令智昏，便問：「皇上喜愛漢女哪一點？」道光皇帝說：「自古以來，誰不知道漢女裙下雙鈎的迷人？潘妃蓮步的故事，難道你們不知道嗎？」大臣們說：「奴才知道，潘妃乃南齊時代東昏侯的妃子，字小玉。後來東昏侯稱王之後，便封爲潘貴妃了。」一位大臣補充說：「東昏侯給潘貴妃建蓋了三座大殿，名曰：『神仙殿、永壽殿和玉壽殿。』三殿的地上，都鑲嵌上金蓮花，東昏侯叫潘貴妃在其上跳舞。這就是步步生蓮花的故事。」一位膽大的大臣對道光皇帝說：「皇上千萬不要忘記，後來梁師入建康，東昏侯被殺。」道光皇帝一聽，勃然大怒，立即把他禁閉起來。其他的大臣一看，誰也不敢言了。

原來，道光皇帝一心想仿古代尋訪越國苧蘿山下西施那樣婀娜動人的美女，引進圓明園中享受。

在全國尋訪半年的功夫，果然前前後後選來了美貌漢族女子近百人。這些姑娘，都是半買半搶強迫拉來的。道光皇帝是在存芳之中，優中選優，美中選美，正是精益求精地選得出類拔萃的四名美女。凡是落選的，都被大臣們平分春色，用廉價買去了。被選中的四美女，都是皓齒明眸、身段窈窕、婀娜動人、一笑傾國傾城的女子。

這四名天仙般的女子，叫她們分居亭館，各賜芳名。一名叫牡丹春；一名叫海棠春；一名叫杏花春；一名叫武陵春。道光皇帝做了花國蜂王，任情恣樂。那未來的年輕皇帝咸豐奕詝，他就跟在道光皇帝之後摹仿著「採蕊」。

那牡丹春住圓明園的東偏宮，宮院名牡丹臺；那海棠春住圓明園的北面綺吟堂；那杏花春住圓明園的後湖偏宮，宮名杏花春館；那武陵春住圓明園的南池，池上建起一座寢宮，宮名叫武陵春色。

話說道光皇帝整天迷戀四春，他把兒子奕詝也教壞了且不說，道光皇帝卻置國事於不顧。

一八四〇年（道光二十年）十一月，在鴉片戰爭時的英國代表有個叫義律的，提出併單方面公佈了不平等條約——《川鼻條約》，道光皇帝派欽差大臣琦善抵粵與英國全權代表義律談判。琦善對義律提出的各項侵略要求，都一一許諾，只對割香港一事，表示不敢作主，他待向朝廷請旨。那義律看清清政府腐敗、軟弱，對琦善施加壓力。琦善卻步步退讓，義律則步步進攻。

一八四一年一月七日，英軍突然發動進攻，強佔大角和沙角炮臺。琦善唬得心驚肉跳，忙向義律乞和，而義律步步逼緊，強行提出《川鼻條約》，併於二〇日那天，單方面公佈，其內容包括割讓香港島，併要求清政府賠償煙價六百萬兩及恢復廣州通商等條款。琦善只是口頭上勉強答應割讓香港和賠償煙款六百萬兩。二月十三日，義律迫使琦善簽字蓋印，但此時，琦善已被清廷革職，二十四日被捉拿解京，道光皇帝派遣皇侄奕山爲靖逆將軍，尙書隆文和湖南提督楊芳爲參贊大臣，一起負責廣東軍事。四月初，奕山和侵略軍打了七天仗，而廣州城外炮臺已全部失落，一萬八千清軍潰散得不成體統，他們在奕山的主持下，訂立了新的停戰條約，要清軍於六天內退出廣州。然而打敗仗的奕山，卻沒有受到朝廷處分，受懲罰的卻是堅持抗英和焚燒鴉片的林則徐和鄧廷楨。道光皇帝那些日也慌了神。他派遣原任盛京將軍耆英以欽差大臣名義到浙江，併起用博得英國人好感的伊里布協助耆英作軍師。伊里布何許人也？他是皇族愛新覺羅氏，滿洲鑲黃旗人，是一個懼怕敵人的船堅炮利，主張對英妥協的人。他攻擊林則徐是「斷絕貿易、燒煙起釁」。他曾擅自與英軍達成停戰協定，就是這樣賣國求榮的人，被耆英推薦而受到道光皇帝之重用。

一八四二年（道光二十二年）八月二十九日，耆英、伊里布與英國代表璞鼎查停泊在南京江面上的英艦臯華麗號上，簽訂《江寧條約》。這是中國近代史上的第一個不平等條約《南京條約》。《條約》共十三款：主要內容爲1.割讓香港島。2.賠償鴉片煙價、商欠、軍費，共二千一百萬銀元。3.開放廣州、福州、廈門，寧波及上海五處爲通商口岸。4.中國抽收進出口貨的稅率，必須由中、英共同議定。5.廢除公行制度，準許英商與華商自由貿易。

中國領土的完整和關稅、司法、領海等的自主權，幾乎全被道光皇帝任用的庸臣出賣了。老百姓當時有句諺語：「道光、倒光、盜光、老百姓遭殃。」

道光死後，其第四子奕詝登基就位。道光皇帝共有九子，爲什麼要第四子繼位呢？因爲奕詝是皇后所生，其餘都是妃子所養的。

道光皇帝死後，新帝登基。這位年輕的奕詝皇帝就是咸豐皇帝。他本應臥薪嚐膽，發憤圖強，以雪前朝喪權辱國之恥。然而，他又繼承「父志」，把四春佔爲己有。

話說慈禧在咸豐二年進宮，便封爲蘭貴人。後來，又被提陞爲懿嬪，但是咸豐皇帝，他卻把心都貫注到皓齒明眸、身段苗條的四春身上了。因爲滿族女子生來就沒有纏足的習俗，哪有漢族女子裙下雙鈎之美？懿嬪雖然明艷嬌美，她在入宮之初，也曾被寵冠一時，但不是四春的對手。況且，內庭主位，竝非懿嬪一人。主位之中，首先還有皇后鈕祜祿氏，以及雲嬪、麗貴人、婉貴人、容常在、鑫常在等等，咸豐皇帝慢慢地就把懿嬪忘在九霄雲外了。

一天，咸豐皇帝無意中率領太監路經圓明園內一條曲曲彎彎的小路，走過石橋，只見殿臺樓閣，周圍花團錦簇，五色繽紛，如入仙境。咸豐擡頭望去，一座高大的石牌坊，鐫有「洞天深處」四個煌大字。走進了這座牌坊，便是鬱鬱葱葱、蒼翠繁茂的洞天深處。忽然傳來悠揚悅耳的南國小調聲。好於聲色的咸豐皇帝問隨行內監，說：「什麼人唱歌？」隨駕太監說：「晉封爲懿嬪的蘭貴人所唱。」咸豐皇帝在圓明園色網之中，早已色令智昏，竟然把懿嬪給忘於九霄雲外了。

咸豐聽罷，漫步又入洞天深處，一瞧果有一女子。咸豐皇帝仔細打量，只見她柳眉籠煙，豐容俏麗，肌肉瑩潔，濯濯如春月楊柳，灩灩似出水芙蓉。這時，懿嬪跪在咸豐面前奏道：「萬歲，萬歲壽無疆！」咸豐如夢初醒，忽然憶起。哦，去年的一個寅夜時刻，寵幸蘭貴人提陞的懿嬪，就是你！

咸豐皇帝深深記憶：當值太監把她裸體氈裹背負御榻前，春風一度，歷歷目前（清朝沿襲明朝制度，除皇后外，如寵幸妃嬪，必須裸體由太監用氈裹背負在龍床上。）咸豐想到這裏，哈哈大笑起來，忙說：「快起來！」帝嬪二人，隨即步入堂中。咸豐問：「剛才朕聽到所唱歌曲，委婉動聽。」懿嬪說：「奴才罪該萬死，冒犯龍顏。」咸豐說：「朕很喜歡再聽一曲。」此時，懿嬪秋波蕩漾，媚態叢生。咸豐喚茶，侍從太監忙忙奉上一杯香茗匆匆躲避。「喚茶！」是攆走侍從的習慣用語。

懿嬪毫不畏怯地唱一支楚國歌曲《下里巴人》。只聽鶯聲婉轉，情意綿綿，咸豐皇帝在聲色面前，如醉如痴。歌罷，咸豐皇帝贊不絕口。懿嬪雙手捧起玉杯，遞呈咸豐皇帝，一手接茶，一手情不自禁地撫摸懿嬪的香腮，然後放下茶杯，也顧不得喝一口，順手把她拉到御榻之上，擁抱她那嬌滴滴的玉體，懿嬪半推半就，使得咸豐倍施雨露。懿嬪的甜言蜜語，咸豐經不住懿嬪給他灌「米湯」，竟然把四春的謎戀，轉移到懿嬪的身上。這也是該當懿嬪走紅。咸豐皇帝下了一道恩旨，命那拉氏入大內住進坤寧宮。葉赫那拉．懿嬪，具有武后和呂后的魅力。自此，床榻之間，鞠躬盡瘁地把咸豐攏絡得綿綿貼貼。她在皇帝面前顯示好學不倦。凡是習書、作文、學字、繪畫等，都呈給咸豐閱覽。逐漸達到代替皇帝批閱奏章的目的。

光陰如白駒之過隙，咸豐六年，皇帝又降下一道綸旨：晉封懿嬪爲貴妃。

在皇宮內院，凡是貴人、常在們，不管是先來的、後到的，看蘭貴人像火箭般地從貴人到懿嬪，從懿嬪而貴妃，在衆目睽睽之下，好似羣馬之中的「害羣之馬」。那鈕祜祿氏，入宮後雖然被封爲皇后，論地位，當時那拉氏還是一名「蘭貴人」，論地位貴人也不能超越大禮，所以，蘭貴人見著皇后鈕祜祿氏，應恭恭敬敬行跪叩禮。然而，蘭貴人不服氣，心想：皇上即然迷上了自己，早晚叫你鈕祜祿氏居冷宮，不要忙，我兩月沒有來月經了，要是生下個兒子，叫你鈕祜祿氏給我叩頭。

懿貴妃心中明白，皇上是一位謙虛和藹、寡言沉默的老實人，因此自有取代皇后的妙計。近日，懿貴妃一手接攏鈕祜祿氏，一面迷惑咸豐說鈕祜祿氏的壞話，離間皇帝與皇后的關係。果然行之有效，咸豐眞聽了枕邊之言，從而使咸豐憎恨皇后。從此，咸豐皇帝對懿貴妃言聽計從了。那些貴人、常在咸豐從來不召幸。因此，那些貴人、常在對懿貴妃無不側目而視。只有皇后鈕祜祿氏蒙在鼓中，把懿貴妃還當好人。

從大內到圓明園，上上下下對懿貴妃都有所警惕，她們都知道漢高祖劉邦的皇后呂雉，吃戚夫人的醋，劉邦死後，呂后命武士把戚夫人捆綁起來，然後砍去她的胳膊和大腿，然後還挖她的眼睛，燒焦其耳，一面命令御醫給她敷上藥，不準她死去，取名曰：「人彘」。然後把她放在廁所之中。而今出了個懿貴妃，誰不害怕？

懿貴妃的「御夫術」果然行之有效。

葉赫那拉氏慈禧確實「御夫有術」。據清宮檔案載：「咸豐四年二月二十六日，內務府奉上諭：

『蘭貴人那拉氏著晉封爲懿嬪，欽此。』五年三月將懿嬪晉封爲懿妃。」「咸豐六年正月把懿妃晉封爲懿貴妃。」至此尚未登峰造極；封皇太后是後話。

話說懿貴妃身懷有孕已然兩個月了，咸豐儘管有這麼多后、妃、嬪、常在、答應等，又哪一個給皇上生個太子？蘭貴妃本領之大，竟然能從「四春」懷抱裏的咸豐皇帝奪到自己的懷抱之中，正是「後宮佳麗三千人，三千寵愛在一身。」因此，別人沒有懷孕的機會。

懿貴妃對自己肚中的胎兒，越來越有把握。一天，咸豐退朝回來。懿貴妃對咸豐說：「皇上大喜臨門啦！」咸豐說：「邊疆大臣的奏稱洋夷侵我邊疆，告急函信雪片似地到來，有什麼大喜臨門？大禍國門到是眞的。」懿貴妃說：「萬歲不要聽邊疆大吏的虛張聲勢，我朝列祖列宗時代，哪個洋夷不是對我大清天國年年進貢，歲歲來朝？邊疆大吏，哪有一個好的。洋夷既然犯我疆土，邊疆大吏守土有責，保衛邊疆理應責無旁貸。」咸豐一聽有道理。懿貴妃說：「先稟奏萬歲大喜臨門吧！」「皇上猜一猜」？「猜什麼？」「喜事。」「快說什麼喜事！」「奴才有喜啦！」咸豐不懂婦女的「行話」，問：「什麼喜？」懿貴妃噗嗤地一聲笑了，說：「奴才兩三個月沒來月經了。」咸豐皇帝對這句話一竅不通，忙問：「什麼月經？」懿貴妃又噗嗤地一聲仰面大笑起來，說：「奴才的肚子裏有孩子了。」咸豐一聽高興得跳了起來，問：「是太子？是公主？」貴妃說：「八九不離十是個太子。」「你怎麼知道？」「咳，皇上可不明白，自古以來，婦女懷孕要預先知道是男是女，可由孕婦喜歡吃什麼來判斷。」咸豐問：「你喜歡吃什麼？」「奴才喜歡吃酸的。」「吃酸的又怎麼樣？」「酸兒辣女。」「什麼叫酸兒辣女？」「咳，懷孕期間，想吃酸的，肚子裏就是男嬰兒，若是喜歡吃辣的，懷著的就是女嬰兒。」「明白了，你是喜吃酸的，還是喜歡吃辣的？」懿貴妃說：「奴才當然喜歡吃酸的了。」咸豐一聽喜歡吃酸的，一定是個太子，喜得二話沒說，他跑到佛堂裏給子孫娘娘磕頭去了，禱念保祐皇太子平安降生。

懿貴妃看皇上跑了，不知怎麼回事，忙叫隨身太監去追，才知道萬歲爺是拜佛去了。

這天晚晌，咸豐把一切國家大事全丟在腦後了，一心想懿貴妃早日把太子落生，他又跑到懿妃的坤寧宮，懿貴妃對咸豐說：「萬歲，怎麼太子在我肚子裏不時地亂蹦亂踐？他可不老實了。」咸豐說：「大概想快出來看看吧？」「萬歲您別說笑話了。」咸豐對懿貴妃沒話找話，東拉西扯，問：「你娘家還有什麼人？」懿貴妃說：「奴才家中現在只有老母帶著一個妹妹和一個弟弟共三口人。奴才的阿瑪前些年不幸死在安徽任上了。」「你父親叫什麼名字？」「父名惠徵。」咸豐沒等貴妃把話說完，忽然想起惠徵的名字，就是貴妃的父親，在安徽寧池太廣道做道臺，躲避太平軍棄職潛逃，後來朝廷派刑部侍郎李嘉端前去擔任安徽巡撫，往事歷歷目前，那李嘉端還參奏了惠徵一本。咸豐皇帝想到這裏，還有點歉意地對懿貴妃說：「從國家大事到朝廷的小事，朕的腦子裏都麻木了，你阿瑪之事，朕早已知道了，聽說你母親帶著一兒一女回到京城，你所說的一兒一女，原來就是你的妹妹和弟弟呀。自打你進宮這幾年，朕很少問你家中事，只知道你老母在堂，帶著一弟一妹。」貴妃說：「奴才的妹妹名叫婉貞，今年已十七歲了，弟弟桂祥也六七歲了。」咸豐說：「你想不想他們？」貴妃說：「身居深宮，不比平民百姓，何敢違背家法祖制？怎敢隨便走出宮禁出宮省親？」咸豐說：「你已尊爲貴妃了，不比尋常，朕準你回家省親。」這時貴妃靈機一動，說：「剛才奴才說過，奴才的妹妹已然十七歲了，奴才想萬歲的弟弟七王爺與奴才之妹同庚，可否許配七王爺做福晉？」咸豐說：「你怎麼不早說：既然是同庚，正是天作之合，朕一定下旨『指婚』就是了。你這次回家省親，就把這件事告知你母親就是了。」這時，貴妃忙向皇上謝恩。

次晨，咸豐皇帝便令宮監賫送金銀財寶到貴妃娘家中去，同時併下旨意，給七王爺奕環和懿貴妃的妹妹婉貞「指婚」。

這天下午八時，宮監吹吹打打地來到芳嘉園葉赫那拉氏宅，賫送八擡珍品，到了宅中，併告知貴妃中午吉時歸寧。老母富察氏以及婉貞、桂祥三人突然接到聖旨，如同做夢一般。清朝的家法，宮女也好，皇后、妃子也好，只要一進宮門，如果親人不被召見，永不會與親人見面。就是父母被召見，也要以君臣禮見面。

芳嘉園一帶早已佈滿了禁衛軍崗哨。老百姓互相耳語，誰也不知道怎麼回事。有人說：「你們沒看見一大早兒，八擡龍鳳箱擡進了那拉氏貴妃家中。」有人說：「說不定，馬上貴妃就會從宮裏乘轎來省親到家中看看。」

芳嘉園一帶看熱鬧的人越來越多。禁衛軍在人羣中維持秩序。天不到十一時，一羣馬隊前來開道。那拉氏門前全副儀仗嚴肅整齊，接著是鼓樂齊鳴。一番盛況，自不必說。只見一乘黃緞繡鳳鸞輿，擡進門來。富察氏想女兒尊爲貴妃，不比常人，馬上前去跪接，早有宮監走過來，攙扶富察氏說：「免禮。」妹妹婉貞、弟弟桂祥，街坊四鄰以及七姑八姨，都來迎著鸞輿跪接。

有的街坊見了小毛丫頭玉蘭一步登天，心中萬分羨慕，有個識文斷字的家庭，平素跟玉蘭十分熟悉，研究怎麼通過富察氏大娘的關節，打入宮中謀個差事。原來這家姓林，是漢軍旗，那林蔚東因勞病死了，只有孤兒寡母兒子名林一新，十七歲考中秀才。這位寡母林王氏，一天去到那拉氏宅中串門，富察氏一見林嫂來了，熱情招待。林王氏對富察氏把家境清寒的日子述說了一遍，託咐富察氏大娘，將來有機會，請貴妃幫助，設法謀個差事，富察氏說：「玉蘭跟一新大侄子從小就一塊兒玩耍將來有機會，一定會幫這個忙，林大嫂自管放心。」這件事雖然推遲了兩年之後，那林一新果然被放到山東禹城縣任縣知事，這是後話。

四　喜得太子　福兮禍伏

話說懿貴妃下了鑾輿，母女相見，喜淚交流。宮女們簇擁著貴妃到了中堂，升座之後，富察氏率領家族、至親排班謁見。貴妃面對著大部都相識的親友一一寒暄。

芳嘉園豆腐坊的薛掌櫃在貴妃昔年還是黃毛丫頭時，貴妃經常去買豆腐，薛掌櫃見她能說會道，非常喜歡她，時不常地捏著她的鼻子「拉駱駝」，可今日薛掌櫃的也來湊熱鬧，但跪不敢擡頭，特別是那豆腐坊的年輕小伙子，曾經背著掌櫃的和她摟摟抱抱親嘴，今日躲跪在掌櫃的後邊低下頭斜視，惟恐叫貴妃把她認了出來。

許多人並不想立刻離去，都戀戀不捨地躲在廂房向正房中窺視。正房裏只有富察氏、婉貞、桂祥。這時母女才一敘離別之情。宮娥和太監都佇立廊下聽呼喚。

頃刻之間，已預備好了豐富的筵席，這都是宮裏派人事先安排好了的。

正廳一桌，東西廂房各四桌，後院花廳擺四桌，由首領太監及宮女做臨時支客。正廳由貴妃上座，富察氏率領婉貞、桂祥，並招呼幾位至親貴友相陪。其餘故舊包括街坊四鄰，都讓至廂房及後花廳進餐，所有跟隨執事人員，分第二撥進餐。首領太監及宮女指揮得井井有條。

貴妃在席間談了些宮中趣聞，大家聽得津津有味。宴畢諸親友才紛紛散去。貴妃召喚首領太監說：「明天過午回宮，宅中只留隨身宮女及兩名太監。」兩名太監是十五歲的安德海和十三歲的李蓮英。其餘的人，貴妃命令全都回宮，首領太監應聲而去。

客走主人安，貴妃與母親及妹妹細語敘至深夜。桂祥已入睡了。貴妃對妹說：「姐姐替你選一佳偶，已蒙皇上恩准，把你許配皇上的七兄弟奕環，同妹妹相比，他也正是十七歲，人品極敦厚。」富察氏聽了喜上眉梢，婉貞聞聽此言，不免羞喜交加，低下了頭。貴妃說：「我這次省親是特蒙皇上恩准，妹妹又是皇上指婚，我明天過午回宮。」富察氏知道女兒明天就回去，不免又哭了起來。貴妃說：「女兒這次回宮，已然奏請皇上把妹妹一同接進宮去。」婉貞聽到突如其來的消息，心蹦跳起來，一點思想準備也沒有，富察氏一聽明天把婉貞帶走，又大聲叫起來，說：「你一走就是幾年，再把你妹妹接進宮中，家中只剩我和桂祥，可怎麼辦啊？」又哭了起來。貴妃說：「奶奶放心，我自會安排幾名宮女和傭人來伺侯，勿庸多慮。我已身懷有孕，萬一生個太子，大清的天下，還不是咱們的，以後二妹做了七王爺的福晉，還怕奶奶不常進宮？」富察氏聽了這番話，才放了心。母女一直談到雞鳴報曉，才稍稍定下神來休息。

富察氏心中有事，眨眼之間又醒了，給婉貞準備隨身衣物。不大的功夫，貴妃也醒了，問：「奶奶為什麼這老早起來？」富察氏說：「給你二妹料理應帶走的什物。」貴妃說：「唉，妹妹只穿隨身衣服，什麼也不要帶，宮中什麼都有，奶奶不要操心。」這時婉貞也醒了，急忙打扮，並囑咐奶奶放心。

黎明，宅中又熱鬧了一個上午，中午方過，鑾輿已到，執事人員、扈從禁衛軍，又佈滿了大街小巷，母女揮淚相別。然後妹妹上轎進宮去了。

貴妃進了大內，她先把婉貞安排住處，派三名宮女伺侯，姐妹二人閑談了宮中的禮節。貴妃說：「在家中我眞沒敢問阿瑪的事（滿族稱父親爲阿瑪），恐怕勾起奶奶（滿族稱母親爲阿奶）傷心。你可以說說到底怎麼死的？」婉貞說：「太平天國軍隊攻打蕪湖，阿瑪帶奶奶、小弟和我逃難到涇縣寧國府避難，後來不知阿瑪上哪兒去了，到咸豐三年六月，忽然得到阿瑪死在鎭江府的消息，可憐的奶奶領著我和小弟去鎭江奔喪，眞是要人沒人，要錢沒錢。所幸有幾位阿瑪生前的好友，才把阿瑪屍體裝殮好幫助送到船上。靈船到清江縣，正巧有阿瑪的朋友，聽說是清江縣令，送到船上三百兩銀子，這縣令名叫吳棠，姐姐可不能忘此人的雪中送炭呀！」貴妃說：「妹妹放心，我遇機會必報答此人。」

咸豐皇帝見貴妃回宮中來了，十分喜歡，大有一日不見如隔三秋之感。咸豐皇帝並沒有忘記給他弟弟七王爺奕環和貴妃妹妹婉貞指婚的事，問貴妃回家之後跟她妹妹說了指婚的事沒有？貴妃說：「承蒙萬歲關心，奴才已然將妹妹帶進宮中來了。」咸豐一聽，忙說：「給她預備好館舍沒有？」貴妃說：「奴才已經把她安排好了，並派了宮女伺侯她。」咸豐說：「快快把你妹妹叫來，朕要睹其芳容。」侍從太監聞訊同幾名宮女頃刻間把婉貞攙扶來了。貴妃給婉貞引見萬歲，婉貞立即行了跪叩禮，咸豐一見，神飛魄蕩，即下旨給奕環與那拉氏婉貞擇日完婚。依例先行分府出宮，賜給宣武門內太平湖地方府邸一所（今中央音樂學院）。

懿貴妃省親歸來不久，就在咸豐六年丙辰（一八五六）三月二十三日在儲秀宮生下一子，取名載惇，就是咸豐皇帝的獨生子，也就是後來的同治皇帝。

咸豐皇帝每日早朝退朝之後，必興致勃勃地來到儲秀宮看望懿貴妃和皇太子，他笑問貴妃說：「你看，他像誰？」「當然像萬歲。」「你看哪一點像朕？」「奴才看他的小臉像極了。」「他爲什麼不睜眼？」「明天就睜開眼睛了。」「爲什麼？」「人和小貓兒一樣，在洗三時用手一掰就睜開了。」「你說洗三是怎麼回事？」「嬰兒從母胎生出來之後的第三天，要給嬰兒洗個澡，就叫洗三。」「朕明白了，這麼一說，明天就是洗三的日子了，你說小貓和人一樣，也洗三嗎？」「萬歲也會逗笑，貓當然不會洗三了，這洗三也叫添盆，普通老百姓給嬰兒洗三用洗衣盆就可以了，到了皇家自然用大金盆了。」咸豐皇帝說：「原來昨天宮監史進忠奏稱洗三所用的綢緞和大金盆已然準備好了。」貴妃說：「昨天首領太監已然向我報說二十五日『添盆』已由皇上下了聖旨，命三宮六院妃嬪宮女以及各府福晉都來爲太子洗三添盆。」咸豐說：「你不說我倒忘了，這是朕昨天早朝時批准的。」

二十五日午初二刻（上午十一時半），在太子洗浴時，咸豐一見有許多曾似相識，但又記不起來名字的婉嬪、容貴人、鑫常在等，似乎跟她們睡過覺，一時叫不出名字來，另外還有各府福晉和公主，有的熟悉，有的陌生，約在正午三刻洗浴完畢，大家爭先恐後地往大金盆的『聖水』裏擲金錠或洋金幣。

三宮六院的妃嬪、貴人等全來祝賀，他們一年到頭也難見上皇上一面，後宮佳麗三千人，三千寵愛都集中到懿貴妃一人身上了。她們對懿貴妃連升三級心中十分忿恨，萬分嫉妒，自己得不到皇上寵幸，怎會生孩子呢？懿貴妃生了個孩子，奉旨來賀喜，又不敢不來。

到了皇子滿月時，咸豐爺得貴子的消息已然傳遍全國，四月初二日彌月的這天，北京皇城家家白天放鞭炮、扭秧歌、踩高蹺，傍晚小兒出街提燈籠遊戲以示慶祝。皇宮內如同過年一樣，妃嬪、宮女、太監等均得到賞賜，到處貼了大福字，營造司太監來念喜歌，熱鬧非常。

懿貴妃生了孩子之後，身體驟然虛弱下來，據御醫診斷，請得懿妃脈息沉滑，係產後惡露未暢、腸胃乾燥之症，今議用回乳生化湯，午服一貼調理。復據御醫李萬清、匡懋忠二人，「請得懿妃脈息清緩，諸症俱減、乳汁漸回。」等語。

咸豐知道懿妃乏奶，立命尋合格乳母進宮。

天有不測風雲，一八六〇年（咸豐十年），英、法政府派額爾金、葛羅爲特使，率軍侵華。此時，太平天國軍隊再次攻破江南大營，佔據了丹陽、常州、無錫。英法聯軍已然逼進北京八里橋。正是內憂外患接踵而來。四面楚歌的清朝政府急派僧格林沁率領所屬蒙古族騎兵在京、津一帶抵抗洋夷，中國以刀槍落後的武器抵擋不住洋槍火砲，雖然拚命奮戰，而終於英勇犧牲了。

這時，戶部尚書兼步軍統領、九門提督肅順，急忙跟怡親王載垣、鄭親王端華密商，說：「萬一敵人進入北京，我等豈能束手就擒？」

「皇上乃一國之主，一定要保住皇上。」鄭親王說：「仁兄有何辦法？」載垣說：「只有逃出皇宮，找一個保險安全的地方才是。」肅順說：「只能轉移到熱河承德，別無他處。」幾個人研究之後，急忙一道去勸駕。此時，像熱鍋上的螞蟻一般的咸豐皇帝卻死活不走，說：「朕乃一國之主，焉能出走？吾當效明朝崇禎皇帝以謝天下。」此時，羣臣見皇上不走，無不痛哭失聲，而眼看兵臨城下，還是軍機大臣景壽出了一個妙計，說：「要想叫皇上離開北京到承德躲避，只有一人能使萬歲言聽計從。」大臣匡源馬上想到此人一定是懿太妃了，大臣杜翰、焦佑瀛以及鄭親王等人異口同聲說「對，對。」大臣穆蔭說：「我等不能直接去見太妃，此事非找小安子（太監安得海）去告知太妃，說明不走只有坐以待斃。」穆蔭自告奮勇急去告知小安子。小安子正和懿太妃述說洋人馬上就要進攻皇城，爲此事著急，已然兵臨城下，不知所措時，小安子聽到穆大臣的話後，急忙奏知懿太妃，小安子說：「大臣們都勸萬歲爺到熱河承德避難，萬歲爺說要倣效崇禎吊死煤山，大臣們都急了，故爾前來請太妃勸駕。」懿太妃說：「好哇，萬歲不想活，我和太子（即後來的同治皇帝）還想活命呢！」她於是急忙去見咸豐，講明大勢所趨，可以把朝政暫時召老六（即咸豐之六弟）坐鎮京師，萬歲爲什麼偏偏學崇禎？萬歲可以任命老六（即奕訢）爲與英法議和的全權大臣，有什麼不可？」咸豐聽後默然不語，太妃又說：「萬歲死了，想一想，太子會被洋人殺死的。」咸豐急忙說：「迅速傳旨，召奕訢入見。」並命怡親王載垣、鄭親王端華、戶部尚書肅順、軍機大臣景濤、匡源、杜翰、焦佑瀛、穆蔭等隨駕「巡狩」承德。然後把熟練洋務的奕訢安排在京師與英、法聯軍交涉。

這時，咸豐才慌忙地帶著皇太后鈕祜祿氏、懿太妃葉赫那拉氏以及一些掛名的妃嬪和御前太臣離別了京師。那「四春」咸豐唯恐落在洋人之手，也一同把她們帶走。

北京到承德的路上，成千上萬的豪門、富商追隨皇帝鑾輿之後。

承德有一座規模宏偉、輝煌壯麗的避暑山莊。從北京往東北方向，經密雲、走灤平、過古北口，便是山環水抱、林秀泉清、氣勢磅礡、層巒疊翠的仙境，樓臺亭榭掩映於花繁樹茂蒼松翠柏之中。

咸豐皇帝一路之上心事重重，不知洋人是否已然進入京師？圓明園又怎麼樣？老六對洋人交涉怎麼樣？扈從的大臣們也是心驚膽戰和咸豐所想相同。

咸豐和大臣們對恭親王坐鎮北京向洋人交涉，一直放心不下。原來在京師的奕訢王爺不但同英國、法國訂立了北京條約，而且接著又同俄國訂立了中俄續增條約（亦稱中俄北京條約）。在第二次鴉片戰爭中清政府被迫訂立的一連串不平等條約主要內容是：一、北京條約把天津條約中所規定的對英、法的賠款，都增加銀八百萬兩，另加恤金：英國五十萬兩、法國二十萬兩。

上述所說天津條約是怎麼回事？原來在咸豐九年五月（一八五九年六月），英、法兵艦蠻橫地闖入大沽口，被我負責防務的將軍僧格林沁用大炮猛烈襲擊，把英國的四艘炮艇擊沉，另有幾艘未被擊沉的，也失去了作戰能力。那英、法侵略者，不甘心受此失敗，在咸豐十年（一八六〇）初，兩國聯合派出相當大的兵力，仍由額爾金與萬羅率領，向我猛烈進攻。咸豐皇帝和朝臣慌了神。朝臣們推薦一個曾經辦過洋務的上海買辦，而今現任兩江總督何桂清出面斡旋。根據旨意，向英國公使探詢議和條件。後來英、法公使要求立即無條件接受四項條件，其中包括對大沽口炮臺的行爲賠禮道歉。

下面接著說清朝政府被迫訂立的一連串不平等條約主要內容。除鴉片戰爭已開放的五口外，沿海又開放了天津、牛莊（營口）、登州（煙臺）、臺南、淡水、潮州、瓊州等七口，並在長江沿線開放鎮江、南京、九江、漢口等四口，在新疆，對俄國也加開了喀什噶爾一口。俄國攫取得的黑龍江以上和烏蘇里江以東的廣大領土，共約一百萬平方公里，亦得到片面的最惠國待遇。外國船（包括兵船）可以往來於沿海各通商口岸，也可以在長江一帶自由通航。外國人可以任意在內地遊歷、通商。外國教會有在中國各地自由活動的權利。

充當翻譯員的法國教士，甚至私自在北京條約中增加上「任法國傳教士在各省，可以租買田地、建造自便的條文。」

在條約中，對領事裁判權，也有了詳密的規定：中國不但無權審理在中國犯了刑事案的外國人。而且凡是涉及中國人和外國人之間的民事案件，都要由中國地方官與（外國）領事館會同審辦。進出口貨物的稅率，除茶、絲、鴉片外，一律按値面抽五的原則規定。而且，洋貨進入內地，只抽百分之二點五的子口稅，以代替各項內地稅。

中英通商善後條約中，還有「任憑總理大臣邀請英人幫辦稅務。」這句含意是：英國人受總理大臣邀請，使英國人管理中國的海關有了合法的依據。

在條約中，使鴉片煙成爲合法的進口商品。條約中還有：「准許華工出國到英、法屬地或其他外洋地方做工的規定。」這就給外國人掠買華工，大批地運往出洋，從而得到合法化。

以上這些「條約」，使得中國陷入了半殖民地化的境地。

而今，壓在中國人民頭上的三座大山已被推倒，我們沒有理由，寵洋媚外，醉生夢死地忘記國恥。中國之富強，青年們是責無旁貸。須知：「亡國奴，如喪家之犬」，古有明訓。願青年一代及時猛醒。

五　蓮英閹割　禍根除盡

雞鳴報曉，夜幕徐徐地捲起。天空幾顆殘星，像鬼眨眼似地一閃一閃地發出暗淡光輝。一八五〇年，太平軍派林鳳祥北伐，佔據了直隸東光縣城之後，把清兵打得落花流水。清兵潰散之後，到處搶劫。大城縣的老百姓無不驚慌失措。有錢的，早已逃往天津衛，沒錢的老百姓，也盲目地往外逃，大城縣顯得非常冷落。

大城縣有個以修鞋爲業的「皮削李」，正是李蓮英的爹爹李德順，他帶著妻子和孩兒，也隨大批難民攜帶著工具箱，挑著筐子逃出。

李德順的妻子徐氏抱著年僅三歲的小三寶泰。李德順擔挑著九歲的老大李國泰和七歲的老二李英泰（即李蓮英）。

他們每到一座村鎭，便擺上縫鞋攤。那徐氏帶著三個兒子挨門挨戶乞討，維持生活。

逃難的日子不是好過的。李德順的生意冷落，兵慌馬亂，誰還縫鞋？徐氏挨門挨戶要飯，十要九空，到一戶碰一戶。徐氏跟德順說「凡是留下的，都是老人和婦道人家，咱們何不到天津衛去看看？」皮削李說：「正是，我從逃難出來，咱們討乞的錢和縫鞋的錢，我數了數，已然積蓄了大銅版五百多枚，小銅版也有一千多枚了。制錢有多少，都數不過來了。乾脆明兒個搭上一輛跑天津衛的大車，頂多花上百八十大銅版，也免得風風雨雨地沿途受罪。」孩子們一聽到天津衛，高興得跳了起來。

他們爺五個，揀個好日子，坐上大馬車，日行夜宿便到天津衛。

「皮削李」在天津窮人聚集的地方擺鞋攤，徐氏依然帶著孩子去乞討。有一天，正和一位商人模樣的人乞錢。這位商人計約四十歲上下。仔細端詳徐氏，「大嫂，瞅著怎麼這樣眼熟？大嫂是哪兒的人？」「我是大城縣的，地方不安靜，才逃出來，爲了生活，沒辦法呀！」「哦，願得如此面熟，我是東村的沈文良啊！又是德順大哥的熟主顧，德順大哥出來沒有？」「孩子他爹也和俺娘幾個一同來到了天津衛，孩子他爹也在集上擺鞋攤呢！」「那很好，我就住前邊的三元店，叫大哥今晚到三元客店去找我，千萬千萬。」「大哥放心，我告訴他就是了。」

這天晚晌，李德順到了三元客店，見了沈文良，老鄉見老鄉，兩眼淚汪汪，敘述了大城縣兵荒馬亂，隨著大撥逃難的出來，沿路討乞的經過，不禁哭了起來。沈文良立刻安慰李德順說：「不要哭，有什麼困難只管說，我家就住在北京西郊大有莊，家中有老婆孩子共四口人，生活還過得去。我經常跑津、京兩地運貨，生意還不錯。」李德順說：「我每天在天津擺修理破鞋攤，生意也不好，我知道大哥有個孩子進宮當了太監，多麼想福？我有三個男孩，成了累贅，大哥要是幫忙，也叫我那個二的，進宮當太監，也好減輕我的負擔。」沈文良說：「好說，好說，既然是同鄉，哪有不管的道理？你跟大嫂商量商量，在天津討飯，不是長久之計。明天早晨，你好不好同我上北京，我家有間閑房，你回去也要跟大嫂商量同意不同意？」李德順說：「她哪能不同意，你算救了我們呀！」沈文良說：「你們要是住在北京大有莊，你可以掛出你那『皮削李』的幌子鞋攤不好嗎？」李德順從炕沿站起來，向沈文良作了個大揖說我回去就收拾一下，明天一早，就到這裏來。

兩天後，他們到了北京京西大有莊，沈文良老婆一見同鄉來了，高興得不得了，因爲沈文良老婆，就盼有個親人或老鄉親來作伴。她馬上拿來兩床被子，李德順夫婦一見，千恩萬謝。沈文良夫婦說：「這些日新來乍到，咱們就同桌吃飯，大嫂幫下忙就可以了，咱們還不是一家人？」李德順說：「這實在過意不去。」沈文良說：「我不是說新來乍到，有什麼客氣。」李德順說：「要不，我把『皮削李』的招牌擺出來，以後或再購買家中用具，好不好？」沈大嫂說：「李大哥不要客氣，咱們就是一家人，合伙吃飯，共同做飯，不必分彼此。」這時李德夫婦也就依從了。

大有莊還沒有個修鞋攤，沒幾天，「皮削李」的名聲，就傳開了。都知道他修鞋、縫鞋、做活實在，價錢又低，所以生意一天比一天興隆。

李德順這兩天不斷地和沈文良談及想叫八歲的英泰進宮當太監。小小的「李蓮英」，聽說叫他進皇宮，樂得蹦跳起來喊：「我要去見皇上去喲，要去見皇上去喲！」

沈文良去紫禁城去見十七歲的兒子沈連升。沈文良到了午門，經過傳達，不大功夫，沈連升就跑了出來，沈文良說出「皮削李」的八歲兒子想進宮當太監。沈連升說：「八九歲的孩想進宮，和總管一說就行。」沈連升便去報告總管安德海。安德海說：「他既然是八九歲，很適合宮中的條件，就叫他進來吧！」沈連升說：「他本人沒來，是我爹介紹，問我成不成，既然總管答應了，明天就把他帶來。」安德海說：「明天來罷。」

次日，沈文良、「皮削李」和小二來到了神武門，見沈連升。

沈連升把小二領去見安德海。這時沈連升叫李小二給安總管太監磕頭。小二馬上跪下給安總管磕了三個頭。安德海說：「這個孩子還有人緣。」然後問：「你叫什麼名字？」小二說：「我叫小二。」沈連升忙插嘴說：「小二是你的小名，你還有什麼名字？」小二說：「爹爹給我起名，叫英泰。」安德海問：「你姓什麼？」小二忙回答：「我姓李，有時爹爹叫我李英泰。」安德海靈機一動，說：「你在家中不是叫李英泰麼？你入了宮中，就要給你另起一個名字。」小二忙說：「我願意叫宮中的名字。」安德海說：「以後你就叫蓮英罷。」沈連升叫李蓮英磕頭謝恩。沈連升問安德海：「幾時叫李蓮英進閹割房？」安德海說：「現在你就帶他去吧！」

沈連升把李蓮英送到「閹割房」，但是不能直接進房中，必須由閹割太監站在屋門內，伸手拉住門外的小李蓮英說：「你跟我進門來！」這句話的意思是：李蓮英已然加入太監行列隊伍之中了。這時小二心中也不知道要幹什麼，他心想：「不是叫我進宮見皇上嗎？」

沈連升見到小二進了閹割房，自己才離去。小二眞莫名其妙。忽然閹割太監說：「你快把衣服、褲子都脫下來！」小李蓮英哭了，哭喊：「俺找娘去，我回家！」淨身閹割太監便以武力把他的衣服、褲子扒下來，小李蓮英見著床上有把刀，知道是要宰他，於是大哭大叫，那淨身太監熟練地把他捺倒在固定好了的床位上，把他捆綁起來。小李蓮英喊叫得聲嘶力竭。淨身太監說：「你不哭不喊，就把你放回家去，你再哭喊，就把你宰了，你哭不哭了？」小李蓮英說：「我不哭了。」淨身太監的態度也緩和了，說：「你這才是個好孩子。明天就送你回家去。」

小李蓮英暫時安靜下來，那淨身太監把一個煮熟了的雞蛋，剝去皮，說：「好乖乖，你把這個雞蛋嚼碎了，不准咽下去。」淨身太監見他把熟雞蛋。咀嚼的差不多了，即迅速地作閹割手術。李蓮英感到一陣劇烈地疼痛，可嘴裏有嚼碎的雞蛋，喊叫也喊叫不出聲來。小李蓮英昏迷過去了。當小李蓮英甦醒過來時，淨身太監正在給他敷藥膏，爲了不使生殖器堵塞，能使將來小便通暢，故插進一條臨時的小皮管子。待肌肉長好復元之後，即把皮管撤下來。

閹割了小李蓮英的小生殖器，這時李蓮英也不感覺疼痛了。這也是宮中特製的止痛藥劑。

李蓮英到底不知道是怎麼一回事，他也覺得餓了，把嘴裏的雞蛋，慢慢咽到肚中。淨身太監又給他用羹匙給他一勺一勺地喂糖水，小李蓮英訓順地一口一口地往下咽。他知道淨身太監沒有用刀宰他，只感到下身有點別扭。淨身太監說：「孩子，你不要怕，你爹爹把你送來時，跟你說了沒有？這裏是皇上家，天天叫你吃大魚大肉，可好啦。凡是小孩子到這裏來，都要把你身上的壞東西去掉，你放心，我把你身上的壞東西去掉了。」小李蓮英見這個大漢，沒有宰他，反而跟他說好話。知道每天要吃大魚大肉，吃好喝好的，就得把身上的壞東西去掉。他心想，我身上的壞東西在哪兒吶？怎麼覺得撒尿的那兒有點彆扭，是不是壞東西就在那兒？」正在疑問之時，淨身太監說：「孩子，你的壞東西就在你撒尿的小雞子上，你這個小雞子，長大了之後，會竟惹禍。可不得了，所以今天把你長大時的禍根子去掉了，可以平平安安地吃大魚大肉了。」

這時，閹割房進來了兩個小太監，淨身太監對他們說：「來，你們倆要好好伺侯這個小伙伴。」小李蓮英一看，這兩個小伙伴，比他大不了兩三歲。淨身太監命令一個小監去給小李蓮英端飯菜，命令一個小太監給小李蓮端茶來，並囑咐好好和小李蓮英解悶。淨身太監也休息去了。

小李蓮英剛喝完茶，那小太監也把飯菜端上來了。小李蓮英躺在閹割床上一看，眞有大魚大肉和叫不上來名字的菜。

兩個小太監細心地護理他。這時一個小太監略略把李蓮英扶起，半倚半臥，一口一口地餵他飯菜。兩個小太監問：「你叫什麼名字？」「我……我叫小二，不……不叫小二，小二是我的小名，爹給我起的大名叫李英泰，那天進皇上家來，那叔叔給我起的名字叫李蓮英。」「哦，你姓李。」

李蓮英邊吃，三人東拉西扯，李蓮英問那餵茶水的太監說：「你叫什麼名字？」「我叫宋玉順。」那個餵李蓮飯的太監自我介紹說：「我叫劉翠喜。」三個小伙伴越聊越帶勁，李蓮英把回家忘掉了。

宋玉順、劉翠喜二人伺侯李蓮英，給他端屎、端尿、供給豐富的飯菜，證明李蓮英在未進宮之前，他爹爹並沒有瞎話。兩個月的功夫，李蓮英完全恢復了健康，把撒尿的皮管也撤去了，但是說話有些像女人，細聲細氣地活像個小姑娘。

在那個年月，淨身房，不但宮中有，市面上也有。淨身房是個熱門。不過必須是宮中承認的，並授以七品「芝蔴官」。一個是在南長安街會計司胡同的畢五爺；一個是在地安門方磚廠的小刀劉。這兩處淨身「閹割房」，專收兩種小男孩：一種是窮家子弟，一種是「拍花子」拍來的小孩，經「七品官」收留，第一，不要什麼手續費，第二，進宮當了太監（也叫老公），七品芝蔴官，每月代領三四兩銀子，自己扣去二兩，算做手術費或稱管理費，其餘的由家長領走。

清朝末年，「拍花子」在市面非常猖獗。他們拐走小孩的方法是：只要見大人不在身邊，用一種「迷魂藥面兒」把迷魂藥粉末放在手帕裏，然後把手帕在孩子面前一抖摟，小孩子一聞見，就迷糊了，匆匆領著他或抱起來逃跑。那時候，北京人家有丟小孩子的，先往畢五爺和小刀劉那裏跑，去找丟失的孩子。

李蓮英進宮，是屬於家長經人介紹自願把孩子進宮當太監的，家長也要待半年之後，才能進宮領取孩子的月俸，慢慢地也有和孩子見面的機會了。

當太監的上廁所，和女人一樣，不能站立撒尿，所以太監的生殖器部位類似女人的陰戶。但是，也有例外，閹割後，過了十年八年後，會生出奇異的「二茬」來。所以當太監的，就怕生出二茬來。為什麼？宮中有個規矩，唯恐太監的生殖器再生，到了一定的年限，要舉行一次秘密地「檢二茬」的普查工作。如果發現有生出二茬的，再次閹割，比幼小時閹割，痛苦萬分，所以太監就怕自己生二茬，更怕內務府協同敬事房，進行一次「檢二茬」。據傳說，安德海和李蓮英奉太后懿旨，不授檢二茬關。

且說李蓮英好了傷疤忘了疼。他在宮中人緣非常好。李蓮英十四、五歲時，安德海把他派到坤寧宮。這時上海流行一種新式髮髻，京中貴族婦女爭先摹仿，宮中也受外來潮流影響。太后命梳頭房太監到宮外去學習，連換了幾次人，回來給太后梳新式髮髻，都不稱意。李蓮英聽說了，就毛遂自薦去找沈連升，請他向安德海總管說情，說有信心把新式髮髻學好，沈連升向安德海一說，果然批准了。

李蓮英到宮外，並不到剃頭棚向老師傅請教，而是先到前門外各大妓院，仔細觀察妓女所梳的新式髮髻，回來反復推敲。李蓮英一連跑了幾天妓院，跟妓女也打得火熱，因此，也就掌握了梳新式髮髻的竅門。安德海果眞把他抓入梳頭房去了。

一天，梳頭房首領太監派李蓮英給太后梳頭，太后一見李蓮英，非常投緣，當李蓮英給太后梳完頭，太后對鏡一照，噗嗤地一聲笑了說：「換了幾個人到宮外去學習，哪個也不中用，沒想到你梳的這麼好。」

平時，太后喜歡新式髮髻，既美觀又簡便，不像滿族梳兩把頭那樣麻煩。只是每逢大慶的日子才梳兩把頭。有時，李蓮英給太后梳兩把頭的燕尾兒，梳得栩栩如生。李蓮英不但給太后的頭髮梳得滿意，就是對太后面頰的化妝，也是十二分小心從事。每天給太后梳完頭，還要在太后的面頰上給薄薄地敷上一層用玫瑰液汁製成的胭脂，最後還要用一小塊絲棉把太后的上下唇搽上口紅。

每當慈禧太后聽政回來，身邊只有心腹太監二人，一是安德海，一是李蓮英，不過李蓮英，不但是太后的奴才，也是安德海總管的奴才。

其實，安德海和李蓮英二人，在咸豐皇帝死在熱河承德時，立下了汗馬功勞。因肅順等八大輔臣，擅自立太子載淳繼位，對慈禧太后根本不放在眼裏，故慈禧秘密派安德海和李蓮英化裝到北京去見恭親王，召六王爺迅速來承德共商大計，最後成功地把肅順殺掉。

六　披蔴掛孝　亂中奪權

居住在避暑山莊煙波致爽殿的咸豐皇帝，終日憂心如焚，加之身體虛弱，氣息奄奄，這時只有皇后鈕祜祿氏和幾位大臣在咸豐帝榻前。咸豐自知旦夕歸天，他對皇后說：「朕所不放心者，懿妃那拉氏，將以太子載淳繼承皇位而飛揚跋扈，汝應把朕之私章『御賞』和『同道堂』兩顆印勿到那拉氏貴妃手中。」接著向榻前的大臣諭鄭親王端華、怡親王載垣、戶部尚書肅順、軍機大臣景壽、匡源、杜翰、焦佑瀛和穆蔭等八人說：「委托汝等輔佐載淳幼帝。」遺囑之後，他流下了辭別之淚，一八六一年（咸豐十一年）八月二十二日駕崩，結束了十一個年頭的皇帝美夢。

皇后鈕祜祿氏派太監去請那拉氏貴妃報喪。這位那拉氏一聽皇上駕崩了，不但沒有痛哭流涕，反而暗中高興起來。八位大臣遵囑並經過八大臣商議之後，定新帝年號曰：「祺祥」。

蘭貴妃身披孝服，抱著兒子登基就位，依例封皇后鈕祜祿氏為「慈安太后；封太妃那拉氏為「慈禧太后」。在宮內一般尊稱慈安叫：「上母太后」，尊稱慈禧叫：「聖母太后」。

咸豐帝出逃來承德時，把朝廷的「御璽」，已交給恭親王奕訢留在北京，用在對外交涉之用，所以咸豐帝在承德對外用印，只以咸豐帝的閑章「御賞」和「同道堂」兩顆印章爲證，作爲頒發諭旨、敕令之用，並通諭全國各省府縣一體周知在案。咸豐在世時，聽說縣官兒太太掌管大印，所以咸豐把兩顆代用「國璽」交給皇后了。

咸豐皇帝死後，慈禧由貴妃一躍而成爲太后，但她不掌握「代用的國璽」，於是費盡心思，把兩顆印章騙到手中，致使輔政大臣對外行文遭到了重重困難。心地善良的慈安還在夢中。

慈禧太后與胸無主見的慈安商議：秘密派遣寵監安德海化裝往北京跟主持向外國交涉的全權大臣、恭親王奕訢，密商先帝死後善後問題，以及肅順等八大臣，無視北京朝廷，專橫霸道，希速來承德，密商組織新內閣，共商大計。

一周後，奕訢果然帶著組閣名單來到承德。肅順等八大臣見六王爺來了，便說：「你未奉詔書竟然離京，京中誰負責任？」奕訢說：「京中大臣很多，京師安靜如常，故前來奔喪叩謁梓宮，慰問兩宮太后。」肅順說：「你身爲議和大臣，遇事獨斷專行，怎麼也不向朝廷請示？」奕訢說：「我做爲全權大臣，有權力定奪，況且京中還有各大臣共商，怎麼說獨斷專行？」肅順說：「你目無朝廷，沙俄趁火打劫，借口向英、法兩國調停有功，你不向承德朝廷請示，就同沙俄簽訂了《北京條約》，你就不加以抵制麼？」奕訢說：「你不知道內幕具體情形，你沒有發言權。」肅順說：「你們一些大臣在京中醉生夢死，認憑外國人宰割，依然花天酒地，你以爲我不知道？」

原來，咸豐帝在一八六〇年（咸豐十年）逃往熱河承德之後，沙俄借調停英、法聯軍攻佔北京的軍事壓力有功，他們趁火打劫，迫使清政府簽訂《中俄北京條約》，把烏蘇里江以東，包括庫頁島在內約四十萬平方公里的中國領土，強行掠去，在條約中強行規定了中俄兩段邊界走向，竟然把中國境內的湖泊河山，作爲界線的標誌。故此，肅順拿出這件，喪權辱國的事，質問奕訢。肅順對奕訢繼續說：「你在同沙俄交涉中，對伊格那耶夫提出的侵佔大清江山的無理要求，你做爲一個坐鎮京師的全權大臣，抱什麼態度？大清的江山就這樣唾手送給洋人嗎？」奕訢說：「你沒有資格問我。」肅順說：「我是奉先帝遺詔輔佐幼帝的，怎麼沒資格？」奕訢說：「肅順，你別狂，我今天來承德，是奉小皇帝詔書而來的。」

肅順心想：小皇帝操在我手中，你這個小六子吹什麼牛？說：「你說奉小皇帝詔，有什麼憑據？」奕訢即把蓋有「御賞」和「同道堂」的印章詔書拿給肅順看，六王爺奕訢眞把「王牌」露了出來，弄得肅順張口結舌，心中不禁疑惑起來。

且說在京秘密組閣的主要人選是：葉赫那拉氏慈禧、鈕祜祿氏慈安、醇親王奕環，睿親王仁壽和恭親王奕訢。

奕訢六王爺白天不便與那拉氏慈禧見面，就在深夜由安德海把他引入距離勤政殿一里之遙的慈禧寢宮，行動極爲秘密，不使外人發現。

慈禧計劃：把靈柩運回北京，靈柩在後行，兩宮太后攜小皇帝先行，暗中由親信榮祿的武裝緊隨兩宮及小皇帝之後，奕訢在兩宮及靈柩未行之前，迅速返回北京與副都統勝保取得聯繫，確保京中治安。嫂子與小叔子密談一夜，至天色微明，奕訢才離開慈禧的寢室。

天明，兩宮太后給八大臣下了懿旨：「著行在人員準備車駕，定日奉安先帝靈柩回京。」肅順等八大臣見到突如其來的旨意，不禁驚慌失措。

八大臣召開緊急會議，一致認爲是奕訢的陰謀詭計。不能聽之任之，那拉氏這個娘們有什麼了不起。有的大臣說：「不要動肝火，可以緩言，以京中尚且不安靜，須俟時日，再行回京不遲。」

他們公推載垣去面奏兩宮太后，大家沒有料到，慈禧一聽稟奏，立刻拍案大罵說：「你們想挾天子以令諸侯嗎？你們眼裏還有太后沒有！」接著對隨身太監說：「把載垣給我驅趕出去。」嚇得怡親王載垣癱在地上，由幾名太監把他攆了出去。

慈禧太后理直氣壯地想：自己的兒子做了皇帝，豈能叫你們這些人擺佈？

怡親王載垣被攆到院外，急急忙忙向各位輔政大臣傳達了慈禧太后的意見，大家只好遵旨，準備（辛酉）十月二十六日起靈。

全體朝臣到了澹泊敬誠殿行啓靈禮，由小皇帝奠酒舉哀，由肅順親自指揮，把梓宮擡到一百二十八名伕子所擡的大槓上，然後由軍機大臣景壽等引領小皇帝到行宮大門的正麗門前恭候。這時，兩宮的黑布轎車早已在行宮等候，待行禮完畢即逕赴北京。

肅順小聲地同幾位大臣說：「我們回京，頭顱將不保。」有大臣悄悄說：「等那個武則天行在半途中，把她幹掉了。」有的說：「你們沒見她的狗腿子氣勢洶洶的樣子！」有的說「先下手爲強。」

原來，榮祿駐承德禁衛軍，明著聽輔政大臣的指揮，暗中早已被慈禧太后收買過去了。幾位輔政大臣束手無策，這時，肅順哭了起來，怡鄭二親王見肅順一哭，深有感動，怡親王對肅順說：「依你怎麼辦？」肅順說：「你倆是親王爺，以護兩宮安全爲名，一路之上對兩宮多方照顧，豈不名正言順？走到古北口時，化裝十名土匪把那拉氏除掉，然後，當著慈安和小皇上的面，再把土匪殺掉，豈不是殺人滅口麼。」

鄭親王哆哆嗦嗦地說：「全憑仁兄辦理。」肅順說：「兩位王爺自管放心，到時我帶衛隊前去接應，進北京就說慈禧太后被強盜所殺，業已把強盜當場處死。」

膽小的怡親王心中暗想，你肅順不是借刀殺人嗎，將來的罪名都要落在我兩親王身上。肅順見怡親王有些爲難的樣子，便說：「兩宮太后很有矛盾，是面合心不合，小皇帝是個小孩子，還不懂事，請二親王放心。這樣我們回到京中，才能保住生命。」

肅順儘管有千方百計，可再精明也精不過那拉氏。她在啓程前，早有嚴密防備，身邊有榮祿及一群武裝衛士保駕，載垣的武衛人員也歸榮祿管轄，即使有一二武裝侍衛是載垣和端華的心腹，哪能抵得過榮祿那個銅牆鐵壁般的武裝衛士，他們緊緊保護兩宮鑾輿，無從下手。

肅順在靈柩之後隨楨緩行，這時他估計兩宮太后和小皇帝已到了古北口，便快馬加鞭趕到古北口，可是慈禧太后的鑾輿早已無影無蹤了。肅順急忙追，當他的一群人馬趕到密雲時，遇上了大雨，肅順認爲這是天意，可是兩宮太后命令冒雨換班行進，不准停留。

肅順帶一批武裝冒雨追趕前來，榮祿發現肅順追來，防範得更嚴了，肅順終於追上了兩宮鑾輿，趕忙向兩宮請安。慈禧問：「你爲何不隨靈在後？」肅順說：「靈柩萬安，請勿掛念，臣在途中見前方雷雨交加，故冒雨前來護駕。」肅順見慈禧神色大有氣吞山河之勢，見榮祿也是怒氣衝天，把趕來的武裝拒於千里之外，毫無截殺的機會。

這時，慈禧太后甚是疑心，怒斥肅順和前來護駕的鄭怡二親王，令他們趕緊回去護靈。他們走了之後，經榮祿稟報，才知剛才差點被肅順暗算。

一百二十八人大槓擡著的這口棺材，像蝸牛似地蠕動著，慢慢地才來到密雲，這時，肅順叫載垣和端華跟靈柩回京，自己聲言因病同家屬暫休息兩天再走，原來他是觀察動向。

兩宮鑾輿早已抵達北京郊外，恭親王、醇親王率領留京大臣以及大小員司出城排班跪接。

慈禧太后歸心似箭，到了離開年餘的皇后內院，她馬上告知醇親奕環召開御前緊急會議。她毫不動聲色地自行在宮院之內巡視一番，頃刻之間，奕環前來稟報各大臣均已到齊。慈禧來到太和殿，見慈安太后已然來了，她徐步走到慈安身旁坐下，聽取奕訢報告訂《北京條約》的經過。慈禧聽完奕訢的報告，說：「朝廷內憂外患，在承德行宮肅順等大臣挾天子以令諸侯，致使先帝駕崩，我孤兒寡母完全不在他們（指八大輔臣）的眼裏，飛揚跋扈，無以復加，先帝靈柩不日奉安進京，八條虎狼仍在路上，一旦來到，汝等必遭迫害，小皇帝必將成爲他們的傀儡，我和慈安太后亦不能脫出他們的虎口。在承德先帝駕崩之後，由於他們畏懼京中尚有各大臣，他們不得不遵制晉封我爲慈禧皇太后，把皇后晉封爲慈安皇太后，他們竟然也不向京中爾等諸大臣商量，竟然把載淳繼帝位的年號擅自訂『祺祥』二字，在承德也不和皇后和我商量。這群豺狼馬上就要奉安隨先帝靈柩到京，事已急矣，望爾等早出主意。」講完又大哭起來。

京中在座大臣，聽了無不咬牙切齒，有的大臣提出祺祥二字不妥，奕環提出：「新帝年齡尙幼，理所當然由兩宮太后共同輔佐，既然是兩宮太后朝夕護理新帝，可用『同治』二字，定爲年號，不知諸仁兄以爲如何？」大家聽了一致同意，兩宮太后亦表示贊同。有的大臣提出，馬上布置軍隊先把肅順等在京宅第封鎖起來，有的大臣提議，快派軍隊出城把隨靈柩前來的八奸逮捕，有的大臣反對此意見，說：「動軍隊是可以，但不能在迎接靈柩同時捕人，不若待他們各自歸寓時，迅雷不及掩耳逮捕，就不會造成混亂。」這個意見大家一致同意。

兩宮回鑾的第三天，靈柩到了北京，隨梓奉安的有怡親王載垣、鄭親王端華、軍機大臣景壽、匡源、杜翰、焦佑瀛和穆蔭，就是沒有肅順。但其中還有不少外逃的商賈，也都源源歸來。

這時兩宮太后帶著小皇帝，以及各王公大臣，全都孝服出迎。

原來肅順預感前途不妙，他和家春都留在密雲了。

兩宮太后和奕環商量如何逮捕八奸，奕訢說：「擒賊先擒王，主要是肅順，對載垣和端華二人還要區別對待才是。」慈禧說：「剷草要除根，古人云，除惡務盡，不俟終日。不過，可以有緩急早晚之分。」最後確定分爲八個逮捕班，第一逮捕班由奕環率領武士馳奔密雲，第二班由仁壽率領到鄭王府時，聞鄭親王端華到怡親王載垣府中去了，故第三班逮捕怡親王時一併把鄭親王端華牽到宗人府去了，除第一班外，四、五、六、七、八逮捕班都把人犯逮捕起來了。

話說第一班到達密雲時，正是夜深人靜，經探知肅順就住在知縣褚溪源府內的第宅，那褚溪源陪同兩宮護駕離去，褚的家眷在事變後早已回京收拾寓所劫後的殘局去了，所以肅順及其家眷全部佔據了褚溪源的寬大住宅。

肅順的臨時宅第大門緊鎖著，一群如狼似虎的武士奉奕環之命不待號房守衛開門，已把大門砸開了。

庭院之中，月色朦朧，燈光暗淡，門衛知道是朝廷派來的人員，他們也知道肅順被朝廷革職的消息。奕環問：「肅順在那裏？」被驚醒的院丁說：「老爺睡在四姨娘房中。」奕環說：「馬上領我們去。」那些院丁門衛和被驚醒的丫環們個個戰戰兢兢，知道大事不好了，那膽大的說：「老爺在西花廳裏。」奕環說：「速帶路！」

第一逮捕班來到了西花廳，打開房門，肅順和四姨娘從夢中驚醒，那肅順一見是奕環率領武士闖進臥房來，立即坐起，破口大罵起來，被掀開被窩中的四姨娘曲線畢露，一下酥在那裏。奕環說：「奉旨來捉拿你！」說罷命他穿好衣褲，一時忙亂和驚慌，肅順把四姨娘的褲子緊緊去穿，才發覺錯了，好不容易尋找著衣褲，邊穿邊問：「我犯了什麼罪？」奕環說：「你專橫跋扈阻攔和議，排斥英法友邦，顛覆朝廷，怎麼沒罪？」奕環見他把衣服已穿好，立刻下令把他捆縛起來，肅順邊掙扎邊罵：「你們是奉誰的旨？六歲的小兒怎麼懂得下旨拿人？這還不是潑婦那拉氏跟我作對？你們都是那拉氏的走狗、幫凶，呂后，武則天出世了，你們陰謀顛覆大清江山，父皇屍骨未寒，那拉氏的猙獰嘴臉就現原形了……。」

肅順在強權之下只得由他們牽走了。

大批人馬，一夜之間像瘋狗似的來到京城。天色黎明，肅順被押在宗人府。這宗人府是管理皇室宗族的事務機構。肅順被送進這裏，一看載垣和端華也在那裏捆綁著，肅順怒氣衝衝地對他們說：「你們今天也明白那拉氏之心了吧！」原來咸豐帝一死，在承德行宮時，肅順就看出那拉氏必然要掌權，勸怡、端二親王及早在避暑山莊消滅掉她，曾遭到他二人的反對，今日才落個那拉氏的階下之囚。

宗人府會同大學士、九卿等，擬了一份對肅順爲首的八人莫須有的罪狀，次日慈禧太后用同治皇帝的名義，假惺惺地下了一道區別對待的加恩旨意：肅順悖逆狂謬，本應凌遲處死（極刑，先斷其肢體，再斷其咽喉），現著加恩，改斬決（砍頭）立斬。朕念載垣、端華均屬宗人，著加恩自盡（自殺）。御前大臣景壽，身爲國戚，緘默不言，著即革職，著加恩保留公爵，免其發遣。兵部尙書穆蔭，在軍機大臣上行走最久，班次在前，情節嚴重，著即革職，加恩發往軍臺效力贖罪。吏部左侍郞匡源、署理右侍郞杜翰、太仆寺卿焦佑瀛等，對竊奪政權不能力爭，均屬辜恩溺職，著行革職，加恩免其發遣。

一些膽小怕事的，見先帝御前得勢的大臣失勢了，都靠攏在慈禧這一邊反戈一擊，表示擁護慈禧太后，甚至高呼萬萬歲。大學士賈楨一看先帝御前八大臣治罪了，他領銜會集群臣簽字奏請兩宮太后垂簾聽政。

山東道監察御史董元醇上奏疏云：「新帝沖齡，未能親政，請兩宮太后垂簾聽政。昔漢之和熹鄧皇后；晉之康獻褚皇后；遼之睿智蕭皇后等皆以太后臨朝史冊稱美……」云云。

慈禧太后自咸豐十一年二月二十二日（一八六一年四月一日）起，到今天同治元年三月二十五日（一八六一年四月二十三日）止，一個多月的時間，取得輝煌的勝利，宮中張燈結綵。慈禧心中始終對奪取政權垂簾聽政唯恐不落實，所以她密召心腹副都統勝保前來商量，勝保說可約請大學士周祖培查找歷史上皇太后垂簾聽政的歷史材料，以便作爲根據。周祖培又推薦翰林院的禮部右侍即張之萬和許壽朋四人一同研究歷代王朝政治上有關垂簾事宜。他們四人加班趕制了《治平寶鑑》，內容材料翔實，這成了太后奪權的有力武器。那勝保不但參與《治平寶鑑》的研究，他還用所掌握的軍隊力量壓制一切反對垂簾聽政的大臣們，並還直陳上疏，內容大致說：「爲今之計，非皇太后親理萬機，召對群臣，無以通天下情而正國體，非委近支親王佐理庶務，盡心匡弼，不足以振綱紀而順人心。我文后（指順治帝之母）當國初之年，雖無垂簾明文，而有聽政之實……」這份上疏慈禧和慈安兩太后下旨意命大臣們討論，一部分不贊成太后垂簾的人也雙手贊成了。二十七歲的慈禧既得政權，不惜對內鎮壓、對外屈膝投降。事平之後，穩坐金鑾殿，論功行賞，委任恭親王奕訢在軍機處議事，掌握總理衙門軍政大權，任命榮祿爲戶部侍郎兼內務府大臣，醇親王奕環（慈禧妹夫）授御前大臣、領侍衛大臣，掌管神機營等職。

肅順被殺，滿族人稱快，肅順亦是滿族愛新覺羅氏，爲鄭親王端華之弟。滿族大部分人都恨他，原因是他當時爲了整頓官場的貪污腐化、行賄受賄等不正之風，很得罪了一些烏七糟八的人，甚至咸豐帝說了「下不爲例」，但肅順仍立主殺之，特別是他不避權貴，以猛烈殺戮手段予以矯正。不料咸豐一死，曾被他壓制過的慈禧太后，反過手來，如何不殺他呢。

一八五八年（咸豐七年戊午），順天府（保定）科場由蒙古正蘭旗的柏葰任鄉試主考官，因舞弊被御史劾奏，咸豐閱了奏章之後，用硃批示曰：「罪無可逭，情有可原。」肅順鐵面無私，對皇上說：「雖屬情有可原，究竟罪無可逭。」刑部尚書趙光時在側，聞而失聲，上意猶未決，肅順奪朱筆代書之，柏葰終於被殺。

咸豐在位十一年，所生皇子僅一人，慈禧之所以敢於頂撞咸豐，就是因爲有了兒子載淳的資本，恃子而驕。肅順預見及此而請皇上行鉤弋故事。何謂鉤弋？漢武帝鉤弋夫人趙婕妤居「鉤弋宮」，因生子有寵，武帝將其立爲太子，恐主少母壯，女主將恣淫亂，遂藉故賜死，而立其子爲太子，就是後來的漢昭帝。肅順請咸豐用鉤弋故事，意思就是請咸豐皇帝傚照漢武帝處置鉤弋夫人的辦法殺掉慈禧，保留其子（同治）。咸豐皇帝在承德病重時，也曾預見慈禧將來必然當上皇太后，那時也必然會排斥慈安鈕祜祿氏，認爲肅順頗有遠見，惜咸豐手下太軟。肅順對慈禧是不是手軟呢？筆者認爲在咸豐咽氣之後，慈禧的命已然掌握在肅順的手中，惜包括肅順在內的八大輔臣完全受到封建傳統的「君命臣死，臣不敢不死，父叫子亡，子不敢不亡」的遺毒，終於手軟了，結果反被慈禧所設羅網把八大輔臣一網打盡。自古以來，成者王侯敗者賊，言之非謬也。慈禧既然勝利，論功行賞的同時，當然不能忘記對肅順一派的殘滓餘孽予以消滅。就是曾經站在肅順一邊的人，特別是文人，也趁機會轉到慈禧一方，對肅順反戈一擊，指肅順等人爲奸臣。讀清史肅順傳，記有：「肅順恃咸豐恩寵，與其中鄭親王端華及怡親王載垣相互結納，務爲攬權立威，辛酉政變之後，端華載垣賜死，肅順則被處斬，就刑時，道旁觀者，爭擲瓦礫，都人稱快」云云。這是站在勝利一方的手筆，古今中外，司空見慣。

七　安宦就戮　桃僵李代

話說咸豐死後，慈禧亂中奪權，她並沒忘清江縣令吳棠曾經在惠徵靈柩回歸途中，他給喪船三百兩的事，是報恩的時候了。慈禧力命查尋原清江縣令吳棠，以便給他升任。

據調查人回奏稱：吳棠正在北京刑部衙門受審，關在監獄中。原來，吳棠因貪污枉法，民憤極大，被老百姓告發，經查屬實，依例判處十年徒刑。慈禧太后知道以後，立命寵監安德海秘密追查「誣告」吳棠的老百姓和給吳棠定刑的官吏。安德海不分青紅皀白，一律逮捕起來。有的殺頭，有的謫戍，有的關進牢房。

吳棠被擢升爲四川總督。監獄直接把文件交給吳棠，向他賀喜。吳棠莫名其妙地出了監獄以後，聽說朝廷任命他到四川任總督，他自己以爲大概是在做夢。他偷偷地咬了咬自己的手指頭，咬得出了血，十分疼痛，但還懷疑是夢，或是朝廷把人名弄錯了。

緊接著朝廷下了第二道「進宮召見」的懿旨。吳棠知道肯定是弄錯了人名，他被宮人引進皇宮內院，他更加膽戰心驚了，莫非今天腦袋就要「搬家」？他夢也想不到是太后「報恩」。

當吳棠被引進跪在金鑾殿的簾外時，已時魂不附體了。他哪裏知道是富察氏和太后二妹的作用。「吳棠，你還記得三年前，在清江任上，在江浦岸邊送饋金三百兩的事麼？」那吳棠已然嚇昏迷過去了。慈禧見他沒有反應，也疑心吳棠不是他，於是命安德海把吳棠先領引到西朝房休息。一面叫把吳棠的檔案呈上來，仔細審閱，如果弄錯了姓名，再把他打回牢房。

當安德海把檔案呈上之後，反覆查看案卷，確是吳棠本人無疑。

這時吳棠已然甦醒過來，又經過安德海向他盤問，也證明吳棠是清江縣知事。安德海把底細告知了吳棠，他才放下心來。

安德海忙去稟奏太后，證實昔年送三百兩銀的就是他。慈禧太后說：「小安子你告知吳棠對昔年送三百兩賻金的事要保密，不得向外人透露，叫他到四川，克己奉公，報效朝廷，不要再貪贓枉法，叫他上任去吧！」

吳棠聽了安德海太監的傳話，給安監磕了頭，千恩萬謝地走馬上任去了。

光陰荏苒，十幾個歲月倏忽地過去了。

北京的六月，像個悶葫蘆罐，人們在狹隘的房子裏，懋悶得喘不過氣來，狗，吐出了長長的舌頭，本能地趴在蔭涼的潮濕的地上，呵呵地喘氣；石榴花像火焰般地怒放，牽牛花經不起烈日的考驗，像「臭老九」鬱悶地低下了頭。

傍晚，男女老少，像從蝸牛殼中的小屋裏爬出來，挾著一領蓆來到道旁的樹下乘涼。可是，居住深宮裏的人們，幾乎不知人間還有夏天。

這天傍晚，二十四歲的小安子，正和三十五歲的慈禧太后在長春宮裏共榻閑談。從二人談到昨夕之夜的快活，到爲皇上準備大婚，安德海說：「皇上準備大婚，江南進貢來的衣料太粗糙，沒有什麼出色的。」太后說：「誰說不是呢，近來蘇杭兩處的織造，總是照例敷衍了事，呈進的衣料，就是沒有出色的。」安德海插嘴說：「聽說粵東繡工異常精緻，何不派人前往？」太后說：「派誰去呢？」安德海說：「聖母要下旨派大臣去，必然興師動衆，又是一筆大開銷。奴才想到粵東親自督製龍衣，又怕聖母不准。」

小安子本來和大臣們一樣，「醉翁之意不在酒，而在乎山水之間也。」慈禧太后心中也明白，小安子在宮內太悶了，想出去遊逛遊逛，但是一時一刻也離不開小安子，心中有苦不能言。就說：「你看，我朝祖制，不准內監私自出京師四十里，我如果下旨，爲了置辦衣服放你出去，大臣們要是參奏一本，豈不給我找麻煩？」安德海說：「同治皇上大婚，是天下大事，聖母一來就說什麼『祖制』『參奏』奴才看再『治』，太后還有點自由嗎？看，王公大臣，東宮慈安太后，哪個不是說了算數？怎麼就是聖母遵守祖制？」

機智的小安子，「將」了太后這一軍，果然賽一副靈丹妙藥。慈禧太后說：「你要去，只能秘密地去，倘若被大臣們知道了，又要上疏奏劾，連我也不便保護。」

臨行前，太后怕事露還不放心，又千叮萬囑：「你去帶兩個隨行太監就可以了，快去快回，沿途要小心，不要出頭露面，打扮商人的樣子就可以了。」

一八六九年八月十三日（同治八年七月初六日），這天安德海如脫繮之馬，哪管什麼太后千叮萬囑，他卻帶了一大批隨行人員和歌伎，滿載細軟行李，浩浩蕩蕩地出了東直門，直往通州而去。順運河南下，船上高插龍鳳旗幟，大書：「奉旨欽差採辦龍袍。」一路之上，笙管笛簫、品竹絲調，十分動聽。兩岸觀者如堵，好不快活。沿途所過州縣大量勒索受賄，直至滿足，才肯離去，弄得怨聲載道。

一日，過了滄州，到了山東境界德州府，該州知州趙新獲悉安德海太監乘坐插有龍旗的欽差大船過境，爲了加強保衛，火速報知濟南府山東巡撫丁寶楨。丁寶楨想：「爲什麼事先沒有得到朝廷的通報？安德海是個太監，受寵於慈禧太后，他當上了總管太監，就是離都門外出到何方，也應當有聖旨，馬前卒爲什麼沒有知會？莫非是出來密訪？怎麼派個太監獨挑旗幟？這是不合王法的。莫非朝廷忽視祖制？」

爲了釋疑，丁巡撫當即擬奏稿。派人馳驛到京，先到恭親王府報告，託爲奏章，恭親王奕訢平時見安德海權威太重，咸豐帝的龍袍，慈禧也給安德海穿，大臣們敢怒不敢言，就是小皇帝也怕他三分。同治帝有時和小太監捏泥人玩，小皇上同治帝把小泥人的眼珠子挖掉，然後把泥人的腦袋砍掉，說這是安德海的腦袋，有時同治帝用筆畫小人，畫完之後，用刀子把小人的眼、鼻挖掉，說是安德海。

同治皇帝有時悄悄跑到母后的臥室，看到母后正和小安子摟抱在床上。因此，慈禧和安德海都恨小皇帝。

恭親王奕訢接到丁寶楨的奏摺，大吃一驚。此事，就是朝廷大臣們一點也不知道安德海出京了。奕訢立刻入見慈禧太后，可巧她到園中觀劇去了。恭親王於是就急忙去見東宮慈安太后。慈安東太后展閱了丁寶楨的密奏之後說：「小安子什麼時候出京的」我一點也不知道，應當正法；但這要和西太后商議才是。」恭親王說：「安德海違背祖制，擅自走出都門，如此無法無天，到處招搖，罪在不赦，應該立刻飭丁寶楨拿捕法辦才是。」慈安東太后沉思了半晌，才說：「西太后最愛小安子，若由我下旨嚴辦，就得罪了西太后，所以我不便專主。」

恭親王本想借刀殺人，一聽東太后的話，急了說：「西太后也不能違背祖制，能置我朝家法於不顧嗎？有安德海，就沒有祖制了，是上母太后您擔得起，還是聖母西太后擔得起？還是請上母太后速即裁奪，若西太后對此有異言，我等大臣當主持正義。」

恭親王本是一位外交能手，他略施小技，把東太后說得張口結舌。慈安東太后也爲了保持她的尊嚴，便說：「既然如此，且令軍機處擬旨，頒發山東丁撫。」

恭親王迅速退下，即令軍機處擬稿，由東太后加印。旨意大致說：「安德海太監擅自出京師，若不從嚴懲辦，何以肅宮禁而儆效尤？著直隸、山東、江蘇各省督撫，速派幹員，嚴密拿捕，就地正法，毋庸再行請旨……等語。」

行文到了濟南府，此時，安德海已越過了濟南府南行，丁寶楨派東昌府程繩武追捕，這程繩武老奸巨滑，他知道這個案手棘手，如果把安總管拿捕，吃不了兜著走。因此他拖病，不敢下手。丁撫知道程繩武病了，就派總兵王正率兵追捕。這王正是曹州人，年約二十餘歲，為人驍勇，不畏權貴。他接到命令後，率兵百餘人，連夜追捕至泰安府境界，才把安德海追上。安德海忽然見一群人馬，聲勢浩蕩地到來，不禁大吃一驚，他站在船頭上，高喝一聲：「哪裏來的強盜？敢來我船胡鬧！」王總兵是剛出生的牛犢，不怕虎，說：「朝廷有旨，來捉拿你！」總兵知道這掛龍旗的船隻，不是安德海又是誰？他一聲令下，一群士兵蜂擁而上。到了船上，把安德海及隨行人員一一捆綁起來。

安德海豈能叫這群強盜捆綁？他邊掙扎邊罵道：「當今皇上也不敢拿我，你們膽敢在太歲頭上動土？你們找死不成！」安德海的隨行人員，男男女女，共二十餘人，嚇得渾身發抖，各個跪下求情。兵卒們任你哀求、喊饒狗命，王總兵畢竟是武夫，不管三七二十一，一律捆綁。直把安德海一干人犯解往濟南府。

這群人犯到了濟南府，路經普利門，來到院西人街，逕往巡撫衙門。只見一路之上，人山人海，說什麼的都有，有人說：「丁巡撫老爺捉拿的欽差大人，是朝中有名的總管太監，被捆綁的那些男女都是隨行人員。」也有的說：「不要胡說，是冒充欽差大臣，一定是土匪，那女的，是壓寨夫人和搶來的良家婦女。」人群中說什麼的都有。

一群人犯，到了衙門。丁寶楨問：「下邊為首的就是安德海嗎？」安德海說：「丁寶楨你小子，而今你眼瞎，心也瞎了！你連老爺都不認識了？還配當什麼混蛋撫臺？」丁寶楨此時毫不動聲色，不慌不忙地拿起朝廷旨意，當他念到……速派幹員，嚴密拿捕，就地正法，毋庸再行請旨……等語時，安德海才有些膽怯。說：「朝廷莫非弄錯了？還請您老人家復奏一本，問個明白，安某死也甘心。」丁寶楨說：「就地正法，毋庸再行請旨的話，你聽見沒有？」安德海說：「求求大人，再向朝廷慈禧太后那裏請旨，稟問明白，我安某忘不了您的大恩大德。」丁寶楨說：「少囉嗦。劊子手，給我斬！」安德海再哀求時，話還沒說完，人頭早已落地了。丁寶楨把斬安德海一事，具報朝廷，候旨發落一干從犯。覆旨到京以後，恭親王故意不去找慈禧太后，便去見慈安太后。慈安太后指示：著將隨從出京太監陳玉麟、李平安立即絞死外，其餘男女多名，押解來京，交刑部酌情處理。

安德海被殺的消息。傳到了慈禧太后心腹太監李蓮英的耳中，他暗自鼓掌稱慶。李蓮英雖然也蒙西太后寵幸，但比起小安子，還是遜色的。

李蓮英急急忙忙地去稟報慈禧西太后，太后說：「有這事麼？為什麼東太后沒有跟我提過？這是朝廷內有人恨小安子，故意造謠，不足為信。」李蓮英說：「聽說密旨已然下了好幾道了，當不至是謠言。」太后說：「你不要聽風就是雨，你可探聽確鑿，再來稟報。」

慈禧太后是秘密叫小安子出京的，也怕小安子出京招搖鬧事，疑心是不是背著她奉小皇帝的旨意處死小安子呢？心中有些打鼓。

李蓮英逕往恭王府去打聽，奕訢只好具實以告。李蓮英說：「西太后的脾氣，王爺也不是不知道，這件大事，也不叫聖母太后知道，恐怕太后不答應。」恭親王奕訢說：「處治安德海是遵照祖制家法，是應該這樣辦的。」李蓮英說：「要講祖制的話，兩宮垂簾聽政，祖制也有麼？爲什麼王爺您也贊成？這不是打破祖制麼？」恭親王被李蓮英給駁倒，一時回答不出，李蓮英扭頭就走。恭親王把李蓮英拉住，拉到內室，拿出許多珍寶，請李蓮英收下，並請他設法圓全此事。李蓮英的態度，馬上變得十分和藹，獻策說：「榮壽大公主不是在聖母身邊兒？很得太后歡心，何不請大公主斡旋此事？若不成的話，奴才可以在旁替王爺緩頰，奴才以後還要靠王爺照拂，區區效勞，何足掛齒？」

原來，恭親王的女兒，從前曾嫁給額駙馬志端。志端早卒，生有一子名叫麟光，承襲先代世爵。慈禧把恭親王的這個守寡的女兒，接入宮中。她是咸豐奕詝皇帝最寵愛的親侄女。咸豐死後，慈禧想拉攏與恭親王的關係，就把她認爲自己的女兒，入侍宮中，封她爲「榮壽公主」。

這榮壽公主已然知道安德海之死，完全是父親一手操縱的。在她父親授意下，就去見西太后。慈禧太后一見大公主，就忿忿地說：「你阿瑪做的好事。」大公主裝做不知，李蓮英在旁說：「就是安總管的事。」公主說：「今天宮中有人傳知此事，即去問臣女阿瑪，據說安總管在外招搖太甚，故而山東巡撫丁寶楨飛遞密奏，正好聖母在園中觀劇，恐觸聖怒，不敢稟白，所以陳奏慈安太后，遵照祖制辦理的。」

慈禧太后聽到她搬出「祖制」二字，心想這番話，完全是她們父女捏咕好的話。這時，太后沉下臉說：「總是替你阿瑪辯護。」

慈禧心中生氣，可對大公主不好把當初秘密叫小安子到粵東辦衣料的全盤的經過說出來，只好悶在心中。這時大公主再三叩頭乞恩，慈禧太后說：「這次對你阿瑪姑且開恩饒恕，回去告訴你阿瑪，下次遇事再瞞我，不要說我無情。」

慈禧對安德海之死，也感到罪有應得，幸而身邊還有個小李子。這樣時間一長，對安德海悲痛之心情，也漸漸地淡了下去。

慈禧對安德海之被殺，把氣沒有在大公主和恭親王身上發作，夜長夢多，她把這口氣，轉移到慈安東太后身上了。故想報復這一仇恨。她經常和李蓮英念叨此事。李蓮英說：「太后聖度海涵，恭王爺處都開恩了，還跟東太后爭什麼？有心不遲，不如從長計議。」

慈禧太后失去了安德海，痛定思痛，她回憶起咸豐在熱河死後，小安子秘密奔走於京熱之間，替她聯繫在京中的奕訢，密謀策劃，成功地發動了一場「辛酉宮廷政變」，安德海立下了汗馬功勞，思想起來，不禁涔涔淚下。現今幸而有了機智的李蓮英，正是「桃僵李代」了。十六歲身體健壯的李蓮英差強人意。

始而，小李對年輕的太后還不敢越禮，放肆，在慈禧的挑動下，才放膽與之同榻共枕。慈禧高興之餘，傳報宮中，自即日起，李蓮英繼任安德海總管職務。

回憶安德海給同治小皇帝到江南置辦結婚龍衣，不幸乘船至山東境內被斬了，這也是同治載淳大婚不祥之預兆。

一八七三年（同治十二年），十八歲的同治皇帝結婚，兩宮太后撤簾歸政。正月二十六日舉行同治皇帝當政典禮，佈告天下。

其實，撤簾歸政，只是個形式，野心勃勃的慈禧太后怎能白白地放棄政權？凡是同治和大臣所批閱的奏章，必須經過太后過目；如有不合慈禧太后心意的地方，便把小皇上叫來，像大人恫嚇小孩子一樣，加以申斥。

同治皇帝在老師李鴻藻幾年來教育和輔政大臣的啓發下，對一些問題，已然有了一定的分析能力。他也在想：母后既已歸政，又爲何亂加干涉？在婚姻問題上，也是如此。與皇后阿魯特氏，好像隔著一條天河，不經太后允許，是不能見面的。三個妃子，瑜妃、珣妃、瑨妃，皇上想寵幸那一個，只一個月批准一次，就是想寵幸皇后，一個月只批准兩次。

宮中的規矩，寵幸皇后，是用花轎把皇后擡到皇帝的寢宮。要是寵幸妃子，必須由當值太監用氈裹把赤裸裸的妃子裹好，然後小心翼翼地把妃子背負到皇上的寢宮。到了寢宮，然後再小心翼翼地放在龍床之上，到第二天清晨，再由當值太監跪在龍床前，口稱：「吉利，幸福無疆」，然後再隔床簾向皇上說：「吉時已到，請奏皇上，春風幾度？」一般皇帝並不答覆。然後把裸體的妃子氈裹背回寢宮。這時，當值太監把妃子安置好了，磕頭離去。再到敬事房瞎編說：「昨夜皇上春風幾度。」由敬事房太監根據所述，註冊登記，以備妃子萬一懷孕，將來好有考查。

皇上寵幸妃子，爲什麼要脫光，由太監把她背到皇上的龍床之上呢？這是宮中的秘密，也是自明朝嘉靖第九位皇帝朱厚熜時，沿襲下來的制度，故事是這樣的：

那朱厚熜有個妃子曹氏，還有個嬪方氏，論地位，妃子曹氏當然比嬪方氏高一級了。然而那嘉靖皇帝朱厚熜，卻把方氏封爲皇后了，而且百般討厭端妃曹氏。曹氏不免吃醋。但又不敢明目張膽去反對。她勾結了一位寧嫒和兩名宮女，一名叫姚淑皋、一名叫關梅秀，命令她二人在皇上熟睡之時，用絲花繩套在朱厚熜的脖子上。二人被迫就在一天晚上準備下手。

夜深，她們二人戰戰兢兢地把繩套在朱厚熜的脖子上，她們用力拉繩套，在慌忙之中，把繩套拴成了死結，拉了半天——朱厚熜從夢中驚醒，從龍床上跳起來。此時，兩個宮女嚇得癱在地上了。另一名宮女名叫張金蓮的，見事不妙，連忙去報告方皇后。

事後，經拷問十名宮女，她們坦白招供，都說是端妃曹氏和寧妃互相勾結指使，她們不敢不遵。

清朝爲了防患於未然，對妃、嬪都不放心，所以沿用了明朝制度。皇帝寵幸妃子，一律由太監用氈裹把妃、嬪背負皇帝龍床之上。

八　帝失母愛　問柳尋花

同治皇帝每逢夜晚，一陣心血來潮，欲寵幸后、妃、嬪等的洞房花燭之好，可沒有慈禧的口諭，就不敢輕舉妄動。因此，母子之間的感情，日加冷淡，而同治在非生母的東宮慈安太后那裏，卻得到了在西宮生養自己的母后所得不到的溫暖，致使同治更加親近東宮太后了；而慈禧卻認爲這是東宮太后有意拉攏同治，離間他們母子關係，從而對慈安更加懷恨在胸。

這位空有其名的皇帝，在政治上無權，在精神上苦悶，慢慢地不再熱衷於朝政了。皇帝在政治上「怠工」，這在清朝入關以來，還是第一次。

一天，同治皇帝躺在龍榻之上，迷迷糊糊地睡著了，忽然，見到他的叔伯兄弟載澂從外邊進來，行了君臣之禮。之後，同治問：「你知道大內之外，是怎樣的情景。」載澂說：「我們在大內，就如同坐井觀天一般，老百姓常說宮門深似海，一點也不錯。」於是他又說：「皇上哪裏知道，宮外無奇不有，可好玩啦！前門外有個大柵欄，可熱鬧了，一直往前走，那南邊，就是天橋。」載澂還沒把話說完，就問：「那天橋有多高？能上天嗎？」載澂說：「咳，就是一座大點的石橋。」「爲什麼不上天而偏叫天橋？」「這皇上又不懂了，皇上的尊稱曰天子，咱們宮院的北宮門叫天安門，站在天安門南望，一直能看到永定門，那永定門有一道河，老百姓進北京城，必須過橋才能進城，所以才建一座橋，取名天橋，含有天子橋之意。」小皇帝說：「原來如此，你快說，到底是怎麼熱鬧呀？」載澂說：「就說天橋那個地方罷，有說書的，唱戲的，要把式的，變戲法的，拉洋片的，說相聲的，賣豆汁的，賣灌腸的，大姑娘唱大鼓的……可真熱鬧，平民百姓，穿的衣服與我宮內人不一樣，皇上見了準保開心。」

同治小皇帝急不可待地上前拽著載澂的胳膊說：「快領我出宮去尋個快活。」載澂說：「不行，若是讓守門的太監傳到太后那裏，奴才如何吃罪得起？」同治帝一聽此言，如同囚在鐵籠裏的大蟲，急得來回蹦跳。「有了，有了」只見載澂一拍腦門兒，可來了主意，忙上前貼住皇上的耳朵悄悄地說：「等待天黑，咱們化裝溜出宮門。」同治一聽，高興得連連拍手叫好。原來這是白天和載澂聊天在夢中的夢想。

天黑，終於盼到了，同治和載澂每人戴上一頂瓜皮小帽，在午門內嘀咕了一陣子，心驚膽戰地出了午門，那守衛太監，雖說認出了是載澂，可也怕他七分，知道他帶出他的狐朋狗友，夢也不會想到是小皇上。門衛又誰敢惹得起恭親王爺的大阿哥？

二人摟著脖子，出了午門、端門，過了大清門的廣場，不覺到了正陽門。只見前門大街逛夜市的人群，熙熙攘攘，好不熱鬧。二人擠在人群之中。一路之上，同治小皇帝東瞧西望，頓覺心曠神怡，陶醉在這廣闊天地之中。但是這個「世外桃源」雖好，二人卻不敢留連忘返，萬一要被宮中人看出來，或是回宮太晚，萬一太后有事召見小皇上，親隨太監也會慌了手腳，事情就會鬧大了，所以二人不敢貪戀，逛了不足一個時辰，便匆匆忙忙地回宮了。

同治回宮後，對宮內那種死板、沉悶的氣氛，愈加忍受不了啦。他一心嚮往宮外新奇的大千世界。忽聽侍從太監來請皇上用膳，同治從夢中驚醒。

同治不禁回味夢中的情景，於是把美夢告許了侍從小太監，一個叫文喜，一個叫桂寶。那文喜十七歲，本是見過世面的人。他當即向同治說：「萬歲夢中的那夜市，不稀奇，要是進大柵欄往西南走，就是有名的八大胡同。那裏有個石頭胡同，裏邊儘是妓院，要是到那裏玩，才開心呢。」同治聽了，眨了眨眼睛，越聽越糊塗，納悶地問：「什麼叫妓院？」文喜說：「都是些花枝招展的大姑娘唄。」同治問：「大姑娘在那裏幹嘛？」文喜說：「她們見著有錢的人，就歡迎招待，可熱情啦。」同治說：「招待幹什麼？」文喜說：「吃吃喝喝玩玩樂樂，快活極了。」同治皇帝在宮內苦悶極了，聽文喜一說，正是想著找個玩玩樂樂的地方，在皇宮內院，如同像捐在鳥籠子裏，哪裏有點自由？

同治皇帝對慈禧太的獨斷專橫，非常不滿，太后既已歸政，自己當政了，實際上形同傀儡，哪裏有一點權？歷史上各朝各代皇帝，又哪一個像我這樣？他躺在龍床上，閉目凝思，怎樣做一個名副其實的君主。要有權有勢，振作朝綱，抵禦外侮。中亞浩汗國頭目阿古柏，在英、俄支持下，侵入新疆。我大清子民各個都是忠心報國的。法國軍事頭目安鄴率領法軍佔領越南河內，這對大清國，還不是唇亡而齒寒？那大清子民劉永福卻勇敢地率領黑旗軍與法軍戰於河內，殺死了安鄴。

同治皇帝在將將入睡之際，只見載澂率領文喜和桂寶來了。載澂說：「皇上不是要到前門外去散散心嗎？就和我們一起去吧！」

傍黑的晚上，四人順利地走出了宮門。

由文喜帶路，先到煤市街闖蕩了一陣子，又往西走，便到了繁華的石頭胡同。只見這裏家家戶戶門前都掛著燈籠，搭著彩牌，燈燭輝煌，那紅絹燈籠上，都書有什麼「翠喜班」「蕭湘班」「紫娟班」「嬋娟班」等等的仿宋大金字，兩旁門框上，都貼有朱紅對聯。

他們漫步走到翠喜班門前，見一副對聯是：「左家弄玉惟嬌女，花裏尋師到杏壇。」同治看了看說：「這副對聯有些不倫不類，上聯是偷摘柳宗元的詩句，下聯是偷摘錢起的詩句。」文喜說：「這翠喜班是有名的上等茶室，咱們快些進去罷。」

他們四人，隨著嫖客走進了翠喜班。院內老婊一見這四個年輕人的穿戴不一般，想必是大宅第公子，就把他們讓進春香姑娘的綉房。這是前出廊的北房三大間，兩明一暗，室內燈燭輝煌。正面是一張紫檀鑲嵌花紋大理石的八仙桌，兩邊放著帶有刺繡牡丹花墊的靠椅。桌上面放著兩個紫紅色的大花瓷盤子，堆滿了水菓，桌上還有茶具、煙具。靠東牆排列著一對梯式的紅木書架，一架放著整齊的線裝書籍，另一架上陳列著古董，最上層放著一座西洋自鳴鐘。這些古籍及陳設，想必是王公宅第的浪蕩公子和那些風流的政客贈給的。

這外間四個角落裏，放著三角形的花架，架上的花瓶裏，各插著不同顏色的鮮花，香味撲鼻。右側窗前放置一張寫字檯，桌上文房四寶，無一不備。對面山牆一側，放著一條長几，几上有一臺古琴，牆避上懸掛著名人字畫，一幅是當代吳厲繪的《贈許青山》的山水畫，另一幅是仕女圖，因是一幅托裱古畫，款名有些模糊不清，不知何許人也。

老婊喊了一聲：「春香接客。」只見春香由內間從容地走了出來。正是一個如花似玉的十七八歲的絕代佳人。她挽著一雙細辮如意髻，有閉月羞花之貌，卻無黛玉孱弱之姿。身穿一件淺綠色綉花高領夾襖，妖艷之中，具有一副裊娜姿態。同治皇帝不禁上下打量，發現還有一對金蓮掩映石榴裙下。那三寸綉花紅緞鞋，隱約可見。同治不禁聯想：怪不得常聽老太監傳說，先帝咸豐在世的時候，最喜愛漢族婦女的纏足小腳，果然不錯。

春香把四人引進裏間，同治早已心蕩神逸，飄飄然爲之欲醉了。裏邊的臥房，迎面是一座雕鏤精緻的梳妝檯，北面是一張湘妃榻，臨窗是一張書案，案上平舖著一幅沒有完成的《仕女圖》，想一定是春香畫的，她一定能書善畫。同治問：「這是何人所畫？」春香說：「正在消遣，不要見笑。」她然後請四位客人落座。機智的春香一見四人的穿戴，便猜知是二主三僕。

同治身穿一件紫綢夾袍，腰繫一條天藍色的腰帶，頭戴一頂鑲有紅寶石的青緞瓜皮小帽。載澂穿一件夾色大夾袍，繫一條紫色腰帶，頭戴一頂鑲有藍寶玉的青瓜小帽。兩人坐在湘妃榻上，春香坐在他們二人之間，半躺半坐在綉花靠枕上，互排依偎著。同治和載澂二人在春香左擁右抱的迷魂陣之中。這時同治和載澂也沒有君臣之分了。

文喜和桂寶身上各穿一件藍布長夾袍，各繫一條黑色腰帶。他倆恭恭敬敬地站立不敢坐下。同治叫他們坐下，文喜和桂寶向同治帝請了個安，才坐在書桌兩旁的椅子上。

這時，老婊送進提盒，盒中有甜絲雪藕、冰糖湘蓮、水蜜絳桃、以及蘋果、鴨梨、瓜子等。春香用銀叉子挑起雪藕片，分給同治和載澂，往他們嘴裏送。左一塊、右一塊。同治和載澂就像小燕子張開大嘴，待母燕叨來往嘴裏送。這時春香看了看文喜和桂寶一眼，對他們說：「勿客氣，請自己隨便吃，慢待了。」這時文喜和桂寶臊紅了臉，說：「不客氣。」說完顯得非常拘謹。

春香放下銀叉子，抓起瓜子放在自己的櫻桃小口內，迅速地嗑完，哇出瓜子皮，然後把瓜子仁用舌頭捲在舌頭尖上，用手摟住同治的脖子，對準他的嘴，把瓜子仁兒，輕輕地吐在同治的口中，同治本能地接受過來，他對這種美的享受，自生以來，還是第一次。春香然後又把嗑完瓜子的仁兒，用舌頭尖兒，餵給載澂。那載澂可不外行，他迅速地吮住了春香的舌尖，並摟住春香的脖子不放鬆。同治睹此情景，立刻醒悟過來，當春香第二次把瓜子仁舔到同治口中時，他也摟住春香的脖子不放，吻得沒結沒完。

春香跳下湘妃榻，走到外間，送進兩碗茶來，遞到同治和載澂手中，然後又到外間再端過兩杯茶，放在文喜和桂寶前的桌子上，客氣地說：「慢待了，喝杯水吧。」文喜和桂寶不約而同地說：「不客氣、多謝。」

文喜見同治把茶喝完，用雙手把茶碗接了過來，桂寶也走到載澂的面前，把茶碗用雙手接了過來。

春香依然又半躺在同治和載澂二人之間，同治問了一些民間家常事，其中有不少話，叫同治不懂。當春香問到公子「貴姓、貴庚」時，同治和載澂二人並不外行了。載澂怕同治走了嘴，忙說：「我們倆叔伯兄弟，都姓賈，又是同庚，都是十七歲。」這時文喜和桂寶聽到春香問皇上姓什麼時，心想這一問，豈不要露出馬腳來？然後一聽貝勒的回答，才放下心來。

四人玩了一會兒，同治從懷中掏出一個小金元寶來，放在書桌之上，春香一見，大吃一驚，說：「如此鉅金，不敢收下，在我們這裏，凡是客人付的茶費，一律要交老婊，她查得很嚴，因此不便收下。」載澂靈機一動，從懷中掏出二兩銀錠，說：「元寶是給你自己的，你拿二兩錠交賬不行嗎？」春香這才把金元寶收下。

次日，傍晚貝勒載澂獨自一人去到翠喜班與春香幽會。同治在宮中遍找載澂不見，於是自己用金錠給守門太監，強迫出了宮門，也來到翠喜班。

同治走進春香的綉房中，一見載澂正與春香親熱地難解難分，不禁龍顏大怒，便對載澂喝道：「你快給我滾出去！」載澂一見萬歲駕到，急急忙忙地丟下懷中的春香，嚇得喳喳稱是，溜之乎也了。

同治見載澂走後，問春香：「你爲什麼不在睡覺時和他脫褲子？」春香本來就受了委曲，又聽見責怪她，不禁哭了起來。說：「我正和他掙扎，幸而你進來了，終於沒有得逞，他今天的不禮貌與昨天判若兩人。」

同治為人非常善良，對女人並非見色而起淫心的人，他之所以來嫖妓，是因為在宮中苦悶已然到了極點，只是想出來開開心而已，但人非草木，孰能無情？然而他也並非「坐懷不亂」的柳下惠。同治皇帝和昨晚一樣，很有禮貌地和春香談論一些詩詞和古人一些名人軼事。春香對同治能以禮貌待人，不失為府門公子的風度，對他從內心中欽佩。

二人閑談兩個時辰，同治起來要回宮去。春香對同治戀戀不捨，一再挽留說：「賈公子您連這點面子都不給？」同治說：「我出來雙親都不知道，我一宵不回豈不要受責怪？」春香也是通情達禮的女子，也只好把同治放走。同治臨出門時，放下四個小金元寶，春香一見，既感激又疑心。懷疑賈公子是不是從家中偷出來的？為什麼元寶來得這麼容易。他家必然是做大官的。春香說：「賈公子，不能放下這許多元寶，我收下一個，已然不敢當了。」同治說：「我家有金庫和銀庫，這點元寶算不了什麼。」同治走出屋門之後，春香又忙把同治叫了回來，她一再叮囑，明天晚下一定要來，同治點頭答應。春香回到屋中，思緒萬千，心想當一輩子妓女，何時是了？她有意和這位忠厚的賈公子從良。她不禁想起了宋歐陽修的一句《畫眉鳥》詩：「……始知鎖向金籠聽，不及林間自在啼。」春香想公子明天晚晌再來時，試探、試探他的口氣。

這天晚間同治來到翠喜班會春香，二人甜蜜得如膠似漆，在談話中，春香忽然落下淚來，同治一見有些莫名其故，問：「你為什麼哭泣？有什麼心事？是誰欺負你了？」春香說：「不是，我見著公子，想起我家的身世，父親是在南方任江蘇的六合縣知事，萬惡的江蘇巡撫說父親暗中勾結太平軍，奉朝廷旨意，全家被抄斬。當時我正住丹徒縣的姥姥家，幸免於難，後來外公、外婆相繼故去。在我十六歲時被表哥把我奸淫賣入娼門。我是知書達禮的人，今天想脫離苦海，求求公子把我接出去。」同治一聽，她的全家被斬，想必是先帝咸豐爺所為。至於說把她接出妓院，如何能行？雖然救她有心，但又愛莫能助，只好勸她說：「我同情你所言，但我的家教很嚴，如把你接回去，豈能容留於你？我勸你仔細觀察嫖客之中，有心地善良的，你可以和他商量，保證把你接出去之後，不受他父母和妻子的氣，才能答應；若是本人尚未娶妻，和他做為正式夫妻關係，豈不更好，只要你長住眼睛，謹防受騙。一般的男人，一百個有九十九個是口蜜腹劍。女人最容易上當受騙。我對你是說實話的，我家不會容納你，就是秘密地建築了『新巢』，若是被家中的母親發現，實在告訴你，我的母親，比母老虎還厲害，她是殺人不眨的。」春香一聽，想叫賈公子接出從良是不可能了，至於說他母親比母老虎還厲害，恐怕是嚇唬我罷。她對公子說：「公子的話我明白了，知道公子家教很嚴，公子把令堂大人比做母老虎，似乎欠妥。」同治一聽被春香正義地責備，反而對春香更為敬佩了，說：「恕我失言，我的家庭到底是怎麼個的家庭，可能我會告訴你，可今天不能告訴你。」春香說：「公子什麼時候告訴我？」同治說：「到了我最後一次不來的時候，會告訴你的。」春香說：「那公子可天天要來呀！」同治說：「當然天天來，君子一言，駟馬難追。」

同治皇帝把宮門守衛太監賄賂好，就每天傍晚像上朝一樣，準時到翠喜班和春香幽會。有時索性就住宿在這裏，於是他深有體會：「家花不如野花香」的道理。

一天晚晌，同治又來到石頭胡同，不巧碰見了一位年近六十的大臣下了轎車，也走進了翠喜班，同治且在暗中躲避一下；仔細一看，原來是大臣裕祿。那大臣老眼昏花，如何能看到同治小皇帝？同治眼看他走進了東房裏邊。同治皇帝便匆忙地跑進春香的房中，心中蹦蹦亂跳，眞恐被裕祿看見，傳到宮中，被太后知道皇上偷出宮院，進了妓院，不單受天下人恥笑，太后如何能饒過我？是誰把我放出皇宮內院的，又誰領我到妓院的？將不知被殺多少人命。

同治皇帝在春香房內定了定神，春香問同治「爲何如此驚惶不安？」同治問：「那東屋住的你們姐妹叫什麼名字？」春香一聽，不免有些醋意，說：「公子難得又喜新厭舊麼？」「咳，你誤會哪裏去了？因爲是剛才見著一個熟人，走進了你們的東房中去了。」「多大年紀，此人？」「不到六十歲。」「公子怎麼認識他？」「是……是……是朋友。」「哦，我明白了，公子是不是與皇宮有關係？」「沒……沒關係。」春香說：「我翠喜班中的有名的皇后，名叫小玲瓏，被朝廷大臣包下了。」「這大臣叫什麼名字？」「誰也不知道，公子既然認識朝中大臣，所以我猜知公子與朝廷有關係。公子說家中有金庫、銀庫，除了皇上家，誰能有金庫、銀庫？」同治一想，春香的論理學的邏輯性眞強，如能推算出我與皇宮有密切關係，只好不打自招罷。看來，這個翠喜班我不能再來了，乾脆把實話告訴她吧！說：「春香，你相信我嗎？」「從何說起，爲什麼不相信公子。」「既然相信，我把實話告訴你，但你要保密，若說出我的秘密，事關重大。」「保證不把秘密告訴別人就是了。」「眞的嗎？」「公子怎麼又不相信起來我。」告訴你，東房既有朝中大臣包下了小玲瓏，那大臣必然經常來，我若也經常來，被他看見我很不好。」「這有什麼不好？」「你能向我起個誓嗎？」「有這樣嚴重嗎？」「有。」「好。」春香眞的跪在地上說：「觀音菩薩在上，公子把秘密告知我，我若走漏半點消息，叫我不得好死。」春香說完誓言後站起來說：「要公子這還不放心嗎？」同治含著眼淚說：「春香，我今晚向你分別的最後一個晚上……」話沒說完，春香見公子落了眼淚，驚惶不知所措。同治說：「春香，今晚我又給你帶來五個小元寶，你要物色一個忠實、善良的嫖客與之從良爲是，我……我，不姓賈，是……是……當今的皇上……同治……。」春香猛然一聽，原來是當今萬歲，急忙跪下說：「小民百姓不知，婢子有罪。」邊磕頭邊贖罪。同治說：「怎麼能怪你有罪？不是你有罪，而是我有罪，我在宮內受壓抑，心情萬分不快，所以偷出宮來消愁解悶。」這時春香說：「皇上和我同是難中人，但又怎能和皇上相提並論呢？」同治說：「你快選擇知心人，快快脫離苦海。」春香說：「是的，當初我表哥把我姦淫之後，以一百兩銀把我賣入娼門，嫖客每次所給的住宿錢，全部歸老婊所有。老婊說，我要是跟人從良，必須以一千金才能被嫖客贖走。現今皇上賞我的錢，已然夠一千兩銀子，所以皇上便是我的上帝，拯救了我。」同治聽了春香滔滔不絕的苦水，全都倒了出來，也引起同治皇帝的有苦難言心裏話，他說：「我同你都是難中人：西太后雖然是我親媽，她以垂簾聽政爲手段，我只是個傀儡皇帝，因苦悶才秘密偷出皇宮的。」二人交完心之後，這天晚上，沒等春香留宿，同治主動地做了最後一次的「聯歡」。二人在湘妃榻上，怨恨老天爺，爲什麼有閏月沒有「閏夜？」同治擔心春香從良之後，被嫖客所騙，春香說：「我倒有個打算：我本來是信佛的，準備把一千銀兩銀子交老婊之後，我不打算從良，要是從良，也對不起皇上對我的恩愛、關心。我出妓院之後，即去舊鼓樓西大街三仙庵削髮當尼姑。那三仙庵，也是我常去的地方。」「皇上叫我從良，嫁給嫖客，皇上的意思我領了，可我已然看破紅塵，我堅決出家爲尼，出家人第一大戒，就是個『淫』字。」同治聽了非常感動。說：「你這個善良之心很好」春香說：「看破紅塵出家之後，在行動上要一塵不染，在思想上是四大皆空，包括我在內，咱們二人從明天起，要戒淫戒色，婢子今宵也算『一夜皇后罷』！」

一個月以來，同治每天出宮看到外面的大千世界，更顯得皇宮內院愈加渺小了。

同治帝回宮後，躺在龍床之上，閉目凝思，春香尚知苦海無邊，回頭是岸，朕決削髮爲僧。同治決心想去到五臺山削髮爲僧。他告別了春香，出了妓院，也不打算再回紫禁城，他出了城門往前行時，只見玉皇大帝率領天兵天將把同治攔截住，對他說：「你如何潛逃去五臺山，找死不成，同治從夢中驚醒，原來是一場驚夢。」

在民國初年，封建王朝解體，故許多小說家在「野史」中描寫同治出宮逛窰子嫖妓，筆者認爲禁宮門禁森嚴，而且同治也不可能外出嫖妓，他在宮中做傀儡皇帝苦悶卻也是事實。由於他憂鬱成病，久而一病臥榻不起，這也是事實。「野史」描繪同治嫖妓，姑予誌之。

慈禧太后也發覺同治皇帝面黃肌瘦，精神不振，於是命太醫姚寶生診治，姚寶生開了數劑藥，仍不見效，而且同治的病，一天比一天重起來。但見同治滿身生瘡，姚太醫以天花病治療，最後由慈禧太后命四名太醫會診，會診研究結果，都是根據姚寶生的處方，按天花症治療。這時慈禧太后對同治的病，也是束手無策，全朝文武大臣十分關注。

同治吃了數劑藥，病勢依然惡化，就在同治十三年甲戌十二月初五日（一八七四年），病勢已在旦夕垂危之中。據內務府遺老說：「同治確實秘密出過宮。」

這一天，同治皇帝躺在養心殿，自己也感到不妙，忙命侍從太監分別傳報皇后阿魯特氏、東宮慈安太后及恩師、禮部尙書李鴻藻前來，但他對親生母慈禧西太后隻字未提。

酉刻時分，宮女稟報：「皇后駕到！」同治皇帝只聽到皇后的哭聲，然後慢慢地睜開眼睛，流著淚對皇后說：「朕對不起你呀！」皇后跪在榻前，泣不成聲地說：「皇上保重……。」同治帝問：「恩師來了沒有？」隨身太監說：「李大人來了。」這時李鴻藻向前跪下說：「臣已到了。」說完淚水不禁地落下。這時，隨著殿外傳進來一陣哭聲，太監稟報：「東太后駕到！」東太后慈安走到同治榻前，撫摸同治的頭邊說：「願菩薩保佑皇上，人離難，難離身，一切災難化爲塵。」說完又哭了起來。同治帝說：「恕孩兒不孝了。」說罷又一陣心酸，流下了眼淚。

同治帝又對床頭的李鴻藻說：「恩師，近前一步。」說完拉著李鴻藻的手說：「朕病不起，以後皇后全靠恩師輔佐了。」鴻藻一聽，痛哭失聲，說：「臣敢不遵命？」同治說：「朕無子，一旦歸天，必立嗣子，以朕之見，貝勒載澍爲人端正，可讓他繼承大統。」隨命李鴻藻在榻前書此口諭。遺詔書寫畢，皇后阿魯特氏對此十分耽心，她想這事沒和慈禧西太后商量，如何擅自下遺詔？這不是捅螞蜂窩嗎？

李鴻藻書完遺詔認爲非同小可，便把遺詔呈給慈安太后，然後說：「可公之於各大臣。」慈安太后拿著詔書說：「仰李大臣可先將此詔書先送呈慈禧西太后才是。」

此時，同治皇帝在御醫觀察下，咽了最後一口氣，享年十九歲。

一時，東太后、皇后、宮女、太監……見皇帝駕崩了，哭聲幾乎震撼了養心殿的棟樑。

李鴻藻聽了慈安東太后的話，慌忙拿著遺詔，就往長春宮慈禧西太后那裏跑去。

召入，李鴻藻走進長春宮太后座前跪下，然後從袖中把遺詔呈上，並稟明緊急噩訊。

慈禧太后閱完草詔，霍地起身將草詔撕得粉碎，擲在地上，怒不可遏止地對李鴻藻說：「誰寫的！」李鴻藻說：「皇上口授命臣寫的。」慈禧說：「反啦，反啦！」她不禁地吼叫起來。她摒去了前來攙扶的左右宮女，怒氣衝衝地大步向養心殿走去。

慈禧太后進了養心殿，見同治已然咽了氣二話沒說，朝一名同治的隨侍太監的臉上，就是兩耳光，喝道：「你死啦！皇上駕崩了，爲什麼不去告訴我！」嚇得太監跪在地下，一聲不吭。

慈禧太后一轉身，見皇后淚人般地跪在地上，太后厲聲說：「臊狐狸，擡起頭來！」阿魯特氏剛一擡頭，被慈禧「啪啪」地摑了兩個耳光，冷笑說：「你也想當皇太后嗎！」說完，又是一腳踢上去，皇后被打得口角流血，她雙手掩面，渾身抖個不停。慈禧一擡頭看見了慈安東太后也在這裏，更是火上加油。她心想：東宮太后都來了，怎麼就是我一人不知道？死鬼皇上心中還有我嗎？你這個死皇上，把親生養你的媽媽都給忘了，你這沒有良心的畜牲皇帝。早要知道你這樣，不如早把你掐死！

慈禧又把怒氣轉回到皇后阿魯特氏、慈安東太后和大臣李鴻藻的身上了。她想：這群人都是死鬼臨死之前把你們叫來的。一定是皇后背著我，強迫皇上下遺詔，她想當太后，難怪她兩個月沒有來月經，原來是想生個太子，迫不及待地當太后。同治最聽東太后的話，說不定她叫皇上下遺詔，她們聯合起來，奪我的政權。這個昏君，活活被她們唆使叫皇上叛離我，臨死還下這份混蛋遺詔。這還不是慈安和皇后跟李鴻藻的假充聖旨嗎！

慈禧西太后憤憤地命內監戒嚴──看守殿門，養心殿禁止任何人出入。

同治皇帝病危的消息，很快傳到宮中各殿，群臣紛紛而至，但被太監阻在殿外，不准入內。大臣們只是跪在殿外，聽太后懿旨。原來慈禧太后已派親信通知各殿大臣及各妃、嬪。妃嬪們知道了，沒有得到太后懿旨，是不敢到養心殿的。

這時，慈禧太后走出養心殿外，見群臣都跪在殿外聽消息。她對王公大臣們說：「皇上身體一向虛弱，但也無子嗣，倘若一旦不測，卿等看誰可爲嗣繼承大統？」衆王公大臣跪著，哪個敢胡言亂語？各個不敢擡頭。停了兩分鐘，鴉雀無聲。慈禧說：「我看醇親王七爺之子載湉現身四歲，很是聰明，叫他繼承大統，卿輩以爲如何？」衆大臣有的唯唯諾諾；有的敢怒不敢言，心裏說，把你親妹之子架上寶座，這個裙帶關係，爾後又還不是個傀儡？有的大臣心中明白，她殺肅順的厲害，各個引以爲戒，這時殿前是一片沉靜，大臣們連大氣也不敢出。

慈禧太后見沒人發言，馬上大聲說：「皇上已然駕崩了。」王公大臣大聽，先是一怔，繼而一片哭聲震天，那七王爺醇親王奕環哭得閉了氣，恭親王奕訢見跪在旁邊的七王爺倒下了，忙把他攙扶起來，去到偏殿休息。

七王爺奕環爲什麼這樣傷心呢？他知道同治之死，是前車之鑑，太后不是把兒子拖上「寶座」，而是送子去上「望鄉臺」。故此奕環怎能不傷心呢？

慈禧太后選中七王爺奕環之子載湉，也有她的道理。載湉是自己親妹妹所生，他要是做了皇帝，自然會順從自己的，把年齡僅四歲的小孩子接進宮來，豈不更聽話？這個載湉也是慈禧男人咸豐皇帝的侄子，而同治的皇后阿魯特氏，又是載湉的寡嫂，保舉這個親上加親的人做皇帝，是再名正言順不過了——他就是後來的光緒。十九歲的同治皇帝，已成了歷史的陳跡。

慈禧太后頒下了一份同治的「僞遺詔」其文曰：「朕於本年（同治十三年），適出天花，以致彌留不起。第念統緒至重，亟宜傳付得人。茲奉兩宮太后懿旨，醇親王子載湉著承繼文宗（咸豐）顯皇帝爲子，入承大統，爲嗣皇帝。載湉仁孝聰明，必能欽承付託」等語。這樣就把載湉過繼了咸豐爲兒子了。在慈禧的立場，既是自己的親外甥，又是親侄子了。同治的皇后阿魯特氏，聞此旨下頒。心說，這不是欺騙天下人麼？至此，尊謚同治爲穆宗。

翌年，爲光緒元年。

四歲的光緒載湉，被迫從醇親王府奕環福晉（慈禧的妹妹）的懷抱中搶去了。四歲的載湉一進宮，就不許和家人見面了。如果奕環因公進宮去見兒子，也要行君臣跪叩禮，也就是說，爸爸見了兒子，也要給磕頭。如果光緒載湉的母親（奕環福晉），要想見一見兒子，談何容易？

幼小無知的小皇帝，坐上了寶座，不免依照前朝老例，由恭親王等人，請兩宮皇太后「垂簾聽政」。所謂「垂簾聽政」，就是皇帝上朝時，設一大幅紗簾子，在太極殿前。太后臨朝聽政，當然要和群臣見面了。但在風俗習慣上，男女授受不親，自古有之。也就是要內外有別的意思。

文武官員向小皇帝稟報國家大事，對四歲的小孩子，那是「對牛彈琴」了，而皇太后既然聽政，不可避免地要和群臣相見了，所以太后只能隔著簾子聽政。小皇帝在簾前面的寶座上坐著，年齡太小，當然要在小皇上身邊有人侍候，恭親王奕訢在帝之左，醇親王奕環在帝之右。大臣們上奏章，由親王接過來。如有口奏的事，令大臣前進數步跪下，可以隔簾向太后稟報，或對話。所謂「垂簾」，也不一定是用紗簾，也可用細竹簾，甚至用八扇紗屏，總之達到不面對面，雙目對雙目相對而已。

慈禧太后演完同治皇帝的一齣傀儡劇，又演第二場光緒小皇帝的傀儡劇，她遇事獨斷專橫，大臣稍有異言，不隨她的意見，她認爲某大臣有貳心，就發動身邊的爪牙大臣圍攻，或加以暗害。致使滿朝文武大臣，各個警惕殺身之禍。

九　冤家到頭　死後方休

第二齣傀儡開始了：慈禧太后立刻把同治皇后阿魯特氏囚禁冷宮，以犯人飲食待遇並下令革掉了皇后父親崇綺的侍郎職務。對同治的三個妃子：瑜、珣、晉軟禁在一起，叫三個妃子每天做針黹活。十九歲皇后阿魯特氏，猝然死在儲秀宮。

東太后慈安聞訊後，從鍾粹宮趕來見皇后眼眶下還有兩行淚痕，東太后哭了一場，目不忍睹地去了。

有人說這是皇后絕食而死的，宮內知底蘊的人說：「是慈禧西太后派人送進飲食中，下毒致死的。」兩者孰是？若從慈禧西太后「毒辣之心路人皆知」的這一點上推斷，昭然若揭。

光緒帝的任務，除了兩宮太后上朝垂簾聽政時，他在簾前扮演一個活受罪角色，像木雞般呆呆地聽大臣跪在丹墀奏報國事，光緒如此小小的年齡，有時在簾前「聽政」，忽然嚷著要撒尿，在身邊保駕的親王，把他從寶座上抱下來。

光緒皇帝大部分時間是向老師學習功課。他隨著年齡的增長，逐漸看清了朝廷的大臣們腐敗、無能，加之他有開明老師翁同龢的指點，使他在政治上逐漸成熟起來。這位老師是同治、光緒兩代帝王之師。

自光緒識字之日起，翁同龢便在毓慶宮書房教光緒讀書。翁師傅見光緒已長成人，見他又虛心學習，對師傅也十分尊敬，那翁師傅索性將多年鬱積在心中的憤怨，一咕腦地向光緒傾吐出來。

翁同龢對光緒講述歷代興亡史，以及日本明治維新，日本天皇即位後，怎麼廢除幕府、改藩設縣。從各列強蠶食鯨吞大清江山，到朝廷勾結列強，喪權辱國；從朝廷的大臣貪贓枉法，到太平天國和義和團興起……翁同龢講得鏗鏘有力、慷慨激昂。

光緒皇帝聽了，禁不住心潮澎湃，熱血沸騰。他不等老師說完，便憤然而起。說：「朕就去與太后論個水落石出。」說完急步向外走去。翁同龢一見，忙上前勸阻說：「皇上且慢，朝廷已到如此地步，非一日之寒。以臣愚見，皇上還是安下心來，從長計議。再說皇上如此激動，見了太后，勢必會生出亂子來。」此時，光緒感到近年以來，列強與大清國所訂的不平等條約，割地、賠款、撫恤、道歉以及對內懲兇，全國人民對此無不咬牙切齒。光緒想到這裏激憤不已，仰天長嘆，說：「朕算什麼皇帝啊！」翁同龢說：「聽說皇上不久就要立后，待大婚以後，兩宮太后必然歸政，待皇上親政以後，大展宏圖，尚未爲晚。」光緒聽了老師的教誨，連連點頭。

自從光緒皇帝登基，就了傀儡之位，到一八八九年（光緒十五年）的漫長歲月，年滿十八歲的光緒皇帝，已到了結婚年齡。慈禧太后諭內務府撥銀五百萬兩，準備迎接大婚典禮，名義上是選皇后，實際上是慈禧太后一手包辦。

慈禧絞盡腦汁，盤算婚後，叫皇后如何爲自己服務，因爲皇后並非外人，她是自己胞弟桂祥之女。就說光緒載湉，亦非外人，乃是自己親妹妹生養的。設想載湉若自以爲是天字第一目空一切時，或是大臣們給他出謀劃策不聽太后話時，做皇后的，可就有用了。

一天，慈禧太后特降懿旨：「光緒大婚業已就緒，定於十月中旬，舉行大禮。」

「選」皇后的日子到了。這一天，候選的皇后和妃子排成一大隊，全憑皇上「投標」了。儘管皇上自由「投標」，可「皇后」是誰？其實早已內定了。

候選的皇后和妃子排成一大隊在神武門之內。皇上手持「玉如意」，如果把「如意」遞給誰，誰就「中標」而爲皇后了。

光緒早就知道其中有表姐——葉赫那拉氏靜芬，比光緒大三歲，早就不喜歡她。

在隊伍中，光緒看準一個美妙的女子，她是侍郎長敘的女兒，同來的還有長敘的二女兒。

且說光緒皇帝直衝衝地向著他他拉氏長敘的大女兒身邊去了（她就是後來的珍妃）。李蓮英挽著光緒的胳膊，遵照慈禧的計劃行事了。所以他急忙挽著光緒硬把他拽到慈禧的弟他桂祥女兒葉赫那拉氏那裏去「選」了，並威脅說：「太后看著皇上呢！」就這樣光緒心領神會地強其所不愛，才把「如意」遞給「不如意」的人兒了。

這就是後來永不同床的那拉氏皇后，她死後謚封爲隆裕皇后，這是後話。

且說慈禧的內侄女那拉氏既然「中標」，當上了皇后。然後在李蓮英的操縱下，滿足了光緒帝的小小願望——分別拉著光緒把「金絲鏈」套在長敘的兩個女兒他他拉氏的脖子上。這也是李蓮英受了長敘的鉅大賄賂所致，她們姐妹倆，一個是珍妃，一個是瑾妃。其他未能入選后、妃的，各賜厚禮回府第，她們只是點綴而已，不過，這些落選的秀女，也是王公大臣拼命地花錢運動過了，但他們卻比不過員外侍郎長敘家資的雄厚，在李蓮英身上花了鉅款。要不是慈禧太后指定選她的內姪女，珍妃百分之百的會當上皇后。

皇上選了皇后和妃子之後，按清朝沿襲下來的制度，近支大臣，在太后意旨下，舉行選定皇后的儀式，不過走一走形式。

皇后名位既定，正式通過，要向皇后家送彩禮。這天早晨，太和殿內正中設節案，正副使臣和文武大臣都穿朝服，在指定地點排好等候。吉時一到，正副使節跪聽「宣制官」宣讀：「皇帝欽奉皇太后懿旨，納副督統桂祥之女那拉氏爲后，命卿等持節行禮。」讀畢，正使節帶著副使節下丹陛，在御仗鑾導下，出太和門，一直來到皇后的府邸。

皇后家的正廳也要設節案，皇后的父親桂祥穿朝服在大門外跪迎。正、副使節入內，把「節」陳列在案上。皇后母親在大門內大廳跪接；然後再領全家朝著皇宮的方向行三跪九叩禮，以示謝恩。

大婚這一天，京城內外，號召人人穿紅戴綠，家家張燈結彩，以示喜慶，皇宮內院，更是一片喜氣洋洋；各處御道上，都是紅氈舖地，處處佈置一新。吉時一到，禮部堂官恭導皇帝禮服出宮。

皇后在洞房裏見了表弟，自是眉開眼笑；皇上見了這位表姐，卻是愁眉苦臉。使得慈禧太后大失所望。

這門強迫婚姻，木已成舟，使光緒強其愛之所不愛。更加痛心的是：婚後親政，只是徒有其名，一切行政大權，依然操在慈禧太后之手，使得光緒皇上，愈加悶悶不樂。對珍妃欲愛之所不能。太后派人把珍妃監視起來。

慈禧太后對光緒皇帝軟硬兼施，想使皇上回心轉意，一方面囑咐皇后，脾氣不要太強，並告訴她：男人經不住「多灌米湯」。

慈禧在政治上多方遷就光緒，每次見面當皇上跪叩早安時，太后總是格外客氣，不比尋常。特別是在皇帝「親政」之後，在政治上，凡是光緒批准的奏章，慈禧一律加以同意。三月初三日，張之洞上奏請建造蘆漢鐵路，光緒爲此與太后商量，過去太后對此是持反對態度，而這次順利批准。光緒帝爲了振興實業，大臣們建議在上海開設機器織布局，這件事本遭到慈禧反對，這些天來，光緒一見太后顯得和氣，故舊話重提，光緒又將在上海成立織布局一事和太后商量，果然順利地並加以支持。

說來，光緒也不聰明，皇后有意給「光緒灌米湯」，可光緒並不買賬，使得皇后羞惱成怒，向太后那裏告狀。太后說：「這個昏君給臉不要臉。」太后爲了報復，所以凡是皇上應興應革的事宜，慈禧一律反對，並授意李蓮英、孫毓汶在光緒宮內外，布置心腹太監，防範皇上的行動，每天都有什麼大臣與皇上見面，都要偵查底細，由派遣在皇上身邊的太監彙報。

慈禧居住頤和園，但要皇上每天到郊外頤和園向太后稟報朝中大事。慈禧太后有個得力的小太監名叫寇連材的，太后以派他侍候皇帝爲名，暗中讓他每七天把光緒的行動，秘密奏報一次。可這個年輕的太監，爲人公正。他對光緒的不幸，深表同情。他知道皇上自從四歲起，就脫離了母愛（光緒之母，即慈禧之妹），雖然是她的生母，也不許見面，這也是宮中制度。但有時在朝中見著父親醇親王，父親只給皇上行了跪叩禮，一句私話也不能說。更談不上十幾年未曾見面的母親了。

光緒皇上，每天黎明還要從宮中往返四十里地到頤和園去給太后請安，到了樂壽堂門外，有時跪等太后傳旨才能入見。見了太后照例問「請聖母安」，或稟報朝中大事。太后經常一句話也不說。光緒皇上，就這樣疲勞地返回紫禁城。有時挨了太后一頓罵，灰溜溜地回宮去了。因此，光緒皇帝感到十分苦惱。

寇連材心中盤算：應當怎樣挽救皇上？慈禧太后對光緒如此冷落，這與李總管每天在太后面前稟奏一些不實之情報有關，冠連材知道的一清二楚。因此，導致了年輕的寇連材的心中不平。他大膽地給太后上了一個條陳：「請停止園內演戲；請停止頤和園的工程；請緒修戰備與日本開仗；請太后還官辦事；請革李鴻章職等十個條陳。」

冠連材上了這個條陳，不啻給太后火上澆油。這些天來，慈禧太后爲帝后二人不合而操心，加之日軍佔領威海衛南幫炮臺一事，清政府派張蔭桓、邵友濂二人前往日本議和，與日方會於廣島。日方根本看不起張、邵二人，竟然公開向清政府指名投降派李鴻章爲全權代表。使得慈禧太后內外交困，接著是中國北洋海軍提督丁汝昌自殺，北洋海軍全軍覆沒，戰敗消息接踵而來。

寇連材給慈禧太后上了這火上澆油的條陳便交給李蓮英。李蓮英說：「這個沒良心的狗奴才，我找他去算賬，問問他，叫他到萬歲爺那兒去是幹甚麼去了？知道不知道？」慈禧太后說：「這個條陳是他寫的，但不是他的主謀，後面有人指使。」慈禧又仔細看了看他的條陳，文理不通，且錯別字也多，對李蓮英說：「叫他來，我要問個明白。」

李蓮英派了五名身強力壯的小太監，說：「把寇連材鎖來！」這五名太監一見總管怒沖沖，不知寇連材犯了什麼大罪，嚇得也不敢問，只知有犯殺頭罪，才能用鎖鏈子把他鎖來。幾名太監，急忙帶著刑具，乘著一輛轎門，直奔皇宮內院而去。

五名太監到大內，先到二總管崔玉貴房間，向崔玉貴說：「奉太后之命，前來捉拿寇連材。」崔玉貴大吃一驚，說：「連材不是自己人嗎？爲什麼要捉拿他？」「總管帶著我們捉拿就是。」

崔玉貴帶了五名太監，到了勤政殿，鎖拿寇連材。光緒皇帝正在批閱奏摺，看到來了許多氣勢洶洶的太監，反而嚇了一跳。崔玉貴等向皇帝叩稟說：「奉聖母太后旨意……」光緒一聽奉聖母太后旨意的幾個字，就幾乎嚇暈了，恍恍惚惚地聽到「來捉拿寇連材」，才知道不是自己的事。問：「來捉拿寇連材，是什麼事？」「不知道。」

寇連材正在值班，一聽說來捉拿他，他心中明白是上條陳的事，犯了案，但他毫不畏懼。五個太監迅速地用鎖鏈套在他的脖子上，一窩蜂似的，把他帶走了。

這群人押解寇連材坐上了轎車，飛快地到了頤和園，把他擁進了樂壽堂。慈禧太后知道冠連材已被押到，喝道：「把那個狗奴才押進來！」

一群太監像抓住強盜一般，把他推搡到太后面前跪下，李蓮英又一腳把寇連材踹倒，俯伏在地。慈禧太后一見寇連材，不由得一陣冷笑說：「我叫你到皇上那兒刻，你幹什麼去了？你反而站在皇上那兒刻來盤算我。你知道不知道內監不准言政事？」「知道，因為事有緩急，國破家亡，危在旦夕，故不敢守成例。」「好哇，你做得好。且問你，皇上說了幾條？」「皇上不知道。」「皇上不知道，珍妃還不知道嗎？」「珍妃更不知道。」「好哇，一問三不知，你實說珍妃說幾條？」「一人做事，敢做敢當，奴才所上條陳，非一己之私，乃為大清江山。」「胡說！」慈禧太后的笑容收斂了，沉著臉，那面色煞是嚇人。說：「知道你犯了死罪嗎？」寇連材說：「知道，我是拚死罪來陳奏的。」太后說：「既然如此，就不怪我忍心了。來，把他拉下去，交刑部依律辦理。」

刑部衛門正堂奉命後，以寇連材太監干預政事，依律綁縛到菜市口斬首示衆。

慈禧太后對寇連材上的條除，怒氣始終未消逝。她想：要不是珍妃出謀和皇上支持，寇連材是不敢寫的，所以太后又把這個仇恨，轉移到光緒和珍妃的身上了。

隆裕皇后與光緒皇上感情不合，一來是與珍妃爭風吃醋，二來是皇后以為自己是太后的娘家人，處處要佔上風。光緒皇上既然冷淡她，所以跟太后一同來頤和園居住。

隆裕皇后趁這機會跟太后說：「不能讓皇上和珍妃這個臊狐狸在大內任所欲為，不如把皇上和珍妃命其來園辦事，在聖母的眼皮下，免得她們胡作非爲。」慈禧太后聽罷，立即下了一道手諭：「命皇上剋日在園中聽政。」

大臣們知道此事，敢怒不敢言，只好每天黎明乘轎去西郊上「早朝」。向皇上奏陳全國四面八方來的邊疆大臣的報告。

歷朝的「早朝」，都是在黎明時分各大臣進宮向皇帝面奏國事。而今只有騎馬奔馳到頤和園來趕早朝，有的黑夜乘轎車趕來，有的怕早朝遲到，只好頭天晚上來園住在朝房，等待天明奏事。

光緒皇帝的行宮去到頤和園，可把珍妃害苦了。在園中，太后對她看管甚嚴，與皇上偷偷見面是十分困難的。

光緒皇帝居住漪瀾堂，皇后見皇上來到了園中，近水樓臺，自己豈甘寂寞，她想新婚莫如久別，古人云：久旱逢甘雨，還不是乾柴烈火？也許皇上會回心轉意。

這兩天園中把珍妃看管得悶在自己的寢宮裏，寸步難離，而光緒十分想念她，可沒有太后的諭旨，不敢冒然見面。光緒在深更半夜間，見皇后忽然翩翩而至，她給皇上請安畢，不禁秋波頻送，緊貼皇上身邊，卿卿我我地套近乎。然而她見皇上卻冷若冰霜，對她不加理睬，氣得她對皇上說：「你這無情的君主，眼中只有妲己（指珍妃）吧！」

光緒爲人正派，一聽皇后把自己說成是商朝的紂王，兩人便發生了爭吵。皇后仗勢太后的後臺，也不示弱，當即大罵珍妃，來頂撞皇上。光緒頓時龍顏大怒，向前狠狠地打了皇后一個耳光，將皇后的髮簪打落在地。

皇后受了羞辱，豈能善罷甘休？哭著向太后去評理。太后一聽大怒，即刻傳光緒進殿！皇上進殿來，雙膝跪下。太后說：「你聽那臊狐狸的話，唆使叫你打皇后，她叫你打你就打。」光緒說：「孩兒並未聽珍妃子的話，是孩兒一時糊塗，下回不敢。」

慈禧太后心想：責備皇上過嚴，不如逆來順受，還是以善言相勸爲好。對光緒說：「起來罷！皇后那一點對不起你，你應當反思。人誰能無過，過而能改，連孔夫子都說，君子之過也，如日月之蝕焉，過也，人皆見之，更也，人皆仰之。所以孔子說，過而能改，善莫大焉。你既然知道一時糊塗，改了就好。」皇后在旁一聽，皇上自知錯了，心中半信半疑。

皇后當晚，大膽地又去到光緒的寢宮試探皇上到底認錯的程度，能否兌現，果然皇上勉強地，應付了皇后，當面對皇后說：「昨天朕不該動武力。」皇后以計就計，二人總算脫衣入睡，這一齣「以戰爭制止戰爭」的趣劇總算勉勉強強地告一段落。

慈禧太后每年多在夏季來到頤和園避暑，所以頤和園也叫「夏宮」。每年到了秋季，太后率領皇上回皇宮過中秋節。待到來年春天再回「夏宮」。

中秋佳節到了，慈禧太后照例要給醇親王府七爺妹妹家中送份禮物，以表姊妹之誼。就在十二日清晨這天，慈禧命小太監李三順到南府（今中央音樂學院）給送去兩千兩銀子和中秋月餅。月餅是由御膳房精製的，非同一般市面的月餅。另外還有些衣料等物。

李三順帶兩名宮役肩擡圓籠，臨行時，太后囑咐到了醇王府，務必把銀子親自交給七福晉（即醇王夫人）。

當李三順到了宮內午門時，值班護衛軍忠禾、常禾二人，要李三順出示「門證」。那李三順說：「奉聖母太后懿旨，往醇王府邸送節禮去。」門衛說：「出示門證是上面規定的。」李三順說：「你他媽的，還不叫出門怎的？」這時門衛兩名護軍一見李三順瞪眼，嚇得二人往後退了兩步。章京（滿語譯音，文武辦事官）隆昌走過來向李三順說：「出宮門帶物，必須有帶物之門證。」那李三順又罵了章京隆昌一頓，強硬地非出門不可。

這時另有兩名值班護軍，從值班室出來，見午門出了事，一名叫玉琳，一名叫祥福，也趕來了，知道李三順沒有門證，堅持遵守制度，攔住不放行，說：「內監往外運物，索要證件，是門衛職責。」李三順馬上火了，說：「這是奉旨特賞王爺的，你們敢不讓出門！」京章隆昌說：「你這孩子不懂事，內監帶物出入紫禁城四門，律有專條，『不報名擅自出入者，撻之。』你知道不知道？」李三順這時怕誤了太后交下來的財物，於是解釋說：「向來賞給王大臣的銀子，都沒有門文，只有紅帖。」邊說邊拿出紅帖給護軍看。可是章京和護軍都不看，堅持要有景運門的門文，才能放行。

李三順只好去景運門去領門文。當李三順走去不遠，午門護軍又高聲把他喊回來。李三順又往回走。這時護軍玉琳趕到三順跟前，一把扭住了他的右手；另一名護軍祥福也趕來，揪住李三順的衣襟，兩人把他按倒在地，拳打腳踢，然後把李三順拖拉到午門的門洞內。

這時，李三順已然跌傷左肋，昏迷過去了。章京隆昌看事情鬧大了，急忙派常禾去景運門值班房向護軍統領岳林報告。

岳林趕到午門，一見事情嚴重了，立即派司鑰長劉鈺祥把李三順攙扶到值班房內安慰他。統領岳林以太監不服攔阻爲由，具摺奏報聲稱：太監與護軍互相口角，西太后的隨侍太監李三順被護軍毆傷，請求將護軍交刑部查辦。

慈禧西太后正在患重感冒，知道李三順不但還沒有出宮門，而且反被午門護軍打了一頓，她想這都是全朝上下，眼中還有我這太后沒有？於是大哭起來。這件事也被東太后慈安知道了，急忙來安慰慈禧，勸她不要糊思亂想。慈禧說：「姐姐，您看我還沒死呢，連護軍也欺到我的頭上來了。」慈安太后也氣憤地說：「我必殺此護軍，妹妹不要傷心。」

光緒皇帝看到岳林的奏摺，於八月十三日，通過內閣，發佈了諭旨：文曰：

光緒六年八月十三日，內閣奉上諭，昨日午門值班官兵，有毆打太監，以致遺失賫送物件情事，本日據岳林奏稱：太監不服阻攔，與兵丁互相口角，請將兵丁交部審辦，並自請議處一摺，所奏情節不符。禁門重地，原應嚴密盤查，若太監賫送物件並不詳詳細細問明，輒行毆打，亦屬不成事體。著總管內務府大臣會同刑部提集護軍玉琳等嚴行審辦。護軍統領岳林、京章隆昌、司鑰長立祥，著一併先行交部議處，欽此。

總管內務府大臣恩承、刑部尚書文煜、宗人府惇親王奕誴等十六名大員遂即會同遴派司員，帶領吏仵前往查驗。

這宗案件，爲了給慈禧太后出口氣，忠禾繫覺羅，故杖打百板，圈禁二年，圈滿加責三十板；玉琳應革去護軍，杖打百板，因繫旗人，鞭責發落；祥福革去護軍，杖打百板，鞭責發落；常禾訊未在場動手，應免置議。

李三順當時欲向景運門護軍統領處領回門文放行，並無不合，與勸阻之護軍鈺祥均毋庸議。護軍統領岳林失察兵丁，業由兵部遵旨議處；司鑰長立祥、章京隆昌，業經議處，應免置議。

慈禧太后見到審察結果，怎麼沒有把護軍一個一個地處死？心中還是不服氣，她於是又以光緒的名義，下了一道諭旨，其文曰：

恩承等奏審明値班護軍致傷太監，著行詳細審訊，欽此。軍機大臣當即傳知內務府、刑部和宗人府衙門知照。

這道諭旨，本是慈禧太后一手操辦的，傀儡皇帝光緒知道諭旨已然發出。他對前來朝見的禮部侍郎陳寶琛說：「你知道午門護軍毆打太監的事嗎？」陳寶琛說：「臣正是爲此事而來。」光緒說：「十三日太后以朕的名義對此發了一道諭旨，由內閣把草諭呈給朕批閱，朕曾強調禁門重地原應嚴密盤查，等語，誰知太后以不殺護軍爲恨，如此下去，將來太監隨便往外攜物件，護軍將畏罪任憑太監隨便出入，有門禁護衛與無門禁護軍等同。」

陳寶琛說：「萬歲所言極是，無奈聖母豈知嚴懲護軍之後果？」他接著說：「李三順攜物出宮，不管是奉何人之命，門禁護軍查問是職責所在。李三順恃太后之勢，想攜物出入宮門暢通無阻，假如其他的太監往後也可以假充聖旨，把宮中重要珍品帶出去，其後患無窮。」光緒說：「朕之處境師傅非不知也，朕素知師傅以敢於上書言事著稱一時。」陳寶琛一聽皇上話中有話，暗示陳寶琛，這次把忠於職守的護軍杖打一百，實際是破壞了門禁制度。陳寶琛心領神會。他回到家中爲申明門禁之重要性，他於十二月初四日上奏一摺。凡是宮中收到大臣奏章，是要先通過慈禧太后過目的。

這一天，慈禧太后見到內閣學士、禮部侍郎陳寶琛的奏摺，文曰：

「……護軍以稽查門禁爲職，關防內使出入，律有專條。此次刑部議譴玉琳等，謂其不應於禁地鬭毆，非謂其不應稽查太監也。諭旨從而加重者，謂其不應藐抗懿旨，亦非謂其不應稽查太監也。雖然藐抗之罪成於毆打，毆打之釁起於稽查。神武門兵丁失查擅入之瘋犯，罪止於斥革；午門兵丁因稽查出入之太監，以致犯宮內憤爭之律，蹈抗違懿旨之愆，除名戍邊，罪且不赦。人情孰不願市恩而遠怨？其於畏禍亦孰不願避重而就輕？雖諭旨已有『不得因玉琳等藐抗獲罪稍形懈弛』之言而申以具文，先以嚴譴兵丁本無深識，加以懲前毖後，與其以生事得罪而上干天怒，不如隱認寬縱見好太監，即使事發，亦不過削籍爲民。此後，凡遇太監出入，但據口稱奉有中旨，概即放行，再不敢詳細盤查，以別其眞僞，是有護軍與無護軍同，有門禁與無門禁同……」

陳寶琛上了這份奏章後，光緒一見擊案稱快。慈禧、慈安以及許多大臣都感到言之有理。慈禧太后恍然大悟，慈安太后也後悔氣地說「我必殺此護軍」的話。

據乾隆年間規定：凡宮物出門，俱向敬事房、景運門給票照驗。在清律中，明文規定：內監並奏御內使，各門官須要收留本人在身關防（印信）牌面，於簿上印記姓名及牌面字號，寫明前去何處，幹辦何事，回還時，也一律搜檢。

當時，慈禧授意光緒，召內務府大臣恩承叫他轉知刑部，對「著行詳加審訊」的上諭即行撤回。

十 西后淫亂 巧害東宮

慈禧太后十七歲守寡，依然不失一個年輕婦人的媚態。在一笑而傾城的櫻桃小口內，露出了兩排齊整的碎玉般牙齒，卻也掩蓋不住她那陰險、毒辣、狡詐、淫蕩的內心世界。從上海進口的法國染髮劑把她青絲染得黑油油地亮。烏髮上鑲插著奪目的花朵，腳下穿著那雙用珍珠、寶石、璞玉、翡翠鑲嵌起來的貢緞刺綉的鳳鞋，漫步在頤和園的甬道上，經陽光照射她那輕起輕落的鳳鞋，閃閃發光，令人眼花繚亂。

在這艷陽天，春光好的日子裏，太后興致勃勃地叫小李子梳上了「兩把頭」，那兩把頭的「燕尾兒」栩栩如生。

李蓮英給太后梳頭，雖是費工時，但他那梳頭的技巧，就是梳頭房的太監也比不了的。有名的梳頭太監劉喜，見到小李子的超人技巧也不禁爲之嘖舌。

太后的頭髮長約四尺，柔如鵝絨，黑似鴉羽。梳頭時，先將太后的頭髮分爲兩股，其一股先垂耳後，另一股盤於頂上，用兩支紅象牙針簪妥後，便爲太后洗臉。洗臉也是十分費時的，案上預先陳列各樣香水、香皀。洗罷，侍從宮女捧來特製的花露與脂油摻和一起，太后用手指把脂油輕輕挑起，用手掌擦在臉上，顯得面頰白膩而柔嫩。然後，由李蓮英在太后髮上撒些香水。最後一道工序，才是裝上兩把頭。那兩把頭上，插滿瑩晶奪目的、用珍珠製成的花朵和應時的鮮花。

今天，太后身上穿著一件淺灰色綉有牡丹花的旗袍，脫卻了那雙鳳鞋，換上了潔白的三寸厚的花盆底鞋。那粉紅色的綉花鞋幫，被旗袍底襟掩蓋住了，只露出了三寸高的「花盆底」。那花盆底是木製的，漆一層白色，或包黏一層白細布。「花盆底」的樣式，煞像窈窕淑女的細腰兒。太后那旗袍外邊，穿一件天藍色刺綉的鳳凰裌坎肩。那坎肩對襟上的五顆像老虎眼酸棗大小的珍珠鈕扣，耀人眼目。

簇擁太后左右的后妃和公主們，也一律足著白雪般的高底綉花鞋。她們在花紅一片，百鳥聲喧的御花園裏，談笑風生，十幾雙木底花盆鞋，踏在甬路上，嘎嘎有聲，織成一支交響樂。

這位統治著四億人民的主宰，常常誇耀自己是世界上珍寶最多的君主。單說她那副披肩，就鑲著三千五百顆大如鳥卵的珍珠。在這位中年婦女的面頰上，沒有呈現出半點乾癟的皮膚和橫紋。

在晚間膳後，也必須洗個澡，先是宮女伺候給搓背，她嫌宮女用不上力氣，想改換李蓮英，但是怎麼出口呢？又怕宮女恥笑。因此，每當宮女給她準備好浴盆水時，先讓小李子在內間等候，再把宮女支出去說：「我自己洗吧。」當宮女出去之後，再到內室把李蓮英叫出來，叫他進浴室伺候，並囑咐他脫下衣服再進去。這時，小李子有些害怕，他看見太后有些瞪眼，叫他快脫褲子時，小李子又怕抗旨，硬著頭皮脫光走進浴室。慈禧太后大大方方地隨後也脫光走進浴室，當小李子在浴室中看見太后曲線畢露時，有些心跳。而太后見小李子與她的下身是大同小異時，便說：「小李子，你又沒有那個，怕什麼？」小李子不禁怨恨爹娘，爲什麼叫他閹割當太監，雖然是男子漢，但缺了「那個」。他見太后笑迷迷地和他談笑自若，小李子才放開膽子，他不禁羨慕太后那柔嫩而豐滿的軀體，雪白的臂膀，潔白豐腴的乳房，渾圓而富有彈性的大腿和纖秀的腳踝。這時李蓮英又想起他的媽媽是個纏足小腳，哪有滿族的天然腳大方？他見太后這種窈窕的身段，動人的姿態，他不禁意馬心猿。

忽聽太后說：「小李子邁進浴盆裏給我搓搓，我覺渾身發癢。」小李子拾起毛巾想給太后擦身體……從這天開始，小李子白天服侍太后，夜間與太后同榻共枕遊戲。

慈禧太后對養生術很是講究，除了每餐桌上給她擺上一百二十多種山珍海味，她不過揀幾種富有滋養的入口。她每日還要喝三次人奶。即晨、午、晚三次。她的乳母，是由內務府精選而來的。只要生下小孩剛出滿月的少婦。進宮以後，不准回家與丈夫過生活，不准吃過鹹的飲食，每天由膳房給她肘子吃，一點鹽也不准放進去，每天必須洗澡，太后吃奶時間，不管春夏秋冬，叫她都要身穿一件紅單衣褲，敞胸露乳，跪在固定好的疊板軟席上，高低與太后嘴相對，太后像嬰兒吮奶一樣，一次可吸吮約半斤，然後給太后叩頭謝恩而去。

慈禧太后對美容術更是十分考究。她在浴罷後，臨睡前，命宮女把磕碎的雞蛋，拋棄蛋黃，留下蛋清，然後把蛋清放在掌心，稍揉一下，便塗抹在臉上，頃刻之間，面頰的肉，就會繃緊起來。若是使繃緊起來的面皮持續下去，安睡一宵，臉上的皺紋就會消失，次晨用水洗淨，然後侍從宮女捧來一盆特製的「花露」與脂油摻和一起，擦在臉上，每天如此，所以太后的臉顯得白膩而柔嫩。她這種窈窕的身段和動人的姿色，卻也吸引了當時黎園界的名伶。如譚鑫培、孫菊仙、汪桂芬、楊小樓等。

慈禧太后是個戲迷，宮廷內也有戲班，班名叫「南苑戲班」，但都是由太監扮演，太后嫌他們音色不足，因此，常常找外班演戲，演完戲，有時以請伶人教戲爲名，太后經常把楊小樓留下「說戲」。日子長了，又覺人言可畏，然而她又不堪私房的孤寂，她不禁追思己往的綺年玉貌和過去的美景良辰。今日雖有李蓮英作伴，畢竟秋風不及春風好。李蓮英倒也有自知之明，抛投太后之所好，在宮外結識一個南方小伙子，姓管名劬安。此人性喜游蕩，淫朋狎友，無所不爲，他喜唱南方小調，能爲靡靡之音，並能書善畫，李蓮英想這個小伙子與太后志同道合，便私自把他引進宮裏來了。太后一見鍾情，大有相逢恨晚之感，太后和李蓮英說：「私入宮內，人言可畏。現在如意館正招考繪工，叫他入館供奉，豈不名正言順麼？」

後來，太后賜管劬安在東華門附近「離天一尺」處附近的官房一所，命他居住，以便每天進宮「繪畫」、「演唱」。

從此，管劬安公館，居然與李蓮英「外家」相提並論了。宅內竟有僕從達二三十人之多。誰料，樂極生悲，慈禧太后說因爲與光緒生氣，才患了氣臌。

李蓮英忙告知太后的四名貼身宮女說：「不准任何宮女和太監進來。」四名宮女自然守口如瓶了。

原來四名宮女是太后的心腹。這些天，就是東宮的慈安太后以及王爺和大公主來，四名宮女回答說：「聖母太后身體欠安，正在休息呢！」因而謝絕一切外人前來。四名宮女叫：福、祿、壽、喜。那福兒、祿兒，專司太后衣服，壽兒、喜兒，專司太后的珍寶首飾。

李蓮英命福兒傳知敬事房太監說：「西太后近日不思飲食，爲了保養太后聖體，傳知內務府，立刻叫他們選進一名奶子入內。」內務府大臣立命人四出尋找奶母，次日即尋來一名姓關的奶母進宮。

西太后患了一場重病，李蓮英傳知太醫院李德立、莊守敬兩太醫來到長春宮，太后躺在御榻之上，把手伸出帳外，太醫跪在帳外，診了半天，也診不出甚麼病症，當即退下。

二人臨出殿的時候，又向李蓮英問了太后起居飲食情況。小李子一一告知。二人回到太醫院，仔細推敲，李德立說：「太后的脈象很是平穩，惟肝氣稍見緊促洪大之象，不過是肝火盛，心發急燥，並非受風寒之症。」莊守敬說：「以兄弟愚見，係肝熱所致，不如擬一平肝消熱之劑進呈。」李德立同意此意見，於是二人擬了個處方，作了脈案，呈遞進宮。由御藥房配製藥品，由李蓮英親自煎好。太后喝了兩劑，並不見效，小李子也著實著急，他才託前駐英使臣薛福成，轉請他的哥哥無錫婦科專家薛福辰進宮診治。

這一天，薛福辰進宮來了，心懷鬼胎的小李子一直把他引入長春宮的太監寢房，先命薛醫生坐下，然後說：「宮中規矩大，不同一般，你走進房間時，走步要輕，說話聲音要低，目不斜視，小心你的腦袋！」李蓮英先用一套語言恫嚇他，薛福辰果然嚇得顫顫抖抖地走進太后的寢房。李蓮英說：「有一名皇親產婦，要你來治療。」

小李子機智地請薛福辰坐在太后的御榻前，這時，太后從帳中伸出手來診脈，薛福辰診完脈，處以產後補養之劑，服後奏效如神。

慈禧太后，需要可靠的人服侍，李蓮英說：「奴才有個妹妹，年方二十三歲，名叫李麗媽，可以叫她進宮來服侍聖母。」太后說：「你怎麼沒有說過還有個妹子？」李蓮英說：「奴才之弟從大城送來不久，費了很大周折，才打聽到奴才在宮裏當差，聽說奴才的母親已去世了。」慈禧說：「叫她快快進宮來！」

第二天，李蓮英就領著妹妹進宮來了。太后一見，她長得十分俊俏，而且慧黠喜人，很稱太后的心意。太后說：「以後就叫她大姑娘吧。」自此，她每天就在太后跟前聽從使喚。

說話李蓮英把妹妹引進宮來，醉翁之意，還不是爲了伺候太后，而是想效法呂不韋獻趙姬而謀秦天下，從而夢想取得大清江山。

那李麗媽自從母親死了以後，生活無依無靠，後來她在大城縣聽到三哥說，二哥英泰（即李蓮英）在紫禁城宮裏當差，方才來京打聽，可是三哥在宮外轉了一個月，也不敢到宮前打聽，萬一打聽錯了，怕掉腦袋。後來在西安門碰見一位老公公，向他打聽，一說大城人姓李，並把年歲和進宮大概年月述說了，那老公公一聽，說：「如果眞是你的哥哥，你還了得？他在皇太后前是個大紅人咧。」就這樣由這位熱心腸的太監給通風報信，李蓮英兄弟倆才見了面。

那李麗嫣起初並不願進宮去，她知道一進宮，就如同判了無期徒刑，會把青春葬送掉。李蓮英對妹妹說：「朝內有人好辦事，你只要聽哥哥的話，保管你將來被選爲皇后。」麗嫣說：「二哥的話。妹妹實在不懂，那些主子、貴妃，都是王公府的女子，慢說我們，就是內務府八旗，也只能選爲一個普通宮女。」李蓮英說：「你太糊塗，宮內的事，你只知其一，不知其二。俗語說，皇上有三宮六院，七十二妃嬪，那是前朝的制度，本朝雖免除了，但是，除皇后一人，貴妃二人之外，還可以由皇上自由選擇貴人數名。這貴人不一定從秀女之中選擇的。宮女之中，有姿色出衆的，皇上可以收爲貴人，貴人如果生了孩子，便是皇子。有了皇子，便可封爲貴妃。這個皇子如是獨生子，理所當然地可以繼承大統。雖然是貴妃生養的，便可封爲太后了。用不上幾年的工夫，你更可以像當朝的慈禧太后了。再說當今的慈禧太后，還不是當年的宮中一普通貴人嗎？因爲東宮太后沒有生養，文宗（咸豐）賓天，穆宗（同治）登極，也就是說，貴妃生了個兒子同治，才一步登天，被封爲當今的慈禧皇太后了。你若是心眼兒活動一點，對於皇上要加意殷勤，小心侍奉，當今的光緒如對你有心思，我再在太后前使把勁兒，你升爲貴人還不容易嗎？到那時，各府的福晉、命婦見了你面兒，都要給你請安，如若你得天獨厚，給光緒皇帝生個皇子，就可以晉封爲皇后了，現在的皇后，光緒特別討厭她。光緒沒有皇子，到那時候，現在的皇后，一定會被你給頂下去。」

麗嫣聽了二哥的一番話，早已心花怒放，激動得不能自已，她按捺不住地求道：「妹妹的事就託咐二哥了，還請二哥多費心思。」

不好近女色的光緒皇帝，自幼最喜歡讀書。他看見李麗嫣的媚態，雖心中十分厭惡，但光緒這人待人和藹，特別對宮女、太監、婢女、下人，表示同情，可麗嫣卻是誤會了，誤以爲皇上愛上她了。自此，她加意修飾。李蓮英知道光緒對妹妹有心思，便託英、美、法公使夫人，購好多衣料以及香水、香皂、香粉之類。把麗嫣打扮得天仙一般。眞是「舉足生蓮，香聞百里之外。」她每遇到皇上時，故意賣弄風騷，不時對皇上心挑目語，秋波頻送，和光緒越來越近乎。有一天，她手持耳挖勺，說：「奴才有把耳挖勺，給萬歲爺掏掏耳朵。」光緒以爲她是好意，便說：「朕的耳朵不癢癢。」

一天，李麗嫣身穿一件雪灰色雲片花泰西的皮襖，葱心藍絨褲子，足登三寸粉色坤鞋，上繡金「卍」字，淡施脂粉。在宮中纏著小腳而放足的漢人中，只有李麗嫣一人。

她這天見著光緒，請了安之後，她笑著說：「喲，萬歲爺呀，奴才一日不見龍顏，心中就覺不爽。」光緒見她如此輕佻，嬉皮笑臉的樣子，馬上正顏厲色地說：「你怎麼這般不正經！」當即把麗嫣臊得面紅耳赤。灰溜溜地去找二哥說：「萬歲爺剛才說我不正經，這都是你……」說著委屈地哭了起來。

李蓮英聽了苦笑道：「妹妹，你太性急，要沉住氣，一步一步地來才行。往後學機靈點兒，要處處看皇上臉色行事，這幾天因倭寇入侵沿海，這麼大事，心中很不痛快，過一兩天，事情過去了，皇上的心也就平靜了。皇上這個人是極好說話的，對宮中傭人，他非常同情和愛護，不信你明天再試一試。」

李麗嫣一心想當皇后，已然色迷心竅，她心急如火，耐不到一天，又去找皇上，豈料她剛登上毓慶宮的臺階，已被光緒看見了，她高高興興邁進毓慶宮門坎兒，就被光緒厲聲喝了回去。麗嫣羞得無地自容，回到自己房間，大哭了一場，把李蓮英託外國人爲她買的上等衣料，賭氣扔了滿地，香水瓶也摔得粉碎，發誓不再去見混蛋的皇上。

事後，李蓮英來到妹妹的房間，一邁進屋門，即聞異香撲鼻，仔細一看，衣服、衣料、粉碎的香水瓶，滿地皆是。舉目一望，妹妹披頭散髮，睡在床上。李蓮英把妹妹喚醒，聽了妹妹陳述，十分惱火。立刻去見太后，他又編造了一套瞎話，對太后說：「萬歲爺今天調戲起奴才的妹妹來了。」太后聞聽大怒，說：「我就知道這不成材昏君不正經。他既調戲了你的妹妹，告訴大姑娘，以後不要理睬這個昏君了。」

李麗嫣很有志氣，知道受二哥的騙了，于是就搬出宮去。袁世凱聽說此事之后，爲了討好李蓮英，幫他妹妹尋找了一位好丈夫名白壽山，旗人，內務府郎中。他們結婚後生活美滿。袁世凱擬奏保壽山爲幫辦練軍大臣，壽山堅持不就。袁世凱又請李蓮英說服壽山，那白壽山，爲人正直，看不起袁世凱，于是對李蓮英說：「請二哥歸告宮保，壽山不敢遵命。」

原來，白壽山知道李鴻章和袁世凱狼狽爲奸與李蓮英互相勾結，那李麗嫣很贊成丈夫的看法，也反對這群狐朋狗黨。

話說東太后鈕祐祿氏聞知西太后病了，爲了探聽眞情，她以問病爲名，去到了長春宮，還沒走到裏邊，早有喜兒迎了出來說：「聖母身體不適，囑咐凡是問安的，一律擋駕。」慈安說：「聖母的身體不適，我理應前來問安，我非一般大臣可比。」
這時候，慈禧在內間已聽到喜兒與東宮對話。慈禧的意思是怕慈安闖進來，便把頭縮進被窩裏裝睡。那東宮慈安不管喜兒的擋駕，一直走進了慈禧的臥室。慈安說：「不要驚動聖母太后，我就坐在這裏等候妹妹醒了。」
慈安在慈禧的臥室足足坐了一個時辰，以觀動靜，那慈禧太后在被窩裏蒙著頭，也忍不住了，把頭伸了出來，看見了東太后在這裏坐著呢，她急忙說：「姐姐什麼時候來的，恕妹妹不恭了。我這兩天腸胃不舒，不思飲食，只要一坐起來，就覺頭暈目眩。朝廷大事全由姐姐費心了。」慈安說：「妹妹千萬不要動，還是多多保重才是，朝廷的事情只管放心。」在談話中，慈安不免含沙射影地喻以大義。
多疑善妒的慈禧，本來膽虛，又被東宮指東說西地打了一陣子啞謎，心中對慈安萬分憤恨。儘管心中嫉妒，但表面上卻還是恭恭敬敬，不失體禮。心地善良的慈安，絲毫看不出慈禧對她恨之入骨。
不久，慈安東太后有病，幾天也不見好，太醫院進的藥也不見效。慈禧來到鐘粹宮看望慈安的病，她端來一碗親手煎熬的人參薑湯給慈安喝。第二天，慈安的病果然好了，慈安甚是感激。
又過了兩天，慈安去看望慈禧，慈禧熱情招待，慈安忽然看見慈禧的左臂包纏一塊白紗布，便問：「妹妹胳膊怎麼了？」慈禧說：「前天給姐姐煎熬薑湯，割下一小片肉，同薑湯一起煎熬了。妹妹常看古書中有『割肉療疾』的故事，便也效仿做了。」「慈安一聽，信以爲眞，感動得熱淚盈眶，忙起身心疼得輕輕地撫摸慈禧的傷處。」不勝感激地說：「妹妹如此厚愛，可叫我如何安坐？」說著淚下如雨。

次日，慈安又來到慈禧的宮中閑談，她對慈禧再表感激之情。二人坐下，慈安說：「我們姐妹相處二十來年，你比我的親妹妹還親。現有一物，在我手中多年，是先帝（咸豐）遺留下給我的。如今沒有用處了，萬一今後落在別人手中，會疑我二人貌合神離。」慈禧聽了心中一怔，表面卻鎮定自若，依然柔聲問道：「好姐姐，倒是什麼寶貝呀。」那拉氏看到慈安從懷中掏出咸豐帝的遺詔，交給了慈禧。慈禧一見，是一張蓋有「同道堂」玉璽，硃筆寫的遺詔，遺詔中說：「那拉氏若將來仗勢其子做了皇帝，如驕縱不法，可按家法處治……」

慈禧一見這遺詔，非同小事，驟然色變，剛欲發怒，即刻又冷靜下來，瑟瑟顫動的手，拉著慈安痛哭起來，說：「妹妹同先帝共枕，十年餘，同心同德，一向相親相愛，萬沒想到先帝留下這樣的遺詔，今晚要不是姐姐把它拿出來，我還在夢中呢！」

慈安當即安慰慈禧一番，又從慈禧手中把遺詔拿過來，隨手在蠟燭上焚燒了，說：「這可以復命於先帝了。」

這裏說明一下，筆者參考另一份咸豐付與東宮慈安的詔書說：「西宮援母以子貴之義，不得不併尊爲太后，然其人絕非可倚信者。即不有事，汝亦當專決。彼果安分無過，當始終曲全恩禮。若其失行彰著，汝可召集廷臣，將朕此旨宣示，立即賜死，以杜後患」，云云。

由以上咸豐皇帝給東宮的這兩份遺詔看，不管有無，慈禧進宮十年的漫長時日，咸豐再無知，對慈禧平素所作所爲，一舉一動，在咸豐臨死之前，給慈禧所下的「評語」是可信的。

慈禧看著那漸漸熄滅的遺詔的怒火——卻暗自思忖：慈安啊！慈安，這遺詔你竟然藏了二十年，你瞞我瞞得好緊呀！在承德時，我就看你對肅順等曖昧不明，你幾乎把我送上掉頭臺，今天你見我大功告成，你又來買弄我！我今日不與你算賬，更待何時？

光緒七年（一八八一年）春，三月初十日上午七時許，恭親王奕訢，軍機大臣左宗棠、兵部尙書協辦大學士李鴻藻、兵部待郎王文韶等人，聯袂入見慈安、慈禧兩太后。到午後，內廷忽有旨傳出：慈安太后駕崩了，時年四十五歲。朝廷上下無不吃驚。

慈安東太后，滿洲鑲黃旗人，姓鈕祜祿氏。她是廣西右江道道臺穆揚阿之女，在咸豐二年（一八五二年）封嬪，進貴妃再冊立爲皇后。慈禧入宮時，才封爲蘭貴人，論地位，慈禧見皇后，要行跪叩禮。到咸豐四年的二月，蘭貴人才封爲懿嬪。自打慈禧有喜，生了兒子載淳（同治）以後，便連升三級，但她始終沒有當過皇后而尊封爲皇太后了。

三月初十日上午慈安還與廷臣議事，午飯時節慈安忽然喊肚子疼，宮女，太監都慌了手腳，首領太監分別派太監到長春宮回慈禧西太后；傳太醫速來診治，到乾清宮奏知光緒皇上；並派人出宮去傳慈安太后的弟弟廣公爺夫婦進宮……

西太后來到榻前一看，慈安太后已然斷了氣。她嚴肅而鎭靜地命敬事房傳知王公大臣、六部九卿、內務府大臣、八旗督統等進宮等候召見。

隨後、太醫們匆匆地趕來了；光緒皇帝也從上書房趕來了，見慈安已死了，他跪在床邊上，撫屍大慟。不大工夫，廣公爺夫婦也來了。

廣公爺問：「沒有聽說我姐姐有病的消息，怎麼突然去世了？」一位宮女在旁邊說：「快到午飯的時候，西太后派人給送來糕點，吃了兩塊，就喊肚子疼。」慈禧太后在旁一聽，說：「你這臊丫頭，你也來挑撥事端，難道有人害死不成！」然後她把圓眼一瞪，叫嚷把她拉出去！這個宮女就是慈安太后身邊貼心的小琴兒。小琴當即跪下說：「奴才下次不敢。」但慈禧的身邊心腹太監，已競把她拉到長春宮審訊，後來聽說已然把她杖斃。廣公爺夫婦心中明白，這是西太后害死的是無疑問了，但他只是敢怒不敢言罷了。

深夜，由內奏事官傳出，慈禧太后已然升殿，她召見恭親王、李鴻藻、寶鋆等，吩咐恭親王說：「慈安太后不幸賓天，命各衙門官員，一律掛孝。」慈禧面交懿旨寫道：「著派恭親王奕訢、醇親王奕譞、武英殿大學士寶鋆、協辦大學士李鴻藻、工部尚書榮祿等辦理治喪事宜。由禮部擬具行禮單。」並口諭內務府要即日發給各衙門、各旗營孝布，傳知宗人府、凡屬福晉、命婦，一律穿孝進宮行禮。

次日，由禮部延續把行禮單奏呈下來。慈禧見到禮部擬具摺中的行禮單有：

慈禧太后率領宮中眷屬，於某某日行禮。

貴妃等於某某日率領福晉，命婦行禮。

慈禧太后閱後，勃然大怒，立刻把恭親王奕訢召來。

問：適才禮部遞呈行禮單子，爲什麼也把我列入行單中，此事我不明白，所以召見王爺。

答：把太后也列入單中，此乃表率群臣之意。

問：慈安太后爲太后，難道我不是太后嗎？同是皇太后，爲什麼我得給她穿重孝行大禮？況且，穆宗（同治）皇帝是我所生，慈安太后何嘗生過子女？

答：此乃我朝家法。皇太后不可不遵。

問：遵也要遵出個道理來，這是哪朝的家法？

答：慈安太后是上母皇太后，聖母太后自然要去行禮的。

慈禧見六王爺奕訢說得好厲害，所以不願和他辯論下去，便說：「六王爺且下去，你把李鴻藻和禮部延續叫來！」

西太后厲聲地問延續：東太后的大喪行禮單，爲什麼列上我行禮，你們說：

延續不慌不忙地回答：此乃遵照前例。

西太后說：我沒聽說過太后給太后喪行大禮的先例。我與東太后，本無大小之分，焉能給她行大禮穿重孝？假如我死在她前頭，她也應該給我穿大孝嗎？

延續答：照例不行大禮。

此時，西太后一聽，猛然地「呸」了一句。

問：爲什麼？

答：上母皇太后是在聖母皇太后之先進宮，臣等不得不遵章奏請……

延續的話還沒有說完，她知道自己進宮時，還是一個小小的蘭貴人，慈安已然是皇后了。所以她聽了延續的話，怕把眞情擺出來，就難下臺了，她才拿出絕技，拍案大哭起來！邊哭邊說：「你等眼中還有我沒有我了！」

李鴻藻接著說：「如太后不以文宗（咸豐）皇帝爲皇帝，不以東宮皇后爲皇后，聖母若不承認自己爲文宗西后，臣等自不列此禮單。」

這些話，如同刺她的心肝一樣，氣得她連一句話也說不出來。怔了半天，西太后心想：把政敵兼情敵已然除掉了，就是行大禮，也是値得的。便說：「你們下去，我去行禮」。

李鴻藻和延續二人下去之後，延續對李鴻藻說：「我等無愧於列祖列先，死而無憾矣。」

慈禧害了慈安太后之後，把怒氣又轉移到光緒和珍妃的身上去了。有慈禧的心腹小太監聽說，珍妃對光緒帝說：「東太后之死，完全是聖母西太后害死的，毫無疑問。」光緒帝對珍妃說：「這完全是先帝咸豐爺的一份遺詔所引起的。」珍妃說：「天作孽，猶可爲，自作孽，不可活；善有善報，惡有惡報。可惜聖母還是個信佛的，佛門弟子作惡，死後不上刀山，也要下油鍋。」珍妃與光緒的談話，哪裏知道，光緒身邊的太監，就有李蓮英派的「特務」奸細。這些話完全被「特務」太監密報了李蓮英。李蓮英又在慈禧面前，有枝添葉地稟奏了一番。

十一　挪海軍費　建頤和園

一八八四年（光緒十年），年方四十九歲的慈禧太后爲了享受，她以光緒的名義發佈上諭，把萬壽山改名頤和園，取「頤養天年」的意思。但是修萬壽山，苦於國庫空虛，籌款無方，偏巧翌年十月（光緒十一年九月），清政府設立海軍衙門。慈禧太后的妹丈醇親王奕環任總理衙門海軍事務；慶王及李鴻章任會辦，善慶、曾紀澤爲幫辦。眞正策劃海軍事務的，只是漢人李鴻章一人。

在光緒執政之始，李鴻章把他所控制的北洋水師擴建成「北洋海軍」，擁有軍艦二十二艘，其中包括定遠、鎭遠兩艘七千多噸鐵甲艦和輕遠、來遠、致遠、靖遠、濟遠、平遠等主要艦船，故李鴻章在海軍內是舉足輕重的人物。

這些日子，李鴻章卻要頻頻與太后接觸請示機宜，但必須通過李蓮英這一關，時間長了，兩人的關係，也就密切了。當時國庫空虛，李蓮英就向李鴻章設法籌款修建萬壽山之策。李鴻章說：「可以把各疆吏撥來的海軍專款挪用一部分來修萬壽山，這是九牛一毛的事，對海軍也無傷大體，豈不兩全其美？」

李鴻章與李蓮英彼此互為利用，所以李鴻章敢於提出撥海軍經費的建議。太后聞聽大喜。

撥款雖然由李鴻章、慈禧太后和李蓮英三人密謀好了；但此事還得醇親王和慶親王等一批官員同意。於是由李蓮英奉太后之命，傳知召見醇親王奕譞、慶親王奕劻。二親王一聽太后所言，認為海軍經費至關重要，關係大清江山，專款應當專用，豈可置邊防於不顧？

慈禧太后一聽，氣勢洶洶地把案子一拍，說：「我連這點主都作不了！」

二親王一見太后動怒也不敢言了。只說：「遵旨即是。」二人叩頭走出說：「任洋人侵犯吧！」

最後，決定授意光緒皇上下道「諭旨」：「每年撥四百萬兩海軍經費，充作頤和園的修建經費。」

事後，李鴻章對太后說：「可以命令各省巡撫在籌海軍經費項下，增加一些就是了。」

後來，李鴻章和奕譞王爺為了迎合慈禧太后的心意，把各省督撫認籌的款項，存放在天津銀行，二百六十萬兩的利息，也全部撥來修建頤和園。

本來為了建立海軍，把全國的民脂民膏吸吮殆盡了；今天為迎接即將到來的慈禧太后的六十大壽慶祝，又令修建頤和園，就只好勒令各疆吏追加所謂建立海軍銀兩。另外，以光緒皇帝名義下旨嚴斥未繳齊的省份，計有：江蘇、浙江、江西等，同時著派曾國荃、崧駿、衛榮光三人分別前往各省督飭，將前欠銀兩，限於年底繳清，不准絲毫拖欠。

三人分別到了各省督撫跟前，便是「欽差大臣」了。僅僅兩個月的工夫，除了索取應繳納應交欠款銀外，各督撫光送欽差大人的「儀程」，每人至少得一萬兩銀。

一八八五年（光緒十一年）法國軍隊攻陷了涼山，侵犯我鎮海海口，清廷任馮子材為廣西關外軍務幫辦，他率領王孝祺、王德榜、蘇元春等部隊在鎮南關（友誼關）大敗法軍，使得法軍狼狽而逃。而洋務派大臣李鴻章，奉朝廷之命於四月四日（農曆二月十九日）卻與法國簽訂了「停戰條約」。一八八七年（光緒十年），李鴻章得意地吹噓北洋海軍已有足夠的力量，保衛渤海的門戶。他恬不知恥地奏請太后、皇上御駕天津海口親臨檢閱，是多麼狂傲？後來，欽奉太后懿旨，派醇親王和總管太監李蓮英代表朝廷蒞津巡閱。

李鴻章得悉後，就急忙屬部下布置行轅準備迎接招待，並密授辦事人員在行轅裏布置一個廂房，要求要格外精緻。李鴻章並於事先來到行轅正廳視察，然後又到那廂房仔細察看，反復留意檢意，辦事人員，猜知必然是御駕親臨。

過了兩天，李鴻章忽然命令工作人員迅速在碼頭的地上舖陳著幾十米長的黃氈毯。約上午十時許，李鴻章率領部署迎接，部署人員所見並不是太后和皇上，只見兩個戴紅頂大花翎的官員，後面跟隨著二三十穿朝衣朝帽的大小官吏。只聽見李鴻章口口聲聲稱王爺、總管。大家這才知道原來是醇親王奕環和總管太監李蓮英。大家都奇怪，不是說太后和皇上嗎？大家心中納悶，一個太監怎麼跟王爺並駕齊驅？又怎能代表皇上呢？

檢閱場上，掛著無數的龍旗和五彩繽紛的彩旗，隨風吹蕩，飄飄揚揚好不奪目。

海面上，風平浪靜，太陽照射海洋如同鏡子一般，耀人眼簾，只見遙遠處，戰艦雲集秩序井然。

二十二艘戰艦演習，令人眼花瞭亂，排成一字形時，就像銅牆鐵壁一般，變化無窮，又像山巒舖滿海面。艦艇噴出的煙柱，遮天蔽日，陽光爲之遜色。

檢閱海軍結束時，醇親王和李蓮英對李鴻章的海軍成績稱贊不已。

李蓮英巡閱海軍回到圓明園後，十分得意，宮中人都稱李總管「九千歲」。

天有不測風雲，就在這一年，正值山東、直隸、山西、四川、福建等省水患爲災，千百萬人無家可歸。慈禧太后迷信以爲得罪上天，終日率領宮女焚香禱告。這件迷信的事，被光緒（二年）進士名叫朱一新知道了，於是他借題發揮以遇災爲由，上了一本奏章說：「總管太監李蓮英，隨醇親王奉旨赴天津閱兵，將恐遭玄宗寵宦爲監軍而使唐亡之覆轍。我朝家法嚴馭宦寺，世宗（雍正）宮中立鐵牌，昭爲法守，聖母太后垂簾，安德海假公出京招搖處以斬罪，是以綱紀肅然。而今夏巡閱海軍，李蓮英隨親王並駕齊驅，蒞臨天津，百姓紛紛議論，諒宮廷當道有不得已之苦衷，非廷外小民之所喻也。然而，閱軍大典，今閹宦乎其間，將何以肅軍紀而維體制？唐之監軍，豈其本意，因逐漸放縱之使然也。我聖朝法制修明，當不慮此，亦應杜漸防微，從古閹宦，巧於逢迎，而昧於大義，結黨營私，撥弄是非，在宮廷之內，售其小忠小信，竊取作威作福之柄。我皇太后、皇上明目達聰，豈能受李蓮英之欺騙乎？」等語。

慈禧太后見了這份奏摺，勃然大怒，然後，她又笑著把這份奏摺給李蓮英看，她說：「你看，你到天津檢閱海軍，竟然成了一條罪狀了；這個朱一新御史引經據典，含沙射影，矛頭是指向我的。他說宮廷有不得已之苦衷，這難道我跟你還有什麼不可告人的事嗎？」李蓮英說：「我個茬兒，把他殺掉算了。」太后說：那怎麼能行，別人會說我防民之口了。太后立刻在朱一新的奏折上用朱筆批寫：「御史朱一新誣蔑朝廷，進行人身攻擊，著降級降薪，以儆效尤。」

自此，宮中沒有敢說李蓮英一個「不」字，而鑽營李蓮英之門的人更多了。

一八九九年（光緒己亥）六月，京郊大旱，射在紫禁城內九重宮闕的琉璃瓦上的陽光，像噴出了火焰，刺入眼目，蟬，在樹梢上拉長了聲音哀鳴。

京郊各地禾苗枯焦，顆粒無收，莊稼像火燒焦了似的，那窮苦的佃戶家家缺糧，戶戶斷炊。有的逃荒在外，有的易子而食，有的挖野菜、剝樹皮爲食。到處都可以看到無人掩埋的餓殍和被遺棄的嬰兒。慈禧太后想這是獲罪於天了，於是下詔「求言」。有位太史叫沈北山的，他在戶部侍郎英年家中任家館，他見了太后的「求言詔」以後，便下疏對李蓮英的罪行給以無情的揭發。沈北山把寫好了的奏摺，請英年轉遞朝廷，英年說：「太后求言，求的不是叫你揭發李蓮英。李蓮英何許人也，你既然知道，爲什麼在太歲頭上動土？這明明是一份自我殺頭的上疏。我勸你把它焚燒掉了爲妙。」

英年完全出於一片好心，替他把這人份「求言」焚燒了。但沈北山心不死，回家之後，又寫了第二份，他背著英年，交給了總理衙門的一位相識張部郎，懇求他轉遞朝中。張部郎一見沈北山的「求言」上疏，臉上立刻變了顏色。他說：「北山啊！你叫我轉遞嗎？你想叫我腦袋搬家麼？這個奏摺要是送呈上去，不但你的命不保，豈不叫我受牽連嗎？我勸你快快把它收起來。」那張部郎又一想，還是不放心，怕他託別人往朝廷上去送，於是把這本「上言」的奏摺給扣下了，以免出事端。

這位具有堅強毅力的沈北山，回家之後，又寫了第三份之後，又自己親自去到天津，把「向朝廷上言書」，投在《國聞報》上，過了不幾天，這家受有洋人後臺津貼的報館，公然給全文刊登出來了。

當時京中，以至全國都轟動起來了，博得了國人共鳴。

沈北山的上疏全文，登在《國聞報》上，標題是：「中國近事一則」，文中說：

「……李蓮英在朝，上倚慈恩，下植黨羽，權震天下，威協萬民，包藏禍心，伺機必發。自古以來，秦、漢、唐、明各朝，皆有宦官之禍；秦之宦官趙高、漢之宦官曹節、侯覽、張讓等；明之宦官王振、汪直、劉瑾、魏忠賢等，皆攘竊權柄，荼毒臣民；其目的在於蒙蔽天子，以成其奸。唐之宦官掌廢立之大權，憲宗則弒於陳寶志之手；敬宗死於劉克明之手。」

我朝當懲前毖後，勿踏唐之覆轍。當今我朝家法森嚴，豈能令閹宦小人參與政事？防微杜漸，方無秦、漢、明季之患。而今李蓮英以一宦人，舉足輕重，被其彈劾、罷官、含冤而殺身者，不知凡幾。風聞該太監積蓄金銀財寶，達數百萬之鉅，若不貪污受賄，如此鉅金何處而來？

李蓮英天下之公憤，召中外之流言，上損我慈聖之盛名，下啓臣民之口實，罪不容誅，而最可畏者，今日隱患伏於宮禁之間，異日必禍及至尊之側。李蓮英之所以恃而無恐者，爲太后，而其所不快者，是皇上也。近年以來，上至大臣，下至僕從，奔走李蓮英之門者，絡繹不絕。凡能輾轉設法與李蓮英互相通聲氣者，無不因而發家致富。今日若不殺李蓮英以儆其餘黨，則將來皇上之安危，實不可知也。涓涓不塞，將成江河。水之涓涓猶可塞也，及爲江河，一旦決口，不可遏止。李蓮英結黨結幫，盤據宮廷，患生肘腋。現在奸黨滿朝，內外一氣，倘視若無睹，危難立至。李蓮英不過一區區閹宦小人，朝廷有何顧惜？願朝廷除惡務盡，不俟終日。如此，方可安於泰山。前各省教會奸人潛伏，設想朝廷一旦風吹草動，必將乘機揭竿而起。洋人得寸進尺，貪而無厭。李蓮英如此明目張膽，結黨營私，是故物必先自腐而後蟲生之，列強可收漁人之利。世界之上，有一國可信賴乎？願太后、皇上防患於未然，懲治權奸，以保聖恭」等語。

在北京的醇親王府首先知道了，奕環王爺一看這張報說：「沈北山寫的這份『上書』，說得好。李蓮英惡貫滿盈；太后寵他實在過份，看怎麼收場。《國聞報》是洋人的後臺。」說完之後，就把這份報紙命管家送到宮中呈交太后。

慈禧太后一見這份報紙，萬分忿怒，說：「出了一個朱一新，接著又來了一個沈北山，非把這些人鎮壓下去不可。」李蓮英從太后手中把《國聞報》拿到手中一看，知道《國聞報》惹不起，仔細一看內容，嚇得神魂顛倒，不知手措，整天價如坐針氈。他心想：沈北山的文章，是公佈於天下的。

慈禧太后下諭，命斬沈北山之首，朝中大臣稟奏說：「如斬沈北山之首，洋人會更加厲害在報上宣傳，千萬愼重思考後再行處理。」

有人勸沈北山說：「三十六計，走爲上策。」那沈北山性格倔強，他認爲爲正義而死，是光明的，正大的，國人自有評論。許多友人千叮萬囑，他才勉強南下，不到一個月，沈北山就被江蘇臬司衙門逮捕入獄，此事又被各國公使獲悉，除在報上大肆宣傳，並由德國公使爲代表去到江蘇監獄慰問沈北山，說：「而今各國公使對閣下十分關注，願對閣下予以保護。」沈北山說：「吾中國人奈何托庇於外人，惟對我如此關心，甚表感謝。」德國公使，非常欽佩沈北山正直不屈的偉大形象，只好告辭而去。

北京各國使館對沈北山入獄的風聲很大故紛紛向朝廷進行無理干涉。故朝廷始終沒有把沈北山殺掉，一直關在監獄之中。

一九〇二年，太后及光緒從外逃回北京時，才把沈北山從獄中放出。

十二　外懼洋人　內杖珍妃

喪權辱國的慈禧太后，見到康有爲的上書，是火上加油，又見帝黨主張一戰。李蓮英從中挑撥太后說：「皇上不達時務，完全是受文廷式和康有爲的影響，其中興風作浪，鼓動皇上的就是珍妃。」對向日本作戰的呼聲，全被太后給壓下去了。

北京城內，表面上暫時平安無事。文廷式等人情緒低落，不敢言政，醉生而夢死。珍妃託文廷式在上海外國洋行做兩套西裝。一套是鵝黃色毛料的，一套是青毛嗶嘰的，尺寸都是事前量好了的。文廷式在上海還給她買了一架照相機。珍妃穿上那套青色西裝，梳個髻髻頭，小太監給她搬著照像機。她想這些日子皇上心中萬分苦悶，爲何不去給皇上解解胸中之悶呢？於是她大膽地去到漪瀾堂去見皇上，並命心腹太監扛著照像機，命令一名小太監「放哨」，注意太后那邊來人，迅速報告，以便躲藏起來。

光緒一見珍妃來了，果然龍顏舒展，喜不自勝。對珍妃說：「你穿這件洋服，眞可與那外使夫人比美。」珍妃見光緒喜歡，乘機說：「我給萬歲爺拍照一張如何？」光緒說：「你上次和朕所說的照像機就是這個麼？」「是的，我估計今天不會被太后那邊的人看見。」「爲什麼？」「太后和萬歲不是一樣的煩惱？故今天老早來給萬歲爺解心中之悶。」

珍妃接著嬌嗔地說：「眼下院中玉蘭正艷，萬歲到院中照吧。」說罷二人漫步到院中玉蘭花前，大小太監跟隨在後，光緒稍整龍顏站好，珍妃對好鏡頭說：「萬歲笑一笑。」說著咔嚓一聲，珍妃不由得笑了起來說：「照好了。」光緒說：「想不到洋人造這玩意兒，竟如此神奇。」

二人於是雙雙坐在琉璃墩上，珍妃對光緒講開了照像機的原理、結構及成片過程。光緒聽著，連連點頭贊嘆不已。

珍妃儘管偷偷摸摸地穿上西裝，和光緒爺一起拍照，感到十分幸福，也感到十分害怕。

珍妃之所以大膽敢來漪瀾堂的光緒住處，是她有把握在漪瀾堂捉迷藏。

原來光緒住在頤和園的漪瀾堂殿東南角有一面背東面西的穿衣鏡。只要推動鏡框，裏面就是一個可容人身的秘密暗室，當珍妃有機會見光緒的時候，她在夜間被太后查得很嚴，兩人不能做「天河之配」，然而，白天可以和光緒在這秘室裏，「任爾東西南北風，依然可以咬定青山不放鬆」呢！這個秘密，不但局外人不知道，就是慈禧太后和她的爪牙李蓮英也是想不到的天機奧秘。

正是：久站江邊，沒有不跐腳的。今天那個給珍妃「放哨」的小太監，一時大意了，當他發現太后那邊來了三個人，直奔漪瀾堂而來，他可慌了，急忙往漪瀾堂院內跑，準備急速報告，可太后那邊的心腹太監，發現了珍妃的心腹太監拼命往內跑，猜知珍妃必然偷偷來了。便緊迫地追趕路，這邊喊「站住」！珍妃的心腹太監往漪瀾堂院內跑喊：「快、快、快，太后那邊來人了。」

太后那邊的太監一個機警的，忙回報告李蓮英。

太后派的「探子」跑得快，已然追上了珍妃的心腹小太監，然而，都到光緒和珍妃的面前了。兩個太后的「探子」，不怕天，不怕地，不怕皇上和珍妃，也不給光緒行跪叩禮，二人揪住珍妃不放，正在掙扎時，李蓮英得知消息，急忙派一群太監看個水落石出。一群小太監，果然見著自己的人，抓住了珍妃，膽大的珍妃，正是有翅也難飛了。

一群太監把珍妃簇擁到太后面前。慈禧太后猛一見，還以爲綁來一個外國的洋女人呢？定睛一瞧，果然是珍妃。珍妃跪在太后面前，太后說：「你這個狐媚子，天天陪著皇上調笑取樂，尙嫌不足，還想勾結文廷式干預國政？」珍妃披頭散髮哭著說：「婢子入宮以來，並不敢與聞外事，就與文廷式有師生之誼，也未嘗通一信，仰求慈鑑。」太后說：「你們快把那身洋服扒下去，杖打八十。」

一聲令下，幾個小太監，像餓狗撕人一般，把那身西裝撕扯下來，連襯衣襯褲都扯得精光。珍妃像隻受傷的白羊一般。她雙手捂著酥胸，瑟瑟發抖，裸體在太后眼前。旁邊觀看的宮女和太監，無不雙手掩目。

「打」！又是一聲，可憐珍妃轉眼之間，被打得皮開肉綻，活活像一隻剛宰後剝皮的羔羊，鮮血淋漓。

光緒皇帝急忙趕來，一見此狀，嚇得面無人色，忙向太后跪下泣聲求饒，「請親爸爸開……」那個「恩」字還沒容出口，便昏厥在地。

慈禧太后聲色不動，悠悠地從御几上取過茶盅，呷了一口茶，連眼皮也不擡地說：「且把皇上扶到別室去，那狐媚子也把她幽禁起來。」慈禧的聲音很低，把左右宮女，老太監嚇得抖個不停。

慈禧似乎也有些後悔，扒光褲子打妃子，在清朝進關二百多年，還是第一次。她想珍妃能穿有洋服和有洋像機，這都與她的哥哥和她的老師有關；她於是提起筆來，寫道：著將珍妃降爲「貴人」；文廷式應即革職；珍妃之兄禮部待郎志銳，謫戍烏里雅蘇臺（外蒙古諾顏西境，清朝定邊之左副將軍駐地）。免得彼等外結親王，內恃妖妃，此諭。

慈禧太后下完手諭之後，對李蓮英說：「把珍妃移到大內回宮養傷。」

端午節到了，慈禧太后把珍妃打得遍體鱗傷，她放心地命光緒回宮到中南海辦公。

一八九四年（光緒二十年），珍妃挨了史無先例的廷杖，降爲貴人之後，站在光緒一邊的大臣們，對此頗有不平之語。這個怨聲載道的傳言，傳到李蓮英的耳中。李蓮英告訴了太后，慈禧說：「他們簡直反了。」太后一不做二不休，她索性在珍妃住的景仁宮門內，立了一塊木製的禁牌，懸在珍妃的住室門前。文曰：「光緒二十年十一月初一日，奉皇太后懿旨，皇后有統轄六宮之責，嗣後妃嬪等，如有不遵家法，在皇帝前干預國政，顚倒是非，著皇后嚴加訪查，據實陳奏，從重懲辦，決不寬貸，欽此」如此這般了。

珍妃臥床將近半年，身體已然漸漸恢復起來，太監命她下床跪接聖旨。

當掛牌的太監走了之後，珍妃細細端詳此旨，她並未落淚，反而笑了。她心想：你這妖婆，殘酷到如此地步，把我打得皮開肉綻，還僞造聖旨，替皇后出氣。她回到書案前，提起筆來，在紙上畫了一隻螃蟹。珍妃身旁的宮女一看，問：「主子，畫隻螃蟹是什麼意思？」珍妃說：「看她橫行到幾時。」宮女落淚說：「主子，不要再找麻煩了，主子的痛苦還嫌不夠嗎？」倔強的珍妃見宮女哭了，才說：「你把它燒掉了吧！」

光緒住在中南海，好像隔著一條天河。光緒的心腹太監王香替光緒出了個主意，讓萬歲黑夜從瀛臺坐船偷渡，到景仁宮會見珍妃，各門卡太監都是同情光緒的老太監。

光緒還不敢冒此風險，先叫王香秘密傳詩，送到珍妃手裏，逐漸發展到互寫情書。膽子越來越大，光緒帝終於夜渡景仁宮。二人相見，喜淚交流，王香在外邊放哨，二人在景仁宮如牛郎與織女。各有吐不盡的甜言蜜語。此時，正是春宵一刻値千金，可把宮前等候的王香急壞了，他用力地在窗前咳嗽，室內二人正在方興未艾，似乎是聽而不聞，急得王春敲玻璃，悄聲說：「萬歲爺，快天亮了。」這時已被珍妃聽到，急忙催光緒穿衣速去。

光緒從景仁宮出來如醉如癡，隨著王香回到瀛臺，光緒躺在龍床上，回味著方才久旱逢甘雨的滋味，愈感其味無窮。

光陰荏苒，三年過去了，山東鉅野教案發生，德國借口鉅野教案，出兵強佔膠州灣。

所謂鉅野教案的發生，也稱曹州教案。一八九七年，德國傳教士在山東曹州（今荷澤）附近各縣唆使教徒欺壓人民，激起群衆公憤，十一月鉅野縣農民殺死張家莊德國傳教士十二人。之後，濟寧、青張、單縣、武城各縣群衆和農民在大刀會號召下，紛紛響應。事件發生後，德國借口傳教士被殺，向清政府提出交涉，並把兵艦駛入膠州灣，強行登陸。清政府被迫與德國簽訂協議有關處理鉅野教案的要點規定：將山東巡撫李秉衡革職，賠償德國二十三萬五仟兩，逮捕我百姓九人，其中二人處死，三人徒刑，清政府降諭，保護德國傳教士。

話說珍妃她好了傷疤忘了疼，她與光緒通過心腹太監詩、信頻傳，竟被李蓮英佈下的天羅地網給探悉。慈禧聽到了密奏之後，研究如何處治光緒的辦法：暫時先向外人妥協，免去外患，然後收拾康有爲一幫的亂黨，叫光緒唱「獨角戲」，叫這個「孫猴子」跳不出如來佛的手掌之中。如果明目張膽地反對光緒，那洋人是會站在康有爲的維新黨的一邊的，所以對光緒皇帝，只能施以軟計，不能動硬的。

慈禧一心想權，不管什麼三親六故，就是自己親妹妹所養的光緒，也不能稍有仁慈之心。那醇親王奕譞，雖然妹妹的丈夫，不要說載湉光緒是你們生養的，就是我自己生養的，居心奪我的權位，照樣寧殺不赦。

話說道光皇帝的第七子奕譞，共生了七個兒子（老大、老三、老四早死），老二載湉（光緒）是慈禧的親妹妹所生。那老五載灃（溥儀之父），老六載洵、老七載濤，都是奕譞的側福晉劉佳氏所生。

奕譞死於光緒十六年，諡封「賢」，故稱醇賢親王，葬於北京西郊妙高峰。在他生前，就曾邀請一位風水專家名叫李堯尼的，叫他尋找未來的吉祥墓地。李堯尼說：「京西妙高峰地方，有塊風水寶地，有山、有水、有樹，象徵子孫萬代永久不衰的園寢寶地。」

原來，該園寢的所在地，原有一株「大青龍」樹和另外一株叫「二青龍」的大樹，據說那棵古松大青龍樹，被一個和尚砍伐了。

醇賢親王奕環死後，在此殮以金棺祀以天子之禮。墳墓建有寶頂和享殿。王爺入葬之後，內務府派綠營兵，日夜守衛。

逾三年，即光緒二十年，工部侍郎英年對李蓮英說：「七王爺墳寶頂有兩棵銀杏古樹，高十餘丈，大約有八九抱粗，這銀杏樹，又叫白果樹。七王爺的墳上有白果樹，你想一想，白果的白，下面有王爺的王。」話還沒說完，李蓮英何等聰明，他馬上說：「明白了，明白了，啊，白字下有王字，不是皇字嗎？當今萬歲一心想推翻祖業，幸有老祖宗稱腰，世世代代再出個皇上，那還了得？不行，不行，一定要把這事奏稟太后去。」

李蓮英跑到養心殿，又有枝添葉地把英年的話說了個天花亂墜。慈禧向來迷信風水，於是馬上秘密派人去到妙高峰砍那白果樹，據說砍倒那棵樹時，在樹根裏跑出數百條白蛇來。鋸那棵樹時，腰圍也出了血。砍伐之後，慈禧還不放心，又親自到了妙高峰視察，然後才放心來。後來光緒帝知道了這件事，鑑於太后的權威，只把怨恨埋在心中。

光緒帝一心想改變朝廷二百年政治上的腐敗制度，如再不變法，正如明朝末年李自成造反，崇禎帝吊死煤山；今天義和團造反，還不是前車之鑑，母后反對朕之改革朝綱，正是自掘墳墓，洋人會乘虛而入。

翁同龢奉光緒命與康有爲討論變法事宜。

十三　偷樑換柱　亂點鴛鴦

維新浪潮已席捲全國，慈禧太后原想馬上廢黜光緒，無奈大勢所趨，如果廢掉光緒，全國南方有孫中山的同盟會，北方有康有爲變法，他們都與洋人有牽連，故誘使光緒皇帝吸食鴉片煙，說吸了鴉片煙可以使身體健康，除卻百病，並由李蓮英給他備置了一套精美的煙具。另授以淫書，誘以賭博。李蓮英一面派內監在朝廷外散佈謠言，說光緒皇帝道德敗壞。然而，這些陰謀，卻被光緒親信一一探到，再加國內外支持光緒的呼聲強烈，這就使得光緒的勇氣倍增了。

一個初秋的夜晚，芭蕉冉冉，碧桐森森。窗外秋夜的晴空，顯得特別明淨。皓月朗照，萬籟沉沉。光緒想念珍妃，不再偷偷摸摸，陳倉暗渡了。他要使用皇帝應有的權力。

這一夜，他口諭値班太監，到六宮的景仁宮珍妃的住房要寵幸珍妃。這件事不知怎麼被李蓮英知道了。他當即向太后獻計：要用「偷梁換柱」之計，易珍妃而換隆裕皇后。太后聽了沉吟一下，說：

「不妥當。」「怎麼不妥當？」太后說：「用氈裹皇后怎能使得？」太后猶豫起來。

原來按家法，皇上寵幸妃子是當值太監把妃子裸體氈裹，由太監背負御榻前，若是寵皇后，可不同了，是要用龍鳳花轎把皇后擡到御前。李蓮英見太后決意不下，說：「太后不用多慮，奴才自有道理，在皇后前不會假充聖旨嗎？這叫飢不擇食，爲了達到目的，就可以不擇手段。」

太后說：「不擇手段是可以，假充聖旨也可以，你叫皇后脫光用氈裹，皇后不會依從的。」李蓮英說：「奴才就叫當值太監跟皇后說，太后知道今夜皇上要寵幸皇后，太后叫轉知值勤太監，不要用龍鳳轎，改用氈裹，這是太后的懿旨，不怕皇后不遵旨。」

這天晚上，星月皎潔，明河在天。那月光照射著空蕩蕩的宮廷，顯得特別凄涼，當值太監跪在隆裕皇后面前說：「皇上口諭皇后前往御前陪宿。並奉太后懿旨，要今晚屈尊一下，改用氈裹前往。」皇后一聽大怒：這不是違背家法嗎？她又一想：皇上今晚寵我，是千載難得，皇上回心轉意了。太后懿旨不能不遵，也許太后別有用意。尋思一會兒，羞答答地脫下衣褲。

夜月照射在陰森森的皇宮內院，靜得可怕，也照得當值太監因背負皇后而彎屈的身影。

光緒皇帝盼眼欲穿，當值太監的腳步聲，刺入光緒的耳鼓時，宮娥掀起了門簾，「珍妃」被太監裹負至龍床前，輕輕地放下，然後叩頭辭去。只見光緒皇帝喜形於色。正是：「久旱逢甘雨，床前遇故知。」當時心花怒放。及至把氈裹打開一看，驚呆了！卻是赤裸裸、笑瞇瞇的皇后。心中好不掃興。心想：莫非寡人口諭傳錯？還是當值聽錯？暗中叫苦。那皇后被氈裹而來，儘管是太后叫皇上違家法，轎撞、氈裏都是形式，皇上寵幸才是眞的，但她一見皇上既然召我，爲什麼有這般不愉快的顏色？認爲是皇上有意戲弄她。她又一想事在人爲，既然來了，就要媚他一番。人非草木，孰能無情？她強打著精神笑了。

如果立刻下床跑開，可身上一絲不掛，連件衣服也未有，故此堅決向皇上來個假情假意地又哭了起來。

光緒皇上，一見渾身一絲不掛的皇后，也被肉色所迷住。皇后的哭泣，卻又使光緒從困惑中清醒過來，揣摸到這乃是太后與李蓮英的用心。心想：皇后是太后的心腹，何不將錯就錯，叫她爲我所用？於是光緒皇帝反嗔爲喜。邊摟住皇后，邊溫存、邊哄著、邊結合地說：「朕過去與你不和，是有人從中挑唆我們。」

這時皇后以爲指的是珍妃挑唆，她哪裏知道指的是李蓮英。皇后竟然止了哭泣，知道光緒眞回心轉意了。她緊緊地抱住皇帝的龍腰，說：「皇上指的是那個臊狐狸挑唆吧？」皇上反問：「哪個臊狐狸呀？」皇后說：「還不是珍妃那個狐狸！」皇上說：「不，以朕看來，都是那賊監李蓮英挑唆太后的，如此下去，朕與皇后如何能有美滿姻緣？」皇后想套出皇上近日與黨人康有爲的秘密活動。皇后說：「大清朝廷屢敗於列強，皇上有何富國富民之策？」光緒說：「這幾年有不少大臣，多主張變法自強。朝中也有些大臣主張墨守舊規。若以舊規應付列強，自己不知變法、開特科、裁冗員、廢科舉、立學堂，是不能躋身於列強之列。」皇后問：「皇上怎麼下手去做呢？」光緒說：「要剷除舊勢力，新舊兩種勢力不能兩存。」皇后問：「如皇上所說，先要產除守舊大臣啊？」光緒說：「不是，守舊大臣在新形勢下，是可以改變的，要剷除守舊勢力的奸細小人。李蓮英在太后前，顛倒是非，混淆黑白，正如除草要除根一樣。」皇后心中明白，你最恨的不是李蓮英而是聖母太后。

皇后故意說：「寵李蓮英的正是太后。」光緒一想不能順著皇后的話再說下去，趕忙急轉話題，與皇后「春風再度玉門關」，又扯起閒天來了。

黎明時分，紫禁城宮殿，從一片淡藍色的天幕下露出了黃金色的的冠蓋。被氈裏的皇后在值班太監脊背上緩緩地到她自己的宮中去了。

慈禧太后的心腹——隆裕皇后，掌握了光緒皇帝的一些隱私以後，她想昨夜皇上醉翁之意不在酒，便匆匆忙忙梳洗完畢，就去太后那裏去問晨安。李蓮英和太后正注視著昨夜發生的變化，她們充分估計到光緒皇上會以錯就錯。然而，並沒有估計到皇上想借刀除奸。皇后又把皇帝的話有枝添葉地把矛盾放在太后身上。她把昨夜枕邊之言一五一十地怎樣要先除李太叔，然後怎樣除聖母，訴說一遍。

緊跟著光緒皇上給太后請晨安來了。光緒跪在殿外，李蓮英遲遲不給入報，等到太后懿旨叫李蓮英把皇上傳入時，光緒一眼看見皇后，然後跪在太后跟前問安。太后怒氣沖沖二話沒說，向光緒猛然打兩個耳光。因太后手帶金質指甲套，用力過猛，把光緒的門牙打落一個。光緒皇帝匍匐在地不敢擡頭，但鮮血從口角外流。太后說：「梟生食母，獍生食父，你從四歲入宮，養你成人，竟沒想到你要害我，你這梟獍之類，你還不給我滾下去！」

光緒叩頭離去，心想這必然是該死的皇后，在太后面前誤解了朕的話，致有今朝的結果。

次日，由光緒的近侍太監于厚忠到前門外打磨廠的一家鑲牙館，一進門便說：「有人牙齒脫落一個，要你們到家裏去鑲。」

牙醫說：「叫他本人來，不來人不能鑲。」于太監惱火了，說：「叫你去，你就得去。」牙醫看這個人的口氣如何這樣硬？後來恍然大悟，他是個「老公」，心中有些害怕。和氣地說：「公公，本人不來，實在不能鑲。因爲有許多工具什物不好搬動，請公公原諒。」于太監說：「好，你不去嗎？明天來給你們牙館封門。」說完扭頭便走。牙醫一見公公火了，知道鑲牙的人，一定是王府的什麼王爺，忙說：「好說，好說，公公別生氣，等一等就去，就去。」牙醫只好攜帶傢什和鑲牙材料跟著太監走了。

牙醫一看「老公」把他帶進皇宮，心中又害怕起來，猜不透是給誰鑲牙，鑲不好要掉腦袋的。他背著、拿著笨重的工具，像進了「迷宮」。走進一座大院，又是一座大院，越走越不到，好像在做夢。常聽人說：「宮門深似海」，一點也不錯。好不容易進了一座大殿，又跟隨太監進了一間套房。只見室中一人約三十許，頭戴一頂青緞小帽，小帽正中鑲嵌一顆紅寶石，身穿一件青緞袷袍，束一條深紫色腰帶，足著一雙青緞白底靴子。愁眉苦臉地坐在一張單人紅木床上。那床上橫陳著一張紫檀的炕桌，桌上放著尚在冒熱氣打開著的蓋碗茶。那人就坐在桌旁的右邊，太監悄悄地對牙醫說：「你可看看萬歲爺的門牙。」牙醫一聽原來是當今皇帝光緒爺，立刻跪下說：「奴才罪該萬死！」牙醫不知下一句該說什麼，只是心中顫抖不停。光緒說：「起來！」牙醫起立，小心翼翼地作了模型，約一小時後，牙醫說：「兩天後，奴才再把假磁牙呈進宮來。」

牙醫臨行時，光緒送他紋銀十兩。于厚忠太監把牙醫送出宮門，在回來的路上被李蓮英的小太監抓到了慈禧太后的面前。慈禧太后問：「你出宮幹什麼去了？」于太監說：「給萬歲請牙醫去了。」太后說：「皇上的牙怎麼了？」于太監說：「萬歲的牙掉了一個。」太后問：「怎麼掉的？」于太監說：「被……被……吃年糕黏掉了。」「胡說！」「奴才不敢。」「誰叫你出宮，叫牙醫的？」「我……我自己，不，奴才自己。」「放屁！」「不敢。」「到底誰叫你去的？說！」「萬歲爺。」「你知道不知道，引外人進宮有罪？」「知道。」「知道就好，蓮英，把他拉下去仗打一百。」一群太監馬上把他拉了出去。太監手拿著竹仗，狠狠地重打一百大板。

近來，光緒皇帝感到當傀儡皇帝十分憂悶。九月初九日重陽節。這一天，光緒帶著兩個親隨小太監出了皇宮的神武門，直奔煤山（景山）而來。但見煤山上下，萬木蒼翠，山脊之上，建有五座亭子，中間是萬春亭，東邊是觀妙亭、周賞亭；西邊是輯花亭、富覽亭，全是金漆彩繪。光緒從山坡的東側上山，經過明朝最後一個皇帝崇禎吊死的地方。他佇立許久，思緒萬千，不禁涔涔淚下。他長嘆了一聲，然後徐步到了萬春亭，望南觀看金碧輝煌的皇宮內院。天空上一層烏雲，又像一層妖霧，陰森森地籠照著紫禁城。兩個小太監見到皇上愁眉不展，也默默不語。光緒又轉到北邊，俯視地安門大街，他讚嘆明朝建築北京城景佈局之精巧。從地安門鐘鼓樓，站在煤山這條中軸線筆直地南至正陽門，直望永定門，東西各城門又都是對稱的。

那崇禎皇帝不是沒有作爲的人，可惜被一群庸吏貪污腐化，弄得不可收拾，那李自成造反，與今天山東的義和拳造反有什麼不同？明朝亡了，二百多年的大清江山，將要步明朝的覆轍麼？他見地安門大街熙熙攘攘的人群，啊，黎民百姓像空中的小鳥兒，是何等地無拘無束！我還不及一個平頭老百姓呢！

正在閑眺之間，忽然一陣風從西南方向送來一陣鑼鼓聲，因問近侍小太監，「那裏有戲館子嗎？你們聽見鑼鼓聲麼？」侍從小太監說：「不是戲館子，是李總管家辦喜事。」光緒問：「李總管家有什麼喜事？」另一個夙與李蓮英有仇恨的小太監說：「李總管這些日子，一直在宮外，聽說他又娶了第三房姨太太。」光緒說：「太監怎能娶親？」小太監說：「做乾夫妻唄！鼓樓小石作有個寡婦姓吳，目前給人家傭工，她有個閨女，年方二八，情願把姑娘嫁給總管。這兩天朝中大小官員去賀喜的可多了，車馬把北長街都堵塞得水泄不通。」那個年齡稍大一點的小太監，心中有鬼，不敢接口。這時見同伴既然說了，他也把這幾天偷出宮中，到李總管宅看熱鬧的事全說了。他說：「奴才也看熱鬧去了，李公館高搭喜棚，晚間水月燈照得跟白天一樣。那新花轎是地安門裏蓬萊號蕭掌櫃給預備的，都是新下案的大紅轎衣，紫色轎絆，三十二名樂手，一律剃頭（不是剃光）。新靴子，一色綠駕衣。轎前是四對藍翎護衛，身穿花補褂，還有八名僕役，個個手持藏香，後邊是八名騎馬的太監押轎。花轎兩旁有步甲穿著正黃號衣，手持皮鞭，攔管閑人。」那個太監也插話說：「還提吶，奴才也偷偷地看熱鬧去了，梨園行中名伶在李公館演了七天戲啦，武生中有俞毛迨，黃胖兒、楊小樓、馬德成。大花臉中有何桂山、金秀山、劉春永、郎德山。二花臉中有穆春山、李連仲、李壽山。小花臉中有王長林、蔴德子、張黑、趙仙舫。正旦中有金紫雲、陳德霖、張紫仙、時小福。老旦中有龔雲甫、謝寶雲。武生旦中有朱惠芳、余金琴等。」光緒心中煩得不願聽下去，說：「你不要說了。」兩個小太監見皇上發了火，都不敢言語了。光緒皇帝一邊下山，一邊想：李蓮英如此招搖，他眼中根本沒有皇上，心中越想越生氣，轉身對兩個太監說：「你們倆快到李蓮英家中去，把他家號房的門簿子拿來！」

兩個小太監出了煤山的宮門口，一路小跑，直奔李蓮英宅中而去。兩個小太監一進李宅門，就出其不意地從號房管事的案子上把客人簽到的門簿奪在手中。那個管事一見是皇上的兩個親隨，便問：「你幹什麼？」兩個太監異口同聲地說：「奉旨來拿，你敢怎麼著！有能耐告訴總管去，說二爺拿走了。」說罷揚長而去。這件事，馬上傳遍宅中，也沒有人敢把皇上的兩個親隨追回來。李蓮英知道了，也束手無策，不少官員見事不妙，也都悄悄地溜之乎也了。

光緒皇帝一見來賓的簽到門簿，不禁大吃一驚。啊！朝中大小官員，幾乎無人不往，就是向光緒經常密報李蓮英壞話的人也在內。光緒憤憤地將門簿往地下一丟，此時卻一言未發，他心中亂如麻。慈禧太后眼看六十大壽正在加緊籌備，可日本兵又在高麗國（朝鮮）鎮壓中國軍隊。

慈禧太后說：「大清兵在高麗國，被日本人污辱、欺負，這都是不爭氣的皇上背著我勾結康有為一群狗黨的結果。」

慈禧太后，正是四面楚歌，內憂外患，只有想方設法尋樂，經常命太監和她下相象棋，暫解心中之悶。

十四　閹宦娶妻　西后失馬

一天，慈禧太后來到樂壽堂西寢宮，愁容滿面，李蓮英派人把崔得貴叫來，陪同太后下棋解悶。

這些年來太后每次解悶，總是要把崔得貴太監找來。崔得貴在太監中，既感到自豪，卻又感到耽心。自豪的是，能陪同太后面對面地下棋，每次都討得太后的喜歡，而且每次都能得到一些珍貴的賞賜；因而他在太監行列之中的地位，也越來越高，太后喜歡崔得貴，有時超過了李蓮英。李蓮英不免暗中吃醋。崔得貴陪同太后下棋，太后是喜怒無常，在太監或宮女當中，往往因爲一點小事，不順從太后的心意，輕則杖打，囚禁，重則戍邊、杖斃。正是：「伴君如伴虎」。

崔得貴來到樂壽堂的西寢室，給太后叩了頭，見李蓮英早已把棋盤在炕桌上放好了。崔得貴小心翼翼地擺好了棋子，請老祖宗先走，太后一邊喝著宮女送來的人參湯，一邊舉棋不定。崔得貴總讓太后多吃幾個子兒。今天，不知爲什麼，崔得貴也是心神不定，太后見自己不能取勝。在太后身邊的宮女和太監，見太后的臉色，像雨天一樣地陰沉，那崔得貴卻沒有發現太后的神情。這個當口，他見太后有個臥槽馬，擺在炮口下，崔得貴一時心血來潮，拿起炮來，便吃了太后的那匹馬；如果他吃了那匹馬，一聲不響，也就罷了。誰知神差鬼使的他，偏偏迷迷糊糊地說：「奴才殺老祖宗的這匹馬！」太后一聽不禁大怒：「你也敢殺我的馬！放肆，大膽，我要殺你的全家！」

太后將近日的邪火，全撒在崔得貴身上了。只見那崔得貴撲倒在地，連連叩頭求饒。太后是「金口玉言」，言出法隨。接著，衆太監又聽李蓮英高聲叫道：「把他拉出去！」一片的應聲，衆太監一擁而上，任憑他哀求，哭泣，刹那之間，崔得貴便做了杖下之鬼。

李蓮英這時心中非常高興，又聽太后厲聲說：「快去捉拿崔得貴的全家！」許多心地善良的宮女和太監，急忙跪下向太后求情。

慈禧太后殺崔得貴，本是爲了「國事」而遷怒的，她說完也有些後悔，原來是在下棋，怎麼當成眞事呢？便說：「你們都起來，姑且饒恕他全家。」

再說崔得貴被殺之前那些年，每次陪太后下棋解悶都得到不少賞賜。錢多了就飽暖生淫慾，在宮外就有人給他說親。

本來被閹割的太監是不能娶老婆的，可是宮外有人給他介紹住在海淀三角地一家孤女寡母，那寡母張賈氏的女兒，已屆破瓜之年了。張賈氏給人做些針黹，工錢微薄，終日不得一飽。故張賈氏情願把女兒雲鶴許嫁給崔得貴做個掛名的乾夫妻。經介紹人三言兩語，就把事情辦妥了，事成後介紹人得崔老爺的二百兩賞銀。

他們就在頤和園後牆外六郎莊，租賃了地主潘長有的一所獨門獨院的四合房。崔得貴把丈母娘也接過來，生活總算有靠了。

雲鶴自嫁給崔得貴以後，雖說不缺吃，不缺穿，但是根本過不了眞正的夫妻生活。爲此，雲鶴經常跟媽媽吵嘴，說把她送進了火坑。她媽媽明知道女兒的苦衷，說：「孩子，你總比每天挨餓強吧？」

雲鶴說：「媽媽當年嫁給爹爹的時候，是什麼滋味，我今天又是什麼滋味？媽媽就不想一想？」

張賈氏羞惱成怒，說：「你全是吃飽了撐的，你要是哪兒癢癢，一想挨餓的時候，就不癢癢了。」

雲鶴豈能甘心，婚後不到兩個月，她常常到村外永興雜貨舖買針頭線腦兒，日久天長，她就和永興雜貨舖的少東家趙學成眉來眼去地勾搭上了。

崔得貴在園內當差，不知太后什麼時候召喚，所以經常不回家，只是偶爾抽空回家一次敘天倫之樂。雲鶴摸準了崔得貴回家的規律，就偷偷地向趙少東家交了底。趙學成說：「不能冒險，若要叫崔大老爺知道了，我可就沒活命了。」雲鶴說：「膽小鬼，我知道得貴什麼時候回來，什麼時候不回來，你就放心好了。」

那時候，正是九月初，園內園外正火熱般地給慈禧太后籌備十月初十日的大壽。雲鶴滿有把握地知道崔得貴在園中張羅很忙，就是夜間也不會回家的。她把少東家的心說活了，她就背著母親張賈氏在二更天把學成引進到自己的臥房來。她們倆從十月初一日起，連連續續相幽會，夜無虛度。就在初七這天夜晚，二人正在風起雲湧之際，只聽外面有人叫門，張賈氏住在西廂房，聽到有人敲門，知道是姑爺回來了，張賈氏忙去開了街門說：「姑爺怎麼這般時候才回來？」崔得貴說：「岳母還沒休息。」

張賈氏說：「我早就躺下了，姑娘也早就睡了。」崔得貴說：「今晚園內無事，許多日沒回家，也回來看看。」那張賈氏也不知道閨女臥房有野漢子，她給姑爺開了門，就回到自己房中休息去了。

雲鶴房中正在風雨交加之時，外邊的動靜一點也聽不見，還是趙少東家賊人膽虛，聽到外邊似乎有動靜，說：「崔老爺回來了吧？」雲鶴說：「放屁，正是太后壽辰臨近，怎會回來！」

忽然，聽到有人輕輕地敲自己的門聲，一對野鴛鴦驚慌失措了。「娘子快快開門來！娘子快快開門來！」這時，雲鶴知道得貴真的回來了，嚇得魂飛天外，像一隻中了箭的野鴨子，那趙學成，在床上也變成了一灘泥。雲鶴說：「快，快躲藏在床底下。」

「娘子快快開門來！」

「來了，來了。」

她的心幾乎要從嗓子眼兒跳了出來，那趙少掌櫃成了甕中之鱉。崔得貴見雲鶴的神色有點不對勁兒，再低頭看，床前有一雙男鞋，床上還有一身男人衣褲，看來又不像自己的衣和鞋。再瞧那鋼絲軟床上的幔帳，也在微微地顫動，又看雲鶴渾身發抖。崔得貴斷定：雲鶴是「懷抱琵琶另有別彈」了。見床上的幔帳顫動得越來越厲害了，知道床下必有姦夫。他於是掀起遮掩床上的幔帳，一手把趙少東揪了出來。

雲鶴向崔得貴跪下了，趙少東家也赤裸裸地給崔得貴跪下了，氣得崔得貴抄起痰盂向趙學成砍去，然後一腳把雲鶴踹倒。西廂房的張賈氏，聞聽閨女房中有砸東西聲和吵罵聲，匆匆忙忙來到閨女房中。

一看閨女跪在地上正向崔得貴求饒。定眼一看，只見雜貨舖的少東家裸體跪在地上顫抖，面無人色，求饒說：「小的下次不敢。」崔得貴氣勢洶洶地對丈母娘說：「你們互相勾結，慫恿你閨女養漢。」張賈氏哭著說：「我眞不知道這個賤人找野漢子。」說完衝上去拳打腳踢，邊哭邊對雲鶴說：「你背著我偷漢子。」她轉過頭對趙學成狠狠地踢去。

崔得貴一見，知道不是她們母女互相勾結辦的壞事。崔得貴叫野漢子穿好衣褲，然後請丈母娘看住這對狗男女，自己出了家門。

崔得貴走出了家門，到園外官廳去叫巡捕。他到了廳上，那孫管帶一見是宮裏的崔老爺，忙向前請安。崔得貴對孫管帶說：「你們來兩個人，我家有溜門的小偷，暫時把他押起來，現在扣押在家中。」孫官帶不敢怠慢，連忙叫兩名巡捕到崔老爺宅上去。

趙學成被捉到官裏去，兩名巡捕臨出門時，崔得貴囑咐說：「告訴你們管帶，回去不要過堂，也不准問口供，明天早上我來領人。你們倆也不准和這個小偷講話，聽見沒有？」兩名巡捕嗻了兩聲，一聲不響地把趙學成帶走了。

崔得貴回到家中，見妻子哭得死去活來，他一想：對雲鶴不可逼得太緊，嚇唬嚇唬以後叫她不要再偷漢子，認個錯就是了。

崔得貴知道，叫雲鶴做乾夫妻也不是個滋味。便對丈母娘說：「以後岳母對她管嚴一些，不要隨便出門，年輕的女人，很容易被壞人勾引上，天下的男子漢，哪有一個好的。」

雲鶴一聽，氣氛緩和了，心中一塊石頭才落了地。張賈氏一看姑爺如此寬洪大量，也放心地回到自己房中休息去了。

崔得貴對雲鶴說：「小寶貝，不要怕，這事不怪你，都是上了壞人的當，你怎能叫我戴綠帽子呢？小乖乖，上床睡覺吧。」

崔得貴把雲鶴摟得緊緊地，對她吻了又吻，親了又親。雲鶴心中有說不出來的對崔得貴的感激。但她又想：你這樣愛我，又給我解決什麼問題呢？沉思了半晌，迷迷糊糊地入了夢鄉。

一夜無話，翌日清晨，崔得貴就起來了，在回園的路上，他想家醜不可外揚。他路過官廳，跟廳上的管帶說：「你們把昨夜羈押的小偷放了吧，他也是由於飢寒交迫，不得已才出來做壞事。」那個從一隻老虎變成一隻老鼠的趙學成，幸運地回到了舖中。

紙裏包不住火，官廳對此事早就知道了，崔大老爺家中的桃色新聞，誰也不敢說。

崔得貴怎麼會在和慈禧太后下棋玩耍被殺的緣由就是這樣的：回憶起崔得貴被斬之前的早上，太陽還沒有出來，崔得貴照例在園中管片地界巡視一番，主要是檢查環境衛生。那天，忽聽樂壽堂那邊傳呼：要崔得貴馬上去陪太后下棋，崔得貴邁著沉重的步伐，帶著鬱悶不樂的心情，同太后下棋，就這樣，神不守舍地說了一句：「奴才殺老祖宗這匹馬。」為此，怎能不叫心事重重，喜怒無常的太后把他殺掉呢！在崔得貴在世的時候，李蓮英耽心因得貴而失寵，現在崔得貴闖了禍被殺，不禁暗自喜歡。這兩天北洋大臣李鴻章飛草奏扳，高麗國爆發了「東學黨」，農民起義，提出：「逐滅倭（日本）夷，盡滅權貴」的口號。那韓王熙慌了手腳，韓王求助於由李鴻章保薦任清政府駐高麗總理交涉通商事宜的全權代表袁世凱，協助如何保護自己的身家性命。袁世凱在高麗與韓王來往密切，焉能見死不救。

袁世凱見日本軍來得兇猛，袁世凱準備到煙臺向李鴻章求救。

十五　祝嘏聲中　臺灣失陷

光緒二十年春，日本侵略朝鮮，勾結東學黨、高麗國王李熙鑰請清朝協助，光緒派直隸提督葉志超前往，與此同時，李熙忙授洪啓勛爲招討使，率兵征剿，到了金州，與東學黨開了幾仗，後被東學黨人誘入山中，四面圍住，洪啓勛突圍逃出，金州陷落。

清政府駐高麗漢城的欽差袁世凱，見東學黨攻打王宮，他以保護韓王爲名，帶領三營步隊圍守王宮，並把韓王李熙藏匿在一個古寺之中保護起來，那袁世凱頗有謀略，東學黨力不能敵，後來就請日本兵拒中國之兵，那小日本調動馬隊一萬名，竟把清兵驅出漢城，袁世凱怕死，偷偷乘坐商輪到了煙臺，去見李鴻章，李鴻章一向吹噓擁有強大的海軍，曾向慈禧太后鼓吹我海軍在國防上如銅牆鐵壁，可今日見著袁世凱卻說：「我僅有一二十隻兵艦怎能打得過日本的強大海軍？彼邦海軍全是用歐法教練的，而且那統兵大員，又多是留學歐美的。一旦戰敗，會有朝中大臣來追究責任，到那時候，定會提出，爲什麼把鉅大的建海軍經費，挪用修建頤和園，必然出來大興問罪之師。」袁世凱爲人一向是順情說好話，盡拍馬之能事，說：「卑職認爲：戰端一開，有敗無勝。」李鴻章說：「要把責任推到皇上身上，可將日本啓釁的情形奏明朝廷，請旨施行。」光緒皇上閱報後，不敢擅自作主張，於是將李鴻章原呈遞給太后，此時太后正在一心準備慶壽，一見這個奏摺，登時大怒，即發上諭，派李鴻章督理水陸軍隊，剋日往討。

李鴻章接到命令之後，信心不足，只是推一推動一動，陽奉而陰違之。朝廷見敗仗頻傳，朝廷又電奉天將軍伊克唐阿、吉林將軍長順，叫他們馳赴平壤，收復漢城。

中國前線的廣大愛國官兵，同仇敵愾，英勇奮戰，光緒皇帝在他的老師翁同龢和珍妃的老師文廷式的鼓勵下，信心很足，準備與日倭明文宣戰。光緒皇帝請示了慈禧太后，她見敗仗頻傳認爲辦大壽在即，不必和日本繼續打下去。光緒皇帝在愛國的大臣慫恿下，毅然決然，親自頒示了對日宣戰的詔書。戰端既開，士卒鬪志昂揚，但是軍餉欠缺，軍械自然不足，再加上李鴻章處處掣肘，他所派之提督左宗寶，亦因彈盡糧絕，英勇犧牲。

旅順守將龔兆珊、魏汝貴，堅持抗敵，終因寡不敵衆，旅順失守。朝廷又下令北洋水師全力以赴，護送援兵赴高麗參戰。北洋水師提督丁汝昌也奉旨出師，率領戰艦十三艘，從威海衛軍港出發，在遼闊的海面上，乘風破浪前進，一直到鴨綠江口的大東溝海面上。

陸軍已敗，海戰又逼，李鴻章只命令丁汝昌在海上巡弋，虛張聲勢，不意日本軍艦十二艘，乘風破浪，直指遼東，甫至大東溝，遙見有日本艦隊開來。這時丁汝昌紅頂花翎，精神奕奕，正和致遠號管帶鄧世昌在甲板上觀看海景，突有軍校前來報告說：「西南方向的海面上發現敵艦。」丁汝昌聽了，不敢怠慢，即令鄧世昌回艦準備應戰，又親自用望遠鏡向遙遠的敵人艦艇探視。果然，海面上的一隊帶有「紅膏藥」旗號的艦艇蠢蠢地駛將過來。仔細一看，知道是日本海軍吉野號和西丸號兩艘火力最強的主力艦，猛然射來了第一顆炮彈。這一發炮彈，正射中了定遠號的艦橋。丁汝昌不顧炮火，指揮各艦，向敵艦猛烈還擊。終於使敵艦右舷中彈，一股濃濃的煙，凌空而起，敵人的其餘艦隻，落荒而逃。

日本軍艦圍攻定遠號未能得逞，故而改變隊形，集中火力，又向北洋艦隊的右翼包抄過來，致遠號已連中了三發炮彈，烈火熊熊，濃煙滾滾。全體官兵在生死存亡的關頭，表現出寧爲玉碎，不爲瓦全的英雄氣概。先後擊中了日艦西丸號和赤誠號，取得了輝煌的戰果。由於炮彈全部用完，敵人的又一發炮彈擊中了致遠號的主艙，使整個艦身失去平衡，敵艦越來越近了，在這千鈞一髮之時，全體官兵，誓與戰艦俱焚——熊熊的火焰，映照在視死如歸的每個兵莊嚴的身影，就像下界天神，只聽管帶的一聲號令——「衝啊！」他們開足了馬力，致遠號像海中的一條兇猛的蛟龍，向眼前的吉野號兇猛地衝撞過去，頃刻之間，雙方艦隻都沉沒在像被火煮沸的海水深淵之中。

中華民族的第一支海軍的英雄鄧世昌和他的英雄戰士們一道，以身殉國，壯烈地沉浸在祖國的碧海波濤之中。僅存的、完整的，只有頤和園中的石舫和慈禧太后及時行樂的龍舟和用鉅款從外國買來的三隻小火輪。

中、日之戰徹底失敗，清政府派李鴻章爲頭等全權大臣，與日本議和。

清廷中的群臣、全國的秀才，像炸了窩的蜂群。光緒皇帝令大臣們獻計策，文廷式聯合各大臣會銜，奏請恭親王奕訢主軍國大事。光緒皇帝一面令軍機擬旨，命恭親王入值軍機，一面下諭處分李鴻章備戰無方，拔去他的三眼花翎，褫去黃馬褂。

御史安維峻上了一份奏摺，痛斥李鴻章與李蓮英狼狽爲奸。奏摺中說：「中日和議，出自李蓮英幕後策劃，李鴻章不以生死爭，不以利害爭，不激勵將士決計一戰，而乃俯首聽命伸頸任其宰割」等語。

慈禧太后正興高采烈地盼望六十花甲的喜日到來，忙迭不暇。從四、五月各省撫及內外蒙、前後藏、青海各地區，都接到了派員祝嘏的諭旨，並授意內外員司捐俸效誠。從端午節到中秋，各省督撫及各將軍、司道、州縣，爲太后祝嘏獻禮的人伕驕馬，絡繹不絕，擠滿了各處驛站。北京城商賈雲集，呈現一派興隆景象。各省上等奇異貨品，也都運到北京來賣，預定慶祝地點，就在京西頤和園排雲殿。從西苑門起，經御河橋，出西安門，過西四牌樓、西直門，沿御道通過海澱，直至東宮門，彩棚林立，分設六十段點景，象徵六十大慶。龍棚、經壇、戲臺、牌樓和亭座，眞是爭奇鬥勝，毫不雷同。

朝廷邀請各國公使夫人的請帖已然發出，可戰敗的消息像雪片似的飛來，氣得太后前去勤政殿找光緒大興問罪。

光緒皇帝忽然聽到太后駕到，眞是火上加油，他的心幾乎被「駕到」的聲音粉碎了。他定了定神，知道太后來之不善，只好硬著頭皮下殿跪接。

太后怒氣沖沖地問：「誰叫你向日本明文開戰的，弄得這種地步！你聽從助紂爲虐的大臣的話，你看如何了局？沒想祖宗的江山，要在你手中送掉了。」光緒跪叩說：「廷臣一致認爲日本欺我太甚，故爾才向日本開戰的。」

太后說：「你說廷臣一致叫你開戰，怎麼李鴻章的話你就不聽，反而下罪詔給他。好了，好了，姑且取個吉利，過了大壽有話再說。」

慈禧太后爲了救燃眉之急，一面命光緒速飭四川提督宋慶來幫辦北洋軍務；令御前守衛公桂祥，統帶馬步各營，到山海關駐守，一面用皇帝名義，降旨免除擴大慶祝壽辰。

上諭說：「……朕奉慈禧太后懿旨，自本年六月以後，倭人肇釁，侵我蕃封，尋復毀我艦船，不得已興師致討，刻下干戈未戢，征調頻仍。兩國生靈，均遭鋒鏑，每一念及，惆悼何窮。前因念士卒之苦，特頒內帑三百萬金，俾資犒慰。茲者，慶辰在屆，予亦何心侈耳目之歡，受臺萊之祝乎？所有慶辰典禮，易奢爲儉舉行，」云云。

儘管把壽辰易奢爲儉，但是各大臣還是依例給太后加封「崇熙」的徽號。因爲每逢大典都要給她晉封一次徽號。這「崇熙」就是這次慶祝六十歲加封的。每加一次封，就要增添俸銀。

慈禧死後的謚號是「孝欽」，這是她死後的事，姑且提上一提：她的徽號加上她的謚號，是孝欽、慈禧、端佑、康頤、昭豫、莊誠、壽恭、欽獻、崇熙。除「孝欽」外，一共是十六個字。「慈禧」是她兒子同治皇帝登極加添的。「端佑」是同治大婚時加添的。「康頤」是同治親政後加添的。「昭豫」是她四十整壽加添的。「莊誠」是光緒帝登極時加添的。這「壽恭」是光緒大婚時加添的。「欽獻」

是她歸政時加添的。這八次的加添的徽號的俸銀，每年就是三十八萬四千兩。

一八九五年《馬關條約》訂立後，全國人民的一片疾呼聲，像驚濤駭浪。行將傾覆的船隻一樣的清廷，民情萬分激憤。光緒皇帝屢次向慈禧太后奏聞，並提出自己的意見和建議，都遭到了嚴厲申斥。

這一天，光緒皇帝到了排雲殿，先按宮中常例向慈禧行了母子大禮，慈禧閉目養了一會神，才微微地睜開眼睛，嚴肅地說：「聽奕劻說，你對他講過，如果再不給你權力，允許維新變法，你寧可不做這個皇帝，也不願做亡國之君，這話可是你說的？」光緒一聽，心中驚懼，只低頭說：「孩兒是曾經對慶王說過這番話的。只因爲自從甲午戰敗以來，日本佔領了臺灣，俄國佔領了旅大，德國索取膠州，法國窺伺兩廣，烈強欺我太甚，割地賠款，喪權辱國，民生日弊」孩兒不得不力謀新，以求強盛之道，孩兒苦衷，還望額娘諒解。」

光緒這幾句義正詞嚴的議論，觸動了慈禧的心弦，國家形勢每況愈下，她也知道與自己獨斷專行是分不開的。她當然明白，整個國家已經面臨著被瓜分的危險，她是清楚的，她依然閉著眼睛在苦思冥想，最後打算讓光緒試一試，反正軍政大權，還在自己手裏。如果萬一維新失敗，再把光緒廢掉，另立一個兒皇帝，豈不名正言順麼？慈禧太后睜開了眼睛對光緒說：「如你所說，我豈不知？何況我不是一味守舊的人，你想近幾年來，選派大臣出國考察，青年出國留學，今年袁世凱又練新兵，還不是爲國爲民嗎？」

光緒越聽太后的口氣越鬆，也不免挺起了腰板。

慈禧接著又說：「切記不要一失足成千古恨，你看上次朝鮮事起，我和李鴻章都要你謹愼從事，不要輕舉妄動，結果弄成了這個樣子。」光緒說：「上次朝鮮事端，是日本向我大清官兵挑釁，不得已被迫而主戰的，戰而不利，那是李鴻章練兵不力，非戰爭之過。」光緒把慈禧說得閉口無言，才說：「你回去好好思索思索。」

光緒在歸途中，耳邊好像有一股聲音：「大清國的江山，是萬歲爺扛著的；對外國和約簽字是萬歲爺頂的名聲；罵名千載，載之史册也是萬歲爺的……」原來這股珍妃的聲音，滲透在光緒皇帝的每一個細胞裏。「……大清國是萬歲頂的名聲……載之史册……」這股珍妃的聲音，形成一股巨大的魅力。「啊，我不能叫歷史評我是無能的皇帝……大清國是萬歲爺頂的名聲……載之史册……」那聲音刺痛著光緒的心弦。

光緒回到大內，翁同龢正在上書房候駕，翁同龢迎駕叩安後，光緒很想把方才見太后的話告知翁師傅。翁師傅手裏拿著一份康有爲的疏奏，力陳時事艱難，非極力創新政治，不足以挽救危亡等語，光緒見這疏奏，很是重視，光緒皇帝說：「自從師傅推薦康有爲，他每次的疏奏，無不精心細閱，看滿朝文武大臣，個個是尸位素餐，以及中下官僚，反不如萬民百姓的知識多呢。可見科舉捐納，最爲誤事。今日在園中叩見太后，亦頗以維新爲然，看來太后亦有轉變。」翁同龢說：「如今要銳意求治，力圖富強非破格用人，廣開言路不可。」

光緒聽了這話，說：「以後凡屬臣工士庶，對於國家時事，都可以隨時啓奏，即日就頒布諭旨，師傅以爲如何？」翁同龢說：「以我國土地之大，物產之多，人民之衆，又富有五千年文明歷史，若有力圖振興，則日之明治，俄之大俾得，又何能專美於前？」光緒說：「誰知國運不佳，人民無福，偏偏遇見了徐桐、李鴻章，特別是李蓮英一般宵小一意在太后跟前，說長道短，播弄是非，弄得朝綱不振，列強乘虛而入，正是物必先自腐而後蟲生之。」翁同龢說：「甲午戰後，康有爲糾集同人，上過多次書，都因有大臣隔閡，未經御覽，國人因少見多怪，譏笑他是個病狂，臣聞他在廣東，立過長興學舍，張之洞總督兩粵，對於康有爲頗加優禮，後又在廣西桂林講學，他在北京立過強學會。官家不知時務，嚴令禁止，其中有康有爲的弟子、舉人梁啓超、林旭、山東道監察御史進士楊深秀，還有康有爲之胞弟康廣仁，有內閣中書楊銳，已故湖北巡撫譚繼詢的兒子譚嗣同，都是講學多年，尤其譚嗣同是群傑之中佼佼者，爲督臣張之洞最爲贊賞，最爲欽佩的。如今我皇上欲圖富強，非極力收攬人才，清除積弊不可。惟目下反對派，對微臣條奏，橫加阻礙，依臣所見，與其臣在上書房爲衆矢之的，無寧臣先去位，請皇上聖明擢用譚嗣同輔佐聖躬，平治天下，這是微臣近日感受各方刺激，不得不奏表，准臣即去。」說罷淚下如雨。光緒一聽師傅有去意，邊落淚邊說：「如今時局危殆，正倚畀師傅，共圖大計，何出此言？若師傅一去，正是我失去股肱，豈不更失去了我的耳目麼？日本趁火打劫，迫使大清國向他們訂立條約，李鴻章卻站在敵人的一方，怕日本怕得要死，他和日本簽訂契約，把臺灣島雙手奉送出去，朕無顏見全國父老、師傅千萬勿庸還鄉爲是。」

話說日本帝國主義，自一八六八年經明治（日本天皇年號）維新，走上了資本主義的道路，很快就把侵略的矛頭，指向朝鮮和中國。日本政府制定了旨在征服中國的「大陸政策」。他第一步是：侵佔我臺灣；第二步是：征服朝鮮；第三步是：侵佔我國東北；然後征服全中國，進而獨佔亞洲、稱霸世界。實際上它也這樣做了，但也失敗了。正是「人心不足蛇呑象」，時至今日，我青年學子，切不可忘記近百年來的這段腐敗政府向侵略者屈膝投降的歷史，豈能掉以輕心！

我們回顧一八九四年八月的甲午「中日戰爭」，歷時八個月，直到一八九五年四月結束。一共有五次的大戰役：一是平壤戰役，我廣大愛國官兵，英勇奮戰。清軍將領左寶貴的部隊在他率領下，勇於抗敵，把日軍打得落花流水。當他率先登上北城玄武門指揮戰鬥中，不幸中炮彈犧牲。副將葉志超，理應前仆後繼，但他率先放棄糧械潰逃，狂奔五百里，所過沿途皆棄之不守，直退鴨綠江的北岸。後據總兵左寶貴向朝廷奏稱：「葉志超奉命率軍赴朝鮮，駐牙山，七月日本軍向芽山進攻時，不做抵抗，率軍逃到平壤，竟向朝廷謊報戰功，之後，被任命爲駐平壤統領。不期，日本進攻平壤時，他卻不作戰守準備，見敵人來臨即棄城而逃。致使平壤失守」云云。二是黃海大戰役：中、日兩國海軍在黃海發生激戰，我北洋艦隊計十四艘軍艦，約三萬五千噸，而日本艦隊只有十二艘軍艦。我海軍提督丁汝昌正在定遠號注視前方。忽然發現西南方向，有一隻掛有美國國旗的艦隊迎面而來。當時對方猛然向我發炮時，忽然又改換了日本國旗。在定遠號炮艦發炮還擊時，我艦飛橋震烈，丁汝昌摔成重傷，但他仍然坐在甲板上激勵將士英勇殺敵。在雙方激戰中，致遠號艦在管帶鄧世昌指揮下，縱橫海上，勇往直前，衝向敵艦吉野號，在激戰中，不幸致遠號被吉野號魚雷擊中，全艦二百多將士，壯烈犧牲。三是遼東戰役：日寇在遼東半島的花園口登陸，企圖從背後包抄大連、旅順。日寇先是進攻旅順的門戶——金州，當時守衛金州的統帥龔照璵，他見到日寇來攻打金州，急忙乘魚雷艇逃往煙臺。這龔照璵本是李鴻章的心腹。他知道李鴻章坐鎮煙臺，所以去見李鴻章。那李鴻章根本對日開仗毫無信心，故退卻到煙臺，正可以保持了軍隊的「元氣」。當時守衛旅順的陸軍右翼翼長兼步一營統帶姜桂題，聽到金州失守，急命副將徐邦道連夜馳赴金州，奪回陣地，終因衆寡不敵，爲了鞏固旅順後防，又轉移旅順協助姜桂題合力抵抗日軍，嚴陣以待。果然，日軍大隊人馬蜂擁而至。最後城破，日寇屠殺城內軍民一萬八千人，屍積盈尺，慘不忍睹。四是威海衛戰役：日本爲了迫使清政府全面屈服，便發動進攻威海衛，該地乃是北洋海軍重要港口之一。然而，李鴻章抗日信心不足，加之美國勸導丁汝昌投降，丁汝昌堅決拒絕，就在緊急時刻，彈盡糧絕，已然被日寇艦隻包圍，丁汝昌當機立斷，命令炸艦沉舟，寧爲玉碎，不爲瓦全，在絕望中，自殺殉國。五是山海關外戰役：清政府鑑於淮軍一再失敗，決定起用湘軍，任命湘軍首領、兩江總督劉坤一爲欽差大臣，督率湘運駐防山海關內外。社會尚稱平安無事。

這裏交代一下：什麼是淮軍？淮軍者，是以李鴻章爲頭子的封建軍閥武裝。一八五三年太平軍進攻安徽時，李鴻章在合肥同工部侍郎呂賢基一起辦理團練，被太平軍打敗後，在兵部侍郎曾國藩幕府的支持下，去淮南合肥、六安一帶，募集地主集團團練六千五百人，仿照湘軍編制訓練，另成一軍。

因為這支隊伍都是從淮河流域招募而來，所以叫「淮勇」，歷史上稱李鴻章系統的軍隊叫「淮軍」。什麼是湘軍呢？是以曾國藩為首的封建軍閥武裝軍隊，來抗太平天國的義軍，除有陸軍外，還沒有水師，招募士兵，源於湘鄉，故稱湘軍。

清政府對日開戰，多用淮軍和湘軍，但從甲午戰爭，自始至終，李鴻章完全採取妥協投降方針。全國人民聽到日本強迫清政府於一八九五年（光緒二十一年）四月十七日，對日簽訂《馬關條約》。這是由清政府派議和大臣李鴻章與日本首相伊藤博文在日本馬關（今下關）的春帆樓簽訂，故又名《春帆樓條約》。共十一款，主要內容是：⑴中國承認朝鮮完全「自主」；⑵中國割讓臺灣全島及所有附屬各島嶼、澎湖列島和遼東半島給日本；⑶賠償日本軍費二萬萬兩白銀；⑷開放沙市、重慶、蘇州、杭州為商埠；⑸允許日本人在中國通商口岸任便設立領事官和工廠及輸入各種機器；⑹片面的最惠國待遇；⑺中國不得逮捕為日本服務的漢奸分子。

朋友，筆者年逾八旬，是中華少數民族之一，包括中華各民族，特別是青年朋友，如果咱們的血液沒有凝固，還在暢通循環，脈搏還在跳動，能不痛定思痛麼？

《馬關條約》簽訂之後，消息傳到臺灣，臺灣人民各個義憤塡胸，百姓嗚鑼罷市。臺灣士紳、富豪，草擬「公告臺灣市民書」，表示：「願人人戰死而失臺，決不拱手而讓臺。」

臺灣巡撫唐景崧接到朝廷命令，揮淚離臺。唐景崧回京之後，臺中、臺南以及臺北的市民痛恨朝廷的不抵抗主義，然而，臺灣人民反抗侵略，堅如鐵石，紛紛組織「義民軍」。在吳湯興、徐驤等人的組織領導下，與日本軍拚個你死我活。那愛國義士吳湯興與徐驤是臺灣省苗栗人，而徐驤的祖籍是廣東人，秀才出身，好讀兵書，喜習武藝，所以二人配合得很好，故鄉親們一致響應，有的捐獻器械，有的捐獻糧食，有的捐獻錢，少壯的踴躍參軍，他們在新竹奮起反擊，堅持一個月之久，擊斃和俘獲日軍百餘人。這時，廣東南漢總兵、有名的黑旗軍劉永福也帶來一部份精壯的愛國士兵趕來了，於是被大家公推軍民抗日首領。他在徐、吳二將的配合下，在大甲溪和臺中，誘敵深入，擊斃日軍近衛團團長，中將百川久能親王。徐驤最後壯烈犧牲。吳湯興和劉永福見大勢已去，去碣石，不知所終。臺灣雖然失守，然而臺灣人民愛國之心並未喪失。臺灣人民不堪日本人壓迫，卻無時無刻不想雪恥報仇。直到民國三年（一九一四年），漫長的歲月，就在這年的五月五日，臺南愛國人士羅阿頭、彭漢文等，率領群眾發動抗日起義，襲擊大埔、大丘園、王爺宮等地日本派出所。在大埔山堅持戰鬥。日本調集大批軍警，分路圍剿，起義失敗。次年二月羅、彭二人被處死刑。起義志士分判死刑、徒刑者，一百三十餘人。

十六　戊戌變法　虎鬪龍爭

話說翁同龢去見光緒皇帝心懷退志，他說：「臣之言去，非是忍心背主，辜負聖恩，實因臣在左右，頗爲舊黨所嫉視，與其招惹反對，不如急流勇退。」光緒說：「萬萬不可。」光緒知道師傅的脾氣古怪，很是爲難，又掉下了眼淚。此時心腹太監正在上書房侍立伺候茶水，忙向皇上和翁同龢跪下，說：「皇上如此作難，還請翁師傅從長計議，如果爲此把主上愁壞了，正中仇人之計，主上若健康一日，是四海萬民之福，如今翁師傅既保薦譚嗣同等人，皇上可即傳下旨意，叫他們伺候召見。」翁同龢也怕光緒爲難壞了，有負聖恩，君臣二人，又商議召見譚嗣同等人的事，直到朝門將閉，翁師傅方才下來。

翌晨，果有諭旨，指令康有爲即來召見。在奏對之時，把梁啓超等出身履歷及學業名譽，又經康有爲保薦一番，光緒面諭康有爲與譚等六人去信，有不在京的，命他們趕緊來，共商國是大計。任命康有爲作顧問、梁啓超辦理譯書局、任命譚嗣同、劉光弟、楊銳、林旭等四人在軍機處主持變法。

光緒二十四年六月，光緒下了一道「明定國是」的命令，共寫了兩份，並附上組閣維新人名單。

「明定國是」全文詔示天下。

「數年以來，內外臣工，講求時務，多主變法自強，邇者詔書數下，如開特科，裁冗員，改武科制度，立大小學堂，皆經再三審定，籌之至熟，甫議施行，惟是風氣尚未大開，論說莫衷一是，或託於老成憂國，以爲舊章必宜默守，新法必當排除，衆喙嘵嘵，空言無補。」

試問今日時局如此，若以有限之餉爲借口，仍不練兵，今日士無實學，工無良師，強弱相形，貧富懸絕，豈眞能制梃以撻堅甲利兵乎？朕惟國是不定，則號令不行，極其流弊，必至門戶紛爭，互相水火，徒蹈宋明積習，於時政毫無補益。即以中國大經大法而論，五帝三皇，不相沿襲。譬之冬裘夏葛，勢不兩存，用特明白宣示，嗣後中外大小臣工自王公以及士庶各宜努力向上，發憤爲雄，以聖賢義理之學，植其根本，又需博採西學之切於時務者，實力講求以救空疏迂腐之弊，專心致志，精益求精，毋徒襲其皮毛，以成通經濟達變之才。京師大學堂爲各省之倡，尤宜首先舉辦。著軍機大臣、總理各國事務王大臣、會同妥速議奏。所有翰林院編檢、各部司員、大門侍衛、候補候選道府州縣以下及大員子弟、八旗世職、各省武職後裔，其願入學堂者，均准入學肄習，以期人材輩出，共濟時難，不得敷衍因循，徇私援引，致負朝廷淳淳誥誡之至意，欽此。」

內閣把這道詔旨頒布以後，一時人才崛起。張之洞、陳寶箴上書將科舉章程議定，倉場總督李端棻上了條陳修明刑罰，請改定大清律例，派人先到日本調查政治。禮部主事王照，在光緒不得志的時候，曾經條奏新政，被尙書懷塔布迫害過，此次撥亂反正，加給王照三品卿銜，以四品京堂候補。光緒又命張元濟辦理鐵路、礦務，張蔭桓爲路礦大臣。給端方、吳懋鼎、徐建寅等三品卿銜，辦理農工商局。一時全朝上下，生氣勃勃。這眞是雲龍風虎，會合一時。

朝中大小官員，也都振奮精神，群策群力。當時有御史曾宗彥，上書講農務。詹府事詹事王錫藩上書請設商會。邢部主事蕭文晤請整頓茶絲，擴充出口貨物計劃。庶吉士丁惟魯因見戶部的度支，全無簿記，請編輯歲入歲出預算決算書。旗員王洵因朝廷廣開言路，博采群言，奏請明發諭旨准令各省士民舉辦新聞報紙，並許以言論自由，以覘輿論而得民隱。袁昶因八旗人民的生計，全仗糧餉，朝廷即力行新政，用款練兵，則八旗生計亟宜籌劃，一可令八旗子弟有農工商民的知識，可以立謀生業，二可檢精壯旗兵，編成勁旅，俾國家閒散之時，可以寓農工商，餉不虛耗，兵有實用。

這些明達條奏，俱是恰合時宜，亟應雷厲風行。光緒覽奏以後，均極嘉納，可惜后黨榮祿、李蓮英、懷塔布等一般希榮固寵的小人，終日在太后面前，飛長流短，顚倒是非，說康有爲、譚嗣同是洋夷的奸細，策謀推翻太后，說得有鼻有眼。

這兩天慈禧太后閱過皇上的「明定國是」的詔書和委任閣中的人名單，正在猶豫，又聽說朝廷內外大臣、小吏，以至平民百姓齊來想推翻二百年祖宗的基業，更改祖宗的制度。

官廷門外投遞變革維新條陳的，雪片似地飛來，李蓮英派心腹在宮院外，冒充維新分子，收到一些條陳，秘密地交給李蓮英，李蓮英一看其中有請立即捉拿李蓮英問罪以謝國人的條陳，不免有言之過激的，大多數是獻計獻策，或是指責揭發以慈禧爲首的守舊朝臣，不少條陳落在李蓮英之手。

筆者在這裏說明一下：光緒皇帝在「明定國是」詔書中所說：「京師大學堂爲各省之倡。」乃是光緒皇帝力求改革，首先把教育領域放在首位的鐵證。京師大學堂（即今國立北京大學），是甲午之役，我國戰敗之後。士大夫恫於國恥，漸知外國科學進步，必須學新政才能迎頭趕上去。這是光緒採納康有爲「公車上書，請求變法興學」的主要條陳。這所大學，就是隨「明定國是」詔書的同時應運而生的。朝廷任命咸豐年狀元孫家鼎爲管學大臣。入學對象，多爲舉人、進士出身以及學識較博之京曹入院學習。光緒二十六年（一九〇〇），由同治進士許景澄繼任，後因主張鎮壓義和團，反對圍攻使館及對外宣戰，被慈禧西太后所殺，故京師大學堂生徒分散，校舍一度被封，學校內圖書館之中外史料，洗劫一空，該校因此停辦達二年之久，到了光緒二十七年十二月復校之議開始復興。《辛丑條約》之後，任命管學大臣孫百熙主持校務。

話分兩頭說，在光緒皇帝維新變法改革中，人民大衆紛紛獻計獻策，把條陳送到午門之外，李蓮英派許多心腹冒充維新分子，專尋找有觸犯太后的語言的條陳，就撿出來呈送太后，從而挑撥離間帝后兩黨的關係，他們把收到呈奏皇上的條奏，就壓下給以焚燒。

那些日子，光緒皇帝，夜以繼日地忙碌著，他在御案前正細心批閱日積盈尺的奏章中，忽然發現一份語句中肯一扣人心弦的條陳。正是一名內閣學士名叫闊普通武的，是滿族正白旗人，光緒進士。

他一見皇上銳意維新，便擬了一件改革條陳。條陳說：「奴才闊普通武，跪奏爲請定憲法，召開國會以安中國，恭折仰聖鑑事：竊頃者，東敗於日，遼臺既割，膠、旅繼踵。臣念主憂國危，未嘗不仰天而嘆也。及聞皇上發奮圖強，變法維新，臣不勝歡忻忭蹈，以爲堯舜復出也。方今變法可陳之事萬千，臣生逢堯舜之世，安敢以枝節瑣末之言，上瀆堯舜之君哉？臣聞東西各國之強，皆以立憲法，開國會之故。國會者，君與民共議一國之政法者也。蓋自三權鼎立之說出，以國會立法，以法管司法，以政府行法，而人主共之，立定憲法。同受治焉。」

人主尊爲神聖，不受責承，而政府代之。東西各國，皆行此政體，故人君與千萬之國民合爲一體，國安得不強？吾國行專制政體，一君與數大臣共治其國，國安得不弱？蓋千萬之衆，勝於數人者，自然之數也。其在吾國之義，則曰天視自我民視，天聽自我民聽，故民之所好好之，民之所惡惡之，是故皇帝親問下民，則有合宮，堯舜詢於芻堯，則有繼章，盤庚命衆至庭，周禮詢國危疑，洪範稱：謀及卿士，謀及庶人。

孟子稱：大夫皆曰，國人皆曰，此皆爲國會之前型，而合上下議院之意焉。春秋改制，即立憲法，後王奉之，以至於今！今各國所行，實吾先聖之經義，故以致強。吾有經義空存而不行，故以致弱。然則此實治國之大經，爲政之公理，不可易矣。今變行新政，固爲自強之計，然臣竊謂政有本末，不先定其本，而徒從事於其末，不當也。春秋之義，劇亂之後，進以昇平，上有堯舜之君，下有堯舜之民。伏惟皇上聖明神武，撥亂反正，眞堯舜之君也。伏乞內師堯舜三代，外採東西各國之長，立行憲法，大開國會，以庶政與國民共之，行三權鼎立之制，則中國之治強，可計日成也。若臣言可採，乞下廷議施行，至於其憲法細目，議院條例，東西各國成規俱存，均可酌予採納施行耳。駕漢、軼唐、超宋、邁明而上之，豈止治強中國而已哉？孟子曰非堯舜之道，不敢以陳。臣愚昧上聞，不勝恐懼屏營之至，伏乞皇上聖鑑，謹奏。

光緒閱了這份奏摺，立蒙召見，闊學士跪請聖安已畢，龍顏大悅。光緒說：「汝所奏陳，甚合朕意。」闊普通武說：「奴才考察各國政治，一種是君主立憲，這君主立憲，是由開明專制漸漸而成的。如歐洲德意志國可爲模範；一種是虛君共和，君主祇受年金若干。職司授勳祭祀一切責任，所有行政外交，總由內閣總理擔負，如法國羅馬教皇一般。」光緒說：「此等君主不是等於虛設麼？」

闊學士說：「名爲虛君共和，然而君王關係甚大，一則可以維繫人心，一則可以監視最高行政機關，民心既無渙散之虞，官吏亦免跋扈之弊。」光緒說：「朕但求人民個個享有幸福，君位實不足惜。」闊學士說：「孟子早就說過，民爲貴君爲輕，社稷次之。孟夫子還說過，對於犯罪的人，諸侯皆曰可殺勿聽，諸大夫皆曰可殺勿聽，國人皆曰可殺，最後還要由天子親自察訪，然後才能殺之。」光緒說：「朕擬先清數千年來政治的積弊。眞正的民隱，不能上達。有的封疆大吏被參了，朕派人去查辦，可是官宦相諱，寧可負君，也不肯得罪同寅。此等惡習，朕深惡痛絕。故准其人民自由直接上書，反對自下而上層層節制。」闊學士說：「皇上這樣銳意求治，臣民聞之，必當興起，料五年之內，我國即可望躋於富強，日本不能專美於前了。」光緒說：「朕正立志於此。」闊學士叩頭謝恩退下。

守舊勢力把慈禧太后包圍起來了，哭請採取針鋒相對的措施。太后說：「汝等不必如此哭哭啼啼，我就等著他們反到頂峰，看看孫猴子蹦得究竟有多高，跳得有多遠，也叫他蹦跳不出如來佛的手掌。」

北京城的上空，烏雲密佈，一場暴風雨，即將到來。慈禧太后迫使光緒任命她的親信榮祿做直隸總督，統帥軍隊，一時把北京城控制得風雨不透。頤和園、紫禁城周圍，戒備森嚴，如臨大敵，大有一觸即發之勢。

李蓮英在皇宮內加強情報網監視光緒活動。光緒下一道手論，把慈禧的走狗、賣國賊李鴻章趕出總理衙門。慈禧毫不示弱地也下了一道手論，迫使光緒把他的老師、帝黨主要成員翁同龢革職。

帝后兩派的鬥爭，已然白熱化了，一場暴風雨行將來臨，慈禧太后一不做二不休，索性她又下一道手論，向光緒施加壓力，「以後凡是授任新職的二品以上的大臣，須到太后面前謝恩」。榮祿下令把聶士誠的軍隊開進天津，把董福祥的軍隊調到北京長辛店。

帝后兩黨像鬥「法」一樣，千方百計地爭取站在十字街頭的袁世凱。

這一天，光緒皇帝在毓慶宮御書房內，單獨地接見了譚嗣同。在這次談話中，譚嗣同說：「皇上既已親政，便是一國之主，大權豈可旁落？目前在朝大臣中，絕大多數都出頭反對變法，這些腐朽庸臣，就和瞎子一樣，閉著眼睛不看世界各國形勢，再不思急起直追，亡國就在眼前。望皇上首先要把兵權在握。現帶唯一的途徑是聯絡袁世凱。此人過去倒是一個維新事業支持者。皇上何不把他召來授以重職？袁世凱擁有五千新式裝備的軍隊，如果命他拱衛京畿，大事濟矣。」光緒連連點頭說：「仰卿可與康顧問仔細商量。」

帝后兩黨的矛盾激化已達到頂點。太后這邊的近侍太監，管皇上這邊叫漢奸，因皇上派的人，大多數是漢人，俗稱漢官。太后這邊的自稱是佛爺派，帝黨這邊的叫她們爲老母班。

這天晚間，譚嗣同來到了康有爲宅中，譚嗣同說：「看來毋后那班頑固大臣，現在正暗中積極活動，阻隢維新勢力，我認爲此時，不可不急進。」康有爲說：「最耽心的是榮祿和袁世凱，因爲他們擁有兵權。不過，袁世凱是見風駛舵的人，如果許以爵祿，袁世凱是會被拉過來的。」譚嗣同說：「此人乃袁甲三的姪子，袁甲三是道光庚戍進士，將門之後，我曾與袁世凱有數面之交，可否說以大義？憑我這三寸不爛之舌，把袁世凱拉到皇上這邊來，大事濟矣。」康有爲說：「閣下不妨前往試探一下，大有補益。不過閣下要警惕袁世凱之人品，此人非常狡猾。出爾反爾，一肚子鬼胎。」譚嗣同說：「列強對大清國蠶食鯨呑，不平等條約，一個跟一個，大清江山行將不保，他既是大清之民，又是國之干城，而今朝廷之腐敗，庸臣當道，朝綱不改，大清命運將亡在列強之手，唇亡而齒寒，袁世凱將隨大清之命運同歸於盡，豈不危哉？」康有爲說：「閣下前往說服袁世凱，且看閣下如何施展三寸不爛之舌罷。」臨別時，康有爲一再囑咐譚嗣同注意袁世凱的兩面三刀，不可不愼。

十七　金花再醮　鰲頭獨佔

話說這天晚晌，譚嗣同到了康有爲宅中，研究對頑固派守舊勢力的對策。他們認爲只有把袁世凱從老母班拉過來，大事濟矣。譚嗣同自告奮勇地對康有爲表示：願以三寸不爛之舌去說服袁世凱。

康有爲說：「既然如此，就請我公親自到趟天津小站，向袁世凱遊說一番，看看他的意向如何？」譚嗣同說：「我明天請假五日，微服前往小站，說以大義，勸以利害，說明不能認賊作父去助老母班。」二人言定分別。

譚嗣同遞了個因病請假的摺子，奉旨賞假五日，微服前往天津小站。

他到了天津，當天住法國租界，次日過午乘車來到小站，日落平西，他立即到袁世凱營中去拜見，投遞上名片，袁世凱一見，大爲驚異，即忙派人迎請；譚嗣同跟著走進營中，早見袁世凱身穿軍服，站在二道門外等候，見了譚嗣同急忙施恭答禮，口中說：「不知駕到，有失遠迎，當面恕罪。」譚嗣同笑著說：「豈敢，豈敢，昨日因病請假，到天津就醫，想閣下在此練兵，相距不到一日行程，故來拜謁。」袁世凱說：「先生職司樞秘，名聞中外，今日辱臨敝營，世凱三生有幸。」二人邊客氣，邊說話，來到大廳之上，分賓主坐定，袁世凱拱手說：「先生患何病症請假？」譚嗣同說：「昨日因病奉旨賞假五日，兄弟初得病之時，但覺氣體衰弱，時受外感，以爲不甚要緊，昨日經西醫詳細診察，說兄弟之病，十分複雜，腦力非不明敏，因爲被邪氣所蔽，是故股肱不聽指使，甚至全身萎靡不振，此病患在正氣虛弱，倘被所侵，當時便生危險，必須變更舊法，施以新發明的藥劑，或能轉危爲安。」袁世凱聽了此話，微微笑說：「先生不過一時被邪氣所蔽，以致全身不舒，兄弟想，凡是邪氣，理應加以猛攻之劑。」

譚嗣同說：「昨日所服之藥，力量很大，可是邪氣似乎入內。」袁世凱說：「凡屬用藥，主藥雖好，輔佐之藥不良，也是無用。」譚嗣同說：「先生所談甚是高明，符合醫理，兄弟長途跋涉前來，即爲物色輔佐之藥而來。」袁世凱故意作出驚駭的樣子說：「此地爲練兵之所，只有火藥，哪裏有什麼良藥？」譚嗣同說：「良藥就在先生身邊只是不肯給就是了。」袁世凱說：「咳！先生遠道而來，若有兄弟一定奉獻。」譚嗣同說：「先生既是良醫，又是良藥，肯定是有的，但不肯送人罷了。」袁世凱說：「自古以來，良醫良相，爲人所重，濟世活人，乃醫家之天職，兄弟乃一介武夫，怎麼說我是良醫兼而有良藥呢？」譚嗣同說：「姑且把先生算是一位良醫，兼而有良藥，是否願濟世而活人？」袁世凱說：「只要能濟世活人，性命當可犧牲，何況區區藥物？」譚嗣同說：「先生既然如此尙俠好義，兄弟有一言，請容納是幸。」袁世凱說：「先生有話只管直講吧！」譚嗣同說：「今日我國處於各國強權之下，任人割宰，以五千年之文明古國，竟如此遭列強蠶食鯨呑，實因沒有良相良醫和良藥。所幸當今皇上，聰明仁愛，堯舜禹湯文武之後，僅此一人而已，俄之彼得大帝，日之明治天皇，全不能比。現今皇上銳意維新，變法圖強，將大權公之於民，國家大事聽之輿論，美法總統，也不過如此。我國地大物博，人口衆多而民氣甚強，不應該貧困，也不應該像綿羊一樣引頸受人宰割，今日人民起來反抗，而爲政者，反而認賊作父。現今皇上，實爲四億蒼生之眞主。」袁世凱拱手說：「各國要求立憲，大都新舊兩派血流成河，人民塗炭，而當今皇上，立意維新，庶民額首稱慶，下詔廣開言路，准其士民上書言政，譖設學堂，教育人才，廢科舉，停捐納，裁冗員，節經費，振興海陸軍隊，拔人材於草野之間。兄弟以爲中國之強，指日可待。」二人談笑生風。當晚譚嗣同就宿在營中，二人連床共榻，說：「皇上如有用我之處，敢不肝腦塗地？」二人暢談一夜，天明依依惜別。譚嗣同回京，向皇上面奏袁世凱已被拉到萬歲爺一邊來了。光緒聽後，立詔袁世凱進京朝見。自從光緒頒佈「明定國是」以後，確實也震動了站在十字路口的袁世凱。維新派康有爲、梁啓超等，正日以繼夜地忙碌著。光緒帝詔選宗室王公大臣遊歷各國。只要是人材，一經發現，馬上聘用。不分漢滿人員，舉凡有利國計民生者，無不網羅朝中，特別注重青年學生，爲國家之柱石，十分器重。把各州縣書院，一律改爲學堂，頒佈振興工藝有獎的章程十二款，設工商局和礦務局；挑選優秀學生赴日本留學以及令天下婦女不准纏足；命街道鳩工挑挖京城內外河道……大有夜幕即將捲起，黎明即刻到來之勢。

慈禧太后自從李鴻章失勢以後，表面上不問政治，但朝中有些不決的事，太后暗中與李互通情報。此時，北洋大臣，直隸總督榮祿就成了她的內值樞秘，外握兵符，出將入相的重臣了。繼光緒之後，榮祿與維新派不約而同地想拉袁世凱。

榮祿自己固然掌握一部分兵權，從武器上看，湘軍、淮軍已然成了鬍子兵了，神機、火器營以及綠營官兵，都是腐敗不堪一擊的。那董福祥、聶士誠的軍隊，雖然比他們強一點兒，要是從軍制、裝備、待遇來說，還是略遜袁世凱一籌的。至於北洋水師，在甲午之役，已全軍覆沒了。如果把袁世凱的五千名新建陸軍搬來，拱衛京師，收拾維新派，不費吹灰之力。

榮祿想到這裏，必須把袁世凱拉過來。可是，有迹象要被皇上拉過去。聽說袁世凱是個利慾薰心的人，又是個好色之徒。儘管他是爲人狡猾，如用「財色」勾引他，不會不上圈套。先派人去小站給他送黃金三百兩，以示慰勞，然後，約他來天津赴宴，再共商以閱兵爲名，對付光緒之計，有太后來天津閱兵，光緒不敢不來，只要光緒皇上一來，搞一場假兵變，以囚皇上。

合當袁世凱走桃花運，從上海來天津一位名妓賽金花，原名傅彩雲。她本是蘇州妓女，十三歲時，被父親賣入娼門，後來嫁給新科狀元洪鈞爲妾，她曾伴隨洪鈞出使英、俄、德、奧、荷等國家使臣和遊歷。天資過人的賽金花，很快學會幾個國家語言。她受到各國女王、皇后的隆重寵遇。英國女王維多利亞說她是：「東方美人」，成爲女王座上賓。她有助於洪鈞在國際舞臺上，順利進展。後因洪鈞去世，洪家以她是妓女出身，有辱門風，把她趕出。她一氣之下，在上海掛牌，有意污辱洪家的門風。可是，上海許多紳士與洪家有關係，聯合官府，硬把她趕走，故被迫來到天津重操皮肉生涯，改名賽金花。

賽金花來到了天津掛牌，榮祿是個好色之徒，聽說賽金花來到春明妓院，榮祿聞風而至。高官顯貴如蟻附羶，大有相逢恨晚之慨。不久就和榮祿從良，成了他的愛妾。

慈禧太后一心想把維新火焰撲滅下去，只有把希望寄托在榮祿身上，可是榮祿軍戎重任在身，寸步不能離開，故想派李蓮英喬裝赴津，商討消滅維新勢力的密策，故先密電通知榮祿到車站迎接李總管，另一方面也可以偵察榮祿的行動。

一天中午，榮祿便衣去到車站迎接李總管的到來。火車準時進了站，榮祿在人叢中一眼看到商人打扮的李蓮英。榮祿也沒帶隨從人員可是李蓮英卻認不出榮祿來，因為榮祿的那副大墨鏡，遮掩了他的廬山眞面。榮祿緊忙向前拍了一下正在彷徨的李蓮英的肩膀，這時李蓮英才認出來是榮大臣。二人出了車站，逕往行轅中休息。

李蓮英的使命是來商討「消滅新黨」。在談話之中，榮祿靈機一動說：「有了，爲甚麼不用調虎離山計把太后和皇上請來以檢閱新軍爲名，到時候皇上還不是甕中之鱉麼？」李蓮英說：「中堂眞是再世的諸葛亮，中堂想甚麼時候舉行閱行檢閱？」榮祿說：「事前要演習，最好定在九月初。」李蓮英說：「現在是八月初，還有一個月，就這樣確定了，回去稟奏老祖宗。」

他們二人密商，完全被屏風後的賽金花聽得一清二楚。

榮祿接著說：「謹防皇上把袁世凱拉過去，聽說袁世凱與譚嗣同有往來。」賽金花聽到譚嗣同三字大吃一驚。

原來譚嗣同是湖南瀏陽縣人，是湖北巡撫譚繼洵之子。譚繼洵當年與洪狀元過從甚密，譚嗣同又是賽金花在交際場中的舞伴。

榮祿正與李蓮英談得入港，李蓮英忽聞一陣異香撲鼻，李蓮英說：「何來香味，沁人心脾？」榮祿噗嗤一聲笑了起來，說「總管有所不知，鄙人新納一妾，是當年洪鈞的如夫人。」李蓮英說：「現在既是中堂的如夫人了，何不出來相見？」榮祿急走進內室把賽金花邀請出來。

賽金花穿著一身玫瑰色的西式絲綢長袍，面帶卑視的眼光看著李蓮英。榮祿說：「這是李總管大人。」賽金花微微地點了點頭說：「久仰！久仰！」李蓮英一見如此絕代佳人，也不禁神魂爲之顚倒。賽金花接著說：「失陪了，請和大帥繼續攀談罷。」冷淡地轉身回內室中去了。

李蓮英忽然心生一計，對榮祿低聲說：「有句不恭敬的話，不知該說不該說。」榮祿說：「知已之交有何不可言？」李蓮英說：「英雄離不開美人，爲了挽救大清的江山，我的意思……」李蓮英吞吞吐吐的話，使榮祿有些糊塗了。「總管就直說吧！」「我想，袁世凱是個好色之徒，可否把如夫人割愛給他？」

李蓮英的話簡直是割榮祿的心頭肉一樣。李蓮英看榮祿有爲難之色，便說：「大清國的江山完全繫在如夫人身上，試想袁世凱的五千新式裝備的陸軍，如果被維新黨爭取過去，不但中堂的愛妾沒有了，連中堂也會被他們吃掉。皮之不存，毛將焉附？請三思。」

李蓮英這番想移花接木的話，又被屏風後竊聽的賽金花聽到了。滿心高興。她想榮祿那副豬八戒嘴臉，有何留戀？那袁世凱畢竟是新興人物，一定是一名英勇威武的一表人才，叫我出幽谷而遷喬木，正是天作之合。李蓮英一再說明此舉的利害關係，榮祿說：「咳，總管哪裡知道愛妾的魅力是無以倫比的呀！」李蓮英說：「正因她有無與倫比的魅力，我才敢大膽獻此一計。」榮祿說：「尊敬不如從命了。」

李蓮英即日辭行，榮祿派便衣護送總管回京，然後設法召袁世凱到天津共商大計。一八九八年戊戌八月，袁世凱應榮祿之召，從小站來到天津拜見榮祿。榮祿暗示皇上的寶座行將不穩，慈禧太后的實力是如何雄厚。他說：「康有爲鼓動皇上變法，夢想推翻大清國的江山，改變祖制，談何容易！宋神宗的時候，王安石立意改革政治，創農田、水利、青苗、均輸、保甲、免役、市易、保馬、方田，你叫我說，簡直說不過來。那王安石這小子，弄得就是當今皇上的維新變法，結果老百姓賦役繁重，人心騷動，群臣奏章進劾。慈聖、宣仁兩太后認爲王安石哪裡是變法，她們說，實乃亂天下也。我們再追溯商鞅變法，老百姓把他恨之入骨。大臣、貴戚，哪一個不怨恨他。所以秦孝公死了以後，商鞅還不是被『五牛分屍』麼？那個時候，社會上有個諺語，『商鞅，商鞅變法老百姓傷心又遭鞅』。今天康有爲不過是一個窮秀才，誰不知道『秀才造反三年不成』，古有明訓，而康有爲不瞭解國情，冒然學習外國，而今皇上決心雖大，但孤掌難鳴。全國守舊勢力很大，又有太后的實力作後盾，明智的人都看得非常清楚，聽說皇上召我公入京，有這回事嗎？」

袁世凱說：「有之。」榮祿說：「希望我公覲見皇上時，說話要倍加謹慎，千萬不要被以皇上爲首的窮秀才們給利用了。我公是想留芳千古，還是想遺臭萬年，均在此一舉，請三思之。」

這榮祿的一場有歷史事實為根據的攻心戰，使得袁世凱頻頻點頭。他想榮祿的話，才是金石良言，也是上帝保佑，差一點使我袁某上了斷頭臺，今天叫我如夢初醒。

榮祿然後又把計劃以閱兵為名，把太后和皇上勾引到天津來，除掉皇上的事，也對袁世凱說了。

天津紫竹林舞廳，燈燭輝煌，榮祿特意為袁世凱舉行一次西洋舞會。這裏的舞廳，早在光緒初年就風行一時了。榮祿把他的愛妾賽金花介紹給袁世凱。

賽金花知道袁世凱乃是鼎鼎大名的小站練兵的統領，故別有一番熱情的招待他。袁世凱也久聞「賽二爺」是狀元夫人。年方二十多歲的傅彩雲，風韻不減當年。她來到天津才改名賽金花，如果同袁世凱相配，正是天賜良緣。這袁世凱雖然是妻妾成群，一見賽金花的迷人姿色，豈能把她放過。只見賽金花穿一件深竭色的印度綢連衣裙，胸口敞開，粉白如酥的胸脯外露，豐滿隆起的一對乳峰，不時微微顫動，鮮艷的口紅，像是含著一顆大櫻桃。笑時的酒渦，婀娜動人，袁世凱一見，兩眼發直，情不自禁地意馬心猿。

榮祿給他二人介紹後，他們第一次握手時，賽金花向袁世凱嫣然一笑，露出了兩排齊整白玉般的牙齒，袁世凱早已魂飛神蕩。此情此景映在榮祿的眼簾，他非但沒有醋海生波，反而似乎心甘情願。

袁世凱坐在一張咖啡桌的右側，賽金花坐在正中，榮祿坐在桌的左側。袁世凱站起來順手牽羊地拉過賽金花的左手，輕輕地吻了一下，然後隨著音樂向舞池中移動過去。這時袁世凱便摟住她那纖腰，隨著音樂的旋律旋轉著。特別是她那富於肉感的肉色長筒洋絲襪和她那在十三歲那年早已把纏足解放了腳，足著高跟皮鞋，踏在地板上格格有聲，伴著音樂織成了一支扣人心弦的交響曲。

隨著音樂的終止，袁世凱飄飄然同賽金花回到席位上，那些外國官員和商人，聞知赫赫有名的賽金花來了，也都圍攏過來，鞠躬如也地請求伴舞，只聽賽金花嘀流嘟流地說起外國話來了，袁世凱和榮祿也不知道她和外國人說的是什麼話。

樂作，好陪幾位外國領事跳起幾支華爾茲舞。榮祿心想，一個外國人接一個外國人來向她鞠躬請求伴舞，何時完了。看了看懷錶已然過了午夜零時，他悄悄地和袁世凱說：「今晚就叫賽金花陪同你回公館怎麼樣？」袁世凱心雖願意，求之不得，但賽金花同意不同意？說：「閣下可先和她商量好才成。」榮祿說：「她是交際場中風流人物，估計問題不大，她會同意的。」袁世凱說：「我豈能奪人之愛？」榮祿說：「我們要從大處著眼，大清國正在多事之秋，你剛才能聽見她和外國人說洋話嗎？以後不免有和外國人有交往事宜，就叫她翻譯，是萬無一失，幸祈容納。」這些話，對袁世凱是正中下懷了。

原來，賽金花被榮祿轉讓給袁世凱的事，是事先同賽金花說妥的。那賽金花對袁世凱，是心中求之不得的事，但是也叫榮祿費了一番口舌。她對榮祿說：「我身許大人，願終身侍奉大人，如果大人把我轉嫁給袁某，奴家只有一死？誓不改嫁。」那榮祿以爲賽金花眞是誓不嫁二大郎呢，就再三哀求。榮祿跪下向她哭泣，聰明的賽金花也跪下說：「誓不嫁袁世凱。」

榮祿見對袁世凱「獻美人計」不成，就叫金花坐下，擁抱她、親吻她並說：「目前帝黨與后黨相爭，我叫妳跟袁世凱，是以大局爲重，爲了保護大清的江山，使袁世凱的兵權，不到帝黨之手，大清的江山，全在妳的身上了。」賽金花聽罷，一頭撞在榮祿懷裏，假意地以袖掩口嚶嚶地哭泣起來，說：「奴家捨不得大人。」榮祿說：「就求你說服侍袁世凱，靠攏太后一邊，不要叫袁世凱被帝黨維新派給拉過去。」賽金花說：「大人這不是叫我做貂蟬嗎？」榮祿戲皮笑臉地說：「今天咱們就來個『榮祿戲貂蟬』罷。」賽金花笑了，他知道愛妾同意了，才有把握去紫竹林會袁世凱。

話說賽金花伴外國人跳舞回座位休息時，榮祿向賽金花說：「金花，時間不早了，你陪袁督練回寓吧。」賽金花會意，正是美人遇英雄，仰慕之情，油然而生。袁世凱對榮祿連聲說：「失敬，失敬。」然後，挎著賽金花乘上汽車，緊跟著兩名馬弁挎在汽車門外，蹬上古老的福特汽車腳踏板上，出了紫竹林，揚長而去。

袁世凱回到小站，賽金花成了他的不可須臾離也的伴侶兼洋人翻譯。

這天晚上，袁世凱在床榻上「噴雲吐霧」，賽金花也躺在煙燈的對面，手持銀釬，聚精會神地替他在鴉片煙燈上燒挑煙泡，然後把煙泡裝在煙槍嘴上，袁世凱手持煙槍，一邊呼嚕呼嚕地吸煙，一邊跟賽金花說：「我明天要到北京覲見皇上去，你要陪我同住幾天，抽個空咱們也可以痛痛快快地玩一玩。」賽金花說：「大人如今倒成了大清江山舉足輕重的人物了。聽說太后和皇上要來天津閱兵……」話還沒說完，袁世凱放下煙槍，不禁大吃一驚，馬上從床上躥起，問：「你怎麼知道的？」賽金花說：

「我不但知道，而且還知道閱兵的底細呢。」心懷鬼胎的袁世凱追問：「什麼底細？你是聽誰說的？」賽金花說：「榮中堂早就告訴我了。」袁世凱心想莫非是榮祿把她派來監視我？還是設的「美人計」圈套？這時袁世凱想套出賽金花的實話，摸一摸她的底，反問一句說：「你對此事有何看法？」賽金花暗自一想：「你袁世凱是保皇還是反皇？」因此，又試探著說：「大人對閱兵時，發動一場政變，有什麼看法？」袁世凱一聽「政變」二字，正是談虎色變，他猛然坐起來，嚇得面色焦白說不出話來了。而賽金花這個在國際政治舞臺上的風雲人物，卻處之泰然。她接著說：「自從十七世紀英國推翻了專制政體，建立了君主立憲今日才稱霸於世界，美國民主為世界之楷範。而我國依然閉關自守、夜郎自大、自命天國。若與西方列強科學相比，是不能同日而語；日本明治維新三十年，即稱盛世。我中華地大物博，人口衆多，若能採納康有為之策，不出數年，定可躍居世界各列強之上。」

袁世凱一聽賽金花一番語氣激昂的談話，看來似乎不是與榮中堂沆瀣一氣的，這才把一顆跳動的賊心放下。

本來，袁世凱也同意賽金花的言論，但又一想，擁護光緒皇帝，對自己是不利的。鏟除新興的幼苗容易，若等待它茁壯生長起來，我的地位將不保。今日帝黨維新勢力拉攏我，只不過是一時的利用，他們一旦成功，必然把我一腳踢開。莫如先把這個振興源泉堵塞住，再收拾腐敗的、愚昧無知的后黨派。如此，大清的江山唾手可得。

狡猾的袁世凱，在賽金花面前，是諱莫如深。他對賽金花始終不作明確的表態。

袁世凱命賽金花把煙盤子收拾起來，然後擁抱住賽金花楊柳般的柔嫩細腰，切切的說：「寶貝，我聽你的，我聽你的……」

八月十日清晨，袁世凱偕愛妾賽金花並帶著一批侍從準備九點十五分乘車北上。突然，榮祿派中軍副將徐世昌送來一封信和禮物。說這些禮物，並非送給閣下的，是替閣下預備送給李總管的。要想指日高升，必須打通李蓮英這一門路。信中說：「幾件禮物是怕閣下的禮物不合李總管的心意，所以替閣下備下八色禮物。」袁世凱說：「請轉稟大帥，這樣栽培之恩，兄弟何以報答？」徐世昌說：「大帥待人以誠，對部下親如手足。」說罷，行了個軍禮離去。

徐世昌走了以後，袁世凱命人打開禮物一看，內中有大洋鐘一座，帶有跳舞美人的洋琴一架、珊瑚朝珠一掛、珊瑚翡翠如意一柄、紅瑪瑙彌陀佛一尊、白玉觀音菩薩一尊、外有王石谷山水畫一卷、唐六如美人春睡圖一幅、唐伯虎仕女圖一幅。袁世凱看畢，跟賽金花說：「中堂如此細心替我籌劃，此恩此德，沒齒難忘。」賽金花說：「時間到了，別誤了火車。」袁世凱說：「瞧你，眞小孩子氣，咱乘的是專車。行止是咱們的鐘點兒。」

中午，袁世凱抵達北京，下榻金魚胡同賢良寺公館，聽說皇上正駐蹕頤和園中，隨命秘書擬摺於八月十三去給皇上請安。他在京中寓所休息半日，又給各王府籌辦一些禮品。十一、十二兩天，由秘書去見李蓮英呈送禮品，李蓮英見了珍貴的禮品高興得自不必說。袁世凱又分別去各王府以及母后班、皇上那邊重要廷臣的私邸，各送厚禮一份。他想把兩方暫時穩住，以收買人心。

自李蓮英直到各王府大臣和皇上身邊的大臣，見了袁世凱，都像敬天神一般，好像他給紫禁城帶來了無限光明，后黨派、帝黨派，都把希望寄托在袁世凱身上。

十三日黎明，袁世凱去頤和園陛見光緒皇帝去了，隨行人員及馬弁均都被留在園門等候。不大功夫，傳出話來，要袁世凱到玉瀾堂陛見皇上。

李蓮英早已站在路旁迎接，表示敬意，然後說：「請隨同跟班太監上去吧！」袁世凱此時心中有些顫抖。本來他心中就懷著鬼胎，況且又第一次奉皇上召見，心中怎能不忐忑？

光緒皇帝心事重重地、嚴肅地坐在寶座之上，袁世凱的腿軟得幾乎邁不開腳步，他低著頭跪在皇帝的御案之前的拜墊上，行了三跪九叩禮，口稱：「臣袁世凱叩請皇上聖恩。」

問：你就是小站練兵的袁世凱嗎？

答：小臣便是。

問：你在小站練兵幾年了？

答：臣在小站練兵已有三年了。

問：共有多少人？答：原有新軍五千名，最近還要擴充一倍。

問：軍官都是什麼出身？

答：都是北洋講武堂出身。

問：卿所練之新軍，也受榮祿管制麼？

袁世凱一聽，皇上所問，話中有話。他疑心皇上知道他與榮祿的秘密會談。一時心中慌亂起來。又一想，這個絕密不會被皇上知道，但袁世凱一肚子鬼祟，使他神不守舍。皇上以爲袁大臣一定是首次陛見，心裡不免害怕。故又鼓勵他一番，故並沒有追問下去。

問：「現在新政伊始，仰卿把新兵練好，輔助新政。而今朝中頑固守舊者多，一時不能達到朕之主張，這些守舊朝臣，一旦醒悟過來，自會群策群力，挽救危亡，如扶大廈之將傾。」

這時光緒皇上還沒有忘記問袁世凱的新軍，到底歸不歸榮祿管制。是很重要，方才問他，並未見得答覆，故又問他一次。

問：卿所練之新軍，是歸榮祿管制麼？

答：臣小站新建陸軍，是……是受大臣管轄。

問：歸榮祿管制也好，朕思不管歸誰管制新軍，都是爲了保護大清江山，但切記近年以來，朝廷腐敗，無救國救民之策，致使列強對我疆土，蠶食鯨吞，接踵而至，如不刷新政綱，則國危矣。仰卿宜有愛國愛民自主精神，以大局爲重，有榮大臣與卿同舟共濟，效力朝廷，輔助新政，正如扶大廈之將傾。

答：臣敢不效力朝廷，今日又蒙聖上隆遇，雖肝腦塗地在所不辭。

光緒說：「很好，將來新政成功，朕決不負汝。」

袁世凱叩頭謝恩退下。他在出了宮門，心中一塊石頭才算落了地。他想：太后和榮祿對我今天與皇上對話，她們是不是疑心我投到光緒維新變法的一邊去了？如果太后眞的疑心不信任我，只好以錯就錯，只好爲光緒效勞，可譚嗣同等人，明明知道我是榮祿一頭的，弄不好，來個兩頭不是人。乾脆還是把今天和皇上說的話，全盤告訴榮祿，表明一定爲太后效忠，可以對天明誓，榮祿不會不信。

十八 光緒被囚 君子就義

袁世凱回到金魚胡同賢良寺寓所，見臥室內賽金花正與一年約三十許的陌生人談話，二人似有驚懼之色，袁世凱心中十分懷疑，心想必是偷和妓院的熱客，趁我不在家來幽會。當時火冒三丈，又想不可翻臉，問個明白再說。

原來這個陌生人，是洪鈞在世時，給洪家開汽車的，也出過幾個國家，一直跟隨洪大人。他名叫方大成，那年他才二十來歲，洪鈞卸任後，一同回國。自賽金花走出洪家門，方大成也失業了。最近他風聞公使夫人與北洋大臣榮祿及袁世凱過從甚密，打聽著袁世凱偕公使夫人住在金魚胡同，才輾轉來找上門來找碗飯吃。這天正巧袁世凱坐車出門，故大膽來此叩詢主人，經過衛隊守衛傳達給賽金花，她一聽是司機的方大成來了，高興地說：「快快把他叫進來。」

賽金花這兩天正爲榮祿、李蓮英、袁世凱合伙想謀害光緒的事，心中悶悶不樂，正好來了方大成，賽金花詢問他離開洪家的情形之後，然後叫他秘密到爛縵胡同去見譚嗣同。

方大成說：「當年洪大人也到過爛縵胡同拜會過譚繼洵老人家，我也認得譚大少爺。」

原來，譚繼洵在一八八九年任湖北巡撫時，就與洪鈞友好，所以賽金花原名傅彩雲，自打洪鈞死後，方大成和傅彩雲同時離開洪家。傅彩雲改名曹夢蘭在上海做了妓女，這也是洪家逼迫她才走此賣淫的一條路。那時方大成也到了上海謀生。後因洪家勾結上海士紳，才又把傅彩雲逼走去天津掛牌，改名賽金花。

賽金花眞沒想到方大成找上門來。他本來是尋找職業有碗飯吃，賽金花說：「你找個差事還不容易，你趕快到譚家給我帶個口信，就說我在虎口裡，榮祿、袁世凱和李蓮英幾個人，受了慈禧的指使，要在九月初，他們假借請太后和皇上在天津閱兵時，把皇上謀害了，你快報知譚大少爺，報完信，再回來談話……」

在說話間，袁世凱走進屋中來了，經過賽金花介紹方大成的情形，袁世凱才不疑心。

譚嗣同得知信息後；心想：袁世凱在小站不是跟我已然表示過了嗎？怎會有這樣背信棄義的行爲？再說這兩天他對皇上也堅決表示支持維新變法呀！譚嗣同半信半疑地急忙入宮陛見光緒皇帝。譚嗣同說：「聽說太后與榮祿合謀，想用調虎離山計，把萬歲監禁起來加以謀害，然後捉拿新黨。」

這兩天，光緒不斷地得到非證實的消息，今天又聽到譚嗣同的奏報，證實這幾天所得到的消息是眞實的。

光緒感到一場大禍，將要來到自己的頭上。他對譚嗣同說：「卿有何策？」譚嗣同說：「袁世凱在天津小站和臣所說和前天袁世凱與萬歲所奏，完全是口是心非，一片甜言蜜語。」光緒說：「卿有何扭轉乾坤之計？」譚嗣同說：「要用撤火抽薪之計，還得走袁世凱這條門路，才能轉危為安。」

光緒聽罷，隨手在案上寫了一道手諭，交給了譚嗣同，譚嗣同一看是命袁世凱速捉拿榮祿。

譚嗣同在傍晚的時候，來到了金魚胡同賢良寺袁公館，袁世凱知道譚嗣同此來，必然是奉旨而來。二人相見，親熱異常。

譚先開口：別來無恙？日前閣下覲見皇上，皇上心中甚是喜歡。

袁：前日仰見天顏，復蒙隆遇，既感且慚。

譚：今竟有人阻撓維新，欲謀害皇上。

袁：君難臣死，義不容辭。

譚：近聞九月初，請皇太后、皇上赴天津檢閱新軍之際，把皇上囚禁起來，閣下可曾知否？

袁世凱心中一怔說：早已知道了，但未知其詳。

譚嗣同隨手把皇上聖旨拿出來，遞給袁世凱。袁世凱立即跪接，他一見內容是命袁世凱捉捕榮祿。袁世凱說：「殺榮猶如殺一條狗耳，可在閱兵時捕獲之。」譚嗣同說：「閣下如眞有救國之心，不必等到閱兵時發動，可提早宣讀皇上密詔，名正言順，捉拿榮祿正法，然後佈告安民，入京勤王。倘若閣下不忍殺榮祿，就請閣下到頤和園告發嗣同，從此閣下可榮華富貴矣。」

袁世凱說：「譚公視我袁某為何等人也？袁某忠於君，敢不肝腦塗地？」譚嗣同說：「閣下如此赤心救國，則大清可中興矣。」譚嗣同臨行時，又強調說：「捉榮祿遲至九月，恐中途有變。」袁世凱說：「請稟奏皇上放心，我袁某人自有妙計。」

譚嗣同走後，袁世凱對賽金花說：「譚嗣同面帶暗灰色，印堂上有股黑斑，將恐有殺身之禍。他鼓動皇上反對榮中堂，想榮中堂對我是恩重如山，我豈是無良心之人？」

賽金花說：「譚嗣同鼓動皇上反對榮中堂，大人打算怎麼辦呀！」

袁世凱說：「譚嗣同假充聖旨，叫我殺掉榮祿，然後佈告安民，入京勤王，何其荒謬。再說榮祿是我再生父母，是慈禧太后的得力股肱，保護榮中堂，即是保護皇太后，保護皇太后，即是保護大清江山。」

賽金花又問：「大人打算怎麼辦啊！」

袁世凱說：「我馬上到天津去報告榮中堂。我一兩天就回來，再陪你玩一玩。」

賽金花心中暗思量，這大清的江山，要毀在你袁世凱手中。你賣主求榮，剛才你怎麼跟譚大少爺說的？言猶在耳，「什麼袁某忠於君……敢不肝腦塗地……殺榮祿猶殺一條狗耳……你他媽的眞是狠心狗肺。」

賽金花心想用什麼辦法扭轉乾坤？叫袁世凱照譚大少爺的話辦事？賽金花對袁世凱說：「近幾十年來，列強欺凌中國，還不是朝廷腐敗無能？如果你堅持保護守舊勢力，反對新興勢力，站在太后和榮祿一方，那是自掘墳墓。奉勸大人要站在皇上一邊。如其不然，那就是摧殘幼苗，大人可以想一想那一群腐敗庸臣，把大清弄得內憂外患，已然是行將枯死的樹木，請大人三思，是培育幼苗叫它茁壯生長啊，還是抱住行將枯死的枯木呢？」袁世凱說：「你女子如何知天下大事，枯木照樣可以逢春、開花、結果。你不必多言，吾意已決。」賽金花說：「何去何從，大人自有權力，吾女子實無遠見。請自到天津去，但有一件事，請大人必須想辦法才是。」袁世凱說：「什麼事，快說。」賽金花說：「給我開車的那個方大成，是來京求差事的，請給他一官半職。」袁世凱說：「我馬上寫信給慶親王，請賞他一個肥缺就是了。」說罷即在案上匆匆寫了一封信，交給了賽金花，然後帶著衛兵乘車離京奔赴天津而去。

賽金花一夜也沒有安睡，她等天明方大成回來，叫他再把新的緊急情形去告知譚大少爺，然後再叫他持函去見慶親王。

袁世凱在黑夜的旅途中，心中異常苦悶，譚嗣同的聲音，光緒皇上的聲音，賽金花的聲音，以及榮祿囑咐他的聲音。不斷在耳邊回響。他心驚肉跳，坐臥不安。兩派的聲音，在他的頭腦中鬥毆起來。最後他決定：還是消滅新黨，然後再消滅一切后黨庸臣。這樣，將來國柄自可取而代之。

他像做夢一樣，到了天津。去到榮祿行轅，如實地向榮祿報告譚嗣同「斬榮」之計。

榮祿獲得如此重大情報，連夜踏上專車。直奔北京頤和園而來。

夜深，頤和園中萬籟俱寂，到處潛伏著晦暗的陰影。榮祿來到園中，見總管李蓮英，李蓮英睡眼矇矓地聽到榮祿驚心動魄的報告後，一邊急忙到樂壽堂，一邊向榮祿說：「榮大人在外邊稍候，奏稟太后再請大人。」

於是他獨自走入西間太后的臥室，值班宮女春香一見悄悄地說：「大叔，怎麼這般時候來了，老祖宗正睡得香甜呢。」

李蓮英連回答也不回答一句，他逕入內室，一見太后果然睡得很香。他習慣地把太后推醒，太后猛然睜開了兩隻惺忪的眼睛，凝神一瞧，原來是小李子，太后又以爲他半夜睡不著，又來跟她解悶兒。說：「小李子，咱娘兒們這些日子，可眞沒有這個心思。」

李蓮英說：「大事不好了。」

他把榮祿黑夜來京的話稟奏了一番，太后聽了以後，氣得從御榻上躍起，急忙穿罷衣服，下了地，也顧不得把臨睡前塗抹滿臉乾繃了了的雞蛋清洗掉，急忙命傳榮祿入內。

三人密談了很久，看了看洋鐘才四點半，然後傳令啓蹕回宮。

淩晨，從頤和園到皇城的路上，看不清半個人影。遍地鋪著黃金一般的黃土墊平的大道上，軋得十分平坦。慈禧太后像煞神一樣端坐在轎中，她那兩隻冒出了憤怒的目光，一心想怎麼處死這個昏君和一群圍繞著他身邊的漢奸們。

太后的鑾輿後邊緊跟著是李蓮英和榮祿的大轎。除了扈衛人馬在大道上發出緊促的「沙沙」聲外，什麼聲音也沒有……浩浩蕩蕩地前進。

李蓮英在轎中，心花怒放，像打上了一針興奮劑，又像喝了蜂蜜般地高興。今天，才是我報仇雪恨之日，叫你萬歲爺，今天就叫你萬碎。

他們三人，在園中早已約定好了，到了城裏，分三路進軍：太后同一群宮女、太監進入南海子儀鑾殿休息；榮祿佈置戒嚴部隊加強皇宮防衛，李蓮英率領一群太監進入皇宮，把光緒皇帝抓到南海子瀛臺裏去。

這時，西洋自鳴鐘像報喪一樣，敲了五下。光緒帝早已起床，正聚精會神地在御案前批閱奏章。

小李子突然帶著一群心腹太監闖入殿內，叫了一聲萬歲爺，然後請了一個安，笑著說：「奉太后懿旨，請萬歲爺聖駕到南海子去，有緊要事商量。」

光緒猜知大禍臨頭，豈容分說，李蓮英的笑容收斂了，一聲令下，一群閹宦像捉賊一般地把光緒簇擁出了西華門，進入南海子的東門——西苑門。李蓮英的這個粗暴行爲，光緒皇帝，還是第一次所遭受的大辱。到了南海岸邊，幾個狐假虎威的小太監，把光緒硬拉上舟中。

這瀛臺乃是一座四面有海水的孤島，光緒被拉到船下，不禁落了淚。李蓮英一見說：「萬歲爺，事到如今，哭，可也來不及了。太后馬上就來，萬歲爺在這裏還嫌寂寞麼，還想叫珍妃子陪一陪嗎？」光緒聽了他的冷嘲熱諷，像刀割一般地痛苦。李蓮英說完自去，幾個內監看守著皇帝。

一小時後，太后率領皇后、妃嬪，其中還有珍妃，從儀鸞殿來了，光緒皇帝急忙跪接。這時，慶親王、禮親王、大臣剛毅、王文韶、廖壽恆等，也都趕來了。

太后一見光緒便罵道：「好啊，你想先殺榮祿然後再殺我。你想一想：你入宮時，年只四歲，立你爲帝，把你撫養成人，今已二十多歲了，若不是我一力保護，你哪得有今天。你要變法維新，我也不阻你。你爲什麼聽別人唆使設計害我。你想一想應該不應該。」光緒跪伏在地上，戰慄不能出聲。太后接著說：「我想你的命薄，有什麼福氣做皇帝？現在親貴重臣，統統請我訓政，沒有一個偏向你的。在漢大臣中，專有幾個助紂爲虐的，你還道是好人，其實統是奸臣。我自有辦法治他們！」話說至此，恨恨不已。聞訊趕來的幾位王爺和大臣，都跪下爲皇帝求情。

珍妃突然也向太后跪下，籲請太后寬恕帝罪。太后一聽，暴跳如雷，說：「好你個臊狐狸，也配與我講話！」珍妃這時也豁出這條命了，她說：「皇上是一國共主，聖母也不能任意廢黜……」話還沒說完，「啪」地一聲，一個嘴巴，打得珍妃順口鮮血直流。接著就是一腳踢去，厲聲說：「蓮英，把這個狐狸牽了出去！」

幾個太監把她立刻押在大內御花園東北角景運門外的北三所。此時，嚇得說情的王爺和大臣們，也不敢講情了。

慈禧太后接著下令逮捕維新黨人。這時榮祿佈置好京中的防衛，怕袁世凱懷有二心，故急忙回到天津住所，觀察小站新軍的動靜。

光緒囚禁瀛臺之內，便成了高級政治犯了。接著太后派九門提督福崑捉拿康有爲、譚嗣同、梁啓超、楊銳、林旭、康廣仁、楊深秀等人。康有爲得著消息，立刻給譚嗣同、楊銳等寫了一封信，命即速逃出京城，自己便踏上火車前往天津。他到了天津之後，自己仍感不安全，便又買了招商局的船票，上了輪船。

榮祿在天津接到北京九門提督的電報內云：「奉懿旨查拿康有爲、梁啓超就近堵截，勿使漏網」等語。

榮祿一見，知大事已告成功，心中大喜。他想康有爲、梁啓超素與洋人有瓜葛，必然乘洋輪逃往海外。於是，他便下令立派候補道臺錢錫霖帶兵四處探訪。後來有人密報康有爲已然乘坐招商局輪船駛往上海去了。錢道臺一想：康有爲乃是皇上寵信之臣，又是當代的英雄人物，倘若被擒，便有性命之憂，不如縱其逃走。萬一將來皇上再上臺，我錢某人可以把這段歷史奏聞朝廷，還不叫我這個小小的道臺高升巡撫？既然是老百姓向我密報，何必追究。

這時，榮祿所派的密探，也得知康有爲上了招商局的輪船，榮祿又命令錢錫霖道臺乘中國輪船追趕，務其捕獲。錢道臺這回奉命不敢不遵。他心想：若是怠慢了榮大臣，放走了康有爲，我的腦袋將會「搬家」。於是他上了中國輪船跟蹤追擊。忽然，後邊又發現一隻英國兵艦，跟在自己的船後邊。原來，英國領事館發現有中國兵輪追康有爲乘坐的商船，故電令該關口兵艦去保護康有爲所乘的那隻商船。

頃刻之間，英艦超過了中國的兵艦。錢道臺料知前途必有要事，即命水手尾隨其後。錢道臺用望遠鏡一看，那隻英國兵艦，追上了康有爲所乘的輪船，清清楚楚地看見英國武官挾著一人渡上了英艦。錢道臺心中明白，是康有爲無疑了。當即命令水手開足馬力，向前追趕。在錢道臺趕下招商局的輪船時，英國兵艦早已無影無蹤了。

錢道臺令招商局船停駛，商船不敢不遵，兩船相接，錢道臺率領官兵上了商輪，向買辦船主聲明來意，船主笑了笑說：「你說的是康有爲嗎？可惜被英國兵艦接去了。」錢道臺一聽，心中暗喜，表面上卻怒氣天衝衝地說：「閣下不要隱瞞，兄弟是制軍所派，不得自主，總要到貴船上檢查一番。」那船主正顏厲色地說：「吾國人向來不打誑語，方才已然說明，何必定要檢查。」錢道臺說：「不檢查，回去沒法交待，希望閣下原諒。」船主買辦說：「你既然是奉命而來，可你要知道，貴國的大皇帝的命令，我外國船隻，也不會答應你們上來搜查，今天是看你錢道臺的面子，就請檢查吧，不過只限你們搜查康有爲。」

錢道臺一聲令下，一群官兵變眞地在每個席位上搜查，其中一有些愚蠢的兵卒，見著一個三十許紀的人便問：「你是康有爲不是？」弄得客商莫名其妙。約有一個時辰，才算檢查完畢，弄得客商一陣驚懼。

這時，錢道臺向買辦船主致以歉意。船主說：「我們英國人說話是講信用的，方才說過，康有爲已從我商船，轉上軍艦上去了。」錢道臺灰溜溜地率領官兵復命去了。

北京城的夜晚，大街小巷靜得可怕，黎明前的鼓樓的鼓聲，驚醒了沉睡的夢中人。

福崑率領一批人馬，急促地來到了宣武門外米市胡同中間路西的南海會館，尋找康有爲不見，福崑說：「到爛縵胡同捉拿譚嗣同去。」一群如狼似虎的官兵，在譚宅搜查了兩個時辰，拷打他的家人，這些家人，至死也說：「不知道。」

原來，譚嗣同接到康有為臨行前的一封信，叫他快離開京城去天津，而譚嗣同不肯走，他不但不走，還召集林旭、劉光弟、楊深秀、康廣仁、楊銳等人開會——這個秘密會議地點，就在宣武門外趕驢市西口內聞喜會館。

新任崇文門稅務幫辦的方大成，這個曾給賽金花開車的，總算一步登天了。做京師崇文門稅務條監督幫辦的肥缺，可以日進斗金。

他到德勝門內大街慶王府謝恩時，聽說慶王奕劻召集福崑，袁世凱正在研究追捕康有為、梁啓超、譚嗣同等人的情形。他聽了以後，立刻跑到譚公館。哪裡知道，譚嗣同不在家，可把方大成急壞了。家人知道方大成是自己人，就偷偷告訴他到聞喜庵（即聞喜會館）開會去了。

方大成乘轎車匆匆逕往聞喜會館，向譚大少爺報告去了。

他來到聞喜館，向譚嗣同報告緊急消息，叫譚嗣同快走。正說間，下人跑進來說：「外面有位美國人求見。」

楊銳說：「現在正在開緊急會議，哪裡有工夫接見外賓？」言猶未了，只見那個美國人已然走進院中，譚嗣同無法拒絕，只好把他迎進內室。

美國人與大家一一握手，說：「鄙人是美國公使館武官隨員，名叫那什握斯丹爾，現聞貴國政府守舊黨，已將貴國大皇帝囚禁起來，諸君的性命也危在眼前。鄙人來此，專為保護諸君，請即隨同鄙人到敝使館內暫時躲避，再作計較。」方大成在旁邊說：「譚少爺，還是跟洋人去吧！」譚嗣同對丹爾說：「謝君美意，無奈此係我國內政，如果只顧個人，放棄一線補救之策，爲譚某及同仁所不取也。倘義不容逃時，情願以身殉國。各國變法，無不從流血而成，今中國未有因變法而流血者，此國之所以不倡也。──有之，請自嗣同始。」

丹爾聽了肅然起敬，說：「諸君眞不愧爲愛國志士，如此忠烈，縱吾美國人所望塵莫及也。聞康有爲、梁啓超二君已由英、日使館護送離京，君等亦當速去。」譚嗣同說：「康有爲，梁啓超二君出京，當有救國救民之策，吾等各行其志。」丹爾說：「諸君如此忠心耿耿，所謂君子愛人以德，鄙人也就不便勉強諸君逃避了。」說完嘆息而去。

方大成哭訴著一再勸譚嗣同離去，終於無效。譚嗣同說：「方君速去，切不可在此停留，以免受牽連，請回去轉知洪夫人。」方大成淚含滿面離去了。

剎那間，只見外面進來許多官兵，見了正在秘密開會的六人。

福崑一見，狠狠地問：「誰是譚嗣同？」譚嗣同說：「我便是。」福崑又問那幾個人，譚嗣同說：「你何必再問！你不就是九門提督福崑嗎？今日國難當頭，列強對我版圖蠶食鯨吞，不知抵禦外侮，卻反對皇上的維新變法。大清的江山眼看毀在汝等手中。西太后的死期到了。」

福崑不等譚嗣同再說下去，一聲令下，那餓狼般的清兵，把六個愛國志士捆綁起來了。

福崑把六人解送到刑部衙門內聽候治罪。六名押在一間房中，在羈押中，進來一位年輕的差役，密告知譚嗣同說：「外邊有位俠客姓王，叫我送信轉知列位，今晚他來把列位「接走」，請列位放心。」

譚嗣同說：「吾爲國捐軀，光明正大，豈可畏罪而潛逃乎？」譚嗣同見案上有紙墨，他提筆書絕命語於壁上：「有心殺賊，無力回天；死得其所，快哉快哉。」

刑部尙書趙舒翹不待審訊，就擬請旨，明定斬刑。承審官何乃瑩說：「不待請旨，如何就定爲斬刑？」趙舒翹說：「此乃欽交重犯，罪案可以自定，汝勿多言。」這時就命令掌稿的師爺具擬斬決，請旨施行。慈禧太后一見奏摺，在奏摺上批一「可」字。

一八九九年二十八日（光緒二十四年八月十三日）清晨，陰雲密佈，天昏地暗，塵沙飛揚，偶而雷聲大作。六君子由刑部綁赴刑場，沿途人山人海。囚車行至宣武門外菜市口，只見六君子昂首挺胸，從容不迫，及至爲國捐軀的時刻，那天公的「眼淚」就刷刷地灑了下來，老百姓無不低頭落淚。滿城一陣暴風疾雨，把觀衆吹打得睜不開眼，滿身、滿臉，分不清是淚水還是雨水。

上面所說：「福崑把六人解送到刑部衙門……進來一位年輕的差役，密告知譚嗣同說：外邊有位俠客姓王，……今晚他把列位接走。」

這是怎麼回事呢？原來，那姓王的俠客，名叫王正誼，是直隸（河北省）滄州人，外號叫大刀王五。他痛恨貪官污吏，同情維新變法，其人武藝高超，道德高尙，聲名遠揚，好友佈天下。所以他與譚嗣同結成莫逆之交。譚嗣同每日清晨曾與王五學習武術。不久，戊戌變法政變突然爆發，形勢十分緊張，王五心急如焚，他不避艱險，當譚嗣同被捕的那天，想去劫獄未成，故譚嗣同六君子被押赴菜市口刑場時，王五事先已埋伏好多人，苦於官軍重重圍護，不能下手，眼睜睜地目睹好友被劊子殺害。王五決心繼承他的遺志，暗中聯合志士，以報答知已於地下。

慈禧太后知道譚嗣同等已被斬草除根，她說：「要不是榮祿和袁世凱出力，我的這條老命差點兒不保。」

十九　廢黜光緒　立儲溥儁

慈禧太后用光緒的名義，下了一道僞上諭：「……近因時事多艱，朝廷孜孜圖治，力求變法自強，凡所設施，無非爲社稷生民之計。朕憂宵旰，每切兢兢。乃不意主事康有爲首創邪說，惑衆誣民，而宵小之徒，群相附和，乘變法之機，隱行其亂法之謀，包藏禍心，潛圖不軌。前日竟糾集亂黨，謀圍頤和園，劫制皇太后，陷害朕躬之事，幸經查覺，立破奸謀。又聞該亂黨私立保國會，聲言保中國，不保大清，其悖逆情形，實堪髮指。朕恭奉慈命，力崇孝治，此中外臣民所共知。康有爲學術乖僻，其平日著述，無非離經、叛道、非經、非法之言。前因講求時務，令在各國事務衙門章京行走，旋令赴上海辦理官報局，乃竟構煽陰謀。若非仰賴祖宗默佑，洞燭幾先，其事何堪設想？康有爲實叛逆之首，現已在逃，著令各省督撫，一律嚴行查辦，極刑懲治。舉人梁啓超與康有爲狼狽爲奸，所著文字語言，多極狂謬，著一併嚴拿懲辦。康有爲之弟康廣仁，及御史楊深秀、軍機京章譚嗣同、林旭、楊銳、劉光弟，實與康有爲結黨，隱圖煽惑。楊銳等，每於召見時，欺蒙狂悖，密保匪人，實屬同惡相濟，罪大惡極。均著拿交刑部審訊，按律定罪……」

這道僞光緒皇帝的諭旨頒下來，六君子早已英勇就義了。一百零三天的變法，風雲突變，而告失敗了。

事後，慈禧太后論功行賞：榮祿奉調進京，授以協辦大學士兼兵部尙書；任命袁世凱爲護理大臣，加封西苑門內騎馬。

榮祿奉命進京後，先去見李蓮英，彼此慶祝成功。那種快慰自不必說。小李子尤其高興得不得了。榮祿說：「太后整頓朝綱，全仗總管的力量了。但是帝黨暗藏的勢力還不算小，要切實注意，無論如何，不能叫他們反過手來。」李蓮英說：「尙書所見極是，我先向聖母說明此事，等尙書去見太后時，再詳陳奏，我的意見，一群奸黨的頭子殺的殺了，跑的跑了，然而皇上是罪魁禍首，不如斬草除根。」榮祿說：「外國人還是支持皇上和康有爲、梁啓超一群狗黨，暫時還不能動手。」李蓮英說：「我的意見，表面上把皇上擡得高高的，要作兩手準備，一面要打著光緒的旗號，一面咱們舊話重提，在適當的時候，只要時機一到，就把端王載漪的大阿哥取而代之，然後秘密處死皇上，人不知鬼不覺。」榮祿說：「我見太后時，設法把這事透了出來，再看看太后的態度而行事。」

榮祿去見太后，慈禧對榮祿的汗馬功勞感激不盡。榮祿說：「皇上婚至今，並無子嗣，何不先立一個儲君。」慈禧太后說：「近支宗室中，三、五歲的孩子，只有端王之子大阿哥了，可此次咱們公佈之後，被外國人反對才作罷了，除此之外，還找不到一個適合的儲君。」榮祿說：「此一時，彼一時也。自打把一群維新黨鎭壓下去，臣想把大阿哥溥儁接進宮中，不必聲張，適當之時，把罪魁禍首的當今萬歲除掉，說皇上暴病駕崩，大阿哥不是名正言順地就可以把他架上寶座嗎？」

太后說：「你這個主意很好。但千萬不能洩漏天機，除你我之外，天知地知，你知我知，還有小李子知道。如果走漏消息，只有咱娘們三人走漏的。」榮祿說：「請太后放心。」

榮祿退朝之後，並未回家，他一直來到端王府，謁見載漪。端王見新任尙書榮祿來到，急忙出來迎接。

二人在書房坐定，榮祿說：「適才蒙太后召見，以皇上聖體多病，又舊話重提起來了，看朝廷的形勢一片大好。太后今天又提及立儲君事，我建議立多拉吉阿哥（滿語皇太子），太后很同意我推舉溥儁大哥的話，特向端王爺報喜。但暫時千萬不能對外人走漏消息，因爲帝黨殘餘勢力還是存在的。」

端王聽了榮祿的話表示千恩萬謝。

榮祿辭出後，端王回到內宅，又把此事密告訴福晉（夫人）。這位福晉不是別人，是承恩公桂祥女、太后之侄女也。

次日，端王府又來了一位親戚堂客（女人），福晉又秘密把兒子將立爲儲君的事，透知了這位親戚。該親戚回家以後，又告知一位密友。這個公開的秘密，又被那位密友透露了他的一位在報社工作的一位密友。如此不脛而走，第三天，消息傳到了香港。在香港的康有爲知道了以後，他又詳細寫了一篇文章，投在英國路透社，路透社記者，又把這篇文章發往許多國家。

文章痛斥西太后反對維新，囚禁光緒，僞稱帝病，收養溥儁，謀弑篡奪，企圖永久垂簾聽政，操縱傀儡，是可忍孰不可忍？

在這些言論傳來時間，朝廷廢黜光緒之意，已然明朗化了。

慈禧太后又假托光緒的名義，下了一道上諭說：

「現今國事艱難，百廢待舉，朕日理萬機，時虞叢脞，恭溯同治年間以來，慈禧、端佑、康頤、昭豫、莊誠、壽恭、欽獻、崇熙、皇太后兩次垂簾聽政，辦理朝政，宏濟時艱，無不盡善盡美。朕念宗社為重。再三籲懇慈恩訓政，仰蒙俯如所請，此乃天下臣民之福。朕率諸王大臣，在勤政殿行禮。……欽此。」

這道諭旨頒發下來，舉國驚疑，紛紛議論，人人為廢止新政，殺戮六君子，囚禁光緒不平。

慈禧太后心中也不安起來。榮祿說：「這是由皇上籲請太后訓政的，外人哪裡知道內部的事情，既然把上諭公佈了，當把那個昏君放出來。」決定之後，告知李蓮英要恭恭敬敬地把皇上請來。

這天，光緒皇帝從瀛臺釋放出來，來到勤政殿，他率領諸王大臣，向慈禧行三跪九叩禮，懇請太后訓政，並向太后認了錯。

慈禧太后笑容滿面地說：「君子之過也，如日月之蝕焉。過也，人皆見之，更也，人皆仰之。你既然知錯就好。」慈禧太后然後才裝模作樣地允許「垂簾聽政。」

慈禧太后這一把戲，是緩兵之計。她想緩和一下國內外對她的政治壓力，她對廢黜光緒之心，是無時或釋。

李蓮英說：「廢黜萬歲是刻不容緩，必須把諸葛亮請來商量才成。」

太后問：「那個諸葛亮？」

李蓮英說：「除去榮祿尙書，還有誰？」

過了不久，慈禧下了一道懿旨，僞稱皇上病體違和，命太醫來診治。太后對太醫硬說皇上有病，太醫因爲太后是金口玉言，在診完脈之後，開了藥方，由太監給煎藥，可皇上知自己沒病，卻不肯吃藥。太后又把太醫召來訓斥說：「你們不給皇上對症下藥，你們還想活不想活！」太醫心中明白，這是想借刀殺人。於是下了一些「狠」劑，可是光緒堅決不吃。

李蓮英恨光緒入骨，他想：你這該死的「萬碎」，翻騰不了三天。於是找幾個身強力壯的太監，一起勸皇上吃藥，說是奉太后之命，不喝也得喝。光緒一賭氣把藥喝下了。這樣，眞把光緒皇帝氣病了。太后命令內閣每天把脈案發給各省衙門，命又省督撫保薦名醫來京，故造聲勢。

各省督撫不敢違背，紛紛推舉各地名醫來京，預備給皇上看病。

這時，駐京各國公使，信以爲眞，對此十分重視。法國公使通知朝廷，派東交民巷法國醫院醫生入宮給皇上診斷。

清廷得到這個消息後，李蓮英說：「若是洋人進宮，診斷出皇上沒有病，傳出去，人家會說我們欺騙世人？」太后說：「洋人來時，我們婉言謝絕好了，就說皇上已由太醫治好了。」話還沒有說完，禁衛太監跑進來稟報說：「宮門外有兩位洋人，說來給皇帝陛下治病。」

榮祿說：「速速回覆洋人，說皇上聖體已經復元了，謝謝他們吧！」

禁衛太監去了不久，又回來說：「他們一定要進來，說貴國大皇帝病好了也要仔細檢查一下聖體。」太后說：「那就請他進宮來吧！」說完忙告訴待從太監，忙請慶親王迎接，陪同他們進宮。兩個洋醫，一老一少。那年老的年約五十上下，面貌清癯，手提黑色皮包，看來十分氣派。後面跟隨的，大約是個助手，年在三十上下，身揹「紅十字」標誌的醫藥箱子。只見他們由慶親王奕劻陪同來到了光緒臥室。李蓮英笑瞇瞇地迎接向洋人請安。這時發現那助手操一口流利的中國話。光緒在龍床上臥著，連眼皮都不擡一眼，一聲不吭，心中卻十分生氣。那洋大夫用聽診器在光緒帝的胸部、腹部診聽過，又拿起血壓測量器，量了以後，說：「大皇帝的心臟完全正常，絲毫沒有重病迹象。」

光緒帝病危的消息，在洋人一方破滅了；在國內仍有不少人信以爲眞。

慈禧對立儲溥儁，爲了走走過場，召集親信大臣密議。太后說：「我對皇上，自幼把他撫養成人，不料他毫不感恩，反而對我不孝，甚至勾結南方奸人，想謀害我，他以怨報德，還配做皇帝？況且皇上無子嗣，身體多病，爲了防患於未然，我擬立端王長子溥儁爲儲君，汝等可議，此子聰敏過人，想汝等素日所知。」衆臣聽了唯唯諾諾。她又說：「今上廢後，也應有個名堂，如何封號，昔武后把唐中宗皇帝廢爲盧陵王，明朝景泰帝降封爲王，古有明訓。」諸大臣聽後，都默默無言。

這兩天，果然端王之子溥儁進宮裡來，逼光緒退位。

慈禧又以光緒皇帝的名義，發佈一道由慈禧、榮祿、李蓮英三人擬好了的上諭。

「朕以沖齡，入承大統，仰承皇太后垂簾訓政，殷勤教誨，巨細無遺，迨親政後，正際時艱，極思振奮圖治，敬報慈恩，即以仰副穆宗毅皇帝（同治）付托之重。乃自上年以來，氣體違和，庶政殷繁，時虞叢脞。惟念宗社至重，是已籲請皇太后訓政。一年有餘，朕躬總未復康，郊壇宗廟諸大祀，不克親行。值茲時事艱難，仰見深宮宵旰憂勞，不遑暇逸，撫躬循省，寢食難安。敬溯祖宗締造之艱難，深恐勿克負荷。且入繼之初，曾奉皇太后懿旨，俟朕生有皇子，即承繼穆宗毅皇帝爲嗣。統系所關，至爲重大，憂思及此，無地自容，諸病何能望愈。用再叩懇聖慈，就近於宗室中，愼簡賢良，爲穆宗毅皇帝立嗣，以爲將來大統之畀歸。再四懇求，始蒙俯允，以多羅端郡王載漪之子溥儁，繼承穆宗毅皇帝爲子。欽承懿旨，欣幸莫名，謹敬仰遵慈訓，封載漪之子爲皇子，將此通諭知之，欽此。」

這道僞上諭，事後才令光緒知道。光緒看過這個假充聖旨上的上諭，不禁涔涔淚下。

自戊戌變法以後，山東義和團朱紅燈起義，一八九九年三月十四日（光緒二十五年二月初三日），清政府派毓賢爲山東巡撫。毓賢到任後，痛剿朱紅燈於平原、恩縣之間的森羅殿。清廷緊接著給直隸、山東下了一道諭旨說：「義和拳民，以仇教爲名，愚民多被煽惑，釀成鉅案；著直隸、山東督撫，嚴諭禁止。」

毓賢即派濟南府盧昌詒查辦，並派軍隊圍剿拳民，卻反被拳民殺了官兵數十人大敗而歸。此時毓賢初步感到拳民的力量，他相信拳民所操練的氣功、拳術，能夠刀槍不入。他認爲如能改剿爲撫，是可以用拳民的力量，抵禦外國侵略的。

在這個當口，外國人反對溥儁的登基之聲又起。康有為在加拿大成立「保救大清皇帝會」，投稿給許多國家的報刊，反對溥儁再作慈禧的傀儡，引起了各國政府的重視，紛紛致電各國駐中華使館的使臣，擁護光緒皇帝，反對慈禧的獨裁。

載漪以為廢立的事情，遲遲決定不下來，這都因為洋人從中作梗，使自己的兒子做不了皇帝。於是他抓住義和拳山東發源地的毓賢，加緊反對洋人。毓賢得到了端王載漪的一封機密信，叫他不要聽朝廷的。對拳民應力加保護毋庸遵旨。

毓賢得悉端王之子溥儁可能登極皇位，於是他就倒向端王載漪一邊。即向端王祝賀，並密報說：「有一種神拳刀槍不入，是天神轉世，賜佐新君，完全可以借義和拳之力，抵禦外侮。」他當端王得到毓賢的密報之後，心中暗喜，認為若是有這麼多的神兵神將下世，當然可以抵禦洋人。於是急忙進見慈禧太后說知此事。慈禧說：「這是邪術惑人，不能相信。」

毓賢有了端王的指示，暗中指望有未來的太上皇作靠山，所以他立即出告示，對拳民備加嘉勉，並把義和拳改為「義和團」，自任首領，認眞操練。他允許義和團在「扶清滅洋」的前提下公開活動。

義和拳改名「義和團」而且有毓巡撫做後臺，對抵抗洋人的勇氣更足了。首先拿外國教堂的神父開刀。就是信奉天主教徒，也不放過。山東一百多個縣，縣縣有教堂。後來毓賢急下命令，說：「殺外國的神父、牧師，可不准殺信教的教徒。他們都是中國人，只要命他們退教，改邪歸正，悔過自新，一律要保護。」

二十 涿州探秘 欺上瞞下

山東的義和團得到毓賢支持有恃而無恐了。相繼而來的是燒教堂、殺教士。因此，引起了外國人對毓賢的痛恨。

一八九九年十二月五日，美國公使康格強迫清廷把毓賢撤職，並慫恿清政府任用袁世凱。建議用袁世凱在天津小站訓練的新軍調往山東鎮壓義和團。

夜晚，朝廷即電召毓賢回京。

袁世凱到了山東，對義和團或與義和團有瓜葛的，都誣爲「拳匪」，一律格殺。大刀會的首領朱紅燈也被梟首示衆。

數月之間，袁世凱把出沒東昌、曹州、濟寧、兗州與濟南之間的義和團剿滅殆盡。許多村莊、道旁的樹上，都掛著血淋淋的人頭。

毓賢奉詔回到北京，先到端王府拜見載漪。毓賢說：「欲想中國自主，必先削滅洋夷，義和團神靈無比，完全可恃義和團民而驅滅之。」載漪說：「李鴻章不信，太后也不信。」毓賢說：「耳聞不如目睹，如蒙太后召見，晚生可以證實。」端王說：「太后對我公非常信任，但在義和團問題上，不一定相信。」

原來，毓賢姓葉赫顏札氏，係作者先伯父，字佐臣，與葉赫那拉氏同支系，貫姓顏札氏，簡稱「顏」姓。今人對毓賢知其姓顏者，罕聞也。

載漪對毓賢說：「明天一同去見太后。」

次日，端王偕毓賢一同覲見太后，他把團民說得神乎其神。毓賢說：「耳聞不如目睹，臣親眼所見，用大刀砍團民之頭，連砍十幾刀，腦袋就是掉不下來。」

慈禧太后也聽說義和團，在敵人面前，刀槍不入。她一聽毓賢的話，不由得不信。太后對毓賢說：「而今迫於洋人涉我朝政，不得不把汝調出。現在已決定命汝去山西省任巡撫，對義和團，還應慎重從事，汝等且下去，待我與大臣們再爲商議。」

太后回宮以後，就把義和團在山東神通廣大之事，告訴了榮祿夫人，讀者會問，太后回宮爲什麼能見著榮祿的妻子呢？

說來話長，榮祿是滿清正白旗人，姓瓜爾佳氏，在咸豐九年，任過戶部銀庫的員外郎。那時候，朝廷頒行官票和寶鈔，榮祿同商人互相勾結，因貪污受賄被捕。當時的戶部尙書肅順，擬奏請朝廷問斬，後由瓜爾佳氏家中花了鉅款，運動上下，得免死罪。同治年間他又花鉅款買得候補道員銜。不久，入神機營充當翼長，後提升副都統。這時，他靠近恭親王奕訢，把他調入戶部兼總管內務府大臣。光緒元年，兼署步軍統領。光緒四年擢升工部尙書，後又因受賄被參免職。到了光緒十七年，復出爲西安將軍。光緒二十年，他借進京爲慈禧太后祝六十歲萬壽的機會，又鑽進恭王府奕訢身邊，恭親王對他印象一直很好。因爲他曾跟隨恭親王打過捻軍。他通過奕訢的關係，結識了李蓮英。他也意識到能把李蓮英這道關打通，就不難回到京城。因此，他傾出家中珍寶、文物，一古腦兒送給李蓮英，那李蓮英便拚命地在太后面前爲他吹噓。果然得到了太后的信任，授榮祿充任北京步軍統領，會辦軍務。

他向李蓮英宣傳他妻子的美德和才幹。於是，李蓮英做了傳話筒。慈禧太后就把榮祿的妻子召進宮中，他的妻子確是能說會道，投太后之所好，而無往不利。最後在太后晚年，又把榮祿的女兒「指婚」嫁給了醇親王載灃，載灃婚後，生下了溥儀，而榮祿又是宣統帝的外公了，這是後話。

話說慈禧太后和榮祿妻子叨唸義和團之事，榮祿的妻子說：「榮祿可不信義和團有什麼神靈。婢子以爲應派人深入實地調查，才能肯定義和團到底有多大本領。」太后很以她的話爲然。

慈禧太后一面特令毓賢轉任山西巡撫，一面召見趙舒翹、剛毅兩大臣。太后對剛毅等說：「據毓賢奏稱：義和團神通廣大，汝等可到義和團據點實地考察，回來再爲定奪。」

剛毅和趙舒翹在出宮的路上悄悄說：「這是太后叫咱們送死去，如果去山東，是有去無回。毓賢這小子躲在山西去了，袁世凱到山東還不是帶著他訓練的新軍才敢去嗎？」

趙舒翹說：「不到山東可以到直隸涿州，聽說那裏是義和團的據點。」

剛毅說：「既然是據點，便是賊窩。」

趙舒翹說：「不入虎穴，焉得虎子。」

剛毅說：「若是得不到虎子，還不叫虎爹給咱們生吞活咽下去！」最後二人決定，走著瞧，到了算。

義和團在山東被袁世凱一頓亂殺，都逃到直隸來了，他們又聽說毓賢任山西巡撫去了，一大批義和團紛紛投奔山西去了。使得山西義和團壯大起來了。

毓賢加強了團民訓練，飭令各縣製造鋼刀，團民各持腰刀一柄，使應州、渾源、陽高、豐鎮、大同等地的神父、牧師無立足之地。義和團對那些受蒙蔽的教民，准予改過自新，背教者，可以得到保護。有一次平陽府一教堂被義和團焚毀，平陽縣府行文稱義和團為「匪」，毓賢一看，回文大加痛斥，說義和團民都是愛國的良民。

李鴻章知道太后傾向義和團，又迷信他們的妖術。李鴻章料知利用義和團驅趕外國人，必然會召來一場大禍，故有去志。正巧，兩廣總督鍾麟被彈劾，有開缺消息，李鴻章聞知此事，便去運動李蓮英。李蓮英在太后面前說：「鍾麟開缺，不如叫李鴻章去代任為妥。」太后當即允准。李鴻章聞訊，大為歡喜，非常感謝李蓮英的美言，急忙向太后叩恩後，匆匆上任去了。

一九〇〇年五月六日，趙舒翹、剛毅從京出發，啓程到義和團據點——涿州城。

在出發前，向太后領命。太后說：「義和團以扶清滅洋為宗旨，這些忠君愛國的人民雖是可嘉，但恐有匪人雜於其間。義和團真能避槍炮嗎？百聞不如一見，你們必須親自實地調查，再定辦法。」

剛毅說：「臣等此次前往，一定要調查得水落石出。」

二人臨行前，又向端王請示機宜，端王對他們勉勵一番，並由虎神營派了步隊、馬隊各一營，隨同前往。

剛毅、趙舒翹乘坐大轎出了永定門，到了馬家堡。先將馬家堡地方官叫來詢問，地方官說：「現在義和拳有五、六萬人，都在涿州一帶。蘆溝橋現有我兵勇把守。」

趙、剛二人準備親赴涿州，摸一摸底。他們從馬家堡到了蘆溝橋的曉月飯館用了午餐，休息打尖後，再往前進，經過長辛店，到了良鄉縣境。剛毅說：「我們明天可以到達涿州，不入虎穴焉得虎子。」話還沒說完，良鄉縣得到馬前卒的知會，縣知事孫家利來到了，他前來迎接欽差大臣。

當晚下榻良鄉縣。剛、趙二人詢問義和團的情形。孫家利說：「卑縣奉旨已張貼告示，不准拳民習練，在沒出告示前，拳民都要飲琉璃河的聖水，然後才能刀槍不入。自從卑縣把他們趕走，拳民的眞象，不甚瞭解。」正說間，在良鄉避難的涿州縣知事司徒益前來叩見欽差大臣。剛、趙二人問：「你爲何不在涿縣，來到良鄉？」司徒益說：「卑職姻內弟在涿州，義和拳說他是二毛子，不幸被梟首示衆，故卑職連夜把家眷送來良鄉。」剛毅問：「涿縣有拳民多少？」司徒益說：「現在城裡城外都是不知有多少。」趙大臣聽了大爲震怒，說：「你這當父母官的，要你何用？在你管轄境內，你連有多少拳民都不知道！你犯了瀆職逃避罪知道不知道？」剛毅問：「你到底跑來良鄉有多少日子了？」答：「兩……兩個多月了。」趙舒翹說：「涿州的拳民到底是什麼情形，你如實招來！」司徒益回答：「

此等亂民，目無法紀，他們所過州縣，百般勒索，地面官稍抗拒，便指爲奉教的二毛子。」剛毅把桌子一拍，「啪」地一聲，拍得震天響，連趙舒翹都嚇了一跳，司徒益和孫家利，嚇得不知所措。趙舒翹知道司徒益的回答，與太后稱讚義和團的宗旨是大相背謬的。

剛毅說：「義和團的口號是保衛中原，驅逐洋寇，你爲何把忠義的拳民說成強盜一般？」良卿的孫家利，見事不妙，插嘴說：「卑職所知，義和拳民，確實都是忠義之士，他們最恨貪官污吏。」趙舒翹對司徒益說：「很明顯，你若不是貪官污吏，怎麼逃來避難，還不是怕拳民麼？你若是個清官，古人有云，無欲則剛，你自會傳喚他們，對他們的情形，就會瞭如指掌。」

這個司徒益，眞比不上那個心眼兒靈活的孫家利。孫家利說：「卑職縣的楊統領，有一次他傳喚義和拳的大師兄，他們說楊統領侮慢神聖，竟派二師兄把卑縣的楊統領給殺了。」

剛毅一聽這話，也不免心驚肉跳，知道自己的三房姨太太，都是金銀滿貫，萬一要叫大師兄知道，那還了得？他假裝鎭靜地說：「那個楊統領，必是個貪官。」孫家利說：「卑職想，今天有欽差大臣在，是可以把他們大師兄喚來。聽說琉璃河關帝廟，就是他們的神壇。琉璃河自古以來就傳說那裡的水是聞名的「聖水」，所以在那裏飲「聖水」成風。距此不過二十里，若派一名可靠的人去喚他們大師兄，說朝廷派來二位欽差大臣駕到，他們自會樂意前來的。」

趙舒翹一聽，喚大師兄前來，心想凶多吉少，好在自己帶著這些護軍，萬一不測，是可以抵禦一下的。趙舒翹給剛毅使了一個眼色。剛毅躊躇一下，對趙大臣說：「既然如此，就叫虎神札營總帶著一營人，由涿縣知事司徒益辛苦一下領路，前往琉璃河關帝廟呼喚義和拳大師兄來吧！」說完那個涿縣的司徒益嚇得撒了一褲子尿，那個札營總，心中也有些嘀咕。

札營總靈機一動說：「若是帶一營兵馬，聲勢浩大，大師兄必然疑心是剿他們的，故也不必由司徒縣知事去領路。卑職有個辦法，只帶一兩名隨從騎馬前去即可，並請二位欽差大臣賞張名帖請大師兄，大駕來良鄉，他們聽是朝廷欽差大臣下請帖，哪有不來之理。」

趙剛二人一聽很是有理，連忙取出名帖交給了札營總。這時司徒益才把心放下來，心想眞有神佛保佑我，不然到了涿縣是死路一條，大師兄拿還拿不到我，我差點白白送死。

札營總帶上兩位隨從騎上了馬，趙、剛兩位欽差大臣連連囑咐說：「到那裡，對他們說話時，總要婉轉一些才是。先要替我等向他們大師兄、二師兄問候。」

札營總帶兩名隨從騎上了馬，直向琉璃河關帝廟進發。

一路之上，扎營總心想，義和團好不厲害，連楊統領都給殺了，我這一個芝蔴小官，萬一說錯了話，豈不白白送掉性命？死後還落個二毛子的奸細。再說我十多年前，在這個縣界駐過紮，雖然時間久了，萬一被老百姓認出怎麼辦？他邊走邊想，不覺來到了竇店車站的一個茶館打尖休息。還有十幾里地就到琉璃河關帝廟了。幾年來，我貪污的軍餉，可也不少了。大師兄要是用照妖鏡把我照出來，只有被殺了事。再說昔年我也在距竇店五里地的道東，有座宏恩寺，我在那裏駐紮一年多，要是把我認出來，不要說他們當了大師兄，就是當了拳民，誰能放過我？

聽當地人告訴過我，這裡早年叫舊店，幾次改名，而今又叫什麼他媽的竇店來了。他思緒萬千，忽然心生一計：

他對兩名隨從說：「你們去找兩個鄉親來，跟他們要和氣，不要嚇唬人家。」

兩名隨從，去了不大功夫，果然叫來兩個老鄉來，一看都在五十歲上下。札營總忙說：「兩位鄉親辛苦了。」說完之後，一位鄉親說：「咦，你老不是札大人嗎？」

札營總聞聽，大吃一驚，心想一、二十年了，他怎麼還認得我？忙說：「你老不是認錯了人？我不是扎某人。」

那老漢姓宋，他心中明白，一定是怕我認出他來。只說：「天底下長像相同的人多了，眞對不起。」

札營總問：「你老貴姓？」他說：「賤姓宋。」然後又指那位老鄉說：「他姓高。」

宋、高二人同聲問：「有什麼事問小人？」札營總說：「請問琉璃河和涿州一帶有多少神團？」

老高說：「神團哪有個數目？今兒個有八百，明兒個就是八千。乍瞧是一片，再看無邊無岸。神兵可厲害了，涿州縣知縣是個貪官，大師兄用手一指，縣衙門就著起火來了。那縣官兒，聽說大師兄要殺他，他在著太太、小姐連夜逃跑了。」

札營總心中明白，那司徒益縣官兒，原來是這樣逃到良鄉的啊！扎營總說：「我是欽差大臣剛大人和趙大人派來的，我這裡有兩張欽差大人的名帖，煩二老把這名帖送到琉璃河關帝廟神壇那裏。請大師兄去到良鄉叩見欽差大臣，有話商量。」

宋、高二人不肯去，說「小人不敢去，還是你老親自去就是了。」

札營總本是剋扣兵餉的能手，哪裏敢親赴神壇？說：「我軍戍在身，不便前往，如你二老把大師兄請來，一同去到良鄉叩見欽差大臣，只要你二老答應送信，馬上每人酬謝大銀圓二十塊。」

二人一聽說賞銀圓二十塊，你看看我，我看看你。

老宋說：「好說，好說。不過大師兄只要是一焚表（由黃紙書寫的朱筆符咒），紙灰兒不起火苗，就拿我們當成二毛子了。」老高說：「沒有虧心事，不怕鬼叫門。」

札營總一聽，十分高興，馬上從腰中掏出白花花的現大洋四十塊，各接過二十圓之後，札營總隨手給他們兩張欽差大臣的紅字名帖，然後囑咐他們要恭恭敬敬地呈遞給大師兄。然後又對宋、高二人說：「只要把大師兄能請來，你們回來再加倍賞你們。」

原來札營總恐怕他們一去不回來。

宋、高二人步行十幾里，來到了琉璃河關帝廟。見大師兄正好在升壇，嘴裏不斷呼嗤呼嗤吹著氣。大師兄見宋、高二人跪在地下，見大師上了體，用手一指，大聲說：「下面跪的是什麼人？快與我說來！」宋、高二人各報了姓名，又遞上了欽差大臣大人的名帖，然後說：「弟子奉了皇上派來的欽差大人的命令，奉請大師兄前往良鄉，說有事面商。」

大師兄看了看兩張欽差大臣的名帖，說：「吾乃上方天神，豈可去見那男盜女娼的狗官？」

「當今西太后乃是呂雉轉世，她的氣數將盡，完成天帝的使命，就要回天去也；當今的皇上，亦當隨呂雉的幽靈而去。你們告訴兩名狗官，好好爲國爲民，如若不改前非，小心他們的狗頭。不准袒護那教堂的狗神父，你們快快回去！」

跪在壇下的宋、高二人，聽到大師兄的話，已然嚇得昏昏沉沉地暈了過去。最後又聽到高喊一聲：「你們不下去，等待何時？」宋、高二人才清醒過來，給大師兄叩了頭，倉惶回去。

他們走在路上，老宋說：「咱們不如逃走，隱蔽起來。」老高說：「不可，不可。我們還是要回竇店，見那位老總兵。就說大師兄一見欽差大人的名帖，當即燒香、焚表，包老爺下壇，指責兩個欽差都是禍國殃民之人，袒護教民，濫施法律，令拳民快快把他們捉來。這樣一嚇唬那老總，他就會回到良鄉向欽差大人稟報，那老總一害怕，咱們跟他要多少現大洋，他都得給，豈不好麼？」老宋一聽立刻同意。

二人回到竇店，見了札營總說：「老總，不好啦，大師兄派人捉拿欽差大臣來了。大師只看了欽差大人名帖以後，就燒香焚表，說包老爺下壇來了，大師兄要派十萬拳民來捉拿欽差。」札營總一聽，嚇得面如土色，忙問：「十萬拳民來了沒有？」老宋說：「正在整頓隊伍呢！」

札營總急忙叫兩名隨從快上馬，老高一把抓住札營總說：「老總不能走！我倆差一點沒了命，老總不賞我們現大洋，是不能走的。」札營總說：「我給，我給。」忙從懷中掏出不少大洋，也顧不得數一數，交了許多銀圓，慌慌逃走。

高、宋二人把銀圓數了數，一共六十八塊大洋，兩個人，二一添作五地分到手。老宋說：「你這個姓高的，眞不白姓高，就是高明，若是見著大師兄後，我們就逃避了，哪有這許多洋錢分？」

話說札營總快馬加鞭，惟恐十萬拳民追來，一口氣飛馳到了良鄕。札營總下馬忙見欽差大臣，一進大廳他氣喘噓噓說：「二位大人，不好了，不好了！」趙、剛兩大臣，心中對札營總的驚慌，也越發地毛咕了，忙問：「怎麼不好了！快說！」札營總又把宋、高二人的話添了些枝葉，然後說：「卑職到了琉璃河關帝廟，先喝了琉璃河的聖水，大師兄立刻升壇，卑職就親手恭恭敬敬地遞上二位大人的名帖，卑職說請大師兄駕臨良鄕，欽差大人有事商談。這時大師兄叫人燒了香，焚了表。只見大師兄呼嗤呼嗤地下了神，說包老爺來也！然後說欽……欽……差……差差大大……人，狗……狗……狗官，禍國殃民，欺壓黎民百姓，大師兄說馬上要派百萬神拳，來捉拿欽差大人。」札營總邊說邊哭泣。

剛毅、趙舒翹一聽，嚇得魂不附體，忙問：「那百萬神拳來了沒有？」札營總說：「正在整理隊伍呢！那拳民從涿州到保定，無岸無邊。」

剛毅、趙舒翹顧不顧仔細聽下去，急急忙忙地狼狽而逃。他們回到北京，先去見端王載漪，把札營總的話隱瞞一半，只說：「在涿州琉璃河關帝廟神壇祈禱，親眼見著義和團的大師兄，他們堅決保清滅洋。每個拳民都能呼風喚雨，刀槍不入。一過良鄕縣，拳民人山人海，各個神通廣大，人人忠義報國，不殺盡洋人，誓不甘休。」端王聽了以後，樂不可開交。

次日，載漪、剛毅、趙舒翹三人聯袂入宮去見西太后。

他們在西太后面前信口開河地覆奏，西太后信以爲眞，當天夜裏，她就命令宮眷人等，在宮中面向南方焚香禱告，祈求上天保佑大清江山，使洋人早日滅絕。

端王、剛毅便請西太后借著義和團的神力與外人開仗。榮祿以爲不可，在太后面前力阻，說幸勿輕開戰端。

西太后正在沒主意的時候，幾萬名義和團在端王的支持下，逼近了北京城。

英勇的義和團殺呀殺呀地逼向北湧進，行人等都在遠遠地看熱鬧。他們並不傷害老百姓，只見當大師兄、二師兄首領的，頭纏紅布包頭，褲腿上，扎著綳帶，手拿著一口明晃晃的鋼刀，遠瞧好似凶神下界。他們專尋找二毛子和貪官污吏，以及那些喪權辱國的走狗。

幾天裏，以端王載漪爲首的興風作浪，他號召十幾萬居民，轟轟烈烈地加入了義和團組織，許多清兵也參加了，他們只有一個信念：聯合起來，參加反帝鬥爭。

慈禧西太后擁護載漪、剛毅、趙舒翹、徐桐爲首的王公大臣的主張，先把洋人趕走再說。

接著傳來消息說：「洋人反對慈禧西太后，擁護光緒。要清政府於二十四小時內，將大沽口炮臺讓與各國聯軍暫行管理，並限十日內將義和團盡數剿滅……。」

慈禧西太后聞聽大怒，她認爲有義和團民撐腰，是無所畏懼的；當即命軍機處擬旨，決定與各國開仗。

光緒皇帝看了以他的名義所擬的諭旨，實難容忍，立即向太后前跪懇不能對外開仗。

他說：「我國兩次與外國開仗，兩次失敗，至今元氣未復，又豈可與各國同時輕啓戰端！」說完痛哭不已。此刻太后的臉色十分陰沉，光緒皇帝像癱瘓一般，跪在那裏紋絲不動。

太后說：「不開仗，你就坐等當亡國之君嗎？吾意已決，汝勿庸多言。」光緒皇帝只好由兩名太監攙扶下去。

戶部尚書立山、兵部尚書徐用儀、太常寺卿聯元等，認爲利用團民反對洋人，一場大禍必然來臨，他們幾個人在下面議論。

立山說：「空言無補，我一人去見這個混蛋娘們。」

大家勸他不能動氣，應以理服人，可那倔強的立山，不聽勸阻，獨自去叩見太后，他力諫不可與各國同時輕啓戰端，若是開仗的旨意一經頒佈，實乃亡國之策。

慈禧太后一聽，杏眼睜圓，猛然向立山的臉上吐一口唾沫，那端王載漪正在太后身旁，一見立山站在洋人一邊，反對義和團，他緊跟著一腳把立山踢倒在地。

立山一見載漪踢他一腳，爬起來，說：「你的死亡，就在眼前。」說罷被幾名太監把他趕了出去。

載漪對太后說：「他回去，必然要勾結新黨的殘渣餘孽，然後再去裏通外國，不如趁早把這些人殺了，以免後患。」

按：立山是蒙古正黃旗人，曾任護軍參領，升任總管內務府大臣，戶部尚書等，對義和團邪術不相信，反對利用義和團對外宣戰。他與徐用儀、聯元等大臣，聯合起來，向西太后陳奏，致引殺身之禍。

二十一　帝后出逃　珍妃玉折

端王載漪說：「聖母不殺立山，立山會勾結洋人反殺我們！」太后說：「殺之無名，會被朝臣議論。」載漪說：「立山等人，任意妄奏，語涉離間，豈不是有名堂了麼？」

據史冊載：一九〇〇年八月十一日，徐用儀、立山、聯元三人同時被慈禧太后所殺。立山等的屍首厝在嘉興寺廟內。八國聯軍進北京城以後，八國聯軍統帥瓦德西，知道了此事，派騎兵保護，把立山等人，從嘉興寺廟啓靈，安葬其各自的家墳之內。這是後話。

話說慈禧西太后終於用光緒的名義頒布一道諭旨，文曰：

「我朝二百數十年，深仁厚澤，凡遠來中國者，列祖列宗，無不待以懷柔。迨道光、咸豐年間，俯准彼等互市，並乞在我國傳教，朝廷以其勸人爲善，勉允所請。初，亦就我範圍，遵我約束，詎料三十年來，恃我國仁厚，一意拊循，乃益肆囂張，欺淩我國家，侵犯我土地，蹂躪我人民，勒索我財物。朝廷稍加遷就，彼等負其兇橫，日甚一日，無所不至。小則欺壓平民，大則侮慢神聖。我國赤子，仇怨鬱結，人人欲得而甘心，此義勇焚燒教堂，屠殺教民所由來也。朝廷仍不開釁，如前保護者，恐傷我人民耳。故再降旨申禁，保衛使館，加恤教民，故前有拳民、教民皆吾赤子之諭。原爲民、教解辭宿嫌。朝廷柔服遠人，至矣，盡矣。乃彼等不知感激，反肆要挾，昨日公然有杜士蘭照會，令我退出大沽口炮臺，歸彼所管，否則以力襲取，危詞恫嚇，意在肆其猖獗，震動畿輔。」

平日交鄰之道，我未嘗失禮於彼。彼自稱教化之國，乃無禮橫行，專恃兵堅器利，自取決裂如此乎？朕臨朝將近三十年，待百姓如赤子，百姓亦戴朕如天帝；況慈聖中興，宇宙恩德所被，浹髓淪肌，祖宗憑依，神祇感格，曠代所無。朕今涕泣以告先廟，慷慨以誓師徒，與其苟且圖存，遺羞萬古，孰若大張撻伐，一決雄雌。連日召見大小臣工，詢謀僉同，近畿及山東等省，義民同日不期而集者，不下數十萬人，至於五尺童子，亦能執干戈以衛社稷。彼仗詐謀，我恃天理；彼憑悍力，我恃人心。無論我國忠信甲冑，禮義干櫓，人人敢死，即土地廣有二十餘省，人民多至四百餘兆，何難剪彼凶焰，張國之威？共有同仇敵愾，陷陣衝鋒，抑或仗義捐資，助益餉項，朝廷不惜破格縣賞，獎勵忠勛。苟其自外生成，臨陣退縮，甘心從逆，竟作漢奸，即刻嚴誅，決不寬貸。爾普天臣庶，其各懷忠義之心，共泄神人之憤，朕有厚望焉，欽此。」

這道上諭頒下後，端王載漪厲兵秣馬，打算滅盡東交民巷的洋人，同時把新由甘肅任職的提督董福祥調到廊坊配合義和團堵截外國聯軍。這時，載漪也把他調進北京城，以正規軍配合赤手空拳的義和團，攻打東交民巷。

各國使館公使，公推德國武官充當使館界的保衛總指揮，把各國調來的軍隊，分佈東交民巷的各巷口防守。

按：我們從這道詔書看，沒有點名到底跟哪一國宣戰，所以當時奉天（沈陽）的盛京將軍增祺向朝廷請示說：「此次中外開衅，究係與何國失和？傳聞未得其詳。應懇明示，以便相機應敵。」詔書發到各省的將軍、督撫手中，感到非常糊塗，莫名其妙。因爲在接到這份聖旨的前一天，朝廷曾給各省督撫一道上諭說：「近日京城內外拳民仇教與洋人爲敵。教堂教民，連日被焚殺，蔓延太甚，剿撫兩難。洋兵麕聚津沽，中外衅端已成，將來如何收拾，殊難預料」云云。由此可見朝廷群臣都象熱鍋中的螞蟻慌了爪了。

德國公使克林德忿憤不平，定要與清廷的總理衙門去理論。他乘上四輪敞蓬洋馬車行至東單西總布胡同西口外，竟被我官兵恩某擊斃，這是後話。

攻打多日的義和團，並沒有攻下東交民巷，然而，大沽口炮臺和天津卻失守了。西太后又忙下旨，把主張安撫義和團的剛毅和徐桐等人殺了頭，以脫御自己的責任。

八國聯軍像潮水般地從天津湧向北京。這個翻手爲雲，覆手爲雨的慈禧西太后，眼看兵臨城下，她不得不電召在兩廣的李鴻章進京處理外交事宜。這李鴻章早知相信義和團，必產生今日的局面，他雖離開廣東，卻留在上海觀望。

康有爲在香港、梁啓超在日本，知道清政府對義和團剿撫，舉棋不定。他們到處講演，說：「北方拳勇，絕大多數都是農村中受苦受難的兄弟姐妹。他們許多人終年吃不飽、穿不暖，受盡財主、官府的欺壓；如今在農村還有些神父、牧師，佔地、放債、私設公堂，爲非作歹，廣大老百姓如何能不起來造反，反抗呢？特別還有一些壞人，混進教堂，依仗神父、牧師的勢力，無惡不作，老百活不下去了——義和團就是這樣起來的。」

他們的演講，又被許多國家報紙刊登出來。這些言論，很快地傳到了國內，都說這是官逼民反，洋逼民反。

西太后想召集大學士、六部九卿，共商對策，而許多大臣，都在準備逃命。

深夜，紫禁城內死一般地寂靜，慈禧太后的寢宮儲秀宮內，卻射出一派燈光，這是她與幾個死黨在研究對策呢。

黎明，隱約地聽到了轟轟隆隆的炮聲，她的耳鼓聽到地安門鐘樓有千百個喪鐘鳴響，衝破了紫禁城的寂靜，儲秀宮的空氣更加沉鬱了。

各部院衙門裡，和往常不一樣，到處在演「空城計」。人，都哪裡去了？或隱藏家中，或遠逃在外。慈禧太后發現後，又用光緒的名義，對各部院下了最後一道諭旨：

「查得各部院衙門當差人員，紛紛告假，殊屬不成事體，著各該堂官查明，如有未經告假，私行出京人員，著即革職。其已經遞呈請假者，即速回署銷假。欽此。」

這道諭旨下到各部院，可是連個送人都無影無蹤了。

幾個慈禧太后的死黨，尚在衙門支應著。她接連收到了湖廣總督張之洞、兩廣總督李鴻章、兩江總督劉坤一發起的奏阻宣戰。四川總督奎俊、福建總督許應騤、山東巡撫袁世凱、廣西巡撫德壽、湖南巡撫俞廉三、湖北巡撫于蔭霖等，相繼響應。慈禧太后說：「朝廷如此著急，他們這些封疆大吏，不但袖手旁觀，反而出面阻撓，欺的是朝廷上，鞭長莫及，實在該殺。」

八國聯軍開始向紫禁城的東華門進逼，九重宮闕和東西十二宮嬪妃、宮女們的哭聲，幾乎震晃了莊嚴的三大殿。在忙亂中，慈禧又派人把食糧、水果送到東交民巷使館和西什庫教堂中，表示慰問。

李鴻章接到太后電召以後，雖然在上海停留，卻遲遲地不願北上。

大沽口、天津、北滄、楊村相繼陷落，武衛前軍統領聶士成，力戰殉國。直隸總督，也在楊村兵敗後服鴉片自盡。封建王朝的官僚們，一向報喜不報憂。大沽口炮臺失守，天津被洋人佔領，太后一點兒也不知道。當她聽到了槍炮聲，才驚駭起來。忙叫隨身太監探聽消息。

這是一九〇〇年八月十二日（光緒二十六年七月十八日），八國聯軍已然佔領了通州。這八國聯軍是：英、俄、美、法、德、日、意、奧八個帝國主義國家的侵華聯軍。八月十四日已然兵臨城下。輔國公載瀾匆匆地從外邊跑來，跪在簾外奏稱：「大事不好了，據報沙俄陸軍中將利溼維奇聯合口國洋兵來攻打北京城，請太后速速逃避。」太后問：「皇上在哪兒？」她眞不放心光緒，怕洋人一旦進城，會把皇帝擡出來，自己會喪命。李蓮英急忙傳旨，把萬歲爺快快找來。

這時慈禧忙得不知所措，她慌忙剪掉了蓄留已久的長指甲，叫奶媽快把她舊衣服拿出來，換上了奶媽的一身粗布衣，叫李蓮英給她梳了一個「蘇州頭」，改扮了漢裝模樣，一面傳知所有的嬪妃、宮女、太監到宮中貞順外邊緊急集合。此時此刻，神武門內的空場上，熙熙攘攘地來了一大群人。在人群中，太后一眼看見光緒皇帝還戴著紅纓帽，身穿朝服。原來他是在佛堂剛剛祭完了祖先。太后說：「皇上，我們馬上就要逃走，你這樣怎麼行？」光緒一見太后像個女僕，自己意識到也要換上便裝。他叫太監快找件衣服來。不大功夫，只見隨身小太監拿來一件青綢大袂袍、一雙布鞋、一頂便帽。光緒脫卻龍袍匆匆換上便裝。

太后說：「洋兵已然兵臨城下，到了南外城，我們先出宮再說，可是不能帶許多人，你們各自出宮避一避，我想當奴才的，不會被洋人殺害。我只能帶著皇上、皇后、格格們和扈從大臣。」大家一聽，不能帶著大多數人逃走避難。一時，哭聲大作，震耳欲聾，在人聲嘈雜中，太后低聲跟李蓮英說：「把庫裏的貴重金銀財寶，派幾名可靠的太監，囑咐他們，在寧壽宮後面僻靜的地方掩埋起來，越快越好，叫他們就留在宮中暗中看守。」李蓮英遵旨，找了幾個心腹，把庫房啓開，迅速地行動起來，然後李蓮英囑附要妥善辦理此事。瑾妃在太太后身邊問：「珍妃妹妹走不走？」瑾妃這句話本是善意，沒想到卻葬送了珍妃的一條性命。此時，太后才想起了珍妃，馬上叫二總管崔玉貴把珍妃領出來。崔玉貴到了北三所跟珍妃說：「洋人攻打北京城，太后領皇上逃難去，要我來叫你。」

像囚犯般的珍妃，披頭散髮，雖然入了秋季，她還穿著一件碎花單衣，來到太后面前，跪下聽旨，太后說：「洋人馬上就要進城了，我只能帶皇上、皇后走，你要留下來，帶你也不方便。你可以和留下的宮女作伴，也不會有危險。」

這個性情倔強的珍妃，如果不吭聲，也就平安無事了。沒想到她卻說：「皇上也應當留下，坐鎮京師。」太后本來心急意亂，聽了珍妃要把皇上留下坐鎮京師的話，氣得一句話也說不上來，慈禧太后這時，她那兇狠的目光，直射在珍妃的臉上。

太后踱來踱去，不知想些什麼。然後，她站在貞順門口，回過頭來把目光射在東牆根的那口井上，她又擡起頭來好像要和崔玉貴說什麼，欲言而又終止，然後對崔玉貴說：「把她塞到井裏去。」崔玉貴猶豫了一下，本想向太后替她說情（這是事後崔玉貴向家人述說的），可是崔玉貴身邊待立的小太監王捷臣自告奮勇地把珍妃拖走。只見王捷臣正往那口井中跑。「那珍妃自知已然到了死亡關頭，一切什麼都不怕了，她豁出了這條性命，邊掙扎，邊罵，洋人來了，是誰造成的，你們爲什麼不死，爲什麼叫皇上也跑？我死了也不會饒你們……」她的話音未落，這個立意維新、支持變法圖強、年芳二十五歲的少婦，便蘭摧而玉折了。

推珍妃下井，在慈禧太后來說，雖非本意，但卻給大清國除了一個禍害。誰料事後太后卻把責任推到崔玉貴身上了，這是後話。

當珍妃連哭帶罵地被王捷臣和幾個幫兇的小太監強拖入井中時，貞順門前的大臣、宮女，都低下了頭，看到太后的毒狠，都在落淚；光緒皇上此時，心如刀絞，但又不敢放聲痛哭起來，這是他平生第一次受到的最大的打擊。

兩宮和王公大臣們，像炸了窩的蜂一樣地逃出了神武門——皇宮後門，倉皇逃竄。臨行前，太后忙與慶王交待，叫他急速叫李鴻章晉京，託咐慶王爺在京中支持與洋人交涉。然後和榮祿說：「你可留在京中，隨時可以和我聯絡。」榮祿說：「太后到哪兒避難去？」太后說：「我帶著皇上、皇后和格格們，先到頤和園，然後準備到山西毓賢那裏暫避。」

二十二　蝗蟲過境　萬民遭殃

皇宮內院的妃嬪、宮女、太監，像炸了窩的蜜蜂，圍繞蠢蠢出動的蜂王。這時慈禧太后對慶王說：「聽說李鴻章已然由上海啓程北上了，約即日可到，在路途中，他不會受阻攔。你們對外國人交涉時，只要保持皇位，一切條件均可酌情辦理。還有同治帝妃子們，一律在宮中勿動。」

李蓮英攙扶著太后，後邊緊跟著光緒皇帝和皇后、妃子、格格、侍從大臣等，到了煤山西大街，才都乘上了車。大臣中有的步行，有的騎馬。

最後，還有一大批戀戀不捨，強迫留京的一些妃嬪、宮女、太監等人踉蹌步行，像送殯一樣地哭喪在後面。到了西直門時，城門早已關閉，禁衛軍一見聖駕來臨，一律跪迎。那些送行的大臣、妃嬪、宮女、太監，知道不能跟隨出城，都大哭起來，好像給死人送殯一樣，揮淚而別。

神機營、虎神營、武衛營也都隨後趕來扈駕。

天公不作美，忽然下起雨來，千百個人已成了「落湯雞」。他們出了西直門折而北，經頤和園御道至高粱橋，這南岸是船塢，北岸有碼頭。此處小橋流水，曲檻紅牆，綠柳成蔭，雖然如此良辰美景，可惜太后、皇上兩宮已氣喘吁吁，只得小憩。這個仙境，本是平時太后享樂的地方，今日只好狼狽地望洋哀嘆了。

這個地方豈敢久留，他們乘坐龍舟，再乘轎車繼續前行，到了頤和園，恩銘正在頤和園值班，他在園門前看見一群人馬，大吃一驚，他首先看見貝勒溥倫、溥儁趕一輛驢車跑在前頭。溥倫說：「洋鬼子進京了，太后和皇上都逃來了。」

恩銘緊接著一眼看見一漢裝的農婦樣子的人乘車而來，婦人的後面是一個穿灰色袷袍的人，同乘一輛車，仔細一看，才認出是太后和皇上，他急忙叩頭。

太后說：「此刻不是行禮的時候，快快起來。」兩宮下車入仁壽殿打尖，太后忙命李蓮英把樂壽堂西套門的八隻箱子搬出，內有重要檔案，以及金銀財寶等物，準備運走。

一群人馬離開了頤和園，西北行，過青龍橋、紅山口、望兒山、西北旺等地，已然夕陽西下，才抵達離京七十里的貫市，在此駐蹕。

翌日起駕，路過昌平州，知州裴敏中，正在患重病，守軍見浩浩蕩蕩地大批人馬，兵臨城下，守軍懷疑是賺門的，故此閉門不納。下邊喊：「聖駕到！」守軍一聽，下面亂七八糟的人馬，明明是土匪，不但不給開門，反而向下鳴槍示威。太后一行人馬，恐有洋人追來，不得已乃繞城奔馳去了。

她們整整地奔馳顛簸了兩日，連水也沒有喝一口。途經村落，不見一人。道旁民房，皆被潰兵游匪所毀壞。門窗戶壁，沒有一處完整的。

晚間，就在這破瓦殘垣的房屋安歇，有的住戶家裏的爐子上，看樣子像剛剛做好了飯，還沒來得及吃，見太后一群兵馬，以爲是土匪而逃了，也發現有的住家戶宰好了的雞豕，縱橫地上，爲鴉犬爭食。一經太后兵卒看見，如獲至寶，又與鴉犬相爭。有時太后等人渴極了，就在田間採秫秸稈嚼食。一行所到之處，老百姓早已聞風而逃，她們以爲是哪裏來的土匪。

神機營、虎神營的士兵們，餓得沒辦法，就像餓虎一般，深入離道旁較遠的村莊，向村民搶糧食，吃飽了肚皮，不管是年輕的婦女，還是老太婆，姦淫不擇對象，有時幾個兵卒輪姦一個婦女。有的婦女抗拒不從，立即把她打死，然後姦屍。

夕陽西下，好不容易來了延慶州，知州秦奎良獲悉聖駕到，匆匆率領署中人員跪迎聖駕，走進公署大廳安歇，隨行大臣，就在各辦公室住下，其餘兵卒，早已把民房佔了。知州秦奎良動員家家戶戶預備飲食，那飢寒交迫的官兵，已把老百姓的糧食搶劫一空。太后恐洋兵趕來，停蹕一宵，像過境蝗蟲一樣，天明又飛去了。

太后與皇后改乘延慶州轎車，後邊是馱轎四輛，光緒與倫貝子共乘一輛，大阿哥與李蓮英共乘一輛，格格們共乘一輛，還有雙套轎車十幾輛，由王公大臣乘坐。

出了居庸關，除沿途病餓而死和一部分不願隨行而流竄爲匪的兵卒外，隨行騎步兵卒剩下一、二百人了。

一路之上，有的兵卒們遇見那老弱病殘來不及逃跑的老百姓，這些兵卒就強行把他們的衣服剝光而去。路旁陳屍，比比皆是。每到傍晚，就給太后尋找廟宇或附近聞風而逃的老百姓家中住下。也有來不及逃跑的婦女，士兵和太監們有一條經驗，怕這些婦女偷偷逃跑，士兵就先把她們的外衣剝光，其至連褲子也給剝光，只准她們圍一塊布，叫她們燒水做飯。這些士兵，吃飽喝足，姦淫掠奪，無所不爲。

「奔簸一日又黃昏」，來到了距離懷來縣城約有二十五里的榆林堡。

李蓮英派人快馬奔馳去懷來縣城送信，並持有延慶州知州秦奎良的親筆給懷來縣令吳永的信件，那使者在月色朦朧中，來到了縣城，只見城門緊閉，使者出示秦奎良的印信，守城士兵用繩把印信吊上城門，然後到縣府稟報縣令吳永。

吳永正與同僚舉酒消愁，忽由外邊送呈急牒到來。說是緊要公文，吳永見是粗紙一團，縐折得如同破絮一般，他在案子上仔細平熨，仿佛是一張文字橫單，就燈下一看，上有字迹數行，並蓋有延慶州字印。原來是兩宮名單，命多備食物糧草。署內的同僚疑心是僞造的。有人建議說：「現在兵荒馬亂，乾脆棄官逃走，如果兩宮駕臨是眞的，一個小縣官如何應付得了，如果是假的，他們進來，可全沒命了。」吳永再三詳細辨認字迹，確實是知州秦奎良親筆所寫。吳永決定，先請信使進城，問明具體情形再作道理。

送信的使者說：「這是奉李大總管之命把延慶州文件送來的。聖駕已到了榆林堡，計約明晨必當啓蹕。」

吳永聽罷，一面急飭本城官紳妥籌供應，有步驟地請士紳傳諭居民，商賈協助。商民等人突然聽皇上來了，人人相顧驚愕。吳永請官紳曉諭商民千萬不要害怕，並囑咐居民，將自家存儲的糧食，出二分之一。多備食物，米飯、蒸饅頭、烙餅、小米粥，多多益善。所需價額，事後均由縣署負責償給，決不食言。吳永連夜借用民房、舖戶、廟宇，囑爲布置掃除，作爲王公大臣及扈從官吏公館和兵卒居住。西關有行臺一所，本爲大員往來過境的臨時公館，準備作爲太后行宮，他親自來到這裏布置一切，連夜率人動手糊壁、貼聯、懸燈、結彩，整整忙乎了一夜。

黎明時分，吳永攜帶隨員騎馬出城迎駕，行至八九里，忽然大雨如注，淋漓遍體，頃刻天晴。見前邊一馱轎迤邐而來，有一騎馬人爲前導，那人一看猜知是懷來縣的官員，就高聲問：「前邊來的是懷來縣的嗎？」吳永回了一聲「嗻」。那前頭騎馬的人又說：「來的是軍機趙大人。」吳永剛要下馬，只見趙軍機掀開轎簾子問：「前去有沒有館舍？」吳永回說：「署內已準備妥當。」趙軍機說：「有就好，洋兵打入北京城，勢不能不走，你要盡力供應，使兩宮暫得安歇。」話還沒落地，李蓮英也趕來了，隨後就是太后，皇上等的轎輿接踵而至。一時扈蹕王公軍校、騎步兵卒，紛雜交錯。其中一人猛的一聲大喊：「誰是懷來的知縣？」吳永慌忙應了一聲「嗻」，方知是二總管崔玉貴。那聲音的銳厲，彷彿正在演「法門寺」。「上邊叫起，可速覓館舍。」吳永又「嗻」了一聲，急忙引路逕去西關行宮。

李蓮英、崔玉貴跟隨著吳永，引太后、皇上等進了行宮三間大北房，吳永然後退了出去。接著李蓮英從房中走了出來，向吳永招手，叫他進屋來見太后。

房中是一明兩暗的大北廳，正中設方案，左右邊是兩把太師椅，臨窗設有長板凳一條。太后布衣椎髻，坐在右椅上，皇上站在左邊空椅之旁，身穿半舊的青色湖縐長袍，蓬頭垢面，形容憔悴。正房中沒有看見皇后及格格們，大概她們都在左右兩暗間休息。李蓮英立於太后身邊。吳永依式跪下叩頭。慈禧問吳永姓名、籍貫、三代出身，吳永都一一答奏。太后叫吳永平身坐下，吳永窺伺太后風塵僕僕狼狽的樣子，不是想像中的皇太后。

太后問：「一切供應有沒有預備？」李蓮英說：「太后兩三天沒有進餐，餓得非常難受。」吳永說：「早已準備好了。昨晚得到信息以後，連夜派人準備炊事，但因爲時間倉促，預備得很不周到。」太后說：「有預備就好，不要什麼講究。」太后一陣心酸，「哇」地一聲大哭起來。李蓮英邊抹淚邊安慰太后說：「出門在外，皇太后保重身體要緊，有吳令在，太后還有什麼難過？」太后說：「我與皇上連日歷行數百里，竟沒有見著一個老百姓，官吏更是絕迹無睹了，今天來到你懷來縣，尙能如此迎駕，可稱是我的忠臣，不料大局竟然壞到如此地步，你還不失地方官的禮節，難道我朝江山，還有救嗎？」聲音十分悲慘。又說：「連日奔走，又不得飲食，既冷且餓，途中無水，只好叫李總管到野地裏折秫稭稈去嚼，才得解渴。昨天夜晚，在榆林堡，我和皇上僅得一條板凳，相與貼背共坐。夜間塞北風寒，森森刺人肌骨，盼到天色微明才行啓蹕。到現在又是兩天不得飲食了。」吳永說：「現有綠豆小米粥，還有饅頭、烙餅。」太后迫不及待地說：「有小米粥很好，患難之中，能夠得此，已很知足了。」

吳永退出到東廂房，隨由內監把粥、饅頭、鹹菜送入。內監慌忙出來說：「上頭要筷子。」吳永一聽抱怨炊事人員說：「爲什麼不把筷子一同送上？」炊事人員嚇得滿頭大汗，確因夜間匆忙，忘了攜帶筷子。吳永慌把隨身佩戴的小刀牙筷呈進，但皇上、皇后等不能普及，太后命令內侍出外去尋找秫稭稈權折爲筷。當吳永派人把筷子取來呈進時，才棄掉秫稭稈。

不大工夫，隱隱約約聽到室內有吸嚕吸嚕地喝粥聲和爭奪聲。這與昔日在宮中每餐進上百盤碗的山珍海味，一日三餐需費二百金相比，眞有天壤之別了，今天吃上饅頭、烙餅、小米粥，反而津津有味了。

頃刻之間，李蓮英由房中出來，慢慢地走到吳永面前，語調十分緩和地翹起大姆指對吳永說：「你很好，皇太后很喜歡。太后想吃雞蛋，你能找來麼？」吳永聞聽後，「嗻」了一聲，馬上去尋。不大工夫，就找來五個，煮熟後，又加一撮食鹽，捧交內監進呈。約半個時辰，李蓮英笑咪咪地又走出來，對吳永說：「皇太后很受用，剛才所進五個雞蛋，太后吃了三個，其餘二個賞與萬歲了；太后很想吸水煙，你能找來麼？」吳永「嗻」了一聲急忙去尋。尋至一鄉紳家中，果有水煙袋一具和紙媒多支，一併借來進呈。不數分鐘，太后手拖水煙袋，從門簾內走出廊下，自點自吸，神態自若。太后把吳永召至跟前說：「此行匆促，顧不得攜帶衣服，頗覺寒冷，你能設法籌備麼？」吳永說：「臣正想給太后、皇上籌備衣服，不知太后何時起駕，想買布又恐來不及，臣母尚有遺衣數件，現在任所，恐粗陋不堪用。」太后說：「能暖體就好，但皇上的衣服也很單薄，格格她們也只是隨身一衣，如能多備幾件更好。」吳永說：「臣妻已故，衣物均在家中，容臣回署中設法籌備。」

吳永回到署中，啓篋檢衣，有吳永先母柯太夫人藍色呢夾襖一件，紫棉袍一件，擬把此兩件進奉太后，又撿得大袖紅綢馬褂、藍縐夾衫長袍各一件，灰色緞絲袍一件，擬進呈皇上。

皇后及妃子以及格格們的衣服，沒有稱身的，旗籍婦女，可以通用男子衣服，就把自己用的綢縐夾春紗長衫幾件，又向僚員中家眷要了幾件夾、棉衣服，拉雜湊了五大包袱。另外，還有在署中工作的吳永姐夫繆石逸，他新續娶的夫人有鏡臺一具，梳篦脂粉俱全。再想兩位總管太監，也應添置衣服，又由同僚中湊了七八件，大致可以應用了。

次日，看見太后、皇上、皇后和格格們，櫛沐妝飾，也不像昨天那樣狼狽不堪的樣子了。又過了一天，準備啓蹕了，在行前，李蓮英對太后說：「吳令是個忠臣，稟商太后命吳永隨駕伺候。」太后下了懿旨，要吳永隨駕掌管糧臺。吳永遺缺，暫由繆石逸代理。李蓮英說：「懷來縣吳永比起昌平州裴敏中，眞不能同日而語。太后到了昌平州時，不但閉門不納。反而開炮示威，這不是『事敗奴欺主』麼？」這幾句話，把太后提醒了，便叫李蓮英派人到昌平州去捉拿知州裴敏中。

那裴敏中是吳永的老上司，合當裴敏中命不該絕，吳永密遣人快馬加鞭地到昌平通知正在病中的裴敏中棄印脫逃。當太后派人到昌平捉拿裴敏中時，他在頭一天已棄官逃走了。

太后一行，直向宣化府行進。塞北風寒，不知奪去了多少隨行人員和兵卒的生命，飽食暖衣的太后和皇帝，是不管兵卒疾苦和死亡的。途中餓殍橫陳道旁，慘不忍睹。

到了宣化府，一些倖免於死的隨行人員，聯合起來了，把宣化府知府李勘道包圍起來了，——要糧食、要棉衣，有的隨扈人員，把府中的辦事人員痛加毆打。

原來，有的兵卒在書院「行宮」裏見到宣化府辦事人員給兩宮預備「八八酒筵」，外加一品火鍋，御膳十分豐富，幾十個碟盤碗菜，整整齊齊地端上去了。就是王公大臣吃的，也是一品鍋加菜四色，兵卒們連窩頭都吃不飽，這些人怎能不造反呢？

造反的風波，越來越大，李蓮英知道了，也怕兵變，他急忙把新上任的承辦糧臺的吳永和戶部侍郎英年找來，共同和知府李勘道商量對策。

商量結果，因爲軍餉衣服等，不是一縣一時可以辦到，必須聯合懷安縣緊急籌備冬季棉衣，由戶部統計現實有官兵的人數，按人數製做棉衣，限半個月完成衣、褲、鞋、帽二百五十套；每日三餐，饅頭、粥、鹹菜，保證供應。衣服等還應往下傳。如：至甲縣時，立即通知乙縣早準備，直至太原府，一場風波，始告平息。

說平息，也不平息，隨行大臣借著這場風波，把責任都推在吳永身上了。

李蓮英偷偷告訴吳永說：「你已鬧出大亂子來了。」吳永說：「兵卒造反，非我之過也。」李蓮英說：「並非爲此，昨天軍機入見太后，太后甚怒，說外邊情形，爾等平時何不奏聞？一直蒙蔽我母子耳目，要不是吳永奏知，我母子均蒙在鼓中，你想這不是亂子麼？」

吳永說：「我本希望兩宮稍知民隱，大臣不言，小臣知之，卻未顧及越分踰等之嫌。我今日始悔一時輕率的奏聞，我也知道並且徹底明白天下大亂之因了。」

過了不久，軍機諸公合謀定計：改用調虎離山計，在太后面前保舉吳永，說：「吳永精明能幹，忠國忠君，兩湖遲滯之餉，可命吳永前往，是萬無一失。」太后欣然批准。

吳永到了湖北，往來應酬，幾無虛日，頗蒙余太守賞識。余太守知道吳永喪偶，願做月下老人。經過太守介紹，與許氏訂婚。那吳永正是久旱逢甘雨，哪有不願意的，那許氏喪夫不久，不堪寂寞，即在客中下定，次日由余太守主婚，就在客寓完婚典禮。洞房花燭之夜，乾柴遇烈火，二人如膠似漆，難解難分。後因時局不定，路途阻塞，故在湖北暫時住下。

十月十七日（閏八月二十四日）李鴻章到了北京與奕劻照會各國公使，開始和議。這一天，太后一行抵達山西太原府郊區山西巡撫毓賢正駐紮固鎮，得到消息，率領蕃司以下文武官員數百人，至城北二十里之黃土寨跪接，入城，駐蹕巡撫衙門。

太原倉庫中存有乾隆南巡以及西巡太原府時所用的儀仗鑾輿，都取出來供兩宮應用；並給兩宮新製龍旗二十四面，以壯觀瞻。

兩宮自到了太原之日起，又恢復了昔時在大內的排場了。毓賢為了報答他被洋人把他從山東趕出，又蒙太后提拔他到了山西做巡撫之恩，毓賢接待兩宮無微不至。

在山西省，凡是慈禧太后所到之處，各州府縣員司進貢者，絡繹不絕。那些晉謁員司來進貢者，只要一進「宮門」，須先遞「門包」，從十數兩到數十兩銀不等，這要看縣府之大小，缺之肥瘦而定。秦道中，飢饉相望，有的地方人吃人，有的地方典老婆賣孩子。哀鴻遍野，民不聊生。

慈禧太后到西安，西安督撫把總督府騰出來作爲「行宮」。六部堂官皆住貢院，儼若小朝廷了，妓院林立，人人抱有今日有酒今日醉的心理。正是「南風薰得遊人醉，直把長安作北京」的京師景象。

慈禧太后哪裏曉得，八國聯軍進了北京以後，立即懲辦逮捕一批清廷中的一些反洋人的留在京中的大臣，嚴刑拷打，不少大臣懸樑自縊。洋人和一些漢奸勾結起來，挨門挨戶地搜查。

在庚子初期，戶部尙書立山，曾因力諫不可攻打使館和對聯軍開仗，被西太后給殺了，這次被德國統帥獲悉此事，派遣衛兵，將停厝在地安門外西皇城地帶嘉興寺的立山屍體，舉行隆重儀式，改葬在城外立山家墓之內，並由司令部護衛騎兵，一直送到塋地。

但也有不幸的，在事變中有的留京大臣自殺後，遺留在京中的女兒，和許多王公大臣的妻女，都被送到裱褙胡同一所住宅，作爲官妓院，任八國聯軍官姦宿。

昔日的金枝玉葉，卻成了路柳殘花。而慈禧太后以及隨駕大臣，依然驕奢恣佚，揮金如土，把倉皇逃出京門時的狼狽相——如喪家之犬的情景，忘得一乾二淨。

秋天，北京的天空，依然和過去一樣蔚藍晴朗。紫禁城內，依然和過去一樣巍峨莊嚴。雖然山河依舊，只有藏在角落裏的愛國人民，乘敵人不備，施以暗槍，或在路靜人稀的地方，見著鬼子，迅速把他們打死。有一天，一些暗中巡遊的愛國人民，在永定門一帶，發現幾個日本人，喝得醉醺醺地，我們的一些勇士，開槍向他們射擊，其中一個日本鬼子被擊中了，其餘幾個醉鬼，聞槍逃跑了。後來才知道被打死的日本鬼子，原來是日本使館書記生，名叫杉山彬的。日本使館立即向清廷抗議，命捉拿兇首，可是在京中的「暗殺隊」，是來之無蹤，去之無影，哪裏去查找呢？清政府只能賠禮道歉，允許設壇追悼。

二十三　京師淪陷　恩海就義

正在波賽休假的瓦德西，同家眷瑪麗亞旅行途中，忽然奉到德國皇帝威廉二世的電旨，任命他為東亞聯軍高級軍事總司令，命他速去北京。這時瓦德西在德國已屆退休之年。

原來，庚子前夕，義和團先受到朝廷剿滅，未成而失敗，所以後來又改剿為撫。就這樣，在慈禧太后的支持下，盲目排外，焚燒教堂。德國駐北京公使克林德，也被義和團民給打死了。英、美、俄、日、德、法、意、奧等八國，以保護僑民為借口，向中國派遣軍隊，進攻北京。德國皇帝威廉二世，倡義推荐瓦德西為聯軍總司令。這個意見，得到了各國同意。

一夜之間，北京城內，滿城白旗，與八國侵略軍國旗相映。正是：「地面狗腿逃竄，各衙官員隱形；八旗神機、虎神營，不知何處逃命。慈禧太后無影無蹤。」

只有北京的義和團民和其他愛國軍民，卻仍然頑強地抗戰。有的躲在房上用步槍射擊入侵的敵人，有的祕密組織抗敵地下活動，但也有認賊作父充當漢奸。

北京城內到處都有槍聲和火光。絕望中的人們，最後只有挖掘陷阱，用肉博、暗殺、縱火，來對付武裝的侵略者，在一灘灘的碧血中，同歸於盡。

八國聯軍進駐北京第一件事：指名索要以慈禧太后爲首的排外滅洋的吏部尙書剛毅、端王載漪、莊王載勛、輔國公載瀾、山東巡撫毓賢等等。

西什庫北堂主教樊國樑（法國人）和教民也出來喊要報仇。他們糾合了一些教民向附近居民打砸搶，並對西安門內的住戶居民，任意殺害。

刑部尙書崇綺，一貫過著紙醉金迷的豪華生活，聯軍抓住了他，在皇城內遊街示衆。怡親王被執後，洋人和漢奸拿他當犬馬，叫他爬著馱死屍來取笑。戶部尙書徐郙被抓後脫光衣褲被裸體拷打。

聯軍司令部把北京置於軍事管制之中。清政府任命李鴻章爲全權使臣，卻被瓦德西拒絕了。急得慶王奕劻和李鴻章，像熱鍋上的螞蟻。

最後他們請曾在德國留學，並在德國充過士官的蔭昌，到南海儀鑾殿去與瓦德西交涉。因爲他在德國時，也是瓦德西素爲欽佩的人，瓦德西以戰勝者自居，對戰敗國的蔭昌，今非昔比了。不想瓦德西仍然堅持他的意見，任你口若懸河，他總是不理不睬。

因爲就在捉拿兇犯包括慈禧太后在內的問題上，成了和議的主要焦點。這次，慈禧太后之所以倉皇出逃，她就是怕八國聯軍追究她的罪責。正如當年安祿山打進長安時，唐玄宗被迫西逃，全國人民哪個不恨誤國的楊貴妃和她的哥哥楊國忠一樣。今日所不同的是，光緒不是唐玄宗，慈禧太后也不是楊貴妃。

慈禧心中明白，如果剛毅、載漪、載勛、載瀾等，一到公庭被審訊時，會不會把罪責全都推到自己身上，她毫無把握。所以，她在逃走前和逃走後，都當面指示、或電示留京大臣，只要能保住自己的生命和至高無上的權位，不惜喪權辱國，一切條件，在所不計。她也預料到，她的忠實股肱終會作爲她的替罪羊。

李鴻章和蔭昌雖然幾次碰了瓦德西的釘子，但是聯軍的內部意見並不一致，俄國公使格爾斯認爲：攻打使館、殺死外交官的禍首不是慈禧而是載漪、載勛、剛毅、毓賢等人。德國公使穆默卻堅持認爲：慈禧太后應該負主要責任，必須處死慈禧太后，保持光緒的地位。

惟恐中國不亂的法國主教樊國樑，也來湊熱鬧，他見到阜城門外法國牧師的墳墓都被義和團給刨了，觸目傷懷，他就去見法國公使鮑渥，請他轉告聯軍統帥瓦德西，准其把該地帶的居民一律屠殺，以圖報復。鮑渥被迫不過，便和瓦德西去商量。爲了此事，瓦德西開了兩次會議，因爲其時已在著手和議了，故不能公然下令准其屠殺。瓦德西也懂得，如果堅持非追究慈禧本人，這一爛魚頭似的中國秩序，無人收場。況且八國聯軍意見並不一致，瓦德西感到十分苦惱。這時，李鴻章索性也不來了。

原來，李鴻章受了慈禧的指示，所以，他對瓦德西說：「這次事變，完全是義和團惹起的事端。」因此，他極力擺脫慈禧的責任。他見到瓦德西的態度強硬，感到爲難，所以這兩天眞的愁病了。瓦德西見李鴻章不來了，反而驚惶不止。他曾經派人去東城賢良寺去請李鴻章。李鴻章只好叫蔭昌去請示慶親王。蔭昌到了慶王府，把瓦德西找李鴻章的事說了，所以慶親王叫蔭昌代表李鴻章去見瓦德西。

這一次，瓦德把談話的弦子定低了，他說：「今天召你們來不是爲別事，你們要把槍殺克林德公使的兇手找出來，別的條件另議。」

蔭昌回來以後去見李鴻章，李鴻章聽了蔭昌的報告說：「我的病感覺一起床來就頭暈眼花，此事你可以和慶王商量，最好把那桐中堂請去，一同商量。」

這一天，慶王府內幾個王公大臣研究怎樣抓到槍殺克林德的兇手。那桐說：「事隔這麼長時間，況且又在混亂中出的事情，那裡去尋找兇手呢？」慶王說：「昨天據九門提督面稱，當日在東單總布胡同肇事的時候，曾有提督衛門隊兵及正藍滿地面旗兵在場，現在瓦德西要找原兇手，正是和議的良好開端。」那中堂說：「現在既要捉拿原兇手，若要認眞查拿，但也必須寬限時日。」慶王說：「蔭昌你看究意怎麼好？」蔭昌說：「可以把東單第二段安民公所總辦塔木庵找來。」慶王說：「這件事已然過了半年之久，如今舊事重提，萬一尋找不著，和議無期，萬一鴻章病勢加劇，那不更棘手了麼？」那桐說：「這件事雖是海裡撈針，但是槍殺克林德的事，也曾轟動九城，地點既然指得出來，那麼這樣重大案子，地面上也會有個底，不妨去找東單地面公所總辦塔木庵，叫他找一個當時的紳商幫同查訪，俗語說的好，沒有不透風的籬笆，紙包不住火。」原來那「安民公所」，是事變後臨時組織起來的漢奸組織。

這兩天查槍殺克林德兇手的風聲，弄得滿城風雨，人人皆驚。安民公所在考慮，這個兇手是誰呢？必然是當時軍界中的人，不然怎會有武器呢？凡是當過兵的，白天都不敢出門，夜間稍微聽見詫異的聲音，就驚惶而起。

其實在八國聯軍佔領北京之前，當過兵的，很多人知道底細，明明知道，一說出來，就得要他的命，他家的一群妻兒老小就不堪設想了。因此，誰也不敢揭發。後來，慶王命人貼了告示，懸賞五千圓，說明不拿出兇手，就不能和議，國家就永遠處於被佔領地位，兩宮就不能回宮，聯軍就不能撤退。那西總布胡同第二段安民公所內的一些人員，各各摩拳擦掌，塔木庵幾日來也受德國武官逼迫多次了。

安民公所內塔木庵和幾名辦事人員正在討論尋找線索時，忽聽得外面一陣喧嘩，塔木喊了一聲：「來人啊！」接著桂總巡進來了，垂手而立在塔木庵前，塔木庵急忙問：「外邊什麼事這麼亂？我平日也曾吩咐過，這西邊就是李中堂的住宅，西口裡又住著許多的德國軍官，現在李中堂又病著，和議也停頓了，倘在這個時候鬧出點事來，或是李中堂怪下來，是你擔得起，還是我擔得起？」

桂總巡知道塔木庵的脾氣，他訓起話來，有多緊急的事也不能中間插言，只好等他訓完了話再說。

桂總巡說：「我剛要出去查問，還沒來得及，總辦大人就把我呼進來了。」「那麼，你趕快出去查一查，不准外邊亂叫亂嚷。」桂總巡「嗻」了一聲就出去了。

桂總巡一見門外圍攏了許多人，兩個巡捕揪住了一個年經人，一個巡捕向桂總巡指著那年輕人報告說：「這個人是投案自首的，他說德國克林德公使是他打死的。」

桂總巡一聽案件重大，忙說：「等一等，待我去回話。」桂總巡進去向塔木庵報告說：「有個投案自首的，說是他把克林德打死的，今兒來自行投案，情甘領罪。」

塔總辦一聽這話，心裡反到疑惑起來，人命關天的重案，哪有自行投案的道理？塔木庵說：「把他傳進來問一問。」早有兩個巡捕把人帶進來了，那個犯人走到公案前急忙跪下，塔總辦一看，不像是兇犯，問：「你住在哪裡，姓甚名誰，年歲多大？」那青年說：「家住地安門外什剎海，年二十五歲，旗人，名叫恩海。」塔木庵問：「你是哪一旗的人？當什麼差使？」恩海說：「是正白旗滿洲五甲喇（參領），本職護軍校，曾在神機營霆字隊充當槍音章京。」塔木庵問：「聽說你是打死克林德的正兇。」恩海說：「是。」塔木庵說：「和議大臣正爲此事著急，今日你來投首，正是你爲國一片忠心，可是我看你這人面貌，不像爲非做歹的人，如果你有什麼隱情，你只管實說，關係你的生命事小，關係大局事大。你自己可要仔細想想。」恩海聽了這些話，忙說：「大人這番厚意，恩海至死不忘。但是恩海今天來投首，確是出於自己的意思，並沒有什麼人後邊操縱指使。」

塔木庵說：「今天知道打死克林德的是你，我們總算有了人證，你把當時打死克林德的經過說一說。」

塔木庵沒有把話說完，恩海說：「那一天，德國公使克林德從崇文門外德國司令部出來，一輛高大敞蓬四輪馬車，經過東單牌樓煤渣胡同東口，克林德見有義和團民正在操練，他就向正在操練的團民開槍射擊，打死了二十多同胞兄弟。在附近還有一些清兵和我都在那裡，瞧得眞眞的。團民、清兵一見洋人開槍了，當時，我們並不知道他是德國使臣，前幾天，我看到慶親王出的告示，才證實就是克林德。可是他開完槍就竄逃了，凡是目睹的人，都萬分激憤。大家說不能白白地放跑了他，可是沒有人還一槍，只見現場是一片混亂。此時已是傍晚了，幾名團民收拾弟兄們的屍首，大家才紛紛地散去。我當時想，明天他再路經此地，一定爲同胞們報仇雪恨。果然，第二天中午，克林德又乘坐馬車路過東單總布胡同一帶，許多清兵弟兄遠遠地都看見他又來了。大家怕給朝廷惹事，誰也不敢開槍，我從一個清兵手中搶過了槍說：「國家用你們幹什麼？」大家回答說：「不能開槍，我們並不是怕他，因爲他是外國人，朝廷又沒有明令，誰敢向他還手呢？」我說：「現在我們朝廷已有上諭宣戰，便是敵國了。他們外國人就應退出中國。如今還敢恃強去上總理衙門，又敢發槍打死我同胞，這明明是侮辱我們，只許他們開槍尋釁，難道不許我們還擊嗎？」

恩海的這番正義言論，塔木庵和安民公所中的人員聽了以後，個個從內心中敬佩他。塔木庵說：「你打死克林德還有什麼證據沒有？」恩海說：「有。」說著由懷內掏出一個藍懷錶，一支小手槍，雙手高舉向上說：「這便是由克林德身上搜出來的東西，請大人過目。」站堂的巡捕一見，忙上前接了過去，放在公案上。塔木庵拿在手中一看，是一件極精緻美觀的燒法藍懷錶，一件是三四寸長最新式的小手槍，塔木庵說：「從這兩件證物來看，足見你所說的話不虛了。你帶著兩件證物來投案，可見你自首是出於至城了。」

恩海說：「我聽說，慶親王懸賞五千元尋找知情的檢舉人，我也看了告示，我今天來自首，是光明正大的，我不願躲在家中，朝廷交不出肇事者，因而和議停頓或破裂，使四兆人民塗炭，於心有愧。我們既是戰敗國，去和外國人訂城下之盟，外國人是肆無忌憚的。我願此案早日解決，和議早日成功，外人早日退兵，兩宮早日回鑾，人民早日安全，恩海雖受國法而死，亦所甘心，請大人快快把我送交，呈請慶親王和李中堂，向德帥進行和議。」說完邊痛哭邊向塔木庵叩頭。全公所人無不落淚。塔木庵這時良心也發現了。他低下頭來，淚水奪眶而出。塔木庵遂令他當堂劃供並對桂總巡說：「先叫恩海去歇息歇息，給他買些飯吃，然後趕辦公事，呈請王爺、中堂酌奪。」

掌稿的趕辦公事，連同供詞分繕兩份，一份呈遞慶親王，一份呈遞賢良寺李中堂宅。慶親王正要出門去探視李鴻章的病，閱罷呈文急忙乘車到賢良寺李中堂宅。二人寒暄了幾句，便向李鴻章說：「槍殺克林德的人，投案自首了。居然有這樣自投羅網的人物，實爲大清國之幸，也省得中堂憂勞。」李鴻章說：「這總是朝廷的洪福，不過這人物實在難得，如他所交的證物沒有疑義，便可定案，通知瓦德西進行和議。」

李鴻章派蔭昌去德國司令部辦公處，並帶領塔木庵，桂總巡和五名巡捕捆綁著恩海以及持文件、物證去見瓦德西。瓦德西一見人證、物證和聽了翻譯念完慷慨淋漓的供詞，不禁大吃一驚，說：「中國人還有這樣的勇士。」

瓦德西想德國也沒有這樣高尚的人，他忙叫隨人把恩海鬆開捆綁，命把他送到別室暫時把他看守起來，聽候審訊，前來的中國官員一律回去。

中國有這樣高尚的人，外國人也很欽佩，第二天，瓦德西把英國的司令官蓋斯里、日本司令官山口素臣、美國司令官沙飛、法國司令官福里、俄國公使格爾斯等都請來。瓦德西口頭介紹了中國恩海自首對槍殺克林德的經過。到會的各國官員聽了以後，無不爲恩海的正義行爲所感動，美國司令沙飛說：「克林德雖然是恩海打死的，他是看見克林德持槍打死了二十位多中國人因義憤而報復的，況且義和團作亂的根源在慈禧太后那裡，如果處死一個恩海，忘掉了禍首慈禧，那是捨本而求末。如果援照國事犯的法例，應該予似保護，不宜處以死刑。」瓦德西說：「中國有句俗話是『殺人償命，欠債還錢』，雖然他是爲了自己的同胞仗義而殺人，但是他也不能脫逃死罪的，況且他膽敢槍殺外國公使，當然罪不容誅。」除了日本司令官同意瓦德西的意見外，其他各國都贊成美國司令沙飛的意見。

正在兩下意見分歧之時，忽然有人說：「克林德夫人趕來了。」夫人身穿一件黑色紗外衣，頭戴一頂大沿黑紗帽，帽子上裝飾一支孔雀長毛翎，戴一副茶色眼鏡，頭部和面部罩著一塊黑薄紗。足著高跟黑皮鞋，手持黑色皮包，頸上套著潔白的珍珠項鏈。瓦德西把剛才向各國司令作了的介紹，和把李鴻章送來的公文、供詞證物，又向克林德夫人述說了一遍，夫人立即說：「把那支槍和錶拿來我看。」

德國司令部的武官把證物遞交了克林德夫人一看，觸景生情，不禁哭了起來，說：「這個兇手恩海在什麼地方？把他提來我看看他。」

瓦德西吩咐武官在別室中把恩海引到克林德夫人面前。那恩海態度從容，一見室中許多外國人，他毫無懼色，昂首站立不跪。仇人相見分外眼紅，克林德夫人一把抓住恩海的辮子。恩海說：「該定什麼罪，就定什麼罪，何必耍野蠻？」克林德夫人的舉動，受到許多國司令的反感和指責。克林德夫人放開了揪住辮子的手，忿怒地說：「你們這野蠻的國家，殺死了在你們國家的外國人，膽敢槍殺我的丈夫，不槍殺你誓不甘休！」這個在中國多年的外國通，說著不十分流利的中國話。這時，忽然從套房內走出一位中國婦女，她身穿一件玫瑰色的西式服裝，面容有一些消瘦，但精神煥發，容光照人，許多外國人見她姍姍出來，各個鼓掌歡迎。克林德夫人一見中國那位婦女，原來也是熟人，曾在在柏林舞會上的舞伴。那時候，瓦德西是貴族中頗負盛名的陸軍軍官，他同賽金花經常背著洪鈞偷偷摸摸在公園約會，這件風流韻事，克林德夫人深知。此時，賽金花在內房間見到克林德夫人的野蠻行動和聽到狂傲的語言，以及在內房帘內看到恩海昂然不動的氣宇，從內心對恩海產生欽佩和同情。賽金花在場內用流利的英語插話說：「殺人償命是理所當然的，但是恩海絕不是為了個人私仇而狙擊克林德公使的，他先見到克林德公使持槍擊斃二十多名中國人，恩海是因氣憤而還擊的。聽說恩海看了通緝告示以後，是光明磊落地向清政府自首，而非別人檢舉而被捕的。恩海身中國人，捨一己之私，求得和議早日實現，外人早日退兵，黎民早日安居樂業，請諸位設身處地想一想，如貴國出現像恩海這樣的人物，諸君又如何視之？我認為恩海是無罪的。罪魁禍首不是恩海，而是慈禧太后。我想諸君都是主持公道正義的人，擬援照國事犯的法例，當然不宜處以死刑。」賽金花說罷，全場一片掌聲，弄得克林德夫人張口結舌，十分尷尬。瓦德西雖然主張把恩海處以死刑，但被賽金花激昂的言論給軟化下去了。瓦德西說：「暫把恩海羈綁起來，待稟奏德皇再為定奪。」

賽金花與瓦德西是怎樣在北京晤面的呢？說來話長：賽金花自從天津掛牌以後，這天津本是外國人叢聚的地方，她又會說一口流利的英、德兩國語言，因而名聲大振，嫖客趨之若鶩。一度被榮祿贖出，又一度轉讓了袁世凱，最後，因時事關係，她與袁世凱決裂。

賽金花在北京前門掛牌重操舊業。一天德國糾察隊在前門一帶查妓院戶口，一個德國官兵查到賽金花的妓院，那德國軍官眞沒料到賽金花用英語回答，那德軍去用德語回答，賽金花一聽他是德國人，馬上又用德語回話，使德軍大吃一驚。在深談中，才知知原來是隨洪鈞出使過德國。這件事馬上被瓦德西知道了，瓦德西馬上派人去接賽金花，這樣與賽金花破鏡重圓了。那瓦德西在德國柏林，曾在舞廳經常與賽金花伴舞。而今，一個是風韻猶存，一個是顧盼自喜，他們簡直不敢相信自己的眼睛，又好像是在做夢。

回憶起來，賽金花在花間月下，枕畔窗前，也曾消磨了瓦德西無限的豪情。今日相見，正是三海同春，英雄氣短。自此，賽金花已成了瓦德西的臨時夫人、儀鑾殿的主人。瓦德西同賽金花每天在京城內騎著大馬，像是分不開的一對野鴛鴦，在各處遊蕩。她也利用與瓦德西的特殊關係，保護了京中一些文物，也保護了一些人。

宮中收藏的一些無價之寶，珍藏浩如瀚海的秘本，她勸瓦德西加意保護，禁止士兵在宮中亂遊蕩。慶王奕劻和李鴻章看出賽金花的魅力，也秘密派人進宮求賽二爺在「和議」事項上，多多美言，但是其中有請求替慈禧太后說情的話，卻遭賽金花駁斥。住在宮內各處妃嬪宮女，也託咐伺候賽金花的宮女，轉請賽金花禁止外國兵入內，准許太監出入到外面購買日用物品。這些事通過賽金花告知瓦德西都照准了。

恩海在覊押中得到優待，也是賽金花不時對他關注。

「和議」的開展，是由殺人兇手恩海起始的。處治恩海事件，經德皇威廉二世復電，「爲維護德國政府威信，堅決要處恩海死刑，並在克林德遇害的地點用德、漢文字書寫銘誌樹立石牌坊，敘述大清國大皇帝惋惜兇事之旨。」瓦德西提出，在克林德牌坊告成之日，就在牌坊前，將恩海斬首。牌坊雖已開始興工，但建築工和較大，處斬亦需待時日。

自恩海投案以後，李鴻章和慶王奕劻一面電奏西安兩宮知道，一面即行照會瓦德西及各國全權大臣進行「和議」。於是第二次在東堂子胡同總理各國事務衙門內繼續討論。在討論懲辦傷害諸國的禍首時，最後議定：端王載漪、輔國公載瀾，均「定斬監候」罪，約定如皇上以爲應加恩，貸其一死，即發往新疆，永遠監禁，永不減免。莊親王載勛、都察院左都御史英年、刑部尚書趙舒翹，均在西安賜令自盡。

山西巡撫毓賢、禮部尚書啓秀、刑部侍郎徐承煜，均定爲即行正法。吏部尚書剛毅、協辦大學士徐桐，均已身死，即行革職。

及到「和議」、「賠償」一節時，在席上雙方費了很大的唇舌。各國代表，是得寸進尺，而且他們口徑一致，脫口而出說：「賠款九萬萬兩白銀」該款若按我國四萬萬人口計算：全國連老帶少，連男帶女，平均每人要負擔銀子二兩多。

李鴻章與他磋商時，他們見李鴻章對外國人卑躬屈膝，更加得寸進尺，因此，會議又停頓了兩三次。

到了最後，爭到四百五十兆兩，分三十九年還清，年息四厘。至此，各國全權大臣方面，無論如何也不肯退讓了。後經慈禧太后電諭：「只要保住皇位，一切條件，均可照辦。」

慈禧太后心中明白，剛毅、趙舒翹、毓賢等人，都是她忠實的股肱。不過對攻打使館，重用義和團，都是她自己首肯的，雖然受到良心的譴責，但有了這批重大的犧牲者—替罪羊，個人的生命和權位，才可保全下來。

然而，這些替罪羊，至死也不嚎叫一聲。啓秀在北京菜市口臨行時，還同監斬官說：「是太后的旨意，還是洋人的意思？」

慈禧太后把毓賢遣戍新疆，想爲其死罪開脫，沒有想到，當毓臥被發配途中，行抵甘肅蘭州時，朝廷得到八國聯軍統帥瓦德西的通知，堅決要處死毓賢，不管他跑到天涯海角。

甘肅巡撫李廷蕭奉到朝廷就地殺毓賢的電旨，並得知派何福堃到蘭州監視行刑。

李廷蕭暗中將此事告知毓賢。這時，蘭州的老百姓，也聞此噩耗，集衆代爲請命，都認爲伏法甚冤，毓賢聽後，對李廷蕭說：「臣罪當誅，臣志無他，念小子生死光明，不似終沉三字獄（莫須有），君恩我負，君憂誰解？願仁兄轉旋補救，切須早慰兩宮心。」

辛丑正月初六日晨，何福堃到了「什字觀」，把毓賢呼出，毓賢向北行三跪九叩禮，在武士的屠刀下，辭別了人間。

由此可見在封建統治下的清朝「不貳忠臣」，毓賢是最典型者。

毓賢，字佐臣，姓葉赫顏札氏，爲清朝望族之一，世襲子爵，一八四〇年（道光二十年），因選秀女入宮，葉赫顏札氏一女兒不願入宮，家中強迫入選，故女兒乘轎進宮途中，用刀剪自殺身死，進宮後始發覺，因此朝廷遂奪子爵，降入內務府，編入正黃旗。

慈禧爲葉赫那拉氏，因與毓賢有姻緣關係，故在庚子事變中，慈禧太后本想把毓賢發配新疆，爲其死罪開脫，無奈後來接到奕劻、李鴻章的電報說：「瓦德西堅持把排外、仇教、自稱義和團首領的毓賢誅戮」。這時慈禧太后只好「揮淚斬馬謖」了。

毓賢原本任山東巡撫時，支持義和團焚燒教堂，激怒了美國公使，支持袁世凱去山東任巡撫，這才由朝廷把毓賢調任山西巡撫。慈禧爲了開脫毓賢的死罪，用調虎離山計，發配他到新疆，結果還是服從瓦德西的命令，發配途中，至蘭州而被斬。

毓賢在山西太原，還有九十歲的老母方氏，原來毓賢之父賡颺本是一個窮秀才，親朋給他提親，皆因家境貧寒而未果，後經人介紹淶水縣方姓財主家女爲親，這方氏面醜而麻，賡颺只好屈而就之。後來就在方家入贅了。賡颺勤奮學習，中舉後分發廣東知府，方氏生嫡子二人，即毓賢和毓俊。

毓俊當時是陝西候補道，聞其兄發配之訊，即奔赴太原，向老母方氏僞稱：「大哥奉聖旨差遣外省有公務，故想把您老人家送回北京。」

毓賢正妻李氏早亡，在太原有妾五人，即竹君、菊仙、雪嬋、小紅、小綠。毓俊把老母送回北京，寓所在北京西四牌樓豐盛胡同(今豐盛中學)。毓賢發配時，在路途中照料其生活的有竹君之子景觀及四姨娘小紅和家丁，其餘姨娘，在毓賢發配前，毓賢均令其自盡，可謂慘矣。

當毓賢在蘭州人頭落地時，景觀抱一隻大公雞，把雞頭割下，以祭奠亡魂(以雞替罪)。然後由四姨娘小紅用線把毓賢的頭顱縫好葬埋。

書歸正傳，話說各列強對中國的割地賠款，得到了滿足，瓦德西與各國忙於辦理撤兵回國，故無法對克林德紀念碑完成後，無暇參加落成典禮和在紀念碑前，處死恩海的「人頭」來奠祭克林德。故瓦德西安排德國欽差大臣穆默，屆時照會中國政府依約辦理。

當恩海義士被斬那天，於上午把恩海押至石牌坊下，致祭員那桐宣讀詔旨，時已至正午，恩海被綁依然昂首而立；那桐讀畢詔旨後再次給克林德像拜跪叩禮。此時恩海大呼：「軟骨頭才向外人屈膝」。當他宣述自行報案的理由時，理充詞沛，暢所欲言。說完伸頸就戮，神色不變，他這種視死如歸的偉大氣概，令人肅然起敬。

像人山人海般的老百姓，擠滿了東單牌樓與東四牌樓之間。那旅京的各外國男女老少，也前來參觀，對恩海這個偉大形象，拿著照相機上前攝影，並寄回國內，大肆宣揚。那時的英文、法文、德文的報紙上，贊美恩海義士的言論，轟動一時。

這一天，許多的駐華全權大臣也都來參觀。美國特辦和議事宜全權公使柔克義、法國駐紮中華便宜行事全權公使鮑渥、英國欽差便宜行事全權大臣薩道義、奧國欽差駐紮中華便宜行事全權大臣齊幹、比國欽差駐紮中華便宜行事全權大臣姚士登、日斯巴尼亞欽差駐紮中國世襲侯爵薩爾瓦格、日本帝國欽差全權大臣小村壽太郎、荷蘭欽差駐紮中華便宜行事全權大臣內廷大夫格爾思等，目睹和耳聞恩海的激昂悲壯的演說和他那視死如歸的英雄形象，他們聯想到，中國人是勇敢的，有爲的，列強步步逼近中國，是清朝政府壓制人民向上爭取進步的結果。

紀念克林德的這座石牌坊，共有牌樓五座，高二丈餘，共費銀一百二十萬兩，費時將近半載，它是八國聯軍屠殺中國人的見證，是帝國主義欺侮中國人民的象徵，先生們，小姐們，我們沒有理由不靜下來痛定思痛，我們出國向東西方學習科學技術，沒有理由樂而忘返，重建中華，也不要忘記它——是一座血染的恥辱碑。

一九〇一年九月七日（光緒二十七年七月二十五日），清政府與十一國公使簽訂《辛丑條約》時，其中有一條規定：「崇文門大街在克林德遇害處所，豎立這個『銘誌不忘』的恥辱碑。」

《辛丑條約》參加者有：清政府全權代表奕劻、李鴻章與英、俄、美、德、日、法、奧、意、西、荷、比十一個國家的代表在北京簽訂的，共計十二條款：其主要的內容有：①中國賠款海關銀四億五千萬兩，分三十九年還清，年息四厘，本息共計九億八千萬兩，以海關稅、常關稅和鹽稅作抵押；②將北京東郊民巷劃爲外國使館界，由各國駐兵管理，中國人民，概不准在界內居住；③拆毀大沽炮台及北京直到渤海一線的所有炮台，而外國有權在北就至山海關的十二個據點駐紮軍隊；④永遠禁止中國人民成立加入任何反帝組織，違者處死。清政府各級官吏，對人民的反帝鬥爭，必須立時彈壓懲辦，否則革職永不敘用。並責成清政府須懲辦縱容義和團而開罪外國侵略者的官員一百多人；⑤改總理各國事務衙門爲外務部，班列六部之前；⑥清政府分派王公大臣赴德、日兩國謝罪，在德國公使克林德被殺地點建立牌坊；對被殺之日本使館書記生杉山彬須用優榮之典等等。

讀者會問：那八國聯軍本是英、俄、法、美、德、日、意、奧八個國家，爲什麼又出來了十一個國家的代表？其實這並不奇怪？這叫弱肉強食。讀者見過電視中的《動物世界》了麼？當老虎把一隻羚羊吃了之後，會突然出來許多狼、獵狗和烏鴉一類飛禽走獸，來奪食一些殘渣餘肉，誰不想找點兒便宜？

《辛丑條約》是清朝政府被迫訂立的不平等條約。所謂「辛丑」，是指光緒二十七年，夏曆的辛丑之年而言；是針對光緒二十六年夏曆的庚子年的義和團運動而起的，故又稱「庚子賠款」。

這個事出有因的不平等條約，乃是由於清朝政府腐敗官僚，一味享受，醉生夢死，置小民生死於不顧，官吏貪污受賄，乃至哀鴻遍野，民不聊生，義和團怎能不組織起來，抵禦外侮以保衛國家呢！正是：「堂堂華國，不齒於列強；濟濟衣冠，被輕於異族；有志之士，能不痛心！」

二十四　金花凋謝　孽海浮沉

庚子事變之後，滿足了八國聯軍的要求，瓦德西回國後，賽金花與瓦德西依依惜別。賽金花雖然還是一個雛妓時，嫁給了洪鈞狀元，那洪鈞狀元就賞識她聰穎過人。後來洪鈞奉旨出使外國，必須攜夫人前往，但洪鈞的元配夫人趙氏是個封建家庭婦女，豈能隨往出國與外人握手、擁抱？後經朝廷批准，允許賽金花出洋。洪鈞和賽金花覲見德皇威廉二世和皇后奧古斯塔·維多利亞，頗蒙皇帝和皇后熱情招待。賽金花馬上用德語對答如流，使皇后和皇帝不禁大吃一驚，一時成了洪鈞的翻譯員。

原來，賽金花在同輪出洋途中的船上，邂逅一位德國女子菲亞勞爾，她是德國的小學老師，她的哥哥是中國山西省教堂的牧師，她幫助哥哥在山西傳教三年，說一口流利的中國話。賽金花便和她交上了朋友，一直到柏林，不到三個月的功夫，賽金花便和菲亞勞爾學了一口流利的德語，這怎能不令人吃驚？

一日，洪鈞皆賽金花赴荷蘭使館視察的回程中，繞道倫敦和巴黎。他們抵達倫敦時，中國駐英使節薛福成夫婦到碼頭迎接。洪鈞偕賽金花拜見維多利亞女王。女王一見賽金花能操一口流利的英國話，稱贊她是舉世無雙的「東方美人」，並同她合攝了一張照片，後來這張照門傳到國內李鴻章手中，李盛贊她是一枝「霧籠裡的芍藥。」

洪鈞三年欽差回國，正當光緒結婚親政，一心想改革朝綱。光緒見洪鈞詢問出使各國情形。洪鈞回答：「出使四國之中，似俄國對我大清國侵略野心甚大，擴張侵略我大清朝土地，日甚一日，德皇威廉二世年輕有爲，做事果斷；敢於碰硬，把貪污腐敗之庸臣，革職的革職，關押的關押，就是三朝元老俾斯麥首相也被撤職了」。光緒帝說：「我朝封疆大吏被參了，朕派大臣查處，卻是官宦相護，欺騙朝廷。或是調查人員受賄，把大事化小，小事化無，只蒙騙朕一人。威廉二世的勇敢，值得朕效法。」光緒帝又問：「你看各國的兵器如何？」洪鈞答：「德國的兵器超過奧國、俄國和荷蘭三國。德國皇帝把軍隊擺在首位。威廉二世常說，國之強弱，全在武器精良。臣在德國參觀了他們的軍火製造廠、造船廠，實爲我大清朝望塵莫及。今臣敢在萬歲駕前大膽直言，罪該萬死。」光緒帝說：「忠君體國的大臣，要敢於直言，何罪之有？有話儘管直陳」。洪鈞說：「臣見德國的一次軍事演習，眞是船堅炮利，加之士兵各個身強力壯，倘若我朝不急起直追，一旦洋夷犯我疆土，何以抵禦？」光緒帝說：「汝言甚善，中國非圖強不可」

未過多時，朝廷授洪鈞任兵部左侍郎；兼總理各國事務衙門大臣，並研究波斯、阿拉伯、俄、法、英、德以及土耳其等國家史料。

洪鈞在北京前門外小草廠租了一所寬敞大宅，把原配夫人何氏也接來了，另居別院。賽金花與洪鈞另居一院。僱了聽差、老媽子、丫鬟、車夫、花匠等。把宅院命名「蘇園」，以示不忘故鄉蘇州之意。

洪鈞差事繁忙異常，加之色情過渡，突然心臟病發，臥床不起，全由賽金花精心護理。

賽金花日夜守護洪鈞，病情日見好轉，他對賽金花十分感激；故命賽金花出去逛逛，在外邊散散心。這時，賽金花說：「周侍郎的三姨太太有帖子來，說她們老太太過八十整壽，家中辦有堂會」。洪鈞說：「你可以代表我前去給老太夫人祝壽罷」。原來周侍郎就嘉慶年進士，刑部侍郎周祖培。

次日，賽金花到了周公館，周三姨太太又是賽金花的乾姊妹，二人同桌看堂會正演「戰馬超」，只見馬超在台上威風凜凜。周三姨太太說：「你看這個英俊的少年名伶，演得多麼夠意思」；賽金花問：「但不知他叫什麼名字？」三姨太太說：「你不知道嗎？這是演馬超的名角孫少棠。因他行三，大伙都叫他孫三兒。」此時，三姨太太見賽金花目不轉睛地盯住了孫三，有些心猿意馬，並且對孫三讚不絕口，周三姨太太說：「這齣戲演完之後，我帶你見見他本人。」相見之後，賽金花把金手鐲一對從腕子上摘下來送給孫三了，然後詳細問了孫三的地址。

從此，只要有空時，她就對洪鈞說謊，以出去散悶爲名，到孫三家中去玩。孫三本是個風流人物，整天與開窯子的婊姨斯混，把錢財加入窯子去入股。

洪鈞的病體日漸好轉，賽金花對孫三暗中幽會，心中不免內疚，故對洪鈞不免雨露均霑。洪鈞在病假中，也不到衙門上班，只是在家中享樂。誰料，樂極生悲，他在回國時，曾編印了一種中俄交界圖，誤將我國的部分領土，盡分入了沙俄的版圖之內，遭到御史楊蔭棠的參奏和朝廷對他無情地斥責。加之他發現愛妾金花從外邊歸來，神色十分可疑，打扮得異常妖艷。洪鈞這些日，又聽得家人對姨娘金花在外邊的風言風語。洪鈞感到內憂外患。病體又復發了。於一一八九三年（光緒十九年）病逝。

洪鈞逝世未及一個月，賽金花的肚子日漸隆起，使得洪家上下，疑竇叢生，不久即產生一嬰兒。洪家不承認嬰兒是遺腹子，但何氏心中盤算，老爺既死，把孩子留下，然後把傅彩雲（賽金花本名）驅走。何夫人並把嬰起了名字叫「承元」。

洪家的家族，認爲傅彩雲是妓女出身，風聞她在國外和傭人阿福有奸情。這樣有辱門風的蕩婦，豈能把她留在家中？整天逼她出門改嫁。正是禍不單行，嬰兒承元夭折了。賽金花痛不欲生。身邊的丫鬟勸賽金花說：「姨娘，孩子死了，不必傷心。他們每天都想方設法把姨娘轟出家門，孩子不死，你也帶不走孩子，她們把孩子起的名字叫『承元』，說是要叫他長大成人，繼承狀元咧！」

承元小少爺既死，洪家決心把賽金花趕出洪家大門。這時，賽金花想來想去，只好帶些金銀首飾去找孫三爺去。

孫三本是個色狼，他一見賽金花，早已料到洪狀元一死，賽金花必然被趕出家門。孫三說：「北京不能留，不如遠走上海。」賽金花說：「洪家恐怕都回蘇州去。」孫三說：「更好了，咱們到上海開窯子，專門給洪家現眼。」賽金花說：「對，叫我這欽差夫人當窯姐兒，我這傅彩雲在國外誰人不知？那個不曉？」

賽金花到了上海，掛牌開窯子，把「傅彩雲」的大名字懸了出來。上海一些名流，聽說欽差夫人賣身爲娼，嫖客趨之若鶩，都來想染指，一領其風騷。

在上海參與「強學會」的張之洞，也去尋花問柳，慢慢地跟張之洞熱乎起來了。張之洞說：「當妓女不能暴出眞名實姓，誰不知傅彩雲是欽差夫人？你不但在中國有名，世界各國不知道你的很少。」傅彩雲說：「你看我在妓院門外掛出傅彩雲，還是給洪家留面子呢，我還想加上『洪傅彩雲呢』。洪家把我趕出家門，索興辱一辱洪家的名聲。」張之洞說：「這樣不好，要是被洪鈞的親屬看見，傳到洪家耳中，豈能善罷甘休？」。傅彩雲說：「聽說他大老婆何氏已然從北京搬回蘇州了。」張之洞又耐心地勸她不要堅持己見，你今天已然不是欽差夫人了，如果洪家知道你在上海當妓女，掛出傅彩雲的招牌，明明是有意污辱洪家的名聲。」傅彩雲一聽也有道理，說：「你說我叫什麼名字好？」張之洞說：「改名叫曹夢蘭吧。」

傅彩雲明目張膽地掛出傅彩雲的招牌，果然被洪家知道了，她們勾結上海土豪劣紳，硬把傅彩雲逼走，被迫北上天津去掛牌，改名賽金花。她說：「我改此名，乃是一朵永不凋謝的鮮花，而且與金花媲美。她並且把她媽從家鄉接來了。

賽金花妓院門前掛出「金花班」招牌，不久，被新聞記者獲悉，報紙就傳開了。艷聞傳出之後，居津的朝廷大臣，趨之若鶩，如蟻附羶。

不久，風雲突變，時局不定，賽金花遷到了北京，她居住李鐵拐斜街鴻昇客店，許多官僚、富賈聽說賽金花來到北京，都來客店思染指，因此，終日應接不暇。

春天，北京發生義和團，這是在慈禧太后暗中支持義和團和利用而進入北京的。以端王載漪爲首的把義和團組織起來了。此時，京中大亂，一九〇〇年八月十四日（光緒二十六年七月二十日），八國聯軍佔領北京，慈禧太后挾光緒皇帝出逃長安（西安）。一夜之間，北京城內，滿街白旗，各衙官員紛紛逃跑。

賽金花也慌了手腳，她發愁的是剛從南方來京不久的媽媽在身邊，她媽媽聽說洋鬼子進北京了，怕得要命，哭喊著要回老家徽州去。她媽媽說：「咱們住在鴻昇客店，不免有人要來查店，若是被洋人抓了去，不是找死麼？」賽金花想了想說：「乾脆咱娘倆到許大人家找一找我的乾姐那裡去避一避難，要回老家，這兵慌馬亂的時候，可不容易走。還是到許大人家爲好。」

原來，賽金花所說的許大人，就是洪鈞前後任出任駐德、俄、奥、荷公使的許景澄。因爲洪、許是前後任的關係，所以二人成了莫逆之交。那許景澄的小姨太太和賽金花拜了乾姊妹，所以賽金花知道許家住址，一心想投奔那裡。

那許大人的公館在地安門舊鼓樓大街方磚廠，母女二人匆匆僱輛篷車直奔許公館而去。

母女到了方磚廠一打聽，可嚇壞了，知道許大人被洋人給斬了。她們不待探詢，急忙乘車跑回鴻昇客店。

這天，德國軍官來查店，雖然帶有翻譯，賽金花卻與德國官兵直接用德語對話，不禁令德國軍官大吃一驚。經德軍官仔細一盤問，才知道她是在德國聞名的欽差夫人傅彩雲。

那德國軍官忙向瓦德西報告，瓦德獲悉之後，也不禁大吃一驚，知道駐德欽差夫人傅彩雲在北京，馬上派兵把賽金花接到中南海。

原來年逾花甲的瓦德西，曾與傅彩雲在舞場伴過舞。賽金花來到中南海，像做夢一般來到儀鸞殿，成爲慈禧的繼承人——瓦德西的伴侶、儀鸞殿的主人。

據瑞士華人趙淑俠女士所著《賽金花》一書，這書中材料來自趙淑俠之子在工業城圖書館，借到了瓦德西夫人的傳記《愈發清楚》一書及瓦德西《拳亂筆記》的德文版，而該書在筆者家中亦有其譯文《日記》，但先人如何所得，不得而知。趙淑俠書中述說：「當時中國使館在柏林和瓦德西住宅都是在一個區——締爾園（花園），瓦德西夫婦和賽金花都常到公園散步，又都是柏林社交界名流，想不認識也不可能。但瓦德西時年四十多歲，他和尼爾大公爵的遺孀紐約女子瑪蘇·李結婚。他們的婚禮是一八七四年四月十四日舉行的。在身份和年齡上，瓦德西是不會亂來的。瓦德西非一般平民百姓，其長兄在戰爭中犧牲，故瓦德西繼承父親的伯爵名位。

自民國以來，基於兩種人的兩種人生觀，對賽金花的看法不盡相同。前者是晚清以來居住在北京城的遺老，他們目睹賽氏保護了北京人和北京皇宮及文物的一面。後者對賽氏附敵和淫蕩，以及衆多人讀過曾樸所著《孽海花》，特別是一九三六年賽金花死後，夏衍所編話劇《賽金花》在平、津、滬等地演出時，觀衆出於愛國激情，痛恨賽金花卑鄙無恥，不少人向戲台上擲茶壺、茶碗，但是小說和話劇是以激發人們受國熱情為目的。人們往戲台拋擲茶壺，正是「劇本」的成功之處。

假如賽金花助紂為虐，她與瓦德西居住中南海，對瓦德西不加勸阻，今日的故宮，不成為圓明園的第二麼？

喪權辱國的《辛丑條約》簽訂以後，八國聯軍退出，瓦德西歸國，如果賽金花安分守己，或從良，到也不失為一個善良的女人，然而，她卻惡習不改，淫蕩成性，依然跟一些王公大臣和過去一些熟客頻頻往來。後來她託一位熟客金四爺在南城陝西購置一所大宅子。房子剛佈置好，忽然得到蘇州的弟弟死去的消息，她便回到蘇州辦理其弟的喪事。她辦完喪事，又溜到上海，買回六個上海姑娘，準備回北京開設「金花班」。她又覺得淨是上海姑娘，沒有北京的「風味小吃」，不夠意思，於是她又買了一個名叫鳳林的北京姑娘。

自從開業以來，門前車水馬龍，從西安逃難回來的廷臣、顯貴，本應好好整頓朝綱，臥薪嚐膽，圖自強之道，誰知道以慈禧太居為首的，終日接待公使夫人，看外國人的眼色行事，而光緒皇帝，依然是個牌位。那些大臣，往「金花班」跑得比上朝廷還勤，賽金花應接不暇。凡是官位小的，都由姑娘們接見，很難見賽金花一面。有時一二品大員不約而同地來找賽金花時，也是三品讓二品，二品讓一品。賽金花為了面面俱到，每一品級的官員，只能陪吸食鴉片煙不足一小時，然後擇其如意的陪睡人，但也要等待輪流應酬之後，才能前來，那預備陪睡的人，只好暫時到別的姑娘室中耐心地等待賽金花招呼。

經常有一些販夫走卒或無官職位的小吏有所求她，管事人一經向她報告，都會滿足這些人的要求。她對一些不得志的小吏，只要有求必應，只是她向顯貴一句話而已，立見功效。

由於她的權勢過大，養成她驕奢淫逸，殘酷暴虐的性格。妓女對她稍有不如意，便遭打罵。每天清晨，凡是沒有陪睡嫖客的姑娘，她要給上一小時的「進修課」，教給接客時的床頭動作。

有一天，北京的鳳林姑娘沒有陪住的客人，賽金花叫鳳林躺臥床上，叫她下身顫動功，鳳林姑娘不服從，賽金花便用錐子往鳳林的臀部猛刺一下，疼得鳳林猛然一動，後來鳳林姑娘邊動作邊落淚。

有一天鳳林姑娘沒有陪睡嫖客，她知道「動作課」不好上，她便把給嫖客準備的鴉片煙泡吃了幾個，毒性發作，頓時在床上亂滾，被姊妹們看見了，馬上去報告賽金花。賽金花忙叫大茶壺（伙計）去買解毒藥。當把藥買來時，鳳林把嘴咬得很緊，灌不下去。賽金花便用棍子狠狠地打她。此時，她已奄奄一息，灌不進去藥了。

正在這時，恰有開裁縫舖的賽氏相好彭濮氏來送衣服，賽金花叫彭濮氏幫她用車把鳳林送往「賽家車廠」去，對車廠掌櫃的于三謊說姑娘有病，要在車廠調治幾天。鳳林姑娘到車廠的次日凌晨便咽了氣。

賽金花知道以後，央求彭濮氏冒充是她的閨女，去北城兵馬司報案，說閨女服洋藥受毒，灌救無交身死。

北城兵馬司正指揮趙錄俊，見報之後，立即咨報巡視五城都察院，同時即與總甲陳奎等各帶檢驗吏、穩婆親詣屍所，將屍身抬午明處相驗。據城內檢驗吏宋元、穩婆王氏和北城檢驗吏荀常、穩婆薛氏上報：相得已死婦人王彭氏，問年十七歲，仰面、面色青黯，屍身軟，兩眼閉，鼻竅並口內俱有惡污流出，上下唇吻並上下牙根俱青黯色。舌縮，舌尖有刺泡，左肩胛近下青紫傷相連二處，難量分寸，係木物抽傷。兩手抱前，十指微曲，指甲、胸膛、心坎俱青黯色，肚腹脹。會驗後，塡格錄供，詳解報五城都察院。

六月初八日（光緒二十九年），遂將全安人證彭濮氏、于三、賽金花及屍格一本和三人畫押的甘結三紙，移送刑部訊辦。

按清代刑法，對賽金花應依照清律「私買良家之女爲娼者，枷號三個月，杖一百，流三千里。」然而，賽金花雖然身陷囹圄之中，卻能獨居單間，不但日食珍饈，而且可以「噴煙吐霧」，並非她神通多麼廣大，而是刑部衙門，上至堂書，下至員司，過去沒有一個不「雨露均霑」。因此，刑部衙門對她以「初犯」爲辭，祇收取贖銀三兩七分五厘，入官冊報。將已死的鳳林屍體棺抬到義地埋葬；至於彭濮氏、于三取保釋放。

賽金花在京開妓班，公然鞭笞凌虐妓女致死，案發後，得到刑部庇護而未受到依律治罪，這種歪風，從古至今，司空見慣。

一九一三年（民國二年），賽金花才改邪歸正，但已到了「不惑之年」，她悔恨過去朝秦暮楚的生活，始和國會職員魏斯靈在上海結婚，賽金花的眞實姓「趙」，隱瞞多年，才說出了眞實姓氏，並貫以「魏」姓，名魏趙靈飛。這也是魏斯靈給她取的新名，含有凌雲駕霧、展翅雙飛的意思。她們在上海舉行了隆重的結婚儀式，隨後北上，住北京櫻桃斜街一所大宅。而魏斯靈尚有結髮夫人，兒女成群。魏斯靈與賽金花雙宿雙飛居於別院。賽金花此時揭其母和女傭人顧韓氏同住宅內。因魏斯靈有權有勢，所以魏家的闔家大小，對賽金花母女敬而遠之。賽金花也初次領略了新婚燕爾的甜蜜生活，整日花天酒地，高朋滿座，大有應接不暇之勢。

好景不常，一九一九年（民國八年）春，她的母親逝世了，接著於夏曆五月間，魏斯靈因感週身不適，恰有同善社友人走訪，該友人素與人施針治病，遂用女紅所用之寸許鋼針，向魏斯靈脊樑骨插三針，紫血流出後，遂不能語言而一命嗚呼了。

魏斯靈死後，魏家上下回歸原籍，賽金花不從留京。

數年後，賽金花偕同顧媽遷至天橋居仁里，但因揮霍成性，日子越來越不好過。顧媽與賽金花相依爲命。顧媽的丈夫顧某早逝，顧媽時年僅二十六就居孀了。顧媽本姓蔣，與其丈夫同是江蘇海門人，因生活所迫，多年跟隨賽金花。在居仁里定居時，顧媽已逾四十幾歲了。顧媽與賽金花商量，想把她的弟弟蔣餘方叫來北平，想餘方在天橋一面做生意，一面伺候賽金花。這件事賽金花非常同意。

筆者結識賽金花正是這個時期，筆者任北平《亞東新聞社》社長。一九三六年（民國二十五年）十二月四日凌晨，電話鈴不斷地響，原來我社值班人員副社長王宗明通知我說：「賽二爺已然逝世，希速前往。」

當我抵達魏宅時，《世界晚報》、《晨報》、《實報》以及我《亞東新聞社》等記者們，早已到場了，只見顧媽正在嚎啕痛哭。

黎明時分，北平各報均報導了賽金花逝世的消息，一時轟動了北平城。

清晨八、九點鐘，潘燕生、李麗君、張次溪、張盛齋、齊如山、梅蘭芳、齊白石、周少舫、張佩萱、沈鑫等人，接踵而至贈以賻金。

下午，見劉耀庭、張彩臣、李青山代表董康總長送來「般若波羅密多心經」立軸。下款書「勳二位一等大綬寶光嘉禾章前署財政總長、司法總長董康」字樣。北平市商會會長孫晉卿也聞報趕來。孫與賽氏二人「串房過屋」，感情非同一般，故見賽氏停在屋中的靈床上，不禁大哭起來。他以賽氏後世自任。當即派人向估衣舖購來之衾爲之裝殮，並向棺材舖購得中上等棺材一具。

《中央日報》以及各報館幾天來對賽氏身後蕭條的報導，深爲各界關注。特別是老北京的老人，無不爲之嘆息。回憶她在庚子事變中，她向瓦德西說許多好話，許多家庭婦女免遭洋人的蹂躪。

京師商會及《實報館》代收各界捐款，並成立「治喪辦事處」。因居仁里的北房三間停靈狹窄，不便生前友好前來弔祭，故由孫氏主持暫厝在陶然亭附近黑窯廠之三聖庵。由孫晉卿主持開個臨時座談會，議決把棺材上漆三道，把她母親的靈柩移來與賽金花併葬，葬埋在陶然亭，在塚旁立一亭，以待後世憑弔。

五日下午，京師名流潘毓桂、吳炳麟、俞長霖派人來到三聖庵治喪處說：現在已由潘先生爲賽氏撰寫碑文，喻老先生已把篆文碑眉額書好了，吳先生正在抄寫碑文，書完之後，還要交中國石刻公司鐫刻，竣工須待明春。

在治喪會議上還決定：十五日開弔，十六日出殯。

賽金花畢竟是歷史人物，現在在陶然亭僅存有潘毓桂撰文漢白玉碑一座，在公園陳列室供人欣賞。陶然亭又名江亭，是清名士江藻所建，取自居易詩：「更待菊黃家釀熟，與君一醉一陶然」之句。

提起妓院來，當一名妓女，多是因生活貧困而操皮肉生涯的，賽金花也不例外。

論起娼妓事業，在我國約有三千年歷史，追溯我國殷代成湯到紂王亡國，凡六百四十年，稱爲巫娼時代；到了西周至東漢滅亡，凡一千三百多年，稱爲奴隸娼妓及官娼發生時代；從三國起到南北朝至隋亡，凡四百二十餘年，稱爲家妓及奴隸娼妓駢進時代，唐、宋、元、明四朝，凡一千多年。唐、宋有官妓、營妓以及「教坊樂戶」，稱爲娼妓興盛時代；到了清朝開國以後，才把唐開元至明時期沿襲下來的官妓——女樂教坊司廢除了，改名「和聲署」以樂曲爲主。順治十六年，裁革女樂後，京師教坊司并無女子，由太監頂替。此後，京中娼妓完全由私人經營。

京師及各省先後抽收「妓指」，凡納指官廳者爲「官妓」，不納指者，爲「私妓」。

在唐時代，首都在長安（西安），有個地方名叫「平康坊」，是妓女叢聚的地方，每年青年學子去到長安趕考進士，青年學者，經常到平康坊的「官妓教坊」去尋花問柳。這個地方成了「風流藪澤」，故後人稱妓院曰：「平康」。

落入「平康」的妓女，大多數是貧窮被逼迫而爲娼妓的，或被拐賣婦女的人販子用奸詐手段，把婦女拐賣給妓院；或被壞人誘之以小利而失足落水的。也有一些婦女，既非貧困，又非受人拐騙，而是受淫風腐蝕，加之淫棍之勾引，自投「羅網」而甘願成爲娼妓的。

清代的妓院，通稱叫「窯子」，妓女別名叫「窯姐兒」。在乾隆、嘉慶年間，妓院多在東城燈市口一帶，爲狎妓的「平康樂園」；在咸豐、同治年間，京師妓院多在南城。《清稗類鈔》載：咸豐時，妓風大熾，石頭胡同家家懸紗燈，門揭紅帖，每過午，香車絡驛，遊客如雲，呼酒送客之聲，徹夜震耳。士大夫相習成風，恬不爲怪。身敗名裂，且有因此褫官者。光緒初年，妓院多移于西城磚塔胡同。《塔西隨記》云：曲中里巷在西大市街，西自丁字街迤西磚塔胡同，磚塔胡同西南曰口袋底曰城隍巷、曰錢串胡同，錢串胡同南曰大院胡同，大院胡同西曰三道柵欄，其南曰小院胡同，三道柵欄之南曰玉帶胡同。妓院鱗比，約二十戶。光緒中葉，已被逐於城外。

京師官妓（指已納指稅的）多爲北地佳人，自光緒庚子後，風氣大變，蘇台鶯燕，聯袂偕來，以北地胭脂，雜側於江南粉黛之中，驟覺相形見絀。於是「南班子」之門戶名列前茅。輦下（即京師）貴人，趨之若鶩。著名南妓，首先北來者，爲賽金花。

有「平等閣主人」詠「賽金花詩」云：「任意輸情本慣家，聯歡畢竟賴如花。銀驄擁出儀鑾殿，爭認娉婷賽二爺」。按：賽金花在庚子辛丑年，她經常衣著男子裝，騎著俊馬，出入京師各處，這首詩是平等閣主人的紀實。老北京人談：庚子亂後，北京南城外開設清吟小班，各種章程條款，都是賽金花手創，到民國後，大家依然遵守這些條規，爲賽金花首創，堪稱北里之尤物、北京娼界之元勳。

清季南妓北來，南城妓院林立。《京華春夢》云：「京師教坊約分四等，上者爲小班，次爲茶室，再次爲下處。最下者爲「老媽堂」昔年西直門外萬牲園（動物園）東南黃土坑白房子有下處，專備人們宣洩獸慾之處。

北京在清末晚期至民國，在南城妓院密集著名八大胡同。即：韓家譚、百順胡同、石頭胡同、小李紗帽胡同、朱家胡同、朱茅胡同、博興胡同、王廣福斜街等處。

清代男妓是繼承明朝士大夫所猥男色，半爲優伶（以笑調諢爲能事）的男子。到了康熙、雍正年代，慕好男色仍然勃興而未輟，迨至乾隆朝，青春男色風靡一世。有身爲最高官吏，而狎（親近而態度不莊重曰狎xia）男娼，因而家敗人亡者有之。男娼名「相姑」，俗稱「相公」。

乾隆朝有位和坤，清滿州正紅旗人，姓鈕祐錄氏，字致齋，由生員入充侍衛，爲人精幹，拍馬有術，深爲高宗乾隆皇帝之賞識，晉升爲大學士，家中蓄養美男子魏長生，和坤置嬌妻美妾於不顧，一心迷戀美男子魏長生，時間長了，朝廷上下無一不知，和坤有「斷袖」之癖。何謂「斷袖」？這是引用漢朝的典故。原來漢朝哀帝（欣元）他迷上了一個叫董賢的美男子，一天哀帝與他同床共寢，熟睡之後，哀帝睡醒了，將要起床，一看自己的衣袖被董賢的身子壓住了，唯恐驚醒董賢，故把自己的衣袖剪斷了，然後起床，故後人指寵愛男子過度，曰「斷袖」之癖。

和坤爲官貪婪，遇事擅專，聲勢炫赫，乾隆皇帝駕崩之後，靠山既倒，嘉慶皇帝登基，朝臣紛紛彈劾和坤的罪行，嘉慶皇帝歸納和坤大罪二十條，其中一條，便是「雞姦少童」（將男做女，走肛門者，名曰：「旱道」），於是立諭褫職下獄，賜自盡（自殺）並抄其家。當時，和坤住德勝門後海。抄家後，爲醇王府載灃居住，現爲「宋慶齡故居。」

在道光、咸豐年間，當北京男娼極盛之時，太平軍割據金陵後，也受到清室的薰陶，廣蓄男妾。《金壺遯墨》載：「賊」擄幼童年十二、三以上者，六千餘人，盡行閹割（生殖器），有誤去外腎而死者，十六、七人。選其清秀、姿色秀麗者，敷粉裹足，著以繡花衣，號曰「男妾」。時各有侯裕寬、李壽春、鍾啓芳、王俊良等。皆極姸美，有巧思，能以側眉得「諸逆」歡。久而出入簾幕，漸與僞妃（指太平天國王妃）媛通，狎褻幾不堪言，諸逆「縱之以爲樂。」當時清代男色風流韻事，幾遍於全國。

光緒年間，京師操娼業者，設「坊曲」去到蘇、杭、皖、鄂一帶網羅十三、四歲兒童，凡是五官端正、眉目清秀、聰明伶俐、皮膚細膩、舉止端莊，家長如願意讓孩子進京學藝，「曲部」付家長紋銀五十兩。家長知道使孩子學好，情願立甘結字據，高高興興地把孩子叫人領走。月餘的時間，四省共招收了四十餘人。

少年入曲坊之後，先訓練習曲二三折，同時令其學官話（北京方言），學習女人走路之姿態；學會對人回眸一顧調情，使之百態橫生，久而久之，使得少年，各個溫柔典雅。

朝夕以牛奶加藥特製的花露，塗滿遍體，惟留手足不塗。三四月後，那女閭中的老鴇，對稚妓教以歌曲，應酬侑酒行令，教以伴宿，這與妓女大同小異。

曲坊的少年，一切舉止行動，與娼妓無異。當誘使少年陪客初始住宿時，陽春度，方驚惶失措，雖然石破天驚，久而久之，則習以爲常，忘乎所以。

《金台殘淚記》中載：「京師梨園之旦角曰象姑，把它念白了，在口語的習慣上曰『相公』。」文中又說：「群趨其艷者，曰紅相公，反之，曰黑相公。從清亡到民初，梨園界之旦角，沒有後台老斗吹捧，永遠難成名角。」

清徐岳著《見聞錄》云：清承明代男色極盛之後，朝廷士大夫所狎男色半爲優伶，半爲專幸狡僮。大臣某，其最寵之優伶，半爲專幸狡僮。大臣某，其最寵之狡僮有疾，親視湯藥，衣不解帶，及僮病危之時，某大臣誓不再近男女，狡僮聽之未信，大臣解所佩之刀，割其勢（指生殖器），被家人發現，未果。

又一士大夫，有寵僮死，殯殮之豪華，過於家人，士大夫作佛事，以資冥福，並爲文祭奠，哀毀過情。

至於民國初年，軍閥、政客，蓄養相公者如袁世凱、張宗昌之流，不一而足。

第一次世界大戰結束後，中國政府才把喪權辱國的「克林德紀念碑」拆毀，將一部分石條移放在北平中山公園，改名「公理戰勝碑」。一九五二年在北京召開「亞洲太平洋地區和平友好會議」，決定將此牌坊改名「保衛和平」四個字的牌坊，由郭沫若所題。

二十五　選偽使節　賠罪出洋

原來，一九〇一年《辛丑條約》簽訂後，京都處於「群龍無首」的局面，清政府留京大臣的意見待各國來華駐軍完全撤出後，朝廷須安定秩序之後，再電請兩宮從西安回鑾。這時從北京留到西安的榮祿，也奉太后的旨意，明諭以京中各衙門的案卷，多有遺失，「著各該尚書、侍郎督率所屬人員，趁此裁汰書吏，以清積弊」。令「各省設立經濟特科，以求政治人材」，並令翰林學院院士。力加整頓，破除成親，以培養人才，另外諭「各出使大臣，將各國之我國留學生，愼加選擇，趕及咨送回國，聽候考試，以便破格錄用」等等。這些意見，是光緒皇帝向太后建言的。

在瓦德西統帥撤走的前夕，這天的深夜，他與賽金花同枕共眠，二人從夢中忽然聽到外面的人喊叫，接著又聽到劈劈剝剝地響聲，猛然火舌從套間屋外的窗戶撲進來了，在二人驚惶中，瓦德西急中生智，忙把賽金花抱起，從窗口跳了出來。有人說：這是宮中太監縱火，想把他二人燒死。

一九三四冬，筆者任北平「亞東新聞社」社長時，曾訪問過蟄居北平天橋居仁里、人老珠黃的賽金花，曾問過她在瓦德西撤走的前夕，住在中南海時，是否在居住的地方起火？賽金花回答確有其事。她說：「我在德國時，認識克林德夫人。自打克林德公使被打死，在立牌坊的問題上，慶王爺也託宮女向我求情，因爲瓦德西不答應，朝廷爲這件事著了慌。當時聽說朝廷要給克林德設壇祭奠，然後把靈柩運送回國，再派大臣設壇追悼。可瓦德西不依不饒。我對瓦德西說，可叫朝廷給立一個像東單牌樓那樣的大牌樓做紀念，多壯觀？後來怎麼改立石牌樓，我就不知道了。」

一九〇一年《辛丑條約》簽訂後，瓦德西對克林德被殺事件提出，要皇帝（光緒）的兄弟做代表去德國爲克林德被殺賠禮道歉。清政府決定派醇親王載灃赴德國充當謝罪使節。一部分朝廷認爲這樣做，有辱國體，載灃本人也感到無地自容，但又無法拒絕。有人羑策說：「可以選一個『假王爺』與載王爺年齡和相貌相似的人頂替，豈不兩全其美？」但這樣的人哪裡去找呢？又不能公開選「假王爺以假亂眞」。

朝廷爲了不叫載灃作難，於是秘密派了十名密探，在北京四九城尋訪。兩天功夫，尋到了二十一名與載灃相貌相似的人，把他們聚在醇親王府內，對他們好吃好待承，一日三餐，都有豐富的飯菜。這些人只知道請他們來有「任務」，但不知道是什麼任務。有的說：「叫咱們來吃好的，喝好的，世界上哪有這等便宜事？」有的說：「說不定咱們吃好喝足，去當兵打鬼子去！」有的說：「不對，爲什麼把咱們當貴賓招待？要是叫咱們去打鬼子，那早就被抓兵的給咱們抓去了」。有的說：「你們看，那個戴紅頂花翎的王爺，爲什麼一個一個地直給咱們相面呢？」一個人說：「大家都是瞎猜，你們看那王爺不過也二十啷噹歲，一定叫咱們來，宮中要選駙馬啊！」「呸！放你媽的屁，你當是宋朝選陳士美哪，大清國不興招駙馬。」又有一個人駁他的這句話說：「那制度不興變嗎？我看桃花運，不知要落在誰身上了。這些人七嘴八舌地亂說一陣，說得熱鬧時，忽然由外面一位身穿袍褂、頭戴紅頂大花翎的人，他對準了從平側門（阜城門）內錦什坊街尋來的一名叫汪興的小伙子，對其他的人一概不理。大家心中暗想：這小子可眞走「桃花運」。

王爺問：你叫什麼名字？

汪興答：叫汪興。

問：多大歲數？

答：二十歲。

問：漢人、滿人？

答：漢人。

問：家住哪裡？

答：北京沒有家，老家在定興。

問：你在北京做什麼的？

答：在平則門裡剃頭棚耍手藝。

問：你有媳婦沒有？

答：還……還……沒娶妻。

王爺一聽他結結巴巴地回答，也笑了。王爺然後向其他二十個小伙子說：「大家辛苦了，恕這兩天招待不周。今天除了請這位汪君暫時留下外，每人贈十兩銀子，回家去罷」。早已準備好了的二百兩銀子，共分二十份，由太監每人分給一份。二十個小伙子，一齊給王爺磕了三個頭謝恩典。王爺說：「對不起，再見罷」。

大家走出府門外說：「以後汪興當了駙馬爺，咱們去到駙馬府，他敢不見咱哥兒們。」有的說：「當年陳士美連秦香蓮都不見，能接見咱哥兒們」。

汪興被留在府中，心中打鼓，他想：一定是當駙馬了，居住深宮，不知能不能回家？那宋朝的鐵鏡公主可厲害了。正在胡思亂想時，只見那位王爺走進來說：「汪興，朝廷想叫你做欽差大臣到外國去，還要叫你在朝廷內演習禮節。」這時，汪興像做夢一般，但他又知道這明明不是做夢，知道不是做駙馬。是當出國使臣。

傍晚的府中，燈燭輝煌，照得如同白晝一般。一位王爺和汪興一同用飯。王爺說：「你吃完飯，要不要回去和東家打一下招呼？」汪興說：「您說得極是，能不在店中住一宵，明天清早再來？」王爺說：「吃罷飯派車把你送去，明天去接你」。

吃罷飯，王爺即派人把汪興送走。汪興回到店中，全店鋪的人見一輛紅纓白馬車把汪興送回來，店鋪人員無不驚喜交加，到底是怎麼一回事，連汪興自己也不完全知道。

全店鋪的人，像審案似地你一句、他一句，問個沒結沒完。汪興說：「可能叫我出外洋，可不知是哪一國，可能從外國回來，叫我和一位公主結親。」大家越聽越興奮，一直問到深夜。老東家說：「大家快讓汪師傅休息罷，明天朝裡還有人來接呢」。大家才離開，各自歇息。

汪興一宵也沒有睡好，一心中想相和公主結婚。只見窗戶紙剛發亮，就聽到舖前「喁」地一聲叫喊。隨著就是敲門聲，全舖中的人都從夢中驚醒，東家開了門，一見是一位公公來接汪興，公公說：「汪興起來沒有？」說時，汪興出來了，忙說：「公公等一等，馬上出來。」

一輛嶄新的紅纓白馬車，揚長而遠。汪興一路之上，心中納悶，為什麼單選我當駙馬爺？這也是八字注定，眞的結婚後，一定住在宮中的駙馬王爺府，要把爹和娘，弟弟妹妹接到駙馬府中去。那宋朝的陳士美因爲有老婆，所以他才喪盡了良心，我汪興還是個「童男子兒」，叫我爹娘進宮，公主不會不答應。皇上家叫我出國，一定是叫我閱歷，開開眼界。

回到醇王爺府，公公帶汪興去謁先載灃王爺。載灃和汪興交待了實情說：「我身體不好，你要替我去到德國。」然後又說：「你看看我，你長得像不像我？」汪興說：「有點兒像。」醇親王載灃說：「像就好，派你一個差事，叫你到外國去開開眼，順便跟外國人辦點事。」這時汪興想自己果然猜對了，到外國去開開眼，一定是回國和公主結婚了。」然後說：「叫我到外國辦點事，我也不會說外國話，恐怕我不行。」王爺說：「不要緊，還有很多人跟著你，你不懂外國話，還有翻譯賠著你。」汪興說：「我這麼大了，不要請范姨賠我了」載灃說：「翻譯，不是范姨，是會外國話的賠同你。」汪興說：「若叫我去對外國人辦事，我實在沒這個本事。」載灃說：「這是皇上的旨意，不去就是抗旨，抗旨就要殺頭，你去不去？」汪興一聽，嚇得連聲說：「我去，去，去。」說完，給汪興穿上王爺的服裝，教他怎樣走路，怎樣行禮。載灃說：「我是醇親王府的王爺，我又是光緒皇帝的弟弟，你就代表我，你一舉一動，都要和我一樣，你到了外國，不要露出你是汪興，你就說你是載灃王爺，如果有人問你，你若是說叫汪興，立刻就把你宰了，聽見沒有？」這時汪興嚇得撒了一褲子尿，他又想，這一關闖不過去，就不會做「駙馬爺了」，剃頭棚掌櫃常說，「否極泰來」，一點不錯。汪興問：「到哪個國家？」王爺說：「德國」。

汪興穿上了王爺的服裝，教他學王爺怎樣走路，怎樣行禮，怎樣學載灃王爺話的聲音、調門。這時汪興身穿朝服，頂帶花翎、朝珠、朝褂。祇因他天資聰穎，也是福至心靈，凡是看見他的人，簡直無法分辨。他熟悉了醇親王載灃的動作，甚至於語言都像載灃的聲調。三天的功夫，叫他學習禮儀、行動，以及覲見德皇威廉二世，怎樣呈遞「謝罪賠禮書」時，如何進退、周旋等禮節。演習熟練以後，就帶領隨員作爲朝廷隨員使節，前往德國柏林。

到了德國境界時，德國政府知道「使臣」入境了，德方知道清朝是對上行跪叩禮，宰相保羅對威廉二世皇帝說：「中國對上級，見面要跪在地上磕頭，這次清廷皇帝之弟來時，也要叫他給陛下叩頭。」德皇說：「好，通知他見我時給叩頭。」於是德方對載灃提出「對德皇呈遞國書時，參隨人員一律向德皇行跪叩禮。」這時，對汪興來講，本是無所謂的，可是一批隨員認爲這是有辱國體，於是給西安避難的慈禧及光緒請旨。據回電：「據同治十二年（一八七三年）大清國與外國人協定，凡中國人與外國人往還，不行跪叩之禮。」此事向德方交涉。最後，德方表示應允，不再讓參、隨人員行磕頭禮。

七月二十二日，抵達德國柏林，受到德皇威廉二世接見，「賠罪書」由隨員蔭昌譯成德文」。這位「使臣」，覲見德皇時，態度從容不迫，成功地完成了覲見時鞠躬的禮節，然後又與德國廷臣相見，也做到了應有的禮節，酬酢盡歡，恰到好處，中德兩國邦交，因而增進。

正是沒有不透風的牆，當「謝罪團」剛一出柏林邊境時，有德國的「國事偵探」風聞此事，又經過到中國一番秘密調查，情況確實是一個剃頭匠冒充的「謝罪使臣」，偵探人員急速回國稟報了德皇，說：「清朝派來的那個謝罪使，不是光緒皇上的兄弟，是一個剃頭匠，冒名頂替，欺騙德國。」威廉二世獲悉眞情以後，非常生氣。立刻召宰相商議，說：「清人太無信義，把一個剃頭匠冒充貴族，矯執使節，以謝罪於我國，侮我實在太甚，當設法報復。」保羅退下，與各大臣密商對策。大臣們都說：「既然已出國境，就不必追究了，雖然是假的，可又拿不出證據來；如果這件事一經洩露出去，叫別國知道，會被他國作爲笑柄，反增我國之辱；況且清朝來了謝罪使團，不管是眞的、僞的，總是奉朝廷而來的，就不能說是假的，既然人人都不知道，不如緘口爲妙。」

保羅把大家的意見，奏明德皇，威廉二世，認爲也道理。這場風波，才告終止。

這裡要交代一下：據溥儀先生著《我的前半生》一書中，對以上所說頗有出入。書中云：「庚子後，聯軍統帥瓦德林提出：要皇帝的兄弟做代表，去德國爲克林德公使被殺事道歉。父親到德國後，受到了德國皇室的隆遇禮遇，她（指慈禧）認爲洋人對光緒兄弟的重視，這比維新派康有爲更叫她擔心，深怕載灃變心。於是把『后黨派』榮祿和醇王府撮合成爲親家。就這樣，我父親於光緒二十七年（一九〇一年）在德國賠禮回來，在開封迎上回京的鑾駕，十一月隨駕到保定，就奉到了『指婚』的懿旨。」

從這段話中說明：赴德國謝罪的不是僞使節，這應可信的。所謂「指婚」，是慈禧太后把自己的心腹榮祿的女兒瓜爾佳氏嫁給載灃。太后是「金口玉言」，說了就是「旨意」，抗「旨意」就是殺頭罪，可是載灃的母親劉佳氏，早已給載灃定婚，那親家是：內閣學福懋的女兒。在封建社會裡，可不是件小事。相等於現代的「婚姻登記」了。自古以來的禮教門第，嚴格遵守「一女不嫁二夫郎」。載灃母親爲此患了神經病，收「定禮」的對方福懋的女兒自殺了。

慈禧太后爲什麼給載灃「指婚」？其目的既可攏絡載灃，又可把有軍權的榮祿「拴住」。

「剃頭匠汪興冒充賠罪使節」，有沒有這回事呢？又有什麼根據呢？是筆者造謠呢？不是。這段故事，是筆者根據翦伯贊先生《中國近代史資料叢刊》上，翦先生輯清末柴蕚所撰之《庚子紀事》中的一段。姑作故事消遣罷。

庚子事變後，《辛丑條約》簽訂剛完，榮祿火速馳往西安與慈禧面經過，報喜又報功。太后於是對他「寵禮有嘉」，賞賜黃馬褂，雙眼大花翎，加太子太保，轉文華殿大學士，榮祿受到這此恩典，自然要效犬馬之勞。

慈禧太后對榮祿既放心，又不放心，這是慈禧對任何人的慣技。載灃到了德國之後，受到了德皇的隆重禮遇。慈禧認爲洋人對光緒兄弟的信任和重視，這比維新派康有爲更叫她擔心，深怕載灃變心，這才把后黨派榮祿與載灃結婚，後來生下了溥儀，榮祿便是宣統溥儀的外公了。

榮祿爲人投機有術，在咸豐年間，任過戶部銀庫員外郎，因爲貪污受賄被捕，當時的戶部尙書肅順，擬奏請朝廷問斬。後來瓜爾佳氏家花了鉅款運動上下，得免死罪。

光緒二十年甲午（一八九四年），他借進京爲慈禧祝六十大壽之機，又鑽進恭親王身邊，恭親王奕訢對印象一直很好，曾一度從恭王爺攻打過捻軍。榮祿通過恭親王，結識了李蓮英，他傾出家中珍寶、文物送給李蓮英。那李蓮英在太后面前爲他吹噓，果然得到重視，授榮祿任步軍統領，會辦軍務。他並不滿足，又向李蓮英宣傳自妻子的「美德」。慈禧很感興趣，就把榮祿之妻召進宮中，太后一見她能說會道，頗受太后喜愛，每天伴隨太后聊天，故榮祿對朝廷「了如指掌」。不久，任榮祿會辨軍務兼任巡防局督理五城團防保衛皇室。

光緒二十一年，授任兵部尙書，總理各國事務衙門大臣。

二十六　太后回鑾　玉貴出宮

一九〇一年十月六日（光緒二十七年八月二十四日），慈禧太后自西安啓程回京。太后挾著光緒皇帝離開了西安，在回鑾之始，僅有行李車三百輛，但每至一州縣，逐漸增加行李車，最後達三千輛，可謂滿載而歸了。光是李總管編號的行李，就有三百多輛。

出了潼關，到了臨潼縣公署，李蓮英傳令侍從太監，要索「門包」一千二百兩，知縣夏楚卿哀告說：「臨潼縣缺很苦，實在沒有力量出此鉅款」。那小太監報告李總管，李蓮英說：「告訴夏楚卿，沒有錢，金銀首飾也可以。」夏楚卿說：「奴才的家眷沒有隨來任上，哪裡來的金銀首飾。」李蓮英知道夏楚卿不出「血」，便唆使禁衛軍把給太后預備的午膳搶光、吃光。在開午膳前，廚房中忽然來了五、六十人，直充趙大人僕從，把夏知縣給太后預備的午膳全搶光了。

到了中午的時候，臨時來不及準備，天已過午，午膳還沒有開來，太后問李蓮英是怎麼回事。李蓮英說：「是趙大臣的僕從在鬧事，把太后的午膳搶光了。」李蓮英想：「太后一定會生氣，既可以仗責夏知縣，又可以痛斥與李蓮有仇恨的趙大臣管教僕從不嚴。沒想到太后說：「我們方出關，取個吉利，好歹吃點，就不必追究了。」

李蓮英對夏楚卿的這口氣還沒出，在晚飯時，指使小太監故意往菜中偷偷加鹽。太后一吃，實在不能入口，李蓮英在旁借機進讒言說：「這個臨潼縣知事夏楚卿，實在該殺，聽別人告訴奴才，他說西太后去年在北京釀成的大禍，是咎由自取，他還說，早就不願做這個苦差事了。」

太后聞聽大怒，說：「午膳時已原諒他了，晚膳又如此的鹹，他還來辱罵我，非我不仁，蓮英把這個奴才即刻正法。」李蓮英立刻傳旨，命掌刑官把夏楚卿以污君罪斬首，夏知縣就這樣含冤而死。

慈禧殺了夏楚卿的這天夜晚，她忽然夢見珍妃披頭散髮來了。「玉皇大帝命我來問你，你和李蓮英共殺了三千九百二十六個臣工和百姓，你不久就會到陰曹地府受審，油鍋已然準備好了。玉皇大帝封我為御前判官，專審陰險狠毒的婦人！」慈禧太后從夢中驚醒，知道珍妃已然成神了。

一行鑾駕到了開封府，由河南巡撫松濤迎駕。在行宮裡，慈禧太后忙命供上珍牌位，上書：「珍貴妃之神位」以示對珍妃追薦之至意。

這天午睡，夢見當年宋朝的包拯隨同珍妃一道來至慈禧面前，珍妃說：「你不必加封我，你沒有資格加封我，我已成神了。」慈禧心中納悶，包拯怎麼也來了，正疑惑間，包公說：「你經過開封府，珍妃判官數說了你在宮中的罪惡，我已奏知玉皇大帝，將把你打入十八層地獄裡去，」慈禧忽然從夢中驚醒，這時李蓮英正在太后身邊，問：「太后怎麼睡著好好的，為什麼這樣驚惶不安？」

慈禧說：「小李子，你不要問，快快給珍妃的牌位磕頭，叫她原諒咱娘兒們。」這兩天李蓮也有些心驚肉跳，想自打立神牌位，珍妃的靈魂，可能真來了，李蓮英財迷心竅，一心想發財，早把珍妃的事給忘了。開封的九月天氣，忽然驟寒，行宮每天需要用木炭三十斤。李蓮英對侍從太監說：「我們到了開封府，不比一般衙門，應索要『門包』三千兩，否則拒收木炭。」

松濤知道了這件事，就對開封道道台裕能說：「李總管這一關要是過不去，你沒聽說最近臨潼縣知縣夏楚卿的事麼？」那開封道台裕能「嗻」了一聲，回到府裡跟員司們說了此事，各員司說：「典老婆賣孩子，合府省吃儉用，也要把這三千兩銀子補上去。」

一天早晨，太后正心驚肉跳，巡撫松濤匆匆來到行宮，叩稟太后聖安後，奏報全權大臣李鴻章在京病逝，電文中說：「遺言推薦袁世凱署理直隸總督兼北洋大臣。」慈禧聞聽大驚，說：「在潼關時，還有奏陳，怎麼這樣快竟遽爾謝世？」松濤把電報呈上說：「北京電報今日始到，料知聖駕必到，所以急來奏聞。」光緒皇上知道此事，既喜且憂，他對喪權辱國的李鴻章之死，感到痛快，但聽他把袁世凱架上台，這是助紂爲虐，心中十分懊喪。太后聽了松濤的稟陳後，說：「這次和議，全賴他和奕劻竭力斡旋，目前大局方定，善後諸多問題，尙待解決，上天何不假他一、二年壽，令他辦善後呢？」說完命隨扈大臣，擬定諭旨，贈李鴻章爲太傅，晉封一等侯爵，謚號文忠，除在各省曾經建功的地方，許立專祠外，在京師也立專祠，又因生前遺囑保薦袁世凱，即諭袁世凱署理直隸總督兼北洋大臣。

光緒帝的皇后對太后說：「眼看聖母的壽辰快到了。」太后說：「我正在尋思著，如啓程，又須一兩月，到了十月初十，恐怕趕不回去，索興在這裡草草地舉辦罷。」正說間，京中來了一些親友王爺迎駕前來，正好趕上了不久的太后六十六壽辰。

這些天，自巡撫松濤以下各員司像過年一樣爲太后壽辰廢寢忘食，開封府到處張燈結彩，市面異常繁華起來，鄰近省、道、府、縣聞風而至，前來祝嘏。初十的前五天，太后命御前大臣訂造了一大批「銀牌」，限初十前交活，銀牌上要鐫刻「御賞耆民」四個大字。大臣們不知製造此牌爲何用。到了初十這天，才知道，凡是在開封府居住的老人，均賞賜一塊，以收買人心，體現慈禧太后敬老之意。

過了大壽之後，自開封啓鑾，過黃河，太后率領皇帝致祭河神，焚香行禮。地方官早已預備好了龍舟。太后、皇上、皇后、妃嬪、格格及大臣等，分別乘龍舟二十隻，光大船上的車輛、箱子之類，就裝十隻大船，返復渡過。

到了順德府，已入直隸界，署督袁世凱親自來迎駕，即日登途。朝廷大臣不少馳赴保定迎駕兩宮，並預備特別御用的火車，恭奉兩宮回京。

慈禧太后和李蓮英雖都上了火車，但還念念不忘她的幾千件行李。太后憑窗瞭望，至行李上了火車才放心。

一九〇二年一月，正是夏曆年底，太后等用了三個多月才輾轉抵達北京附近的京漢鐵路的馬家堡車站。

原來從馬家堡到北京本來有火車可乘，因義和團入京，鐵道被拆除了。

一群喪權辱國的賣國賊和一群聯軍入城時隱藏起來的大小官吏，現在一齊來到馬家堡迎接聖駕。慈禧太后與光緒皇帝、皇后等先後下車，只見各轎輿已預備妥當。慶王趨請聖安，袁世凱隨後。

太后對她們略略慰勞了數語。慶王即請太后登輿。

太后說：「暫且不忙。」她又左顧右盼尋找什麼，李蓮英跑來呈上箱籠名單，太后接過細視一番，又交給了李蓮英。

袁世凱帶領鐵局洋總辦，前來叩見。太后對洋人笑容滿面，溫獎有嘉。那洋總辦退下，太后方始登車。

太后入宮後，自同治遺孀瑜妃、珣妃、瑾妃、宮女、太監都跪接。太后說：「叫你們都受驚了。」瑜妃說：「叩蒙皇太后洪福，宮中沒有受驚。聽說有位賽金花，囑咐外國兵不准亂入宮門。每日仍照例進膳，幸喜平安無事。」

太后說：「這都是托祖宗的神靈，才得平安。」

太后領著皇帝、皇后來到了寧壽宮，瞧了瞧臨出宮逃難前，所密藏的一些金銀財寶，都依然存在，心中不覺大喜，然後去儀鑾殿，一見頹垣殘壁，全是一片瓦礫，不免潸然淚下。

太后又回到大內特意地來到貞順門，看看臨逃時，強把珍妃推入井中時的情景，歷歷在目，她想，將來載之史冊，後人會指責我殘暴，特別是那些騷人墨客，不知要把我醜化到何等地步呢，太后走到那口井邊，看到尚未把屍體打撈上來，依然沉沒在井中，頓時思緒萬千，軀體雖在井中，可靈魂已然升天了。

太后回至長春宮，立刻下旨，追封珍妃爲貴妃，高搭黑布花彩棚，追謚爲「格順貴妃」，在彩棚正中，供「珍貴妃之靈位」牌，命皇后率領妃嬪及宮女行跪叩禮。一面命內務府大臣主持將珍貴妃神屍打撈上來。然後由內務府把珍妃安葬在北京西直門外的田村。

接著，太后把二總管崔玉貴叫到御座前，說：「當初，咱們出宮之前，珍妃子向我頂了幾句嘴，我只說了句氣話，誰叫你指使王捷臣把珍妃子塞到井裡去了，我看桂公爺的面子，對你不加懲處。從今日起，叫你出宮爲民，以免嗣後我見了你，就想起珍妃子來。」

崔玉貴在太后寶座前跪著泣不成聲，此事，很快傳到太后弟弟桂祥的耳中，他立即進宮跪到他姐姐——太后面前，來替崔玉貴說情。姊弟倆在密室中談了一陣子話。桂公爺出來後，心中底原來有文章，故出來對崔玉貴好言安慰了一番，說：「你還是出宮好，在宮內也沒意思。」

原來，在慈禧太后御前的兩個權監中，桂祥對李蓮英蠅營狗苟的醜惡嘴臉看不慣，可是太后對李蓮英卻十分寵信，凡事百依百順，李根本不把桂祥放在眼裡，而二總太監崔玉貴對桂祥十分尊敬。當時朝中許多重大事情，只有李、崔二人知道得最詳細，所以桂祥把崔玉貴拉了過去，作爲「耳目」。就這樣，桂公爺把崔玉貴認做了乾兒子。

崔玉貴原名崔瑞堂，直隸河間人，一八六八年（同治七年）七歲的時候，家鄉年景不好，母親餓死，其父逃難出來，用抬筐把他擔到北京城時，遇見一位好心腸的太監，把玉貴引進宮，遂淨身當了老公，其父得了一些錢做生意，父子纔得以活命。

崔玉貴在宮中苦熬歲月十多年，拜八卦拳祖師尹福習武，學得一身好武藝。慈禧太后發現玉貴身軀高大，當差勤勤懇懇，又有躥房越脊的本領，二十歲那年，崔玉貴被提拔爲二總管之職。這時，經常有媒人給他「拉縴」，但都被他婉言謝絕了。他說：「誤了自己，不要再誤人家的女兒。」那個時候，凡是有錢的太監，在宮外納三房四妾，是不足爲奇的。

光緒十年（一八八四年），崔玉貴之長兄崔志方攜妻子從河間來京，崔玉貴這樣纔在東華門萬慶館三號購了一所宅子，安置其兄居住。後來志方背著玉貴連續娶了三位姨娘，每次都是玉貴事後知道的，即「木已成舟了。」玉貴異常尊敬志方元配夫人。後來，妻妾滿堂的志方又把一部分家眷分住在南苑。

玉貴長嫂居住萬慶館時，崔玉貴收養了趙姓一個兩週歲的男孩做養子，託咐長嫂替他撫養，取名崔漢臣。當漢臣十三歲時，崔玉貴把漢臣送進附屬於總理各國事務衙門的「京師同文館」深造。該館是清末最早的「洋務學習」，開辦時，只限招收十三、四歲以下的滿漢八旗子弟，學習外文、天文、數學一類課程。

崔漢臣及十六歲時，太醫院副堂官（院判）張午樵（字仲元）看中了才貌英俊的漢臣，就和崔玉貴商量，願把女兒張毓書許配漢臣。太醫院正堂官（院使）姚保生有個兒子，正巧與張仲元的女兒同庚，姚保生知道張午樵的女兒不但貌美，而且精通英、日兩國語言，故想和張午樵結爲親家。姚將心意對午樵說了，張午樵回說：「女兒毓書已然許配崔玉貴的養子崔漢臣了。」姚保生認爲張午樵看不起他，因此兩位堂官有了隔閡。崔玉貴知道了這件事很作難，就對李蓮英說了。李蓮英又把此事稟奏了慈禧太后，太后說：「把他們三個孩子都召進宮來我看一看。」一天，三個孩子來到太后寶座前叩了頭，太后邊問他們的年齡、學識，邊仔細地端詳他們的相貌。三個孩子不知太后要出甚麼「點子」臊得張毓書滿臉通紅，兩個男孩心中也呼呼地亂跳。原來，在他們進宮前，三位家長都向他們交了「底」。

三個孩子退出宮殿以後，太后把崔玉貴叫到跟前說：「我看你的孩子比姚保生的孩子才貌出衆，就把毓書配給小緒吧（崔漢臣的乳名）」。太后的話是金口玉言，姚保生也就無話可說了。後來宮內、宮外盛傳崔玉貴之子崔漢臣的親事是太后的「指婚」。

崔玉貴被迫逐出宮爲民，萬慶館家中的兄嫂及養子漢臣一點也不知道。

原來，崔玉貴走出宮門，逕往地安門鐘鼓樓後宏恩觀去住，這裡是老弱病殘太監集中的地方，類似太監的養老院。這個「養老院」，像早年他以鉅款捐助白雲觀一樣，捐款修建起來的。這次他由宮裡出來住在宏恩觀的第四天，家中的哥嫂纔知被貶出宮爲民的信息，於是匆匆率領侄兒漢臣、侄媳毓書乘轎前去觀中接玉貴回家。可玉貴性情有些倔強，他說：「哥嫂不必惦念，我過幾天一定回家。」他拉著兒子的手說：「你和兒媳要恩愛相處，一定要好好孝順大奶奶（指玉貴之嫂）。」接著又囑咐漢臣要好好當差，要奉公守法。崔玉貴在宮中雖然身居二總管，但並不借權勢把自己的兒子安插在「熱部門」謀以肥缺，他說：「剛從同文館畢業出來，乳臭尚存，不能授以優職」。

這件事玉貴和親家張仲元還有爭論，最後還是依照玉貴的意見，讓漢臣安排在法部（光緒三十二年改刑部爲法部）當一名郎中。

自出宮爲民以後，崔玉貴每隔十天，就到家中去看望。他有個規矩，每頓飯必須先罷出兩個窩頭嚐一嚐再進餐。家人知道這是不忘舊的意思，全家也都勉強地嚐一嚐。

崔玉貴在宮中當差的日子，有一段很長的時間，在頤和園中的慈禧太后派他到大內「照顧」光緒帝，叫他暗中監視光緒與光緒往來的維新黨以及光緒和珍妃身邊太監的行動。可是派他到大內多時，慈禧太后得不到玉貴的秘報。後來太后又派一名小太監名叫寇連材的光緒身邊刺探消息。過了不久，寇連材反而給太后上了條陳勸諫，痛斥李鴻章失職，請續修與日本開戰等十條。太后見了條陳，火冒三丈，沒料到秘密派去的人，反而卻與皇上沆瀣一氣，於是下旨把寇連材交刑部，以「內監不得干預國政」罪名而被斬首。然後慈禧把崔玉貴調回園中，爲後來被貶出宮爲民種下了惡因。

總管太監李蓮英同西太后從西安回到北京，首先趕到宮外北長街私宅察看。原來他的住宅，在浩劫中，被搶一空。他吩咐賬房太監把沿途劫來的三百輛車的「行李」，安置宅中，其原有過繼子李福德、李福立、李福海三人，還有「妻妾」三人，以及丫鬟、太監、聽差、家丁等，都在庚子事變中逃散。有的避難鄉間，有的亂中遇難。這次聽到兩宮回鑾，「妻妾」紛紛搬回寓所，兒女情長，相見不免抱頭痛哭。

慈禧回到皇宮之後，竟千方百計地想怎麼收拾光緒皇帝，她恨光緒，同時她也痛恨光緒的父親奕環，有人向慈禧太后進讒言，說醇王爺奕環的墳頭上長了棵白果樹，才出了光緒皇帝。

慈禧問：「怎麼回事？」原來，七王爺奕環在西郊妙高峰有座墓地，那墳頭上有一大棵白果樹，因此佔盡了皇家的風水。墳頭裡是埋葬王爺的。那王字上有白果樹的白字，豈不是皇字嗎？經過別人一給慈禧太后解釋，慈禧認爲很有理。慈禧太后說：「沒想到我眞瞎了眼，怎麼把載湉架上帝位呢？」於是她下令把妙高峰七王爺奕環墳頭上的白果樹砍掉，過些日子，她還不放心，又親自率領衆人到墓地去看，砍的不徹底，於是又令諸人把那棵高數十丈的古樹，連根伐倒。相傳說，刨樹根時，挖出數百條蛇來。

按：奕環是道光皇帝的第七子，因同治帝死後無子嗣，慈禧才選奕環之子載湉繼帝位（即光緒帝）。光緒皇帝對砍白果樹，十分惱火。崔玉貴對光緒帝說：「這是太后沒茬找茬。七王爺地下有知，將來待太后百年之後，七王爺在陰間也會跟太后算賬的。伐白果樹，在七王爺墳墓之前，把『白』和『王』連在一塊兒，說是『皇』字，就把樹砍掉，這不明明影射萬歲爺嗎？」光緒一聽，崔玉貴說得極是。慈禧太后把崔玉貴二總管和寇連材二人放在光緒皇上身邊，爲了監視光緒行動，沒想到崔玉貴和寇連材師徒二人，非常公正。他們並不向太后密報光緒的行動，他們認爲皇上變法，對大清國有好處，省得洋人淨欺侮中國人，立意維新，有什麼不好呢？

慈禧殺了寇連材之後，李蓮英對慈禧說：「寇連材如此膽大妄爲，倒在皇上那邊，這難道就與崔總管沒有一點責任嗎？」所以慈禧太后對崔玉貴心中非常不滿，但又找不出他犯罪的事實，所以太后從西安回來，在珍妃問題上，命他出宮爲民，沒殺他，這也是崔玉貴命大。

二十七　樂以忘憂　歡度新年

話說慈禧太后找了個崔玉貴這個「替罪羊」，從此之後，諭每月初一、十五，均由光緒皇后率領妃嬪在珍妃神位前行禮，皇后對此十分不滿，但又不敢抗旨。

慈禧太后，爲了扭轉皇后的抵觸情緒，經常說：「珍妃子一進宮，我就看出她的聰明機智來，對皇上十直是很賢慧。我叫內廷供奉繆蕙太太教她繪畫，妳們不是不知道，她學了不久，把人物仕女畫得栩栩如生，你們也不是不知道。你們還記得嗎？按官例妃子不應乘八人大轎，這是皇上特賞給她的，我當時表示十分同意，這你們也不是不知道……」

慈禧太后不但在口頭上贊許珍妃，而且在文字上，也做了書面宣揚。據光緒朝《東華錄》二十七年十一月第五十一條記載：「欽奉慈禧懿旨：上年京師之變，倉猝之中，珍妃扈從不及，即於宮內靖難，洵屬節烈可嘉，加恩著追贈貴妃位號以示褒恤」云云。

這個被太后親手殺害的珍妃，一躍而爲節烈殉國的英雄人物了。

珍妃的一生，榮辱兼備，在一九一一年十一月十六日（宣統三年），遜清皇室以隆重的貴妃葬儀，將珍妃靈柩埋葬在西陵易縣，在光緒帝陵寢之前沿，後來賊人單單把她的墳掘了；上天不佑，到了八十年代，北京故宮博物院，有賊人，偏偏把她的「珍妃之印」一顆金印盜走，幸而把賊人抓獲，這都是後話。

慈禧太后從長安（西安）回到北京，她進一步與各國使館加強聯繫，每日和公使夫人探詢機密，通過夫人，把自己的意見轉達公使。太后深知博得公使夫人的歡心，是投靠洋人的捷徑之門。

新年快到了，皇宮內院，五彩繽紛，紅燈高掛，彩牌林立，一片歡騰景象。過了臘月二十三日的祭竈，除夕臨近，由內務府奏明太后，循宮中舊例，通知各宮總管封印準備過年，並通和各府第福晉（滿語妻子的意思）、命婦（有封號官員的妻子）、格格（皇族女兒的稱號）及一二品大員的女兒，於二十五日進宮度歲。太后說：「今年不比在長安慌亂中度歲，今年要比往年風光一些才是。」

這天上午八點，全體齊聚紫禁城蒼震門，只見李蓮英也穿上了蟒袍補褂，迎接在蒼震門前。各府福晉都是一色大紅繡花氅衣，粉紅襯衣，進宮的格格們，各個花枝招展，由李蓮英引至寧壽宮。

太后升座，第一撥先叫衆格格朝見，衆格格魚貫而入，向太后行禮畢，分別侍立太后左右。太后注視著她們，多一半不認識，感覺這些孩子沒有傳統的家法習俗，便一一詢問年齡、學識，有的問哪府第的，然後退去。第二撥各府第福晉、命婦入見，由皇后、妃子及宮內當差的格格負責招待。行禮完畢，太后對她們說：「過新年，大家應當快快樂樂地慶祝一番，可不要閒著，婦女理家之道，首先要會做針線活。衣服、鞋襪，必須親自裁、自剪、自做。我朝家法森嚴，凡皇上御用衣服，都由皇后、貴妃親自製做。我看各府第的格格，有不少性喜浮華，不要說熟嫻剪裁，好像做針黹都不是她們自己的事。好吃懶做，將來出閣怎麼是好？今天，我考一考你們，叫皇后、妃子，指導你們每人各裁一兩件衣服，然後叫格格們每人縫做一件，做好有賞，限你們兩天交活。」

有的福晉一聽太后的懿旨，哪裡是叫我們來度歲？簡直叫我們來受罪。不少人嚇得汗流浹背。自己多年不動刀剪，剪裁好像問題不太，可自己的女兒，是橫針不知豎線，拙手笨腳，哪裡做過針線活兒？其中也有的福晉知道自己的女兒精於剪裁和製作，在這次考試中，要大顯身手。太后叫侍從太監，準備二三十個案子，太后說完，又對皇后說：「叫大家剪裁的規格要統一，以便鑒定優良」然後又由太后說明各袍褂的長短、肥瘦的尺寸。皇后聽了之後，又對妃子和福晉等人傳達說：「你們今天裁好，從二十六、二十七日早晨開始，限期兩天，叫格格們做好，做好後，由我親自來檢查。」

各府第的格格們，會縫紉衣服的，高興得都跳了起來，可就愁了那飽食終無所用心的小姐們了。縫紉的這一天，每個格格們都坐在標有自己名字的案子上。醒目的名字，若是太后來檢查時，做不好怎麼辦？

那監場的有光緒皇后和瑾妃，還有同治皇帝的遺孀瑜妃、珣妃、晉妃。她們都很通情達理，看見不少格格偷偷把衣料交給熟嫻裁剪、精於製作的姊妹，自己把人家做好的衣服混在自己的案子上裝樣子。可皇后和妃子們，都就睜一隻眼閉日隻眼假裝沒有瞧見。那一些笨手笨腳的格格們，偷偷把人家做好的服裝放在自己的案子上，皇后和妃子連管都不管。那些「笨ㄚ頭」這時也不笨了。於是明目張膽地跑到精於製做剪裁的姊妹的案子前，請求把人家做好的衣服換過來。

這時，皇后和妃子們都看在眼裡，惟恐萬一太后進來看見，自己就吃不消了。皇后對幾個妃子說：「你們要制止這些亂跑不守秩序的格格們。」妃子們見皇后發話了，都分別走到那些弄虛做假的格格案前警告她們。

其中也有不會做衣服的格格，卻不作手腳，自己拿起針線，按照妃子裁好的衣服，細心去做，不弄虛做假，縫什麼樣就是什麼樣。

兩天過去了，各人將自己所做的衣服，先交給皇后和貴妃驗收，都標上自己府第和姓名，然後陳列案子上，待太后來檢查。

太后領著一群人來了，她笑嘻嘻地來到每一個座前巡視，但太后只是走馬觀花，並未一個一個仔細看，太后巡視完畢，一看案子上，都整整齊齊地擺得很好，心中十分滿意。太后說：「今天看大家做的活，都很好。」格格們一聽高興極了，特別是那弄虛作假的格格，雖內疚，但沒有在太后前露了馬腳。

大家高高興興地三一群，兩一伙，在御花園盡情玩耍。有的父母對女兒說：「看看妳們在家裡做活不做活。家中的事，不能全靠傭人，家裡的事，什麼都能會幹，有了本事，什麼也不怕。」

在宮中這一縫紉關過去了，太后又想出了個「點子」，在二十九日這一天，太后傳旨，命皇后、瑾妃和瑜、珣、晉各妃及各府福晉、格格們，一律脫卻華麗的服裝，完全換一身粗布衣。大家一聽，都不知道怎麼一回事？太后這天早晨已披上了一件毛藍粗布大褂襤。皇后、妃子和大公主一看，不得了，也換上了一件茶青色面皮襖，也套上藍布褂襤，衆格格們也由宮女們代爲換妥。可衆格格們誰也不知道是怎麼回事。原來這種辦法。也是循例由內務府早已備好，專爲太后率領衆格格學習做菜。把魚肉菜及調料都準備齊全，爐灶就有二、三十個。太后說：「爲婦女者，理宜親操井臼，調和五味，凡屬家常所吃的各種菜味，都應自己能做，烹煎烤烙煮，酸甜麻辣鹹，做的時候，都有一定的規矩，吃的時候，才能合口味。一樣材料，會做的，便能膾炙人口；不會做的，便難入口。既是婦女，就應該在家料理家務。雖然家中有廚役，也須自己明白做法。」

說罷吩咐瑜晉二妃說：「你們兩人，隨便各做一味與她們做榜樣。」皇后又對衆格格們說：「你們要注意用心學習。」只見瑜妃手持菜刀，先切肉，預備佐料，然後提起炒勺，就在爐火上炒將起來，轉眼熱氣騰騰的炒裡肌絲加川冬菜，盛在盤內，由宮女忙著擺在盒子之中，跪在太后面前，太后用筷子嚐了嚐說：「鹹淡合適，味道也鮮美。」接著晉妃的菜也由宮女呈了上來，太后一看是糖醋溜魚片，也嚐了一口，誇獎說：「眞是膾炙人口。」然後向衆格格吩咐說：「這殿內一共二十份案子，十個小灶，你們每兩人做一樣菜。」衆格格們會不會的，一齊答應。衆人將袖子一挽，自選幫手，一時勺刀齊響，炒的炒，烹的烹，這邊嚷。「喲，把醋當成醬油了。」那邊喊：「夠了，夠了，鹽加多了。」廚房內亂成一團。不大工夫，衆人所做的菜由妃子檢收，寫上各人名字，整整齊齊地放在長條案上。太后走馬看花巡視一遍，那放錯醋的和放多了鹽的，怕太后品嚐，幸而太后笑著走了過去。那對烹飪有把握的，想叫太后嚐一嚐，可是太后也沒有顧得吃一口。太后說：「就叫大公主評定優劣吧。」太后回至正殿，叫大家也休息去。

次日就是大年三十了，太后起的比平常還早，皇后等也在黎明時分，來到殿上。衆格格天不亮就已梳洗打扮好了。這天衆人的服式，與尋常日子不同，皇后、妃子、大公主以及福晉等都穿官服，頭戴翠鈿，身罩紅青長褂，寶石掛鈕，耳戴墜子，格格們仍是大紅氅襯衣，只是人人頭上，加戴紅絨縷成的福壽二字，「兩把頭」上，各插大紅穗子，垂至肩頭。

太后由寢室出來，也是頭戴鈿子，內穿黃色繡花親衣，外套一件紅青大褂，褂子前後心和兩肩之下，繡著四團金絲正龍，下繡五色海水。李蓮英也身穿花衣蟒袍。太后升座之後，由皇后依次向太后請安。禮畢，太后命皇后，率領福晉製做佛前的供花。大公主率領格格等，用糖果製做和佈置佛前供品，直到午膳時才忙完。

午膳後，太后親自寫了二十張三尺見方的「福」、「壽」二字。她說：「誰愛寫字，就照著我的字樣寫罷。不要怕難，會越寫越好，沒有膽子不行。」說完。有的格格是剛出犢的牛，不怕虎，提起筆來，歪歪扭扭地寫了起來。有的把「福」字，寫成像個「禍」字。太后笑著說：「畫虎不成，反類犬者也。」衆格格哈哈大笑起來。弄得提筆大膽寫字的格格，臊得臉通紅。

下午五點鐘，光緒皇上率領近支宗室，滿蒙各王公及滿漢二品大員，至寧壽宮給太后行辭歲禮。這種禮節，是滿洲舊俗，先由禮部贊禮郎王雨辰等在殿上唱滿語贊禮歌。此時由皇上及各親王在太后面前對舞，其所舞之手勢、身段，有進有退，贊禮之人隨舞的步伐唱贊歌。殿階下有四人身穿豹皮花衣，各持虎頭大畚箕一個，用竹板敲打，所敲打的速度，和唱贊歌及對舞的步伐也要一致，名曰：「喜起舞」。皇上和禮親王一對，慶王和醇王一對，倫貝子與那王一對，共十餘對。舞畢，皇上在前，諸王大臣在後，向皇太后行三叩禮，太后各賞荷包一雙，然後皇上回乾清宮。

皇上退後，由皇后率領妃子、福晉、命婦、格格為一班，先向太后行禮，由內務府女贊禮郎唱導。這項女贊禮的裝束，與禮部的贊禮郎一樣，也是朝冠朝靴，蟒袍補褂。與男贊禮郎不同的是她們是油頭粉面，耳墜金鈿。最後是宮女、太監等叩頭，嘴裡嚷著：「奴才們給皇太后磕頭。」人數太多，跪滿了一院子。太后命李蓮英，每人賞二兩銀子。禮畢，太后退回寢室休息。妃子又率大公主、福晉、命婦等，與皇后行禮；福晉、命婦等，又向妃子行禮；其次福晉、命婦，再分長幼，互相行禮辭歲。格格們也向長輩請安辭歲。

宮中內外，懸掛各種宮燈，照得如同白晝一般。除了太后頒給所有行禮的人一份禮品外，凡是長輩，也都賞給晚輩辭歲錢，格格們、宮女、太監個個都有百八十的壓歲錢。

晚飯後，有鬥紙牌的、有搖會的，有推牌九的、有拈升官圖的、有擲八仙慶壽的，有擲圍獵的。

這天晚上，太后、皇后、妃子、大公主、宮女、福晉等，她們的服色，與尋常不同，太后頭戴鈿子，內穿黃色繡花襯衣，外套一件紅青大褂，褂子前後心和兩肩下，繡著四圍金絲正龍，下繡五色海水。皇后、妃子、大公主以及福晉等，都穿官服，頭戴翠鈿，身穿襯衣，外罩紅青長褂，寶石掛鈕，身戴墜子，格格們更是花枝招展。

夜晚十二點鐘正，太后命衆人齊到殿上，然後排好大案子，由膳房預備好了的各種蔬菜，太后命衆人做素餡煮餑餑。衆人一齊下手，大殿之上，叮兒噹兒亂響，這一道工序完成了，由皇后、妃子、大公主等拌餡，口味鹹淡，由太后決定。

餡子齊了，擀皮的擀皮，包煮餑餑的包煮餑餑。天到深夜零點，餃子業已包齊。太后命大衆退回更衣，重新梳頭、打扮。不大工夫，皇后率領衆人又來到殿上。太后坐在案端，皇后等人都站在案旁。太后命宮女把煮餑餑送上來。太后說：「此刻，是新年、新月、新日、新時、開始。我們不能忘記去歲的今天。今天能吃一碗太平飯，這就是神佛的保佑、列祖列宗的庇護。」

天，尚未亮，太后吩咐各府福晉，願回府可回去。不少福晉們聽了太后的旨意，都向太后叩頭辭別，這時天已矇矇大亮了。

外邊傳進來信，說皇上駕到，給太后賀歲來了。衆人都躲在屛風後面。

皇上來到殿上，太后升座，皇上雙手捧著一柄如意，跪在太后前奏道：「子臣謹賀太后新年新禧。」太后將如意接了過來，皇上立即叩首。太后爲了取個吉利，她對皇上也分外和氣了，她笑著說：「祝國家日益富強，願皇帝身體健康。」皇上叩頭完畢，太后下座，命皇上在殿上吃素餡煮餑餑，皇后和瑾妃站在桌旁伺候。

皇上吃了兩個，便站起來說：「今年的餡子很好。」太后說：「今年的素餡香油比去年在長安時香多了。」皇上漱口、淨手後，皇后率領妃子及群宮女給皇上行禮拜年，群太監口稱新年新禧，給萬歲爺叩頭，皇上受禮畢，前赴保和殿去接受群臣賀禮。

這時聽到遠處鑼鼓喧天，李蓮英奏說：「各會頭給太后叩年來了。」太后說：「叫他們到南海子去。」

一霎時，只見虎坊橋的太獅：少獅，南弓匠營的五虎棍，右安門的跨鼓歌，地安門的石鎖，六郎莊的高蹺會。還有天津的小車會，涿鹿的跑旱船，豐台的舞蹈……各會頭跪在地上齊聲高喊給皇太后拜新年來了。

時辰正是上午八時整，太后受禮畢，各會頭宣佈開始獻技。

那小車會、跑旱船、扭秧歌會，都十分滑稽。那跨鼓十幡、五虎棍、太獅、少獅、雙石頭開路，都是眞硬工夫，觀看時，叫人心花怒放，表演到中午才散去。太后命賞各會頭一百兩銀子。

太后看罷，非常開胃，格格們各個看得很帶勁，興盡而歸。

從除夕到初一，爆竹聲不斷，全北京城都籠罩著節日的愉快氣氛。初一的一清早，千家萬戶像走馬燈似地，互相拜年，見面邊請安，邊道聲：「見面發財」，或說聲：「過年好」，或「萬事如意，一順百順」等之類吉利語。

光陰如白駒之過隙，轉眼之間，到了新年正月十五的上元節。照例，三海大放花盒。兩年來受到時局的影響，這裡成了死海。慈禧太后回鑾後，自當讓在浩劫中喪失活力的海，重見光明。慈禧太后傳旨：凡屬三品以上的文武百官，晚間都准其赴三海來觀賞花盒。

晚膳後，各府福晉、命婦、格格等，一律吉服由福華門而入，趨至儀鸞殿朝見太后。然後太后率領衆人就在中南海觀看燃放花盒。

這盒子架，搭在海中間。先放長鞭一掛，然後放起各種花炮，特別新奇。那些煙火的盒子，變幻多端，有花盆、葡萄架和各種鳥獸花炮，有的彷彿像個花園子似的，始而由樹燃起，引到花廳的草亭子，只聽一聲鉅炮一響，由房頂上落下幾個紙人來，再由紙人手中引出火線，燃著了各種花炮。樹上出現了各色的美麗燈籠來，然後再由各色的燈籠中，向上噴火花，越來噴得越高，飛滿天空。那草亭、花廳也隨之而起，照得全海如同白晝一般。就在這個時候，天空中好像百萬流星，千萬條火龍，再看海中晶瑩的冰面上，反射出奇異彩，煞是好看。

花盒放完，太后命各府福晉及文武官員，去到儀鸞殿吃元宵。在大家吃元宵時，由十幾個太監，在院中玩耍兩條龍燈助興。

游龍戲玩了一個時辰，太后命內務府把預備好了的無數精巧奇妙的燈籠，每人賞賜一個，點燃上蠟燭，每人手持燈籠，向太后叩頭謝恩，盡歡而散，各自乘轎回府。

一年容易又春光，一九〇二年春，頤和園群芳爭妍，碧桃、紅杏、玉蘭、榆葉梅、紫白丁香等，萬紫千紅，令人陶醉。太后遍邀各國使節夫人，眷屬，在頤和園仁壽殿宴會。

美國公使康格夫人，作爲外賓的領袖，還有美國參贊韋廉夫人、西班牙公使佳瑟夫人、日本公使吉田夫人及葡萄牙代理公使阿爾密得夫人等。康格夫人還帶著一個女子，生得窈窕，其色可餐，慈禧一見此女，覺得此女，眞是俏麗絕倫，於是便問她的姓名，翻譯蓉齡說：「她叫柯爾姑娘，是個畫家。」

太后對她非常賞識。太后率領各國公使夫人，遊逛半日，共進午餐。

二十八 太后肖像 美國出展

話說美國公使康格夫人帶來畫家柯爾小姐，介紹給慈禧太后之後。有一天，太后特意召見柯爾姑娘談話。

太后問：「你擅長畫什麼？」「畫人物像」，柯爾姑娘接著說：「我想給太后畫一幅，然後把像寄到美國聖路易博覽會展出。」太后一聽把像運往外國展覽，心中便有些不舒服。她說：「我朝舊制，帝后的像，須俟千秋（死）之後，才能照繪呢，活人怎能畫像展出？」柯爾姑娘說：「現在世界開通，越是聖明的皇帝，越得把肖像流傳到各國做紀念。英國女皇維多利亞的肖像，她幾乎傳遍地球各地，太后福壽雙全，何妨破例一試？」太后默默良久，說：「待我想一想，緩日再告訴你。」

午飯後，太后率領各公使夫人，暢遊春光明媚、萬紫千紅的頤和園，太后左右還有翻譯壽俊及使館漢文翻譯維廉斯夫婦等隨行人員，給太后傳話。談笑風生，兼之鳥語花香，令人心曠神怡，大有出世入仙之感。

過兩天，外務部把太后召見柯爾姑娘的日期，通知了美國使館。

柯爾姑娘雖然是美國人，卻在法國學習繪畫多年，專門畫人物像，這次有蓉齡的鼓吹，同時太后也想出出風頭。蓉齡和柯爾姑娘，早已是法國時的親密學友。

原來，蓉齡的父親裕庚，一八九九年任法國公使，蓉齡和德齡姊妹倆，在法國巴黎考入舞蹈院，那時就與蜜斯柯爾相識，大清國的西太后的一切，經過蓉齡的介紹，使柯爾姑娘很感興趣，所以她來到中國，想方設法，請求美國公使康格夫人帶她進宮來，一睹西太后的芳容。

一天，下午三點鐘，柯爾姑娘來到了頤和園，由蓉齡接待她。

二人一見，柯爾說：「蜜斯裕，你還記得在巴黎時，你說的一段話嗎？」蓉齡說：「不記得了。」柯爾說：「是一段故事。」「什麼故事，你快說。」柯爾說：「你想一想，是太后的故事。」蓉齡說：「我眞忘了，你說說我聽聽。」柯爾說：「你說中國自古到今，只有兩個美人，你忘記了嗎？」蓉齡說：「你啊，你的記憶力眞好，你說說我聽聽！」柯爾姑娘說：「我說得不對的地方，你可以給糾正：中國古時，越國的苧蘿山下的西村有個美女，名叫西施。越王勾踐爲了討好吳王夫差，就用重金把西施聘來，準備把她獻給吳王，越國的老百姓，都慕美人之名，爭欲認識，機會難得。如把她送到吳國，看美人的機會就沒有了。所以，人山人海，把道路都擁塞住了。有個大臣叫范蠡的，出了個主意，說誰要看美人，交金一分。遠近的百姓，爭先恐後地都跑來了。

繡樓的欄閣之下，只見西施登在朱樓之上憑欄而立，手扶欄杆，瞭望人群。她心中想老百姓好不開眼，不禁冷笑著，下面仰望的人，個個飄飄然爲之陶醉。一時金錢積滿了幾箱，柯爾說：「今日我來到御園中，就是想瞧一瞧另一個美人，就是西太后……我看太后比西施還美呢，若是畫出來，一定勝西施。」蓉齡說：「小點聲說，我和你說的時候，是前些年的事，那是太后年輕時的像貌。太后年輕時，的確是個眉不畫而黛，唇不染而朱，髮不塗而墨，面不飾而白，別有一番風韻，你想今年太后都六十七歲高齡了，哪能比昔時呢？」柯爾說：「不，我看太后還具備你所述的美容豐姿，我若是畫下來，保證叫青春再現。」

太后在仁壽殿接見了柯爾姑娘。太后與她閒談，問了她有關美國的風俗習慣，以及白宮的禮節，柯爾姑娘說：「我們是共和國，白宮的禮節比中國的禮節簡單得多了。」太后見她帶了很多繪畫的工具，便問：「姑娘帶來的是什麼工具？」柯爾說：「帶來的是畫架和調色板。」「為什麼畫像不用筆墨和硯台？」蓉齡對太后的問插嘴說：「西洋油畫與中國水彩畫不同。油畫是先在木板用筆勾模影形的輪廓，然後再在木板上調色。」太后說：「就要柯姑娘開始畫罷。」慈禧太后身穿華麗繡花旗袍，兩把頭上，插滿了珍珠翡翠，光彩奪目。端端正正地坐在寶座上。兩隻戴有金指甲套的手，扶在兩膝上，洋洋得意地自比西施。

柯爾姑娘畫了一會兒，太后說：「先拿來我看一看。」她一見勾畫得亂七八糟的醜態，詫異地說：「哎呀，怎麼把我畫成這個樣子？」蓉齡說：「這是勾形，調好顏色就好了，畫像不同我們國畫，西洋油畫要遠看，而不宜近看。柯爾姑娘說：每天請太后坐兩個時辰，也要坐上三天才能完成。」太后還沒等蓉齡傳話，就問：「柯姑娘說話，為何這般快？嘀流嘟流，一說就一大串，老這樣豈累壞了？」蓉齡說：「中國人若是說快了話，叫外國人聽起來，就像放連珠炮一樣。」蓉齡接著說：「剛才柯姑娘說：畫一幅畫像，老祖宗每一天坐兩個時辰，也要坐上三天，才能畫成。」太后聽了之後，橫眉緊蹙，有些不耐煩。她說：「只要把面龐畫好，下半身就由你穿上我的服飾照畫罷。」蓉齡只好從命，第二天，她便穿上太后的服飾叫柯爾畫起來。

當柯爾畫到太后的雙手時，柯爾說：「蜜斯裕，你可以把太后的指甲套要來，你套在手上才好。」蓉齡連蹦帶笑地跟太后借金指甲套去了。

柯爾姑娘在宮裡住了一年之久，她給太后畫了兩幅使太后自認爲是成功的像；因爲那兩幅像，把慈禧太后專橫、殘暴、毒辣的嘴臉，轉變描繪得溫柔、善良、仁慈、喜悅、窈窕、姿色動人的西施兼而有觀世音菩薩的慈悲形象了。

柯爾姑娘要回國了，對於她畫像的報酬，太后命外務部議奏上來。太后認爲送她錢不好，不如送些禮物。駐美大使伍廷芳告訴慶王奕劻說：「在外國畫像的，都靠畫像生活，送些錢較好。」

最後，決定送她一萬兩銀子和一枚勛章。這筆賞賜，由外務部送交美國大使館，轉交給柯爾姑娘。

柯爾姑娘給太后所繪的兩幅得意的代表作，一幅留在京中，一幅派皇族代表溥倫和伍廷芳大使專程送到美國聖路易博覽會展出。

慈禧太后親自設計的畫框，對伍廷芳說：「展出完畢以後，送給美國總統西奧多．羅斯福留念。」並囑咐溥倫說：「送走畫像時，務必要立著放，也不可橫放或躺放。橫放、躺放都不吉利。你們要加倍小心謹愼。」伍廷芳和溥倫滿口「嗻嗻」稱是。

二人剛一出宮門，伍廷芳對溥倫說：「從北京到上海，這段可以遵旨，但一出國，坐上洋輪，就由不得我們了。」慈禧太后回鑾以後，清政府已成爲洋人的朝廷，各列強在華爲了各自的利益，互相爭奪，《辛丑條約》簽訂後，清政府老巢東北，又成了列強的爭奪的焦點。

沙俄盤據在滿洲老巢，沙皇尼古拉二世，企圖奪取滿洲，根本沒有履行中、俄訂立的《中、俄交收東三省條約》的規定。因此，日本侵略中國東北和俄國發生了嚴重衝突。

一九〇四年二月八日，日、俄兩國雙方海陸軍在中國土地上，作了廝殺的戰場。日本陸軍自新義州渡鴨綠江直逼瀋陽，鉗制在遼瀋兩地區的俄軍主力；另一路從貔子窩登陸，攻金州、營口，切斷俄軍主力與旅順口及海上之間的聯繫。雙方就在中國這塊土地上展開了激烈大戰。東北各政府部門的電報，像雪片似地飛來：列強在我領土廝殺，請示機宜。慈禧太后卻說：「他們都是我們的友邦，我們應當站在局外中立的立場。」她假裝鎮靜，心中卻是萬分愁煞。她每天很早就去中南海儀鑾殿「聽政」，許多王公大臣們逐個地從丹墀下一面走過來，一面唱著他們自己的名字，一面恭恭敬敬地跪稟日俄在東北土地上廝殺的火熱局面以及山南海北的不幸消息。

這幾天，太后「聽政」回來，愁眉不展，說話也少了，連飯也不吃了，午覺也不睡了。自己悶悶地跪在菩薩像前，振振有詞地禱告：「救苦救難的觀世音菩薩……人離難，難離身，一切災禍化爲塵。」

一天早上，太后剛從儀鑾殿回來。李蓮英說：「俄國公使蒲桑郎夫人給外交部一份請帖，說請女官和格格們到使館用午餐。」太后說：「不知他又想要什麼鬼把戲？難道是要想摸一摸我們對日本的態度？」李蓮英說：「去時，囑咐格格們和女官們，說話要謹愼小心就是了。」

到了中午，恭親王的女兒大公主、慈禧的內侄媳婦袁大奶奶、慶王的女兒三格格和四格格、恭親王的孫女小二格格、醇親王的女兒小三格格、前駐巴黎公使裕庚的夫人和她的兩個女兒（女官）蓉齡、德齡。還有操俄語的女官俊壽，一共十人去赴宴會。太后說：「如果提到日、俄打仗的事，要把話岔開。」

到了第二天，日本公使內田太太知道昨天俄國公使蒲桑郎夫人宴請格格們和女官們的消息，也來派人送信，要求拜見太后。這下又把太后嚇毛了，對李蓮英說：「你告訴慶王，讓我想一想再定日子，就說我這些日子身體不舒服。」李蓮英又急忙傳知值班太監，告訴了慶王。太后又和李蓮英說：「你看，昨天蒲桑郎夫人剛請格格們吃飯，今天吉田太太又要見我，很明顯是與蒲桑郎夫人請客有關。他們兩國交戰，叫咱們在中間受熱，接見她不好，不接見她也不好。」然後對在座的裕庚夫人說：「你看怎麼好？」裕庚夫人是法國人，對政治頗有遠見，她說：「不見她不合適，我素知內田太太這個人很聰明，英國話說得很好，我想她不會正面提出什麼問題，有可能側面探一探口氣。」慈禧太后對李蓮英說：「你傳給慶王，叫內田太太定個日子吧。」然後又對裕庚夫人說：「內田太太來的那天，還是由你和蓉齡傳話吧，在傳話時，要注意一些就是了。」裕庚夫人說：「這樣吧，見內田太太那天，奴才在旁邊侍候，可以讓蓉齡傳話，她年齡輕，反應也快，如果內由太太提出什麼不方便的事來，她會想辦法岔開的。她是個小孩子，說錯了也可以不算。」慈禧太后很同意這個見解。

到了指定的日子，太后在中南海儀鑾殿裡「聽政」之後，到了十點多鐘，便回到福昌殿接見內田太太。內田太太穿著一身繡花和服，並帶來一位館員太太，慈禧太后和內田太太寒暄一陣，所談的無非是家常一類的話，當太后問候內田公使好的時候，內田太太突然說：「現在我們使館裡很忙，公使也時常心裡有心思，就因爲跟俄國戰爭的事情。」機智的蓉齡不等內田太太說完，馬上對內田太太說：「皇太后很喜歡你們的服裝，說很好看，多麼漂亮啊。」這個所答非所問的傳話，叫內田太太直翻白眼，只好改口說：「我也很喜歡旗裝，也打算做一套。」慈禧太后說：「我送你一套旗裝吧。」內田太太聽了站起來恭恭敬敬地鞠了一躬。慈禧便叫蓉齡出去告訴李蓮英，拿兩件繡旗袍料來。過了一會兒，李蓮英用盤托著兩件蘇州刺繡的旗袍料和一件繡花坎肩料進來。由裕庚夫人接過遞給內田太太看，內田太太又站起來，深深地向太后鞠躬，嘴裡不斷地說：「啊里嘎刀高雜一馬司。」李蓮英把衣料包起來，放在一旁。內田太太誇獎了一番中國繡工的精妙，然後又說了一些家常，她便告辭去了。

慈禧太后對俄使夫人的「宴會」和對日公使夫人的「求見」，雖然平安地應付過去了，但是，並沒有減輕她內心中的鬱悶不樂心情。

李蓮英看在眼裡，千方百計地替太后分憂解悶。這一天御犬房豢養的一百隻哈巴狗，其中有一隻叫黑寶玉的生下了四頭小狗，李蓮英知道了這個消息後，像有天大喜事降臨。

因爲李蓮英知道太后愛狗如命，對朝廷聽來的日俄戰爭在中國土地上的火熱廝殺的彙報，也會被這條母狗生仔而把煩悶消失。李蓮英稟報了太后之後，果然笑逐顏開，連朝廷的奏章也不看了，率一群宮女直奔狗房而去。

狗房的哈巴狗，一見太后來了，表示歡迎，搖尾乞憐地一陣汪汪狂叫，然後習慣地排成橫隊，把身子直起來，前腿平舉，像揖拜的樣子。就是太后接見大臣的參拜，也沒有這樣的高興。她看了黑寶玉「母子」，放在一見方的竹筐裡，看著那四隻還沒睜開眼睛的小狗，比當年看剛出生的同治皇帝還快活。

太后看著四隻狗崽仔安靜地臥在黑寶玉的懷裡，她樂得合不上嘴，囑咐狗房的四個太監說：「要好好撫養。」太監請皇太后給四隻狗崽仔命個名字，太后想了想，根據不同的顏色，一個一個地指點說：「從左邊數，第一隻叫秋葉、第二隻叫琥珀、第三隻叫紫煙、第四隻叫霜柿。」在狗房的一百隻狗中，太后最寵愛的一頭玫瑰色的叫海龍的，這海龍比老花貓的個子大一點，頭頂上的那一簇毛特別長，身體窈窕，尾巴短小。太后愛狗，所以宮中太監養狗成風。不少太監專養雄哈巴狗，訓練狗舔他們的不便之處。

狗，對太后在精神上有所安慰，然而，內憂外患，依然觸目驚心。狗，畢竟挽救不了在風雨飄搖中行將傾覆的船隻一般的貪污腐化的滿清政府。

二十九　滑水競賽　戲耍福晉

一天，袁世凱來覲見太后。照例先到李總管房閒聊一陣子。李蓮英說：「你見著聖母時說話要小心謹慎，最近爲了日俄兩國的開仗，太后心神不安。吃不好，也睡不好。我擔心要愁壞了身體，大清的江山誰來支撐？你覲見時，不愉快的事少說，你要想法子開導開導。」袁世凱說：「最近從印度來了一個馬戲團，可以請皇太后開開心嘛。」

袁世凱見了太后，他對國家大事，報喜不報憂地撒了一陣彌天大謊。這時，李蓮英對太后說：「袁大臣說，印度來了個馬戲團，帶著許多野獸，有獅子、老虎、象和許多演員。」袁世凱接著補充說：「有不少驚險節目，十分精采，想孝敬太后看一看。」慈禧是一個好玩的人，聽了以後說：「就在園子找一個空場，叫這個馬戲團在園中表演表演。」

過了兩天，就在頤和園中擇了一塊空地，搭了一座看棚，選定了吉祥日子，這馬戲團就前來表演。

這天，慈禧太后帶著光緒皇上、皇后、公主和格格們，都來園中的棚裡坐下。各王公大臣和王府的福晉，也被傳進來觀賞。這個馬戲團的演員都會說英語，由裕蓉齡傳話。只見首先出來一個大鐵籠子，裡面裝著一頭獅子，籠子還有一個馴獸家。手裡持著一根皮鞭，把鐵籠子打開了，走進一個美麗的少女，她在籠子裡面跳舞，圍繞著獅子轉。他的手和腿幾次撞到獅子的嘴。那獅子就怒吼起來，但那少女神態自若。然後笑咪咪地從籠子裡從容地退了出來，拉著裙角彎腰向台下致敬。

太后立刻派人把女演員叫來誇獎了幾句。並且問她：「你在獅子跟前跳舞，害不害怕？」她說：「每次在獅子跟前跳舞，心裡也很害怕，雖然知道有人看管，可是每次都要等跳完舞出來之後，才能放下心來。記得第一次進籠子時特別害怕。」接著女演員有走鋼絲的、有馴老虎的，都是一些精采節目。

演完之後，慈禧叫李蓮英把團主叫上來，誇獎了一番，團主獻給慈禧一個金鋼鑽的戒指，光芒四射，慈禧立即把它戴在手上。馬戲團臨行時，慈禧叫李蓮英告訴慶王賞給團主一萬兩銀，每個演員一件衣料。

第二天，李蓮英見著袁世凱說：「你的『藥方』可真靈。馬戲團可開心啦，太后臉上也有喜容了。」袁世凱說：「我這兩天準備了一件有意思的事。」「什麼事」「我從印度購來一對鸚鵡，紅綠兩色的羽毛，十分美麗，喜人。」「你怎不趕快貢進來呢？」「不要忙，我這兩天叫專人訓練牠呢。」「還訓練幹嘛？」「總管哪裡知道，我叫人專門訓練鸚鵡兩句話，等會說了，再送進來。」「那兩句話？」「第一句是：吉祥如意。第二句是皇太后聖體平安。」李蓮英一聽高興極了。

過了兩天果然把兩隻鸚鵡訓練好了。袁世凱奉上交給李蓮英。這兩隻鸚鵡不斷地叫：「吉祥如意。」「皇太后聖體平安。」

這兩隻鸚鵡分別掛在兩個鍍金的月牙形的銅架上，鸚鵡的腳上各繫著一條金絲鏈子。直到太后的殿堂之中。

鸚鵡還沒到太后寢宮，「吉祥如意」、「皇太后聖體平安」的聲音已然進了太后的耳鼓，「啊！這是誰進貢來的？」慈禧太后忙問。李蓮英回稟說：「這是袁世凱進貢來的。」「吉祥如意」、「皇太后聖體平安」，慈禧聽到以後，什麼朝臣奏日俄爭端不如意、不平安的事，忘得一乾二淨。慈禧太后說：「蓮英，你要派牢靠的人飼養，就把牠懸掛庭前吧。」

「吉祥如意」、「皇太后聖體平安」的聲音不絕於耳。這時裕庚夫人從外面進來，給太后磕了頭，然後說：「聖母洪福齊天，感動得禽獸都向老祖宗祝福了。」李蓮英跟裕庚夫人說：「五姑娘不是在法國巴黎舞蹈學院學過芭蕾舞和希臘舞嗎？可以喝她跳一跳，給老祖宗開開心。」話還沒說完，五姑娘蓉齡走進來了，她給太后叩了頭後，裕庚夫人說：「你大叔剛剛說完，叫你給老祖宗跳舞呢。」蓉齡說：「我正在學習中國古典舞——荷花仙子、扇子舞和如意舞，如果叫我跳外國舞，服裝倒有，可是沒有外國音樂是沒法跳的啊。」太后正聚精會神地聽鸚鵡叫，忽然裕庚夫人插話說：「袁世凱有西洋樂隊行不行？」蓉齡說：「可以呀。」李蓮英說：「我告訴袁世凱要他把樂隊從天津調來。」

端午節前夕，樂壽堂的院子舖上了一張大紅地毯，左邊是袁世凱的西樂，太監組成的中樂。第一場跳的是西班牙舞和希臘舞；第二場跳的是如意舞和荷花舞。慈禧的寶座放在廊子的正中，光緒坐在慈禧的旁邊，兩旁站著隆裕皇后、瑾妃和各府福晉。

院子兩邊也擠滿了助興的宮女和太監，場面十分熱鬧。跳舞結束時，慈禧說：「五姑娘跳得很好，將來還要在大內跳跳。」慈禧太后的愁悶並沒有因此消除。她本想借助沙俄力量，聯俄以制日，把希望寄託在沙俄身上，這是慈禧一貫的主張。前些年俄皇加冕時，特派李鴻章爲全權大臣，與俄國沙皇簽訂了「中俄秘約」，慈禧認爲：只要有沙俄這個北方強國的支持，共同對付日本。自己就可以運籌自如。誰料沙俄雖然地跨歐亞，國土遼闊，貌似強大，卻不是日本的對手，而蠶食鯨呑中國之心與日本是一致的。自庚子回鑾以後，國庫空虛，人心思變，因此，慈禧太后滿腹苦悶，特別這幾天俄國公使蒲桑郎夫人和日本公使內田夫人，在慈禧面前所玩弄的「鬥法」使她更加悶悶不樂。

李蓮英對太后的憂慮總是掛在心上。他忽然想起來，打算告訴太后一件事：聽說黑寶玉生下的四條小狗會跑了。非常喜人。太后說：「你要是不說，我眞把那四隻小狗給忘了，我們現在就一同看看去吧。」

李蓮英千方百計地給太后開心解悶。但是心中的愁悶總也解不開。近日太后喜怒無常。到了狗房，特別看見黑寶玉生下的那四隻小狗，就眉開眼笑地樂了一陣子。太后要是看見人，尤其是光緒皇帝或是與光緒接近的大臣，就更加咬牙切齒了。

太后這幾天因爲國事，心緒不佳，把胸中的怒火，遷怒於左右人身上。不是打太監，就是打宮女，這些人被弄得戰戰兢兢，有的暗自落淚。有人找李大叔（蓮英）求情，把李蓮英當做父親。

有一天大公主來了，李蓮英說：「老祖宗這樣鬱悶煩燥，恐怕日子多了會影響健康。」大公主說：「

若在春夏季節可以遊山逛景，現在天氣漸漸寒冷，沒有地可遊樂。」李蓮英說：「我有個法子，能在冬寒時令給太后解悶兒。」大公主說：「冬天有什麼解悶的事？」李蓮英說：「我聽人說，老年間親軍營有一部人，都會溜冰，排成隊，按著排演陣似地操練，什麼賽跑奪旗、操練各種玩藝。在嘉慶、道光年間，最為盛行，咸豐年間才將這溜冰營裁撤。我想把這件事稟奏老祖宗，或許能討老祖宗高興。」大公主說：「待我伺候晚膳時，相機提一提吧。」太后用膳時，大公主果然說道：「奴才想一年四季以春秋最好，夏令太熱、冬季太冷。」太后說：「究竟夏景天比冬景天兒強得多。夏景天不管怎麼熱，也是快活的，冬天冰天雪地上哪去呀，連屋門都出不去。」大公主說：「還是老年間人會尋樂，當初嘉慶佛爺，一到冬天就叫親軍營官兵演習溜冰。也照陸地操練一樣。」李蓮英說：「我聽說老年間親軍營滑冰什麼公陣式都有。」太后說：「那溜冰營，是由侍衛內大臣管理的。」大公主說：「老祖宗冬天也悶得慌，不如命侍衛處仿照舊制演練一營，給老祖宗解悶。」太后說：「我近來看什麼都煩，這溜冰也倒新鮮。」李蓮英趕忙說：「老祖宗如果樂意看，奴才傳知慶王，叫他查例辦理。等天再冷一點兒，冰凍結實嘍，就選拔八旗子弟兵編成一個冰鞋營。演習好嗎？」太后說：「你辦去吧。」

李蓮英把太后要立冰鞋營的聖諭，轉知慶王奕劻。溜冰鞋營就成立了。就在海子紮帳棚操練。都照行營服色，著紅青馬褂兩隊，每日加緊操練，並由慶王派精於冰技的錫連圖做指導。

演習開始，先是表演一字長蛇陣，二龍出水、兩翼互襲、兩儀化四相、四相化八卦。再次又演成溜走箭射天地球、二龍奪珠、競走奪旗。最後是軍人表演：童子持觀音、朝天鐙、順風旗，以及倒溜、橫溜、蹲溜、鳳凰單展翅等。太后看了很是高興，說：「這些官兵素來就會滑冰吧，不然，爲什麼這樣熟練呢。」李蓮英說：「是老祖宗洪福齊天，方有這樣眼福。」太后是個好玩而又好奇的人，她對李蓮英說：「我們不會溜冰還不會在冰上拖床嗎？回頭你傳給慶王，定十六日叫各府福晉、格格、命婦都來，我們要在海上也開一個溜冰大會。」

十六日這一天，福華門外，車馬擁塞，各府福晉、格格、各率太監、僕婦、婢人等，進入中海，來至儀鑾殿，向太后跪請聖安。只見太后身穿一件天藍貂翎眼皮襖，周身繡白團鶴，沿著南繡飛鶴條子。裙邊下繫著三藍絲穗子，皮襖上，套著一件深藕荷色假面貂爪紅馬褂。也是周邊條子，上邊繡著金紅靈芝草；頭上戴一頂貂皮帽、藍色結，長壽字平金頂花；足下穿著一件深黃色雲紋緞天馬斗篷，背後飄著兩條紫平金壽字帽帶。其餘，皇后以下諸人衣裝更爲華貴。個個都披著繡花斗篷。格格們大半都梳著兩把頭。蒙古福晉之中，衣著蟒袍，梳著蒙古式的髮髻，嘴唇上也都點著胭脂。清朝宮廷服飾、款式、顏色、花紋，都有一定規矩，不得隨便任意穿戴，現在看起來，不免「奇形怪狀」。

是日海內冰上，早由內務府預備了好幾十張冰床。太后等人駕臨後，即每三人坐一張冰床。由兩名太監拖拉。這些青年御前校尉、太監，都是短打扮。頭戴紅纓帽，足穿帶齒的青布鞋。

海內冰面上圍插著千百面彩旗，迎風飄蕩，海岸上鼓樂喧天。太后說：「格格們可以跑在我的冰床前面，其餘冰床都隨我的冰床後面。」

拖床開始慢慢行走，逐漸加快，後來各冰床好像在冰上飛一樣。從岸上觀看，如游龍在海闊天空飛舞。

約一小時後，太后吩咐站住，李蓮英傳旨所有冰床一律停止。太后口諭李蓮英，命取龍圖銀元五千塊，李蓮英應聲而去，大家不知要取這麼多銀元做何用，正在議論，忽聽梁太監嚷道：「老祖宗有旨，所有人員，都來太后冰床前聽旨意。」所有隨來遊玩的后妃、宮女、太監及各府福晉、僕婦等，連摔帶爬地一時把太后圍攏起來。

太后笑著說：「你們分成三排，第一排是皇后、妃子、格格、宮女；第二排是太監；第三排是各府女人們。」這時李蓮英已派太監把銀元抬來了。太后吩咐蒙古四位福晉說：「你們力氣大，每人拿五百元錢，向海中心拋擲。」這時大家才知道太后要看摔人的啦。太后說：「我一說『拋』你們就一把一把地用力拋出去。」年輕的人一聽，高興得跳了起來，年齡大的福晉卻發愁起來。太后說：「注意口令：拋——」

大家得錢心勝，拋出的銀圓，借著冰的光滑滾得很遠。你追我趕，越用力，腳下越滑。一百人中，滑倒七八十人。這時，把太后的肚皮幾乎笑破了。你聽吧，笑聲、叫聲、摔倒的噗通聲，交織成一團。各個都笑出眼淚，剛一爬起，又摔倒。只有那拉冰船穿帶齒的鞋很少摔倒，搶到的錢最多，有的人故意摔倒，弄得渾身上下，臉上都是雪和泥，他們都是為了討好太后老祖宗。

賽後，論功行賞，搶多少錢，賞多少錢。那四位蒙古福晉專管扔錢，沒有搶到銀元。還有兩個小太監弄得渾身泥猴兒似的。太后很高興說：「你們也各賞一百塊吧。」

太后在冰上悶中尋樂半日，直至太監奏請回宮用膳，方算停止活動。

一路上格格們嘻笑顏開，玩了冰船，又搶了錢，太后看到他們高興的樣子，心裡非常滿意，遂跟李蓮英說：「今兒個，玩的挺痛快，大家也都辛苦了，回去每人加賞五十元。」全體人員將太后送回鑾殿，各自領了龍元銀幣，謝恩回去。

三十 心猿意馬 懷念老巢

福晉們回府以後，一肚子氣才發了出來。抱怨太后不應該耍戲人來取樂。各府福晉們都年逾五十，萬一在冰上把老骨頭摔壞了，是一輩子的事。這都是太后沒事兒閑瘋了。原來慈禧太后對日、俄在中國的土地上廝殺作戰，感覺驚擾不安。

日、俄雙方在中國的領土上開仗，爲了進行掠奪東北的種種權益。經過一年多的時間，俄國沙皇爲了鎮壓本國革命。急於早日結束戰爭，希望與日本妥協。而日本鬼像瘋狗一般，爲爭奪中國這塊「肥肉」，也弄得精疲力盡了。他們兩方在美國的調停下，於美國的樸茨茅斯簽訂了和約。即「樸茨茅斯條約」。主要內容是：我國承認日本對朝鮮的實際控制權。並將中國的庫頁島南部及其附近的全部島嶼割讓給日本；俄國將旅順、大連的租界地和長春到旅順的鐵路。以及與此有關的一切特權，轉讓給日本帝國主義的軍事野心家。既然挫敗了沙俄，完全可以轉過手來，對付中國。

日本強迫清政府簽訂「中日會議東三省事宜條約」。這個條約是由日本外相小村壽太郎與清政府外務部總理大臣奕劻在北京簽訂的。主要內容是：㈠清政府承認「樸茨茅斯和約」中有關東三省的規定。即：我國把旅順大連租界地，長春到旅順之間的鐵路及其支線和上述租界地與鐵路相關的一切權利全部讓給日本；㈡允許開放鳳凰城（今鳳城）、遼陽、新民屯、鐵嶺、通江子（今通江口）、法庫門（今法庫）、長春、吉林、哈爾濱、寧古、海拉爾、瑷琿（今愛琿）、滿洲里等地爲商埠；㈢允許日本在奉天（瀋陽）、營口、安東劃定租界和直接經營安奉鐵路；㈣允許日本在鴨綠江右岸採伐森林……。

廷臣以及封疆大使，反對這個喪權辱國的條約，奏章像雪片飛來，表示反對。各省的舉人、秀才向各督撫請願，聚集在撫院門前，痛哭流涕。慈禧太后不管這些，一味尋樂。

她每天除了早朝，聽取大臣們奏報軍國大事。就是在大內和頤和園轉，感到非常無聊。她不禁地想起了滿洲。做爲一國之主，不回去看看自己的故鄉，終成一生憾事。如果回到了奉天，也應該去瞻仰舊宮，參拜列祖遺像。有可能，至一趟長白山，那是老祖宗葉赫的發祥之地。

群臣知道太后有意遠遊東北，暗地說她是置國家於不顧，而於太后福體康健也不宜。就有大臣說道：「這是太后『辭道兒』去啦。」有人聽了警告說：「這句話如被李總管聽到，還得了嗎？」其中有些忠心耿耿的大臣，進諫太后不可遠行。日本在東北肆無忌憚爲所欲爲，恐有風險。太后堅持說：「既然已經簽了和約，奉天已闢爲商埠，百姓可自由往來經商，各安其業。我們此行與日本，井河不犯，有何關係。」

由於太后至高無上，又過慣了政治獨裁的生活。每句話都是「金口玉言」，誰敢不聽，因而立刻給奉天故宮方面打電報，一面派人前去佈置準備，一面命欽天監找個吉利日子，以便出發。

去東北之行，帶與不帶光緒皇帝，始終猶豫不定。如果帶他去，又怕他會影響太后情趣，弄個不痛快。如果把皇上留在宮中，又怕他再圖謀不軌，背著太后搞些違背太后意志的事。最後太后和李蓮英仔細一合計，還是帶上皇上同去為妙。出發那天，紫禁城中一片歡騰喜慶氣氛，上從太后、皇后，下至格格太監、隨行大臣，都弄得手忙腳亂，有失常規，有人背地說：「太后沒有日子啦！」

太后坐上了一乘杏黃大緞圍幔起來的大轎子，十六個太監抬著平穩地來到了永定門火車站。京奉鐵路局局長孟福祥跪伏在站台上，和一群送行官員呼：「萬歲，萬歲，萬萬歲！」太后下了轎。太監們簇擁著太后慢步在黃色的絲絨地毯上。後面跟著皇上、皇后、格格和其他官員。

列車呼哧呼哧地喘著粗氣，沿京奉線開去，車廂佈置得古香古色正像大內的寢宮一角。慈禧太后不時地向窗外欣賞著大地的風光，遠山近樹，村舍溪流，倒也心曠神怡。

列車抵達天津，站台上掛著數不清的龍旗和五顏上色的旗幟。迎風招展，彩色繽紛。站台上舖著杏黃色大絨毯。準備萬一太后下車時應用。列車緩緩停住。袁世凱為首帶領天津各衙門的重要官員早已跪候聖駕多時。個個頭戴孔雀毛花翎，撲伏在地。陽光一照，遠遠望去，好像一群雞俯首覓食一般。袁世凱跪在站台中央前面。正是太后的車廂停止的地方。那袁世凱身軀高大，白淨淨的臉膛，兩撇八字鬍鬚，賊眉鼠眼，窺伺著車廂。太后在車裡一眼看見了袁世凱。忽地一個在「戊戌政變」囚禁光緒皇帝，殺害「六君子」向太后告密，斜肩諂笑的面孔，又重現太后眼前。她想：若非這袁世凱當機立斷立下汗馬功勞。大清社稷，險遭傾覆。太后在車內隔窗看到這許多迎駕官員，如不出去相見，恐有失衆望。尤其袁世凱跪列班首。就不得不下車應付一下。於是，決定帶領皇上、皇后、隨行大臣下車接受衆人的參拜，正巧袁世凱就跪在太后的腳尖前叩頭，磕得是那樣恭敬。光緒皇帝這時正站在太后身後。袁世凱趕忙口稱：「萬歲福體康寧。」光緒皇帝眼見袁世凱，仇人見面，分外眼紅。光緒一雙眸子就像冒著火焰，即要噴射出來，悔恨當初不該重用袁世凱，被他出賣，變法全盤失敗。直氣得根根頭髮都要豎立起來。袁世凱也看出光緒的神色，但他又想：「光緒如今有職無權，形同傀儡，又能其奈我何？」所以他假作鎮靜，若無所見，依然從容地向太后回話。

約莫在天津站停留了十分鐘。在樂隊的吹奏聲中，列車緩緩離開車站，仍向山海關方向駛去。只見窗外一片平原，人煙稀少，過了新民縣之後，山巒起伏。太后凝視良久，希望早抵奉天。列車像是懂得太后心理，逐漸加快速度，只見窗外樹木好似過往雲煙，不斷向後倒去。

列車開進盛京奉天站台，早已有大批官員排班在此跪接。太后下門後，上了十六人抬的大轎，後面則是光緒皇帝、隆裕皇后和瑾妃的轎輿，其他隨員依次跟隨駕後。

太后一行人馬，進入不太高的盛京城門，是一路寬闊的街道，黃土墊路，淨水潑街，太后乘坐轎中，看見到處有老百姓在道旁縮頭縮腦地偷看轎輿，慈禧太后破例傳諭旨：老百姓不必迴避，任憑百姓在道旁跪迎聖駕，以示廣施仁德。這時地方上的大小官員早已在御道兩旁迎駕，匍匐道上低頭像與地面接吻，不敢抬頭。前邊是聲勢浩大的儀仗隊，威武整齊，步兵馬隊戒備森嚴。太后放膽半開轎簾，觀看盛況。雖然准許老百姓在遠處跪迎，卻難得一睹太后、皇上的聖容「廬山眞面」。

轎輿進了舊皇宮時，兩廂傳來節奏清韻的古樂聲。

這種音樂和儀式，是幾百年難得一次的禮儀。太后的鑾輿，從正中大門緩慢而進。宮內一排跪迎的人員，依然如泥塑般地一絲不動。在各庭院裡和各宮殿之中，早已有許多執役太監。其中有原有留守的，也有是從北京特派下來的。

在舊宮的太監，只聞聽過太后和光緒爺之名聲，今日一旦目睹聖母太后和光緒爺的龍顏，各個心花怒放。那些從北京預派來收拾打掃、修理花木的一行太監人等，成了對舊宮太監的領導人，舊宮太監也非常羡慕從北京來的太監。

慈禧太后和光緒皇上，一路之上風塵僕僕，非常疲倦了，於是在宮殿中，作了首次午睡。在這座高大的正殿的東西房休息，祇見太后躺在杏黃錦褥的龍榻上，一直睡到夕陽西下。這裡若是和北京殿相比，又是小巫見大巫了，若是和圓明園和萬壽山頤和園相比，卻又另有一番風趣。

太后一覺醒來，興緻勃勃地要想出去。李蓮英說：「老祖宗午膳還沒有進，又快到晚膳時刻了。」太后說：「兩餐合一餐豈不更好？」李蓮英立刻招呼小太監傳膳。太后說：「剛睡醒，還是在宮院中玩玩，這天晚晌正是月蝕，只聽宮中正在敲打盆兒、罐兒亂響，慈禧太后是個多神教拜奉者，也叫隨來的太監快快敲打盆兒，說快把天狗嚇跑。說這是天狗吃了日頭，把狗嚇跑。

太后率領一群人宮院中散步約一個時辰興盡而返。

御膳房首領太監吩咐在正殿擺一桌，配殿擺八桌，然後抱菜單呈交李蓮英審閱。

宮殿中燈燭輝煌，如同白晝一般，殿內比過年還熱鬧。皇后、妃嬪、格格等進膳，東西配殿，各擺四桌，是給隨侍大臣、太監、宮女等預備的。正殿一桌膳席飯菜十分豐富，有松花江的哈什瑪、魚唇、魚翅、長白山的熊掌、蒙古的駝峰等，除了這些珍貴主菜外，還有口蘑肥雞、紅燒海參、三鮮嫩鴨、清炖牛肉、豬肉燜跑躂絲、韭黃炒肉、薰肘花小肚、清炖元魚等五十道菜。主食是香稻米飯，青碧粳米粥。

東西配殿的飯菜，除了減去珍貴主菜外，每桌也不下三十種，都是山珍海味，水路並進。所用的傢俱，也都是金杯玉盞、翡翠盤碗。在進膳時，兩邊廊下立即嚮起了一片樂聲。

太后吃飽喝足，太后又和皇后、妃子、格格們聊起了長白山是太后原籍，也是葉赫族的發源地。李蓮英看太后滔滔不絕說個沒完，說：「老祖宗，時間不早了，請老祖宗安歇罷。」太后這才叫大家都休息去。可皇后和格格們聽太后說長白山的老家是葉赫族的發源地，聽得都入了神，格格們還要求太后說下去。太后說：「現在已然到深夜時了，大家全都休息去罷。」

翌日清晨，太后梳洗畢，李蓮英呈進一碗冰糖燕窩粥，一盤炸春卷。太后說：「昨天的兩頓膳變成了一次宵夜，今晨起來一點也不餓。」李蓮英說：「請老祖宗喝一碗粥，清晨起來不吃也不行。」太后才勉強喝了一碗冰糖燕窩粥。然後對李蓮英說：「喝完粥之後，我們要到宮廷內活動活動。到各佛堂瞻觀瞻觀。」李蓮英知道太后信佛，到了舊宮廷如何不參拜佛爺呢？於是傳令留守舊宮的首領太監，命引老祖宗到佛堂走走。首領太監周翠新，不敢怠慢，給太后磕了頭，然後說：「請老祖宗同奴才前往。」

首領太監前邊引路，後邊跟著是太后、皇上、皇后、公主、格格、宮女、太監、御前大臣，不下一百人。出了宮殿，循著甬路向右邊前行，只見一座經過人工堆積的假山，結構之雄偉，就是頤和園和三海也是難找到的。在這座鉅大假山之上，有一處噴泉，水從一小臥龍口中噴出，形成一條垂直的瀑布，經陽光照射，呈現出霓虹似的奇光異彩，轉過這座假山，便是佛堂所在，堂院之中，古木參天，靜得陰森可怕，要不是結群前來，單獨一個人，是會躑躅不前。這座佛堂，是座雄偉莊嚴的大殿，正中供的是玉皇大帝，蓮花寶座，繡幕珠簾，太后上了香，皇帝以下幾十隨員，都在太后之後行跪叩禮。

光緒皇帝心中想：拜這泥胎偶像何用？他果能制止沙俄和日本在滿洲的廝殺麼？

秋高氣爽，一輪紅日從東方冉冉升起，把它那淡紅色的光輝，灑遍了人間。廊前庭院內，正好有兩棵高大的桂花樹，開滿了金色的小花，不時飄來陣陣香味。陽光之下，映照著滿庭的菊花，其中有白龍鬚、紫金鈴、綠牡丹、雪球……太后用手折下一朵綠牡丹。她風趣地邊聞香邊說：「今朝有酒須當醉，莫待無花空折枝。」說罷太后有些飢餓，向李蓮英說：「我們回去用早餐罷。」

早餐後，太后興致不減，傳諭去參拜列祖列宗的遺像。太后、皇帝、皇后、后妃等人前簇後擁，到了各殿參拜，先從太祖太宗，直至順治、康熙、雍正、乾隆、嘉慶、道光等的遺像和遺物，一一參拜。之後，眼看就要走到咸豐和太后的兒子同治的遺像和遺物的前面了。這時有人耽心，必然會引起太后辛酸的回憶、難過、悲哀、痛苦、悔恨！爲了避免不必要的悲痛和煩惱，李蓮英啓稟太后說：「老祖宗，下一殿就是咸豐爺了，不去也罷。」太后一聽，火冒三丈，說：「我就是要看他父子去！」隨侍官員只好跟隨前去拜咸豐遺像。他們一邁入殿堂，那咸豐和同治的遺像，就映入了慈禧的眼簾。慈禧的熱淚噗噗敕敕地落下，她拿出花絹帕擦拭著，佇立咸豐像前久久不動。她悔恨、悲傷滿腹的辛酸，面對咸豐，不禁憶起往事，那就是咸豐臨終時，給東太后的「密詔」，上面蓋有「御賞」兩字的遺詔，說如西宮那拉氏仗其子繼承皇位，驕縱不法，依勢欺人，按家法懲治……等語，若非東太后鈕祜祿氏告訴了我。我尙矇在鼓裡，幸發覺得早。才把肅順等八個輔政大臣剪除，否則眞是不堪設想了……。太后想到這裡，不覺雙目瞪圓，氣往上撞。當她走到載淳皇帝像時，百感交集。她想：你是開國第八位皇帝（同治），有那位皇帝得過像你這種病？傳說你宿妓嫖娼，有失祖宗體面，可恨御醫也瞞著我說是什麼「天花」。看起來李蓮還是可靠的奴才。又想：如果載淳不早死，光緒也不會繼承皇位，也就沒有什麼「維新變法」的混帳東西了！

隔了一會兒，太后又忽地失聲哭了起來。原擬來東北，無非是遊山逛景，玩一玩，沒想到勾起了她一片傷心淚。

來盛京的第三天，太后對李蓮英說：「眞是看景不如聽景。這裡眞比不上京城。俗說不到一處一處迷。咱們娘們，來此一看，也不過如此。」李蓮英說：「老祖宗您還說哪，」皇后和大公主昨天就說這裡眞沒意思。就盼望老祖宗您起駕回宮哪。」太后即傳諭欽太監找個好日子，速速回去，回去時候，不論經過什麼地方，沿途各縣、府、道縱有迎送聖駕人等，火車照常行進一概不停。火車經過天津時，袁世凱依舊率領官員跪在站台上。但是火車鳴笛而過。太后只是閉目合睛不再向車窗眺望。

列車經豐台車站，到達永定門車站時，宮內上至皇親，下至宮女太監，幾乎傾巢而出。都來車站跪接。一路上淨水潑街，黃土墊道。戒備森嚴。前面兩班馬隊開道，後面是太后鑾輿，其他人排班依次跟隨，回到宮中。

太后風塵僕僕、旅途勞頓、身體不適，似有悔意不該成行。她對光緒的變法維新，仍不放心。太后返回頤和園後，光緒皇上每天都從宮中遠道來稟報太后，不過是報喜不報憂。太后也認爲目前不會有什麼亂子。於是她叫人在德和園戲台上演戲，她也陶醉在鼓樂管弦之中了。

說起頤和園的這德和園來，是一座飛拱重簷，朱欄綠柱，金描彩繪，結構宏偉的大戲樓，底層十七米，可分上下共三層。頂板上還有七個天井，地板上有活動的地井，在演出神怪戲時，神仙可以從天而降，鬼怪也可鑽地而出。令人高深莫測，慈禧太后，就這樣過著「得過且過的生活。」

一九〇五年（光緒三十一年），太后在光緒皇帝請求下，派載澤、端方等出國考察憲政，次年載澤等先後從歐美、日本等國家考察歸國後，上了一道「請改定官制以爲預備立憲摺」，密陳「立憲」有三大好處；皇位可以永久確立，外患可以逐漸消失，內憂可以逐漸弭平。

慈禧太后對「立憲」有如此好處，自己依然還是個「皇太后」，她半信半疑地信了。清政府之所以預備仿行「憲政」，目的在於消弭革命，通過改革官制，削弱地方督撫的權勢，進一步加強中央集權，是有好處的。

實行憲政，只是曇花一現，事與願違，首要缺乏經費而告終。這完全是由於對八國聯軍的鉅大賠款，新政經費龐大開支，以及慈禧太后日用數以萬金的消費，弄得國庫空虛。

爲了挽救經濟瀕於崩潰的局面，只有巧立名目，向人民強取豪奪，捐上加捐，稅上加稅，加之承辦「新政」的貪官污吏，受賄中飽，因之市面物價猛漲，朝中大臣、府道官員，無不搜刮民膏。許多高級官員，預卜清朝行將傾覆之時，早已「腰纏萬貫，騎鶴上楊州」去了。逼得小民，只有起來造反。正是「山雨欲來風滿樓」。全國人民反飢餓鬥爭，如滾滾波濤，猛烈地衝擊清政府，這隻即將沉沒的破船，農民的武裝暴動，如火如荼。

一九〇八年（光緒三十四年），以張謇爲首的，在蘇、浙、閩三省，發起的「預備立憲公會」，向清政府請願，各省督撫，也企圖通過「立憲」擴充自己的勢力，因此各省都擁護張謇對「立憲公會」的發起，所以各省都派了「立憲」代表聚集北京。

張謇發起的「立憲公會」，是支持朝廷頒佈「立憲」的繼續，擁護光緒皇帝「立憲」政策。

各國使館看到「立憲」的鑼鼓越高越響，也都倒在「立憲」勢力的一邊，就是朝廷的袁世凱也一面支持「立憲」，一面勾結孫中山的革命黨。他對各國使館，擁護光緒皇帝施行憲政，表示站在維新勢力一邊，袁世凱向各國使館獻媚的手法，正投各國使館之所想。

慈禧太后一見大清國形勢不好，各國使館也支持「立憲」，這明明是這個昏君又在搞變相的「戊戌變法」，心中悶悶不樂，她深怕維新黨將來會一腳把她踢開。

三十一 佛光返照，駕返瑤池

這些天來，慈禧太后極為苦悶，眼看七十三歲的壽誕之日行將來臨，內憂外患接踵而至，感到「四面楚歌」。她痛恨光緒又在搞變相的「戊戌變法」，一場大禍又在眉睫。她也恨自己不該放鬆了對光緒的管制。她想：「這個昏君，不管不行。」李蓮英說：「過了大壽，回到大內，好好整頓不遲。」

太后大壽的幾天，也是悶中求樂，她召集皇后、瑾妃、女官德齡、蓉齡和李蓮英，還有幾名心腹宮女和太監，在昆明湖的汽船上，太后粉墨登場，搖曳於漣漪蕩漾的清波碧海浪之中。李蓮英扮演韋馱，手持「金剛杵」貌作童子狀，慈禧太后扮做菩薩。

那韋馱是保護佛法，專司驅逐邪魔的，這暗示對皇上及其想改革變法的人們，負有保護王朝的權利和義務。韋馱身穿甲冑，威風凜凜。相傳天界的魔王，有一天偷偷地把一顆「舍利」奪走，韋馱神通廣大，他一下斬了魔王，奪回了「舍利」。（即佛骨。釋迦既卒，弟子阿難等焚其身，有骨子如五色，光瑩堅固，名曰舍利子。）

他們在昆明湖上表演「韋馱斬魔王」，慈禧太后扮演菩薩。這時，她又想起光緒和一些維新變法派，需要有個韋馱，才能制服他們。

在昆明湖上化裝表演的情景，如果把它繪畫下來，很有紀念意義。太后忽然想起當年，皇上和珍妃經常照相，照出來和眞人一模一樣。她靈機一動，對女官蓉齡說：「你二哥勛齡不是同你和德齡都隨你阿瑪去過法國嗎？」蓉齡說：「是的。」太后說：「聽說你二哥在法國學習過照相，今天爲什麼不把他叫來，也在船上照一照相不好嗎？」蓉齡說：「聖母太后哪裡知道，我二哥是個近視眼，在太后面前，怎麼能戴眼鏡？不然，他早就進宮給聖母太后請安來了。他要是摘了眼鏡，就跟瞎子一樣，所以不敢來叩見聖母。」太后說：「既然是近視眼，自管叫他來。」

一聲令下，由傳信太監快馬加鞭地進城把勛齡召來了。勛齡給太后磕頭，不摘眼鏡給慈禧太后行禮，在中國人中，還是第一人。

太后對勛齡說：「我聽說這玩藝兒，要是給誰照下來，這個人都要傷元氣。」勛齡說：「這是外國的科學，請聖母太后自管放心，是不會傷元氣的。」

當勛齡站在昆明湖上另一隻船上架起了相機，對好了光線，這時菩薩、韋馱和一群化裝的仙女，目光都注意著勛齡站在那隻船上相機的鏡頭。德齡首先發現她二哥，怎麼站在船上？便喊：「二哥跪下！」這可把勛齡難爲壞了。蓉齡說：「姐姐，你看那隻船上，相機架在高處，怎能跪下？」這時，太后聽得一清二楚，馬上說：「叫他免跪。」德齡聽了，又喊：「二哥，不要跪下了，你就拍照吧！」勛齡一聽，叫跪下，忽然又叫免跪，眞不知宮裡是什麼規矩。他心想，現在國家亂，就亂在你們朝廷，一會一個主意。只聽勛齡喊：「請注意，現在拍照了，不要動。」所有伴隨太后仙女們，都作好了，立正不動的姿勢。船上不斷地聽到相機卡嚓，卡嚓地做響。太后跟德齡說：「不論哪一天，把勛齡叫進大內，帶著相具，我要仔細看一看」，德齡姊妹稱「是」。

次日，德齡在太后面前請了假，回到家中，將太后要哥哥照相的話對父親裕庚說了。裕庚說：「昨天你二哥在園中照相，太后喜歡嗎？」德齡說：「太后很喜歡，就是不明白照相原理，太后想要知道個究竟。」

裕庚把兒子叫到面前吩咐說：「你妹妹在皇太后面前保奏你，再一次傳你入宮給太后照相，倘若你給太后照壞了，這輩子可就別想有什麼發達了，你要是給太后照好了，這一生的富貴，就可以享受不盡。你若是能把照相的道理和太后講清楚，太后必然會嘉獎你。」

這裕庚是個外交家，正白旗人，人稱八旗才子。一八八四年中法戰爭時，在台北軍中效力，後出使日本，與法國女人結婚，一八九九年六月奉朝廷任命出使法國。

勛齡聽了父親庭訓，說：「要論照相這門學問，兒子確有把握，一定可以作到好處，雖說天顏咫尺，但兒子又沒有學過宮中禮節，就怕擔了過錯。」德齡在旁說：「裡邊的禮節，沒有什麼難處，見著太后面，就得先下跪，呼太后爲老祖宗，對皇上稱呼萬歲或呼皇上；對皇后，只稱皇后，不然稱她主子，千萬記住，自稱總是奴才。不過皇太后是喜怒無常的。哥哥在召對的時候，總要在她老人家顏色上多多注意。」裕庚對德齡說：「你哥哥一向沒有經過這個陣場，和太后說話，卻是很難。」德齡說：「其實也不難，女兒一進宮去，先送給總管李蓮英幾件禮物，求他多多關照，只要他應許，天大的事，都不要緊了。」勛齡說：「他不過是個太監，就能在太后面前，有這麼大的權勢麼？」德齡說：「論起這個人來，其貌不揚，其言無味，高大的千兒，滿臉油黑黑地，還有點麻坑，可他內藏奸詐，外態嫵媚，對下能驕，對上能諂，說話的聲音，好像貓叫。他雖然是男的，撒尿聽說跟女人一樣，要蹲坑。」裕庚插話說：「不要胡說。」德齡說：「眞的，阿瑪。他把太后的脾氣、動作，全都揣摩透了，滿朝文武，及宮中上下，敢於駁太后話的，只有他一個，眞可稱是心腹之人，言聽計從了。」裕庚聽罷，說：「既然如此，叫你母親趕快打點出幾件値錢的東西給他帶去，可是也要把話說得周到些個。」

那裕庚太太聽說以後，就去翻箱倒櫃，挑出從歐帶來的金錶一只，有跳舞的美人大鐘一座等八件。次日，德齡回到三海，先將物品交與李蓮英說：「我二哥明天攜帶照相工具前來與皇太后照相，他如來時，多請大叔關照。」李蓮英看了禮物，滿口應承。當時，德齡到了殿上，去見太后，請安，然後奏明勛齡於明天午前，應召前來，給老祖宗照相，太后聽了十分高興。

這一天，勛齡來到了中南海，見了李蓮英，深深地請了個大安。李蓮英一見說道：「你坐下歇歇兒刻，老太后將才退朝，等著休息一會子，我去給你回一聲，可是一切禮節，你都懂得麼？」勛齡說：「雖知道一點兒，恐怕有失禮的地方，務求總管大人隨時指示。」李蓮英笑了說：「不要緊，老太后一舉一動，你都聽我的，保證沒錯兒。」勛齡馬上又給李蓮英請了個安，說：「謝謝總管的栽培。」

不大工大，李蓮英從上邊出來笑著跟勛齡說：「跟我來！皇太后聽說你來了很高興。」勛齡跟著李蓮英身後，走到殿外等候。

此時，皇后、瑾妃，已照例退去，德齡和蓉齡，也要退去。太后因為她們是同胞兄妹，沒有叫她們迴避。

李蓮英向太后回話以後，才把勛齡引進殿來，只見李蓮英奏道：「勛齡請老祖宗聖安。」那勛齡立刻跪倒說：「奴才謹請老祖宗聖體安康」。太后說：「起來，我很盼望你來，前天在昆明湖上所照的相，照得怎麼樣了？」勛齡說：「奴才已然洗曬好了」，說完隨手呈上。太后一見笑著說：「可太像了，居然絲毫不差，惟妙惟肖，眞是巧奪天工。」德齡說：「外國照相很發達，凡屬大地上的山川、人物，若是照下來，如在目前。」太后說：「我們趁著天氣好，就到殿外去照罷。」

到了殿外，太后說：「把皇后和妃子都叫來。」侍從宮女又進殿中裡間，把皇后和瑾妃也請了出來，勛齡一見，馬上叩頭行禮，皇后忙把勛齡扶起。太后說：「我們在什麼地方照好？」勛齡說：「什麼地方都行，老祖宗隨便站在哪兒都行，就是太后在路上行走中，奴才跑在前邊，迎面就可以拍照下來。」太后問：「帶著幾個人一塊兒照行不行？」勛齡說：「多少人都一樣。」太后說：「很好。」說完便對皇后、瑾妃和裕氏二姊妹說：「那麼，就在院中殿前照罷，我在當中坐著，你們四人在我旁邊站著，咱們娘五個先照一張。」

勛齡在照相前，又給太后請安，太后說：「不必跪啦，以免耽誤時間。」

勛齡對好了光線說：「注意，不要動。」剎那之間說：「好了。」太后然後又命皇后獨自一人照一張。太后是有心人，正在勛齡對光線時，太后走到鏡頭後面，掀起相機的遮光布，把頭鑽到裡面，看了鏡中的光影，驚異地問：「爲什麼腳朝天，頭頂地？」勛齡說：「這是光線反射。」皇后照完了，太后又叫瑾和裕氏姊妹各照一張。

蓉齡在旁對德齡說：「二哥相要是曬好了，要把玻璃底版要拿回來，不要把底版流落在市面上。」太后聽了笑著說：「你人兒小，心不小，說得很是。」太后和皇后又在風景最好的地方，隨走隨照，喜歡得樂以忘返。

正是人有旦夕禍福，在昆明湖上太后化裝觀世音菩薩，在龍船上照完紀念相，跟著連日不斷地在頤和園和大內，頻繁地照個沒結沒完。太后迷上了照相，又是深秋季節，天氣有點寒涼，太后感冒了，可眼看十月初十日，七十三歲大壽之日就到了，太后感冒發燒，服了御醫開的藥劑，也不見效。太后心中犯嘀咕，心想到初十日，正是七十三歲大壽，常言說：「七十三、八十四，閻王不叫，自己去。」太后對李蓮英說：「小李子，我在龍舟上扮演菩薩，你扮韋馱，不是被觀世音菩薩給怪罪下來了？爲什麼七十三歲大壽就快到了，這兩天感冒發燒，也不好，也許是七十三歲的大關口，恐怕闖不過去罷！」李蓮英說：「聖母洪福齊天，玉皇大帝不會怪罪老祖宗的，聖母且安心養病。」

十月初十日晨，光緒帝從海子率領百僚來祝賀太后萬壽，官員們集中在薰風門外，光緒入昌德門，忽奉太后懿旨說：「太后因病，免率百官前來行禮。」光緒一聽此旨，並不驚訝，似有笑容。

太后非常擔心，萬一自己不測，光緒會乘機「東山再起」。太后在思緒萬千之際，值班小太監去向李總管報告說：「總管，總管，剛才皇上聽到太后有病，免率百官前來行禮時，皇上帶著笑容，領著一幫人回去了。」

李蓮英聽了之後，又有枝添葉地告訴了太后。太后一聽李蓮英火上加油的話，立刻說：「好啊，我不能死在他前頭。」

一週之後，忽傳光緒皇上「駕崩」了。朝廷內所有大臣，人人吃驚，各個懷疑。御前大臣說：「昨天尚與萬歲奏事，今日怎麼就會駕崩了？」

群臣疑竇叢生，而慈禧太后和李蓮英是心中有數的。這個年僅三十八歲，長期幽禁深宮，人身不得自由的「傀儡兼政治犯」的清朝第九位光緒皇帝載湉，就這樣，不明不白地死在中南海的瀛台涵殿中。

慈禧太后她不認爲自己馬上就能歸天，但她又不甘心萬一死在光緒帝之前，如果死在皇上之前，戊戌變法，又會重演。

光緒帝駕崩了，宮中的太監和宮女的眼睛是明亮的。他們說：「昨天尚書溥良自東陵回來復命，和直隸提學使傅增湘二人，還同萬歲爺奏事呢，何以今天就駕崩了？御史惲毓鼎心中不平，他說：「西太后重病時，我見光緒萬歲，身體很好，怎麼會突然死在太后之前呢？」

其實，惲毓鼎一些人大驚小怪，如果從古至今，翻一翻歷史，有的朝代，皇帝死前，相繼而死的軍政大臣、宰相、國事大臣，接連而死，然後皇親國舅勾結皇后，謀害皇帝，后黨奪權，不是司空見慣麼？見怪不怪，乃是常規。

由此可見，光緒之死，慈禧太后、李蓮英和袁世凱是心中有數的。當時有位性格眞爽的太監李長安，他說：「萬歲爺死的前一天，還好好的，只吃了袁世凱派人送來一付藥，交給李總管，說請呈送太后審查之後，請萬歲服用，第二天，就駕崩了。應當查一下，袁世凱給萬歲的藥是什麼藥。」事後，屈桂庭在《診治光緒皇帝秘記》中稱：「光緒皇上那天，突患肚疼，在御榻上亂滾，卻無人管，我作爲一名萬歲親信御醫，在衆目睽睽之下，亦無能爲力矣」云云。

末代皇帝溥儀先生在《我的前半生》書中，也談到：「光緒死的前一天，只吃了袁世凱派人送來一付藥致死」云云。

近些年來，卻有些「秀才」，有根據地在清宮檔案館中查明：他們在四萬多件原始清宮醫藥檔案中，查出證實光緒是死於結核病。他們認爲被害一事證據不足。這一點，作者百分之百認爲是正確的。因爲光緒皇帝，多年來確實鬱悶成疾，心情不舒暢，患有結核病的，而光緒之死，爲什麼不先不後，死在太后之前不到十個小時，第二天太后死了，可眞巧了。筆者父輩是內務府當差的，而且是貴族皇親。光緒之父奕環的福晉，便是慈禧的胞妹；奕環的第一側福晉顏札氏，是筆者的姑祖母；奕環的第二側福晉劉佳氏，生載灃，慈禧危彌之際，他把載灃之子溥儀接進宮中，繼承光緒帝位，就是宣統。載灃任監國攝政王。輔佐三歲的宣統小皇帝。

宮中許多內情，瞞不過內務府，回憶當年同治皇帝患花柳梅毒致死，而在清宮檔案中，卻記載爲患「天花」，又作何解釋呢？同治皇帝患花柳梅毒致死，不少大臣有目共睹，但太醫避免牽連與同治私出宮門治遊的人和把同治放出宮門的守衛太監，豈不人頭落地？故按天花治療，所以若想查原始病例，當然找不出患「梅毒」字樣。

且說皇上與太后相繼而亡，是不是太后在昏迷不省人事時，還能指使李蓮英去害死光緒呢？還是李蓮英與袁世凱密謀，去害死光緒皇帝呢？只有天知道。

我們還是由慈禧太后病危時，去看她清醒不清醒去看光緒之死罷！

光緒帝死前的情形，已如上述；而慈禧太后死前，又是什麼情形呢？

據宮廷《內起居注》記載：「十月十六日至十九日，慈禧與光緒均無政務活動。光緒帝除每日赴儀鸞殿向慈禧請安外，每日早晚並不到太后處侍膳。據當日未刻張仲元、載家瑜入診後認為：慈禧皇太后脈息兩寸軟，兩關弦滑近躁。濁氣在上，阻遏胃陽，是以煩燥，口渴，清氣在下，肺無制節，所以便瀉不止，小關防覺多。爆熱熏肺，時作咳嗽，頓引肋下串痛，穀食不多，身肢軟倦乏力，謹擬輕揚化燥之法調理。

鮮石解三錢，葛根一錢五分，冬桑葉三錢，杭菊二錢，鮮青果十個（去尖），麥冬三錢，河子肉三錢，橘紅一錢，洋參八錢，引用粳米一兩（後煎）。

太后在十月初十日過七十三大壽之後，因在昆明湖粉墨登場，在船上受了點風寒，據《內起居住》內都有記載：脈案內雖然一直記錄著她患有腹瀉之病，但亦無有嚴重地減少飲食記載，只是咳嗽、肋痛、口渴、舌乾、不思飲食、四肢無力，然並未發現有生命危險。

夏曆十月十一日，光緒帝卻入彌留狀態，酉刻即在瀛台涵元殿含恨而死，而慈禧之脈象也出現了加重趨勢，但並無危象。有張仲元、戴家瑜案記錄爲證。

據近代史學家朱金甫、周文泉二氏在《慈禧太后之死》一文中，根據「內起居注」云，太后死前一周，仍照常處理政務，每日發出的上諭及批出之奏摺，數量仍屬不少。以十月十五日以後爲例，計：十五日批出龐鴻書、王士珍等人摺、片、單共十四件，十六日批出陳夔龍等人摺、片、單共十件；十七日批出楊士驤等人的摺、片、單二十五件；十九日批出錫良等人的摺、片十九件，發出五道諭旨；二十日批出外務部摺、片、單共四件，發出諭旨兩道（根據：中國第一歷史檔案館所藏光緒三十四年十月《隨手登記檔》。）

這都說明，直到慈禧太后臨死前的兩三天，并無死的跡象，而且她自己馬上也認爲不會死去的。只是在二十二日臨死前，發佈懿旨：宣佈授予攝政王載灃有裁奪政事之權。如遇重大難決之事，可由他向光緒的皇后請示辦法。

慈禧太后想處死光緒前，早已胸有成竹地想把載灃之子溥儀繼帝位了。

載灃福晉（夫人），是太后把榮祿的女兒指婚給載灃的，而載灃的父親是老醇親王奕環。奕環年輕的時候，慈禧身爲貴妃，她對咸豐帝鼓吹自己的妹妹如何賢良，才貌雙全，建議把自己的妹妹許配咸豐皇帝的七弟奕環，咸豐對慈禧言聽計從，所以她的妹妹，就成了七爺奕環的福晉了。

奕環之子載灃，載灃之子就是宣統溥儀。載灃乃是奕環的第二側福晉劉佳氏生，第一側福晉顏札氏篤是筆者之姑祖母，已如上述。

慈禧太后對光緒載湉，爲什麼恨之入骨？主要是因政見不合，其實論血緣關係至親、至近。光緒皇帝載湉是奕環之子、慈禧之妹所生（正福晉），因爲慈禧的兒子同治皇帝早亡沒有兒子，所以才把四歲的載湉架上寶座，國號「光緒」。

閑言少敘，話說李蓮英趴在慈禧太后的病榻前，悄悄地說：「皇上已經死了。」慈禧說：「死得好。」她立召慶王奕劻和攝政王載灃，叔侄二人，來到御榻前說：「趁昏君屍骨未寒，爾等火速下一道皇上的遺詔，就說光緒皇上駕崩，留下遺囑，由載灃之子溥儀入承大統。」奕劻等下去之後，召集一部分親信大臣，擬了一份光緒皇帝的僞「遺囑」。

文曰：「朕躬氣血素弱，自去秋不豫，醫治罔效，陰陽俱虧，以致彌留。茲奉皇太后懿旨，以監國攝政王載灃之子溥儀入承大統，爲嗣皇帝……云云。

慈禧太后想做第三任「垂簾聽政」的美夢，一點兒也沒有消失。

三歲的溥儀由載灃迫不得已在妻子瓜爾佳氏的懷抱中奪了過來，交給奶母焦佳氏抱著，乘上了轎車，奔馳進皇宮內院去了。

這時載灃的福晉，失去了孩子，像瘋子一般，哭著嚎啼。載灃的母親劉佳氏，看著活活潑潑的孫兒溥儀被奪走了，從這天起，精神失常，眞的瘋了。

慈禧太后在病榻之上，強打著精神，坐起來，從奶母焦佳氏懷中接過溥儀來，便喜形於色，緊抱著住溥儀，笑容滿面，說：「你……你將來，可不要……」，話還沒有說完，她的面色頓時又像一張白紙，焦佳氏一看不好，忙把溥儀抱了過來，但慈禧太后的「辭別淚」流下來了，驟然躺下，在榻前侍立的大臣、太監、宮女，都驚惶失措。

太后昏迷一刹那間，說又起譫語來了。恍恍惚惚地在她眼前，出現了一串幻影：開始是咸豐的顧命大臣肅順的鬼影，提著血淋淋的人頭，向她來索命，後頭是東太后鈕祜祿氏的幽靈，接著珍妃的鬼影奔撲過來，向她索命，後邊數不清的含冤屈死的大臣、妃嬪、宮女、太監、革命維新黨譚嗣同許多鬼魂……接踵縹渺而來。慈禧太后又睜開了眼睛，說：「這群要命鬼，齊來索命。」嚇得慈禧毛骨悚然，陡然又從夢中驚醒過來。

之後，慈禧太后依然躺在杏黃錦褥之上，不敢睜開眼睛，去看包圍幽靈縹緲中的鬼魂，只要一睜開眼睛，就增添了她無限的的恐懼。

這時，她又昏昏沉沉地、譫語不休地說：「皇上，你不要來看我，我一切都原諒你……」。

李蓮英對太后說：「奴才在，聖母不要怕」。李蓮英心中明白，這是因爲太后對光緒皇上之死，心中懷有鬼胎。這個秘密，只有太后、袁世凱和他自己知道。

慈禧太后在彌留之際，她的幽靈恍恍惚惚地脫離了軀殼，順風縹緲地到了鬼域豐都城。

剎那間，到了豐都城鬼門關，把關門的小鬼，一見是名聞陰陽兩界、主宰四萬萬人口的葉赫那氏到來，那小鬼和人間一樣，諂上欺下，恭恭敬敬地放她進關，不敢怠慢。

慈禧進了鬼門關，一見那裡的建築規模，和陽間的紫禁城一模一樣，也是飛檐斗拱，鏤空雕花，建築工藝所不同的是：陽間紫禁城以黃色爲主；鬼域以冷色爲主。她知道閻王爺級別不高，卻比不上鬼域之主玉皇大帝，就是人間的皇上。今天來到鬼域，要被玉皇大帝賞識，說不定我和他結爲夫妻。他們鬼域，也是集權制，閻王爺只掌生死權，但不經玉皇批准，也枉然。

正在胡思亂想，不覺到了閻王殿，她溜進了殿中，只見閻羅王穩坐大殿正中。兩旁站立的六曹官員，四大判官。慈禧的幽靈飄飄地向閻王寶座前膜拜，忽然一陣冷氣強烈地襲來，使得慈禧的幽靈縮成一團，只聽掌管人間的生死判官，大聲叫喊：「命令執行判官，把陽間的殺人女魔王驅逐出境！這個女魔王在陽間尚未咽氣，竟擅自飄來！」

這時，手執鋼叉的抓魂小鬼，舉起鋼叉，把她挑出殿外。那幽靈被挑出殿外，縮成一團，迅速又復元了。但她很不服氣，於是她想去玉皇大帝那裡去告狀。她邊飄遊邊欣賞樓台殿閣，路經地藏宮、血河殿和刑場。只見那裡有小鬼逼著陽間的貪官污吏，叫他上刀山。慈禧看見一群小鬼正在鞭打在陽間草菅人命、濫殺無辜的平民百姓的官員。她又看見助紂爲虐的官太太，都叫她（他）們脫去衣褲「下油鍋」，爲在陽間屈死的人們報仇。慈禧的幽靈向前遊蕩，又見一群男女，小鬼們正在拷打他們，平時專以挑撥離間爲能事，致使朋友們不和，或大妻反目。所有這些男女，小鬼一一把他（她）們的舌頭割下來。慈禧這時她擔心怕被小鬼逼下鍋去被油炸。於是她急急忙忙去尋找玉皇大帝的殿堂，甘願嫁給玉皇大帝，若是當不了皇后，屈而就之，做個妃子也可以。

她漫遊途中，經過望鄉台、五雲洞、二仙樓，最後才發現玉皇大帝殿，非常高興。將來說不定會做鬼都的皇太后。她心想：玉皇大帝對陽世的事，不會不知道，我是主宰四萬萬陽間百姓的女皇，玉皇大帝也不會不知道。

慈禧靈魂來到鬼域，正想入非非，玉皇大帝在殿中的「照妖鏡」中已然把她曝露無遺，攝在鏡頭中。

出乎慈禧的意料之外——她剛到玉皇大帝殿掌之前，一陣陰風驟起，那陰冷的寒氣襲擊她寸步難行，頃刻之間，把她的幽魂席捲千里之外。

剎那間，垂死掙扎的慈禧，在御榻之上還魂了。她慢慢地睜開了眼睛，方知是一場驚夢。在榻前守護的大臣、御醫、妃嬪、宮女、太監，一見老佛爺甦醒過來，在御榻前守護的人，都一聲不吭，互相示意。只見慈禧剛一睜眼，突然一聲嚎叫，然後又緊閉雙眼，說起譫語來了。「屠殺白蓮教不是我的主意，你們這群人，不要來找我！那是皇上的旨意，不關我的事！」

在御榻前，許多人不知道怎麼一回事，可有的大臣心中明白，這是光緒庚子年，慈禧太后喜怒無常，慘殺無辜的老百姓，說白蓮教造反，因爲白蓮教的教頭是「崇尚光明，光明定能戰勝黑暗，對腐敗的黑暗社會，兩不共存」。庚子事變中，慈禧是殺雞嚇猴兒，故下令慘殺無辜的老百姓，誣爲白蓮教，在菜市口砍掉男女老幼七十八顆人頭示衆，慈禧一聽殺死區區幾十個「白蓮教」人數太少，又繼續命令嚴加搜捕，後來又亂抓三十六個老百姓，斬首示衆，所以一群冤魂齊來向太后索命。

慈禧在床上平息片刻，她述說在鬼域所見的情景，之後忽然又一聲嚎叫，譫語又開始說起來了：她渾身發抖，頻頻地說：「柏大臣，柏大臣，不是我殺你，可也不是皇上肅順堅持要殺你。」她邊說邊喊救命，這是陰氣又在強烈地襲擊她，使她肝膽欲裂。

這件事，守在病榻前的恭親王奕訢，知道譫語的內容：原來柏大臣，就是軍機大臣柏葰，他是一位正直的清廉官吏。咸豐八年，皇上派柏葰任順天府鄉試主考官，這時有位刑部主事羅鴻異，他的弟弟羅鴻繹也去應試，那羅鴻異知道柏葰鐵面無私，於是祕密買通柏家的家奴靳祥，靳祥受賄之後，夜間趁柏葰熟睡之時，偷偷地把羅鴻繹的試卷撤換了，因而使羅鴻繹取中了。事敗露後，靳祥潛逃了，逃逸到潼關時，被抓獲解至刑部衙門，供認「偷偷撤換試卷不諱。」靳祥在案未結死於獄中。

當時朝中群臣向咸豐皇帝爲柏葰請願說情，但侍衛大臣肅順與柏葰平時不合，主張處死柏葰，咸豐未予批准，肅順暗中走了慈禧的「後門」，咸豐皇帝懼內，才把柏葰和羅鴻異下旨殺戮，並牽連二十餘人入獄。

慈禧生前作惡多端，在臥床彌留之時，她怕陰間的冤魂放不過她。這也是她素日就十分迷信鬼神的，故臨終前的譫語，也都是心頭所想。當年她殺人不眨眼，在她臨死咽氣之前，所叨叨沒完的譫語，也正是她生前濫殺無辜的具體反映。

她在庚子事變時，畏懼洋人，誅殺百姓，就是忠臣忠心耿耿地向她建言，凡是不合她心意的，立即斬首。御前大臣許景澄、袁昶、聯元、徐用儀五位忠臣，在御前會議桌上，反對利用手無寸鐵的義和團，冒然與強鄰宣戰，卻觸怒了慈禧太后，故以「每遇召見，任意妄奏，莠言敵政，語多離間」的罪名，把五大臣先後綁赴菜市口刑場，斬首示衆。

在陰曹地府的鬼魂，一傳十，十傳百，五大臣聯袂飄到紫禁城，向太后索命，慈禧一個譫語接著一個譫語，全是在應付這些冤魂。她又嚎叫，這個嚎叫非同一般，她渾身顫抖，哆嗦不停，她說：「這是袁世凱勾結榮祿殺死你們的，不是我的主張。這時一陣冷氣，不斷地猛烈襲擊她的面頰，一看為首的是維新黨譚嗣同，後邊跟著的是林旭、楊銳、劉光第、楊深秀和康廣仁。六名鬼魂像針尖一般的冷氣刺透了慈禧全身的肌膚。這時慈禧大喊饒命！嚇得慈禧昏迷了過去。當她在昏迷中剛剛甦醒過來，一波未平，一波又起，忽然從外邊撲來比六鬼魂強烈十倍的厲鬼用「殃」來狠狠地撲將過來，像雷擊，又似電打，慈禧的譫語中，還是第一次向厲鬼認錯說：「我罪該萬死，沈藎，沈藎，我今世對不起你，來世報答你！」儘管她認錯，厲鬼依然不依不饒，繼續用「殃」來刺他。

原來，沈藎是湖南善化人，戊戌維新變法時，與譚嗣同友好，變法失敗後，去日本留學，回國後，被守舊派發覺，報告慈禧。慈禧對與維新黨有關的人，恨之入骨，立命把沈藎交刑部監禁起來。之後，慈禧派人秘密把沈藎處死於獄中。其被杖斃之慘狀，在王照的《方家園雜詠紀事》中記尤詳。他說：「余入獄所居，即沈之屋，粉牆有黑紫暈跡，高至四五尺，沈血所濺也。獄卒言：夜半有官來，遵太后手諭，就獄中杖斃，令獄卒以病死報。沈體極壯，群杖交下，遍身折傷，久不死，連擊至兩三點鐘，氣始絕云。」

王照這段記載，是眞實可信的。原來王照也是傾向於維新黨人之一，庚子事變後也逃往日本，回國後化名趙世銘，終日坐臥不安，於是隻身到地安門帽兒胡同提督衙門自首，逮捕後，便進了沈藎住過的牢房，王照之所以不死，因當時清政府也口稱什麼「改革」，而各國公使多認爲清政府「賣羊頭掛狗肉」，朝廷爲了釋外人之疑，旋降旨云：「戊戌黨人除康、梁外，一律赦免」，王照才幸免於死而出獄。

由此可見，慈禧親下手諭，杖死沈藎，而下邊卻加碼，群杖而擊之，沈藎身強力壯，久而不死，故死後變成厲鬼。沈藎獲悉慈禧太后病重，尙彌留人間的信息，沈藎卻成了慈禧太后的「要命鬼」。慈禧太后正是鬼迷心竅，一陣明白，一陣糊塗，睜開杏眼，索命鬼就把她包圍了。李蓮英心中也打起了驚懼之鼓。他心想：我將來死後，還是和太后一樣，被要命鬼包圍嗎？太后的譫語。那一件事和我沒有關係？他心驚肉跳，害起怕來。

這時太后又淸醒了過來，大概是迴光返照罷？太后身邊的大臣、宗室、宮女、太監，卻鬆了一口氣。約摸半個時辰，卻又說起譫語來。

在二十二日這天，張仲元、戴家瑜兩太醫，請得太后脈息突然欲絕，氣和痰壅，勢將脫敗，急以生脈飲，盡力調理，以盡愐忱。

人參一錢半，五味子一錢半，麥冬三錢，水煎灌服。

過了一個時辰，張仲元、戴家瑜請得太后六脈已絕，於未正三刻升遐（《通鑑》謂先帝升遐，即天子或太后之死）。

當時殿內只有光緒的遺霜、慈禧的內侄女，還有瑾妃和御前幾位太醫、貼身的宮女和李蓮英。大家提心吊膽地屏著氣息，看著慈禧太后咽了最後的一口氣。除了李蓮英和光緒遺霜隆裕太后痛不欲生外，在場的人，只是乾哭不落淚。

慈禧太后的軀殼，雖然葬在距離北京一百二十五公里的河北省遵化縣的馬蘭峪，但是她的幽靈依然徘徊在紫禁城的三大殿之中。她的陵墓是在她的兒子同治做了皇帝之後，馬上與東宮慈安太后陵寢同時興建的，連興建與改建，直到她死亡，才算完工。

僅慈禧與慈安二陵，就耗銀二百二十七萬兩。所謂改建：東宮慈安理應葬在咸豐皇帝之右，慈禧理應排在第三位。可慈禧在世時，硬把慈安移葬在第三位的位置上，準備自己將來同咸豐近乎些，故居第二位。

據史記載，咸豐帝共有十五個妃子，一個皇后就是東宮慈安；而慈禧是十五個妃子的其中之一個，只因她給咸豐生了個兒子同治，咸豐帝死後，才依例把她封爲慈禧太后。應當說，慈禧太后，一天皇后也沒當過。正是「後宮佳麗三千人，三千寵愛在一身」了。

一八八一年（光緒七年），也就是咸豐帝駕崩之後，在兩宮太后「垂廉聽政」期間，慈禧竟把慈安害死，她的屍體依例葬在咸豐皇帝身邊，慈安瞑目地躺在咸豐帝的身邊，正在夫妻幽靈重圓舊夢之時，慈禧竟然和死鬼爭風吃醋，不但把慈安屍體從第一位移到第二位，而且重新建築第一位的陵寢，其豪華超過咸豐帝陵寢之上。其墓中「地下室」，稀世葬品是驚人的。

善惡到頭終有報：一九二八年（民國十七年），慈禧的陵寢，被軍閥孫殿英以軍事演習爲名，用大炮把她的地宮打開，除把大量的珍寶文物盜掘一空外，竟把她的棺槨劈開，然後把槨內的殉葬品搜得一乾二淨。

埋葬整整二十年的慈禧太后，肌膚毫無腐爛，栩栩如生，她口中含的舉世無雙的「定海珠」，也被孫殿英的親信，一位營長用手把「定海珠」摳了出來。據傳說，這位營長摳出「定海珠」之後，甚至把衣褲剝光，曲線畢露，拋在光天化日之下，筆者未便作更進一步闡述。

隱居天津的廢帝溥儀，雖然向政府控告，可孫殿英，已然把稀世的珍寶堵住了「滾滾當道諸公之口」，此案不了而了之。

關於愛新覺羅氏的家族，對慈禧太后評價，又是如何呢？一天，北京市政府參事杜彥興和筆者說：「溥儀的二妹韞龢，知道你寫清末歷史小說，她想把你的作品，拜讀一下。」筆者回答說：「描寫慈禧的形象，有些過份，豈敢給她看？」這些日，杜彥興又說：「二公主最恨的就是慈禧太后。」筆者這才放心去見二公主。

一個星期四的早晨，筆者訪問了韞龢公主。

問：八國聯軍入侵北京，訂立《辛丑條約》後，反而叫您父親載灃代表朝廷到德國「賠禮道歉」

果有此事麼？

答：確有這樣不平等的事。喪權辱國的《辛丑條約》簽訂後，八國聯軍統帥瓦德西提出，要皇帝的兄弟做代表，去德國為被義和團殺死的克林德公使「賠禮道歉」。慈禧太后決定派當時十九歲父親赴德國充當「謝罪」使臣。我父親從德國「賠禮」回來，在開封府迎上了逃難回京的鑾駕，慈禧把心腹榮祿的女兒瓜爾佳氏「指婚」給我父親。那時候，我的祖母劉佳氏已經給父親定婚了；可是既有「指婚」命令，被迫與人家退婚了。一九〇二年，我父親才和母親成婚，那年父親才二十歲。一九〇六年，我母親生下了大哥溥儀，一九〇八年，光緒皇帝突然「駕崩」了，慈禧太后在病榻上強命把三歲的大哥溥儀從母親的懷抱中奪進宮去。沒想到光緒帝死的第二天，太后也死了。

問：光緒帝到底是怎樣死的？

答：您要問我，也只是聽說，我是一九一一年才出生，要知道，包括我大哥在內，都是聽說的，聽我父親說，光緒死的前一天，還照例給太后問早安行大禮，光緒有病是不假。太后對光緒說，你有病就不必請安來了，可光緒照例跪在墊子上行跪叩禮，嘴裡還說，「這是最後一次了」，太后聽了，也流下了眼淚，我想這也許是她良心發現，心中有鬼罷！老鄭在倫敦（指韞龢的丈夫鄭廣元，即鄭孝胥之孫）時，曾把這些情形，告訴過莊士敦，莊士敦把這段話，又補充在他的《清末筆記》裡。

問：以後朝金的情形怎麼樣？

答：光緒和太后死後，大哥繼位舉行登基大典，這就是宣統元年，到了宣統三年，武昌起義，由隆裕太后頒佈了宣統退位詔書，由於民國對清室的優待條件，我大哥依然在皇宮過著小朝廷生活。

問：聽說您母親瓜爾佳氏，是被端康太妃（即光緒的瑾妃）氣死的？

答：豈止是氣死的，我大哥在小朝廷生活，無拘無束。他到了十六、七歲時，一切都不聽端康的話了，甚至和她頂撞。端康在盛怒之下，傳我祖母劉佳氏和母親進宮。當她們走進太妃寢室時，只見端康太妃怒氣衝衝地坐在炕桌旁，怒目而視。我母親和祖母叩頭畢，便依然跪在太妃面前，也不敢起來。太妃一言不發，後來，她厲聲問：你們是怎樣教育皇上的？皇上太不聽我的話了，簡直是個暴君。今天，我要來問你們。母親和祖母齊聲道：奴才有罪。「下去」「嗻！」一問一答只這七個字。

祖母和母親回府以後，祖母本來為搶走溥儀受了刺激，這次被端康申斥一頓，神經愈加錯亂了。我母親呢？被端康太妃申斥之後，太妃的申斥，毫無道理，孩子三歲就被你們奪去，兒子在宮中造反，是誰的教育？韞龢說：「萬沒想到，母親背著我們，偷偷地用燒酒和鴉片同服自殺了。這個根源的罪魁禍首，還不是慈禧太后麼？」

問：您兄弟姊妹共幾人？

答：共十一人，溥儀、溥杰、韞瑛（已故）、韞穎和我，都是瓜爾佳氏所生，其餘是庶母鄧佳氏所生。

問：您什麼時候和鄭廣元先生結為伉儷？

答：當時鄭孝胥在天津給我大哥「進講」《資治通鑑》一類歷史，就在這時經大哥「指婚」，在一九三二年我二十二歲時，和鄭孝胥的長孫廣元，在長春結婚。婚後不久，應溥儀的英語老師莊士敦爵士邀請，和老鄭一同去英國，主要是到那參觀和學習。我們就在莊士敦家裡住下。參觀了英格蘭和蘇格蘭。老鄭進入倫敦大學進修，我住在莊士敦家裡時，請了一位英國小姐教英語。

問：您在英國住了幾年？英語說得很好罷。

答：我們在英國住了兩年，我的英語全都「就飯吃了」。一九三四年（民國二十三年），回到長春，住在我大哥的僞宮內府。接著我父親載灃帶著妹妹們到東北去看望我大哥溥儀。不久，父親就回北京了。父親很不贊成大哥做那個「傀儡皇帝」的。我父親的思想，比較進步，辛亥革命以後，父親在「王爺」之中，是第一個剪掉辮子的人。他向來不迷信邪門鬼祟，在北府住時，府中花園那麼大，不免有狐狸、刺蝟之類什麼「八大仙」。父親有時候發現府中有人給這些東西燒香，他一腳把香爐像踢球一樣踢去。

問：聽說有人不斷來訪問您，是麼？

答：有些來訪問過，因爲國內外的人們都想知道清皇宮的後裔的生活情況，我和老鄭都已退休，享有退休金，生活很好，而今安度晚年，成爲一名新中國的公民，而我的大哥卻一心一意地想恢復祖業——腐敗的封建王朝，致使他犯了不可饒恕的嚴重罪行。

三十二　竊位總統　加緊逼宮

三歲的溥儀做了皇帝，他的父親攝政王載灃就想替光緒皇帝報仇雪恨，但是他有一位遠房的叔父慶王奕劻，勾結袁世凱從中掣肘。有一次，光緒帝的遺霜隆裕太后和載灃說：「我最近在先帝的書桌硯台盒內，發現先帝用朱筆寫『必殺袁世凱』的手諭。」說完從懷中把遺言的條子給載灃看。載灃對此，始終耿耿於懷。

袁世凱在軍界培養了一大批勢力，已然構成了對清廷的直接威脅。各省的督撫，不少也是袁世凱提拔起來的。就是京師中，有個袁世凱的心腹江朝宗，掌握九門鎖鑰。這個黨羽，是小站練兵時，袁世凱的股肱。

這個當年摧毀維新變法的袁世凱，卻被慈禧太后任命他為護理北洋大臣，加封西苑門（中南海內）內准其騎馬，這在朝廷中的漢人，是鳳毛麟角了，豈可等閑視之？正是如此，袁世凱後來每天進宮朝見三歲的溥儀小皇帝，行三跪九叩禮。而今，載灃對袁世凱一點辦法也沒有。

這幾天來，朝中許多元老大臣，都對這二十六歲的監國攝政王載灃進言，說殺瓮中之鱉有何難？

可慶王奕劻卻暗中勾結袁世凱，他看不起年輕的載灃。他恨慈禧太后臨死之前，爲什麼不叫他當監國攝政王？年輕的載灃哪裡知道奕劻叔叔的野心？凡是有重大的事，還要請示這位皇叔，並且把想殺袁世凱的事，也一五一十地告訴了奕劻。

張之洞以長輩的身份，急忙去見載灃。他對載灃說：「聽慶王告訴我，知道你要除袁，我認爲，袁之黨羽滿天下，豈可輕易殺他，吾非爲袁也，實爲朝局之計也。」

袁世凱的消息，非常靈通，他馬上打電話給他的黨羽、京津鐵路局督辦楊士驤。之後，袁世凱獨自到了前門東車站，由楊督辦親自送他到天津，逕往英租界的利順德飯店下榻，這楊士驤返回北京祕密向慶王奕劻傳達消息。

奕劻知道袁世凱已然平安到了天津，但是袁之走，對朝廷大爲不利，於是去找侄子載灃威脅中又帶有善言相勸，說：「殺袁易，收拾殘局難。須知：若是殺掉袁頭，謹防保衛京師的袁之黨羽江朝宗，他將會殺你的腦袋！」

慶親這一嚇唬，載灃本來就膽小怕事，使他更毛了。他對叔叔奕劻說：「還請叔叔設法挽救，全仗叔叔回天之力。」

慶王奕劻急忙告知楊士驤說：「平安無事了，請袁世凱回朝辦事，告訴袁世凱，有我奕劻在，自管回朝。」

袁世凱返回北京，但他心懷鬼胎，哪敢二進宮？他寫了一份奏摺給宣統皇帝，奏摺稱：「臣因腳疾，行履維艱，請假在家休息。」

載灃此時，以計就計，於宣統元年一月五日（十二月十八日），批准他：「回籍養疴。」

近代史載：「袁世凱得到朝廷命令，即回到原籍河南彰德去了。」讀者要問：袁世凱不是河南項城人嗎？通稱袁世凱叫「袁項城」怎麼說是回彰德原籍呢？

說來話長，回彰德乃事出有因，袁世凱出生項城。那是一八五九年九月十四日（咸豐九年農曆八月二十日）。剛過八月中秋節，項城的母親劉氏懷胎十個月，就嚷肚子疼。家中人都忙著去請收生婆和準備嬰兒落生的一切用具。劉氏的妯娌牛氏，偏巧也是懷胎十個月了，也有信生孩子。

袁家寨村裡的人，剛高高興興地過完中秋節，都說袁家雙喜臨門。

劉氏的胎兒呱呱地落生了，一見是男兒，全家喜歡得了不得，大家吵吵嚷嚷說：中秋節剛過，要把嬰兒的名字，應當起個帶有節氣氛的名字。話還沒說完，外邊的鑼鼓聲響，聲音傳到了袁大人家中（指袁世凱的父親袁保中）喜生貴子。秧歌隊，吹吹打打到袁大人門前，鼓樂喧天，袁大人賞樂隊二十兩銀，樂隊於是凱旋而去。

袁大人忽然想起方才有人提議給新生嬰兒起個名字，靈機一動，袁保中想：在鼓樂聲中來賀喜，於是對大家說：「秧歌隊奏的是凱旋歌，就叫世凱吧！」不少孩子一聽新生嬰兒叫「袁世凱」，都蹦跳起來說：「噢！噢，叫袁世凱噢！」

在全家忙得不可開交之際，又傳來說：「嬸子牛氏也生出來了。說也是個男孩，全家更是喜上加喜，多麼吉祥，剛過中秋節，又連生貴子，雙喜臨門。袁大人說：「牛氏的嬰兒，就叫世旋罷。」這也有凱旋的意思。

年氏的嬰兒世旋，只活了三天，就夭折了。小袁世凱的生母劉氏，不下奶水，餓得小袁世凱哭得呱呱亂叫。有人說：「嬸子牛氏的奶頭（乳房）漲得難受，何不把世凱抱給嬸子的房中去餵養？」

袁世凱的父親袁保中，對此十分贊同，說：「這倒是一舉兩得。」從此，袁世凱就成了兩個母親的孩子了。一位是生母劉氏，一位是養母牛氏。袁世凱長大了，便習慣地呼劉氏叫親媽；呼牛氏叫奶媽。袁保中的嫡夫人對庶出劉氏的兒子世凱也非常喜愛。因為世凱雖然調皮，但是能說會道，把大人哄得有什麼好吃的，都給世凱留著，袁保中給幾個孩子請了家館是一位六十許的老秀才。袁世凱在家館裡讀書，過目成誦，有一目十行的本領。

袁世凱成年之後，奉兩位母親至孝，當躋身於宦途之時，他已妻妾成群，分居於北京、天津、彰德三處。他的生母劉氏居天津因病逝世。袁世凱得知母親歸天，即向朝廷請假奉安母親靈柩回項城安葬。

袁世凱回到項城的一路之上，每路過道府縣以及重要鄉鎮，都設有路祭彩棚，直到項城縣。靈柩到了項城郊外的袁家寨村，縣知事陸建璋早已率領官員跪地迎接。

袁世凱長兄袁世敦，乃是嫡母所生，自然牛氣衝天，他看不起庶母劉氏。當靈柩到了袁家寨，大哥世敦對袁世凱說：「你娘可不准入正穴，我袁家祖制，沒有一個姨太太入正穴的，都是埋在地邊上。」

袁世凱自知是姨太太養的，況且自幼就懼怕大哥，於是二話沒說，就把劉氏靈柩，命令抬犢的運往彰德。

靈柩到了彰德在洹上村立爲「主墳」。

前面所說：載灃批准袁世凱「回籍養疴」他爲什麼不去項城而去彰德之謂也。

話說袁世凱在河南彰德洹上村，穩坐釣魚台。他左右逢源，既可操縱朝廷，又可以向孫中山討價還價，名義上是朝廷批准他「回籍養疴」，實際上他在洹上村成立了「反朝廷、反孫中山革命黨的據點」。在京中內外，他的部下仍在朝廷任職的如徐世昌、馮國璋、段祺瑞等，無不秘密來到彰德開秘密會議。在彰德機構建全，舉凡朝廷大事，自有設備電臺傳遞信息。武將之中，大多是在天津小站練兵時，被他提拔起來的。袁世凱的目的是「首先打敗革命軍，反過頭來，再消滅清廷勢力，達到坐眞龍天子」目的。

袁世凱的結拜蘭盟的把兄弟徐世昌任朝中的協理大臣，載灃攝政王身邊的「老虎」，每日依然在朝中議事。載灃與徐世昌等大臣商討爲了加強剪除袁世凱在軍中勢力，載灃提出任命其弟載洵做海軍大臣；載濤任軍咨府大臣，掌管陸軍。御前會議之後，一個小時之後，穩坐釣魚台的袁世凱，對朝廷會議的議決，一清二楚。

宣統三年，清政府成立皇族內閣，慶親王奕劻，又成了載灃的可靠之皇叔，搖身一變，於四月初十日，當上了總理大臣。

武昌起義的強勁東風，吹遍了全國之時，載濤奏請朝廷任命琦善之孫瑞徵任湖廣總督，去打義軍。不久，捷報頻傳，朝廷拍電報傳令嘉獎。這天正是一九一一年十月十日(宣統三年辛亥八月十九日)，正是武昌起義爆發之日，哪裡想到電報發出之後，十一日，瑞徵又拍來電報說：「武昌爲革命軍佔領。」清朝政府又發出把瑞徵革職留任，「戴罪立功」的電諭。

袁世凱此時，正在洹上村慶祝他五十八歲的生日，高朋滿座，杯光交錯，暢談瑞徵狼狽敗於革命軍時，在總督衙門後牆穿洞逃跑的情景。洹上村電台早已獲悉，瑞徵先是逃到英國的炮艦上，要求英軍保護，然後由英軍幫助下，瑞徵化裝逃往上海。袁世凱的情報比朝廷搶先而且具體詳細。

自打武昌失守，革命軍將勢如破竹北上。這時，內閣總理大臣奕劻、協理大臣那桐、徐世昌三人一研究，還是公推奕劻快去告知監國攝政王載灃，請他出來請袁世凱出山。只有這樣，才能扭轉乾坤，不然，等革命軍打到北京城，可就晚了。

載灃一聽叫袁世凱出山，自己豈不完蛋？所以堅決不允許。待奕劻回去和那桐、徐世昌一商量，徐世昌說：「不允許袁世凱出山，我倒有個主意，我等三人聯合起來，圍攻他，不怕他不答應。」那桐說：「不妥，愚見硬的不如來軟的，我有個妙計，不知二公以爲然否？」奕劻和徐世昌異口同聲道：「願賜教！」那桐說：「吾老矣，奏稟告老還鄉，徐君嘛，何不因病請假？」奕公嘛，作爲長輩，見我和徐君，一告退，一病休，奕公滿有理由一氣不上朝，若是我等三人行動一致，不怕載灃不向我等低頭。」

當天，徐世昌因病請假，那桐奏請朝廷批准告老還鄉，載灃見此假條和申請出，急得待奕劻上朝時和他商量，可奕劻不上朝也不見請假，載灃只好派人到慶王府催駕上朝議事，可載灃派的使者，到了慶王府卻「吃了閉門羹」。載灃這才明白，他們是在聯合「罷工」。此時載灃呼天不應，呼地無門，只好親身到慶王府認錯，這時載灃和奕劻說妥，任命袁世凱爲湖廣總督，督辦剿孫中山爲首的革命軍。

袁世凱知道非他莫屬，卻又端起了架子，沒有皇帝的旨意，豈能隨便答應？

朝中一些大臣、王公知道此事，都批評載灃說，過去不該放虎歸山，現在不應引狼入室，不要一錯再錯。恭親王奕訢爲人正派，去見載灃，載灃見六叔來了，知道必有大事。奕訢說：「當初爲什麼不把袁世凱殺掉，反而叫他回籍養痾，過去已然放虎歸山，今日又要引狼入室。」載灃是幾方夾攻，只好跟恭親王說：「袁世凱有將才，故召他出來。」奕訢說：「這話是你眞心的話嗎？」載灃生來有「口吃」結巴頦子症，說：「不……不……是……眞的。外……外……國人……也……他願袁世凱出……來。」

倫敦《泰晤士報》記者莫里循報導：「清政府末日來臨，英國駐華公使朱爾典，打電報給英國交部云：「武昌全部革命，焚燬清朝官署，美國政府立即訓令其駐中國、法國、俄國、日本、德國的公使，干涉中國革命，美國並派代表入宮覲見，請清政府用袁世凱。」

奕劻此時異常活躍，他對載灃說：「請袁世凱出山，必名正言順，要有朝庭聖旨，可派阮忠樞到彰德勸駕。」

這阮忠樞本是清末舉人，投入北洋之後，頗得袁世凱的信任，阮忠樞的話，袁世凱則言聽計從，所以載灃聽了慶王奕劻的話，便命令阮忠樞專程赴彰德而去。

阮忠樞到了彰德府洹上村，拜見袁世凱並朗誦聖旨：袁世凱跪接之後，說：「今日閣下且住下，明天請君覆命。」袁世凱胸有成竹地擬了份奏章，借用彰德府大印蓋上，交給阮忠樞帶回北京，其文曰：

「聞命之下，慚赧實深，伏念臣世受國恩，愧無報稱。我皇上嗣膺寶錄，覆蒙渥沛殊恩，寵榮兼備，徒以養疴鄉里，未能自效馳驅，捧讀詔書，彌深感激。值此時艱孔亟，理應恪遵諭旨，迅赴事機；惟臣舊患足病，迄今尚未大癒。去冬又牽及左臂，時作劇痛，此係多年宿疾，急切難望痊癒。然氣體雖見哀頹，精神尚未昏瞀。近交秋驟寒，又發痰喘作燒舊症，益以頭眩心悸，思慮恍惚，雖非旦夕所能就痊，而究繫表症，施治較舊恙為易。現既軍事緊迫，何敢遽請賞假，但困頓情形，實難支撐。已延醫速加調治，一面籌備佈置，一俟稍可支持，即當力疾就道，籍達高厚鴻慈於萬一」云云。

載灃見到袁世凱的奏摺，馬上批道：「漢口事情緊迫，迅速調治，力疾就道，用副朝廷優加倚任之至意。」

袁世凱接到批示，知道應付革命軍非他莫屬，即又發出一通致內閣的代奏電，其文曰：

「凱衰病餘生，何堪負重，然受恩高厚，利鈍姑不敢計，惟有竭盡心力，以圖報稱。但鄂省兵叛庫失，凱赤手空拳，無從籌措，必須趕募得力防軍，似備駐防收復地面及彈壓各屬」云云。同日又電請朝廷；在直隸、山東、河南等省招募壯丁，作爲湖北巡防，要求撥款四百萬兩，以備支用。

這些條件，清政府都照准了，但袁世凱仍然在彰德，穩坐泰山。急得載灃請袁世凱的把兄弟徐世昌去彰德勸駕。

徐世昌到了彰德洹上村，與袁世凱密商之後，徐世昌帶回六條意見：

一、要求明年（一九一二年）召開國會。

二、組織責任內閣。

三、寬容參與此次事件（指革命軍及叛軍）諸人。

四、解除黨禁。

五、須委以指揮（指袁）水陸各軍及關於軍隊編制的全權。

六、須予以十分充足的軍費。

清政府各大臣，不管是進步派和保守派，見到了袁世凱居心叵測，居功自恃，這都是載灃手軟，爲什麼不把他早早殺掉，而今已然尾大不掉了。這六條的消息傳之後，很快傳到了南方。這時南方革命軍及妥協分子，知道袁世凱是把載灃當猴兒耍戲他，從而達至自己坐金鑾殿的目的。載灃對此交權條件實難接受。眼看革命形勢迅速發展，革命軍已經武昌成立了湖北軍政府，推舉了原清軍統領黎元洪任軍政府大都督了。

隆裕太后和載灃都慌了手腳，她們效仿咸豐皇帝，準備偕溥儀小皇帝逃往熱河承德「北狩」，三十六計走爲上計。

袁世凱的消息，非常靈通。他在洹上村知道小皇上一走，自己就沒有戲唱了，因此他如坐針氈，他一面電阻皇上「北狩」熱河承德，一面火速離開彰德府，南下視師。他心驚肉跳，萬一皇上一走，豈不失去了「挾天子以令諸侯」的機會。倘然如此，南方的軍隊可以勢如破竹地北上，我袁世凱屆時，豈不成了西楚霸王四面楚歌麼？於是他迅速到了信陽，和奉朝廷命令，率領清軍攻打革命軍的蔭昌會晤，把軍權暫時交給蔭昌代理。部署完畢，匆匆回到北京，深恐皇上被載灃和隆裕太后帶去熱河承德避署山莊避難去。

袁世凱到了北京皇宮內院，一看皇上沒走，他暗自謝天謝地。他跪下懇求太后和皇上不要走，保證一切生命安全，承擔保護責任。

慶王奕劻的總理大臣的職位，本是載灃把他提拔的，可袁世凱回來了，這總理大臣的席位，必然要讓出，不如奏請辭職好。其他國務大臣一看「袁狼」入室，紛紛辭職了。

當日，朝廷把奕劻的內閣總理大臣和那桐、徐世昌的協理大臣職務一律開缺，任命奕劻爲弼德院院長，徐、那爲弼德院顧問大臣（弼德院仿日本樞密院而設立的）。

袁世凱既然穩住了隆裕和載灃，他明知道內閣總理大臣的位置是他的毫無疑問，於是乎便軍務倥傯地乘上火車直達湖北而去。他得知馮國璋、段祺瑞在孝感，即奔赴前方共謀大計。

十一月一日，朝廷授袁世凱任內閣總理大臣，電召即行來京，明令其原接管之湖北各軍及長江水師，仍歸袁之內閣節制調遣。

袁世凱接到詔旨，他故意電奏辭謝，說：「內閣總理大臣，乃由國會公舉，前命不敢奉詔。」載灃一見覆電，知道他要使之任命合法化，於是即於十一月八日召集資政院開會，正式選舉袁世凱爲內閣總理大臣。十日，袁世凱獲悉資政院已然通過了，他便把前方的軍事交給親信馮國璋、段祺瑞。袁世凱才堂而皇之地帶領一大批衛隊北上，十三日抵達北京。

翌日，隆裕太后和載灃接見了袁世凱，囑袁勿負重託，社稷安危，仰卿是賴。」袁世凱回答說：「世凱拜此大命，膺此大任，日夜苦思，不知如何才能上安聖慮，下除民苦，誓爲朝廷保全社稷。」

十六日，袁十凱組閣成員如下：

外務部大臣梁敦彥（梁未到任前，由胡惟庸暫署），副大臣胡惟德；民政大臣趙秉鈞、副大臣烏珍；度支大臣嚴復、副大使陳錦濤；學務大臣唐景崇、副大臣楊度；陸軍大臣王士珍、副大臣田文烈；海軍大臣薩鎮冰、副大臣譚學衡；司法大臣沈家本、副大臣梁啓超；農工商大臣張謇、副大臣熙彥；郵傳大臣楊士琦、副大臣如浩；理藩大臣達壽、副大臣榮勳。

組閣名單公佈之後，張謇和梁啓超不贊成帝制不就職。

袁士凱首先抓軍事大權於一身，把馮國璋調京，把皇族手中的禁衛軍奪過來，改爲拱衛軍，任馮國章爲拱衛軍總統官，任段芝貴爲統領。

袁世凱開始對朝廷進攻的一步：迫使監國攝政王載灃辭職，然後收拾孤兒寡母——迫使隆裕太后明文宣佈載灃以醇親王歸藩，不干預政事。這樣便把太后的膀臂消掉了，使得隆裕太后孤掌難鳴；但在袁世凱強大的壓力下，又不敢不遵。袁世凱這一舉動，實際正中載灃之意，載灃早已願早日脫離宦海，回家抱孩子。

一九一一年十一月九日（宣統三年九月十九日），廣東省獨立，成立了「軍政府」，黎元洪致電各省，請派代表到武昌商討「組織中央政府」。當各省代表集武昌時，漢陽在袁世凱北洋軍的炮火下，陷落了。各省代表只好移往漢口英租界舉行第一次聯合會：公舉曾在日本參加孫中山同盟會歸國的湖南革命黨元首譚人鳳為議長。

這一天，袁世凱通過英國領事提出了和談的要求，代表們立即同意，袁軍與民軍雙方暫停炮火。

十二月二日，代表會議作出兩項決議，一是臨時政府組織大綱；二是如袁世凱反正，當公推為臨時大總統。七日，清政府授袁世凱為南方民軍和談的全權代表。此時，各省代表會議決定；以南京為臨時政府所在地，推舉黃興、黎元洪正副元帥。

孫中山在巴黎聆悉清政府授權袁世凱為代表，非常高興。他在巴黎發回國內電報云：「今聞已有上海議會之組織，欣慰。總統自當推黎君，聞黎有請推袁之說，合宜亦善。總之，隨宜推定，但求早鞏國基。」

一九一一年十二月二十五日，孫中山抵達上海，二十九日，共有十七省代表選舉孫中山為臨時政府大總統。

一九一二年一月一日（宣統三年十一月十二日），孫中山在南京宣誓就職，誓詞文曰：

「傾覆滿州專制政府，鞏固中華民國，圖謀民生幸福，此國民之公意。文實遵之，以忠於國，爲衆服務。專治政府既倒，國內無變亂，民國卓立於世界，爲列邦公認，文當解臨時大總統之職。」

我國從這天起，改爲公曆，廢除舊曆。以一九一二年爲中華民國元年。袁世凱此時痛感受了革命黨的欺騙，他叫馮國璋、段祺瑞等四十餘人，聯名電請內閣代奏，主張君主立憲，反對共和政體，必誓死抵抗。

孫中山知道袁世凱有成見，馬上拍電報給他。

文曰：「文不忍南北戰爭，生靈塗炭，故於議和之舉，並不反對。惟民主、君主不待再計，而君之苦心，自有人諒之，倘由君之力，不勞戰爭，達民國之志願，保民族之調和，清室亦得安樂，一舉而數善，推功讓能，自是公論。文承各省推舉，誓詞俱在，區區此心，天日鑒之，若以文爲有誘致之臆，則誤會矣。」

袁世凱一心想做眞龍天子，儘管孫中山如何言之諄諄，推心置腹，而毫不動於衷。

袁世凱密令各軍備戰，準備痛剿革命軍。孫中山一看，袁世凱實乃禍國殃民之賊，和談既無誠意，決定出師北伐。孫中山自任北伐軍總指揮，親自制定六路北伐計劃：以鄂湘爲第一軍，由京漢路前進；寧皖爲第二軍，向河南前進；淮陽爲第三軍；煙台爲第四軍，向山東前進；合關外之軍爲第五軍；山陝爲第六軍，向北京前進。

革命大軍同時向北京前挺進，勢如破竹，北伐軍柏文蔚首戰告捷，敗北洋軍於宿州、徐州。在河南、安徽、湖北等戰場上，都得到了輝煌勝利。不但袁世凱「毛」了，我是清廷也如熱鍋上的螞蟻「慌了爪」。

袁世凱乞和了，孫中山也把北伐終止下來，並電袁世凱云：「如清帝實行退位，宣佈共和，則臨時政府，決不食言，文即可正式宣佈解職，以功以能，首推袁氏。」

袁世凱同意了，自此，他加緊了逼宮。

袁世凱見到孫中山堅決讓位，他急忙進宮，把擬定好了的「清室優待條件」的「糖頭」去給隆裕太后看。其內容共計八款：

一、清帝退位後，尊號不變，民國政府，以優待外國君主之禮對待。

二、清帝退位後，歲用四百萬兩，由民國政府撥發。

三、清帝退位後，暫居宮禁，侍衛人員等，照常留用。

四、宗廟陵寢，由民國政府設衛兵保護。

五、光緒帝陵寢（易縣崇陵尚未竣工）如修好，奉安典禮，仍如舊制，經費由民國政府負擔。

六、宮內執事人員等，仍留用，惟不得再招閹人。

七、皇室私產，由民國政府特別保護。

八、原禁衛軍歸民國陸軍部編制，額數、俸餉照舊。

袁世凱想這八條，隆太后不會不贊成，他高高興興地從王府井錫拉胡同住宅，乘上馬車直奔皇宮而去。車行至東安門大街時，忽然從街道右側，轟地一聲鉅響，原來是投來一顆炸彈，當炸彈落地時，袁世凱的雙輪馬車，已然越過彈著點。正是千年的王八，萬年龜，而袁世凱沒有傷一點毫毛，只炸死了衛隊營營長袁振邦、內尉差官杜彥明和兩名衛士，共死了四人；受傷的還有隨從差官申明善。右側轅馬也受了輕傷。

御車夫劉二爲人機警異常，他急忙把車掉頭快馬加鞭趕回錫拉胡同宅中。

袁世凱下車匆匆走進宅中之後，哈哈大笑起來！院中妻妾正在庭院賞花或閑談，一見大人今天笑得有點不正常。袁世凱說：「今天有人跟我開玩笑。」他假裝鎭靜地回到室內辨公桌前，口諭侍衛官，對死亡戰士和受傷人員，一律分別撫恤，對劉二提升爲總統府「司御校尉」，然後命親信把「優待條件」呈進隆裕太后，並寫了一份對宣統皇上退位的利害關係。信中說：「……如果革命軍攻入北京，太后和皇上將無葬身之地。孫文在南京當上了總統，總統就是皇上。孫文應許清廷宣統退位，他就辭職，把臨時大總統就讓給臣。屆時，臣可以保護宣統帝，一舉而數善備矣。彼時，可以制定憲法，召開國會，以國會立法，以法官司法，以政府行法，而人主共之。日本明治維新，可爲模範。臣名義上爲總統，實爲內閣大臣，宣統皇上可以復位，不出三年，大清王朝，可望躋於富強，日本不能專美於前，臣始終忠於朝廷，終不爲共和所用，望太后暫時接受對「清室八條的優待條件」，孫中山就可以把南京的臨時大總統讓給臣了，豈不三全其美？

袁世凱信中的攻心戰，果然生效。隆裕太后仔細看了「優待條件」，準備袁世凱繼孫中山的臨時大總統落實後，再下宣統退位詔。

袁世凱向南京通電：贊成共和，清帝即日退位。孫中山得電後，實踐了諾言，宣佈辭職，荐舉袁世凱為「中華民國臨時大總統」。

隆裕太后立刻召袁世凱進宮，袁世凱心有餘悸，怕途中再遇炸彈，他向朝廷請假，在私邸養病，奏請由外務大臣胡惟德代表入朝。

胡惟德乃是北洋軍政府中的外交官，歷任駐外公使，頗蒙袁世凱賞識。

這一天，胡惟德仍以朝廷大臣的身份，率領國務大臣入宮，接受退位典禮。其中，有民政大臣趙秉鈞、度支大臣紹英、陸軍大臣王士珍、海軍大臣譚學衡、學部大臣梁士怡、工農大臣熙彥、理藩大臣達壽等，他們都是朝衣朝帽、紅頂大花翎。

授詔書開始：由胡惟德率先領隊向殿中走去。到了殿前，各大臣分別排在胡惟德的兩旁，只見太后拉著溥儀小皇帝走出來了。

胡惟德喊：全體肅立，向太后及萬歲行禮！一鞠躬、再鞠躬、三鞠躬！禮畢。

隆裕太后感到萬分詫異，在皇宮內院覲見萬歲爺行三鞠躬禮，清朝進關在北京做皇帝，二百多年來，還是第一次見到。隆裕太后點了點頭之後，落坐在寶座之上，溥儀被太監抱在另把椅子之上。

胡惟德上前一步說：「總理袁世凱，受驚之後，身體欠安，未能親來見駕，特命惟德帶領各大臣前來給皇太后請安。

隆裕太后把詔書拿在手中說：「袁世凱世受皇恩，爲國家、爲皇室立下了汗馬功勞，而今南北議和，也使得南方得到了滿意，做到了優待皇室條件，皇室得到了安居，做得很周到。我和皇上，爲了全國老百姓早日得到安居樂業，國家早一天得到統一，過……過太平日子，所以按……照，優待條件，今天……天……（哭泣）……頒……佈詔書，實……實行退位……。」流著眼淚，說完把詔書遞給了胡惟德。這時，胡惟德也顫抖地把詔書恭恭敬敬地接了過來。

隆裕太后說：「交給袁世凱罷！」說完退下，小皇帝也被太監從龍椅抱了下來。

詔書全文如下：「宣統三年十二月二十五日，欽奉皇太后懿旨：蓋聞天下者，天下人之天下，我朝入關，本由於明臣求請，其時中原無主，四海困窮。我世祖章皇帝體天愛民，運會所乘，不得不代爲主持，以拯救黎庶。我世祖盡革前代弊政，深仁厚澤，超邁漢、唐。至今二百餘年，家法相承，從未出一暴君，行一虐政，此薄海臣民共睹者也。同治以來，國無長君，遂不得不用親貴，其賢者固能一秉大公，佐成治理，而日久弊生，亦不免有背公爲私之輩。深宮蔽錮，覺察無方，此朝廷之咎也。我德宗皇帝有鑑於國權不振，慨然變法，創中國二千年來未有之局，下詔立憲，原爲保全國土民生，本無自私自利之心。皇帝入承大統，繼志述事，惟日孜孜，而王公大臣等，奉行不善，陽借立憲之名，行專治之實，實非意料所及，朝廷用人不當，夫復何言？此次武昌兵變，固由不肖疆吏所逼而起，而不及一月，各省雲合響應，足見政治之窳敗，人心之積憤已達極點。及此，改良組織，完全憲政，未始非中國衰極而復興之機。余與皇帝仰體列聖愛民如子之心，實不敢以改革政治妨害民命。即如漢口一役，官軍、民軍死於戰陣，已堪憫惻。又聞無辜良民生命財產慘遭荼毒，不可勝計。深宮聞之，實深痛恨。自念余一婦人，皇帝方在沖齡，忝居臣民之上，不能綏輯萬方，已有疚心，何忍再使生靈塗炭……無論君主立憲、民主立憲，余與皇帝均樂觀厥成。此繫祖述堯公天下之心。朝廷出自至誠，此爲薄海臣民所共信，亦必爲列聖在天之靈暨皇族宗支、王公親貴等所共諒也。宣佈海內，咸使聞知。」

宣統退位的第一天，孫中山即向南京政府臨時參議院辭職，送交了荐舉袁世凱爲中華民國臨時大總統的咨文。文中說：

「此次清帝遜位，南北統一，袁君之力實多，發表政見，更爲絕對贊同。舉爲公僕，必能盡忠民國；且袁君富於經驗，民國統一，賴有建設之才，故敢於以私見貢薦於貴院。請爲民國前途熟計，無失當選之人。」

袁世凱知道孫中山堅決讓位，非常高興，他把孫中山比喻堯讓舜的故事。他總算一塊石頭落了地。他又想：孫中山如此仁義，沒有南方革命勢力的後顧之憂了，單純地對付孤兒寡母，皇帝的寶座，坐下是穩如泰山了；把臨時大總統，改爲大皇帝，只是換一換名稱而已。

三十三　故都春夢　曇花一現

袁世凱當上了名正言順的大總統，如願以償，孫中山辭職，卻遭到了國內外革命派一致反對，函電交馳，一致責難，要求北伐。孫中山和黃興只好做解釋工作。孫中山致電譚人鳳在《民立報》解釋讓位袁氏原因說：「建設之事，自宜讓熟有政治經驗之人。項城（袁世凱別號）以和平手段達到目的，功績如是，有何不可推誠？且總統不過民公僕，當守憲法，從輿論。文前茲所誓忠於國民者，項城亦不能改。若在吾黨，不必身攬政權，亦自有其天職，更不以名位而爲本黨進退之證」云云。

中華民國第一屆正式「國會」成立了。袁世凱派梁士詒爲代表到會，發表了一篇祝詞，最後說：「……諸君子皆識時俊傑，必能各抒讜論，爲國忠謀。從此，中華民國之邦基，益加鞏固，五大族人民之幸福，日漸增進，同心協力，以造成強大之民國，使五色國旗（紅、黃、藍、白、黑）常照耀於神州大陸，則是世凱與諸君子，所私心企禱者也。謹致頌曰：中華民國萬歲！民國國會萬歲！」這些浮誇的頌詞，表達了袁世凱對民國、對國會的無比「熱愛」。

國會之後，袁世凱迫不及待地命趙秉鈞等向外國簽訂了「善後大借款」的合同。他開始籌措戰爭經費大借款總額爲二千五百萬鎊，利息五厘，實收八四扣，實際只有二千一百萬鎊，四十七年還清。而四十七年的利息，竟達四千二百八十五萬鎊；本利合計竟至六千七百八十五萬鎊；借款以鹽稅、關稅和直隸、山東、河南、江蘇四省所指定之中央稅款爲擔保。

全國聞此消息，舉國騷動，一片討袁之聲，遍及全國。

孫中山痛斥袁世凱「違法借款，以作戰費，無故調兵，以速戰禍。」

袁世凱名義上做了大總統，實際上是在做大皇帝，逐步把機構按朝廷的編制，一步一步地改變。光緒帝的遺孀隆裕太后帶著溥儀小皇帝，她終日不安，痛恨袁世凱把丈夫光緒害死，最後又迫使宣統遜位，她心中這個疙瘩憋悶得病倒了。到了下詔讓位的第二年，她一命嗚呼了。

袁世凱聽到隆裕太后死了，忙去宮中致哀，在治喪中，他色膽包天。他竟然向同治帝的三個妃子和光緒的一個妃子頻送秋波。名義上是表示慰問，竟敢隻身溜進妃子們的寢宮，問寒問暖，這群妃子看出袁世凱不懷好意，竟然邀請四位妃子去中南海住；但都被謝絕了。他心生一計：爲了收買四個妃子之心，他準備向清室內務府提出：同、光四妃應加以晉封加尊號。於是回到大總統府之後，寫了一份對四妃晉封和尊號名單，像命令一般地交結清室內務府大臣。大臣們一見，不敢不遵，立即回文，擇日便在宮中舉行典禮。按照袁大總統的名單：原同治的瑜妃，晉封皇貴妃，尊號「敬懿」；珣妃晉封皇貴妃，尊號「莊和」；晉封晉妃皇貴妃，尊號「榮惠」，光緒的瑾妃晉封皇貴妃，尊號「端康」。

袁世凱派員參加舉行晉封典禮之後，知道晉封典禮，開得成功，心中萬分喜歡　想四位美麗的四位妃子，焉能不「自投羅網」？他異想天開：這回再邀請四位貴妃進住中南海總統府內宅，她們一定很高興，豈能不伴宿？誰知道這四位妃子非常正經，嚴厲拒絕出宮去中南海。

這件事，被袁世凱的老婆于氏知道了，罵袁世凱：「你有九個姨太太，還不夠你玩的，癩蛤蟆還想吃天鵝肉？」袁世凱最怕老婆于氏，她是河南項城的結髮夫妻，為人正派。在袁世凱相繼娶了九位姨娘，因為有在朝鮮的，也有妓院從良的，都是在外邊亂搞的，或是騙來的，于氏已然原諒了，而今當了大總統，成為一國之主，怎麼竟敢把光緒皇上的妃子和同治皇帝的妃子拉攏過來，豈不被天下人恥笑嗎！

袁世凱被于氏批評了一頓，他痛恨四名妃子不知順從，都提升了皇貴妃，眞是忘恩負義。他想：要是珍妃活著，她為人風流，思想開通，不要說封她什麼，要是一召，便可上套，可惜被慈禧太后給害死了，竟把崔玉貴做了她的「替罪羊。」

說起珍妃的追封為皇貴妃的尊號，慈禧太后走在前邊了。太后從西安回鑾之後，立刻以光緒的名義，下了一道諭旨：「欽奉慈禧懿旨，上年京師之變，倉卒之中，珍妃扈從不及，即於宮內殉難，洵屬節烈可嘉。加恩著追贈貴妃位號，以示褒恤。」

上面在「清宮優待條件」的第五項說過，「光緒帝陵寢如製妥修好，奉安典禮仍如舊制經費由民國政府負擔」。當隆裕太后死後，袁世凱有義務出來過問。崇陵於一九一三年已然竣工了。故光緒及其皇后隆裕於當年十一月十六遷葬崇陵。而珍妃的棺槨，也同時從北京西直門外的田村，移葬崇妃陵園。此時袁世凱為了追念珍妃，他向清室小朝廷內務府提出：對珍貴妃追謚尊號，可袁世凱卻走在後頭了，清室內務府在慈禧太后從長安（西安）逃難回來，已對珍妃追謚尊號為「恪順皇貴妃」了。袁世凱的野心白費了。

民國二年三月初三日珍妃移葬崇陵，袁世凱參加了。原來，珍妃由田村起靈，行進平則門（阜城門），經西四牌樓、西長安街，一直奉安到正陽門火車站。光緒、隆裕、恪順的三具靈柩，到西陵易縣安葬。袁世凱在前門東車站見靈柩上了火車時，他落下了眼淚。大概是對光緒內疚，也許怕光緒的幽靈在陰曹地府向玉皇大帝控告他的罪行。

一九一五年（民國四年）九月十九日，在北京城立了「全國請願聯合會」，由沈元沛任會長、那彥圖、張鎮芳任副會長，發動聯繫一些知名人士，選舉「中華帝國皇帝」。在正式投票前，首先由全國各省區選舉參加「國體投票的國民代表」。先由北京擬各省代表候選人的名單，然後也留一些名額，由各省官紳提出補充名單。

袁世凱一心想「龍袍加身」，日本帝國為了「保護」袁世凱，向他提出二十一條的「條約」。這個足以滅亡中國的條約，袁世凱懾於全國人民的反對，不敢答應。原定明年（一九一五年）元日登基，舉行就位大典。袁世凱喚宿命大師「賽神仙」王瑞甫算八卦六爻。王瑞甫說：「總統目前五行有剋，六爻有變。」袁世凱心中搖擺不定。

袁世凱算卦的翌日凌晨，徐世昌來袁邸報告：日本以換防為名，增派了駐華軍隊，並派出三隻艦隊在渤海游弋示威，向中國提出最後通牒，限四十八小時答覆。袁世凱慌了，心想這「賽神仙」王瑞甫算得不錯，他急忙召開「御前會議」，大家一致認爲：條約內容雖然有損國家利益，但不是亡國條件。

日本「支持」稱帝的主要內容條件是：

承認日本繼承德國在山東的一切權利，並加以擴大；承認日本在東北南部和內蒙古東部的特權；延長旅順、大連的租界期和有關鐵路的期限；合辦漢冶萍公司；中國沿海港灣及島嶼，不得租借和割給他國；中國中央政府，須聘請日本人爲政治、財政、軍事顧問；中國警政和兵工廠，由中日合辦等。

袁世凱慌忙派心腹外交總長陸徵祥、次長曹汝霖與日本駐華公使日置益秘密談判。交涉無結果，陸曹二人掃興而回。日本於是提出了最後通牒，限四十八小時內答覆。日方說：「對所提出的二十一條，只有兩個字：諾與否，否則訴諸武力，別選擇。」

袁世凱急於龍袍加身，即召集文武官員開緊急會議討論；會上自袁以下，絕大部份官員都傾向於接受這一屈辱的條約。最後議決：除聘請顧問和合辦警政、兵工廠等條款——容日後協商外，其餘全部接受。

袁世凱簽訂：「二十一條」前後，全國人民掀起聲勢浩大的抵制日貨運動，人民知道袁世凱欺騙了孫中山，竊得了大總統之後，接著又認賊作父，投到日本帝國的懷抱之中。那日本豈能是眞心支持他做大皇帝，還不是「黃鼠狼給雞拜年」麼？日本眞正目的，何止二十一條？

據日本首相寺內正義臨下台前，坦白地說：「大限內閣向中國要求二十一條，惹中國人全體之怨恨，而日本卻無實得利益。本人在任期間，借與中國之款，三倍於從前之數，實際扶植日本在中國之權利，何止十倍於二十一條？」

我們從寺內正義的話不難看出：「釣魚」不如下網「撈魚」爲妙。人心不足「蛇吞象」，換言之，不如把中國的版圖，一口吞下爲快。

日本見袁世凱對「二十一條」，半推半就，活像一名初次賣淫的婦人，豈肯叫她半推半就？於是強行派出三隻艦隊，在渤海游弋示威，逼迫袁世凱限他四十八小時內答覆。

袁世凱本是李鴻章把他提拔起來的，他和李鴻章一樣，心甘情願向外人屈膝投降。

自打光緒二十年甲午之役，海軍大敗於日本。那時候，光緒帝不顧慈禧太后的阻攔，大有「臥薪嚐膽」的魄力，才有光緒二十四年的「戊戌變法」，下了「明定國是」的詔書詔示天下。就在這一年，光緒決心振興馬尾船政學堂，派畢業生薩鎮冰等，赴英國學習航海技術，並向英、德兩國訂購戰艦，排水量均爲三〇〇〇噸，這就是我國海軍復興時代，接踵而至，故在同治四年，已由兩江總督曾國藩在上海虹口奏清朝廷設置製造局備造船炮，相繼閩浙總督左宗棠奏請在福州馬尾造船廠。警醒的中國人民，早已「振臂一呼，創病皆起」。惜乎清朝末葉，貪污腐化成風，軍心不振，視洋人如猛虎，崇洋媚外，自暴自棄，莫若李鴻章之輩，正如袁世凱逼迫宣統退位，隆裕太后讀宣統退位詔書時，文中說：「……我德宗（光緒）皇帝有鑑於國權不振，慨然變法，創中國二千年未有之局，下詔立憲，原爲保全國土民生，本無自私自利之心，而王公大臣等，奉行不善，陽借立憲之名，陰行專治之實，實非意料所及，朝廷用人不當，夫復何言？………」

隆裕太后代讀這份宣統帝的退位詔書，暗指袁世凱「陽借立憲之名，陰行專治之實。」

袁世凱兩面三刀，幫助慈禧消滅光緒皇帝一派的維新黨，借慈禧之刀，殺戮譚嗣同等六君子。當慈禧太后駕返瑤池，反過頭來逼迫小皇帝退位，自己卻想龍袍加身。

慈禧太后在世之時，倒行逆施，袁世凱則助紂爲虐，我國的海軍在袁世凱領導勢力下，怎能不癱瘓？迨至辛亥革命，海軍員工人人振奮，無不棄暗投明，投向革命。

袁世凱不顧衆叛親離，他的長子袁克定，不時給父親打氣，更使袁世凱飄飄然。

一天，袁克定異想天開，他仿照有日本後台的《順天時報》頭版頭條的消息刪去，改了一篇僞造的消息，大標題是：「國內外，一律擁護袁大總統，改爲帝制」的消息，袁克定高高興興地送給父親看。袁世凱說：「全國各報都反對帝制，獨日本辦的《順天時報》刊登的很公正，因爲中國幾千年都是帝制國家，老百姓一聽到革命就害怕，必然擁護帝制。」

後來袁世凱的心腹大臣徐世昌等人，不斷向袁世凱報告眞實情形，把眞《順天時報》給袁世凱看。袁世凱把眞、僞兩份同日的《順天時報》一對照，兒子袁克定的馬腳露了出來。這時，袁世凱等到徐世昌等人走了以後，袁世凱準備棍棒，命侍衛把袁克定叫來。

袁克定見到侍衛來說：「大人有請！」袁克定一聽高興異常，知道父親一定要明確立皇太子的事，父親死後，可以繼承皇位，將來在歷史上自堯、舜、禹、湯、文武、周公，直到唐、宋、元、明、清，我袁克定，豈不與他們相提並論了麼？

袁克定匆匆來到父親辦公室，一進屋中，袁世凱二話沒說，舉起大棒，連腦袋帶屁股一通亂打，打得袁克定的大腿骨折，成了殘疾。

袁世凱的家中，對外邊的事什麼也不知道，但對袁克定的造謠，依然深信不疑。許多姨太太們，只知袁克定被大人重責致殘，但不知究竟爲什麼？

在袁世凱就任大總統之初的一天傍晚，正是八月十五中秋之夜，袁世凱非常高興，告訴妻子于氏說：「咱們今晚好好過個團圓節，吃個團圓飯」。于氏說：「大人不久就要龍袍加身，我看應當把各姨娘也都叫來，共同團聚，來個大團結不更好？」于氏爲人善良，視爲親姊妹。

丫鬟們分別把各房姨太太請來了。衆多的姨太太一聽，異口同聲地說：「今天大人怎麼了？眞是日頭從西邊出來了。」她們急忙走進懷仁堂，于氏對各姊妹說：「今晚大人可高興了，把衆姊妹請了來，八月十五也過個團圓節，吃個團圓飯。」於是大家團團圍坐起來，先是丫鬟們端上來元宵。袁世凱一見說：「她媽的，偏偏叫元宵，未知哪個朝代傳下來的？」大姨太太沈氏知道「元宵」者，「袁消」也，非常不吉利，她說：「外邊賣元宵的，都叫湯圓了。」二姨太太本是高麗國韓王的二公主李氏，自幼學習過漢文，也是半瓶子醋，她插嘴說：「外邊把元宵改叫湯圓很吉祥，這個『湯』字，本是商王的諡號，古人稱『除殘，去虐』，由此可見商湯是仁義的國君。《禮記》中說，湯之盤銘曰：

『苟日新，日日新，又日新。』這些話都是歌頌國君的前程光輝。中國古代都把皇上稱君主，到了秦始皇時，才開始把國王或群主改叫皇帝。」袁世凱一聽二姨太太李氏的話，眞不失爲韓王的公主。便對她玩笑地說：「你這個醉雷公，批（劈）得好！」

大家吃完元宵，接著端上來豐盛的晚餐，袁世凱喝得醉醺醺地說：「我若是……是……當上了皇上，那于……于氏，是……是理所當……當然的皇后；其……其他……她的姨……姨太太，也……也理……理所當然地封……封爲……爲妃子和……和嬪了。」

二姨太太李氏一聽，有些不高興，說：「想當年，父親李熙，是高麗之韓王。我乃是明媒正娶，怎麼把我列爲妃嬪之列！」袁世凱心中有愧，當年娶李氏時，騙她尙未娶妻，袁世凱靈機一動，馬上說：「你忘記清宮曾有鈕祐祿氏慈安東太后了麼？那葉赫那拉氏西太后，她一進宮時，咸豐皇帝不是封他一名小小的貴人麼？怎麼後來，一躍而爲東宮太后之上呢？」于氏聽見此話，如果換個別人，必然想把自己比慈安，把二姨太比做慈禧，但是，于氏不但不吃醋，反而勸于氏說：「爭什麼？這不過是大人說笑話。」所以別的姨太太們，也把袁世凱的話，當醉話來聽，並未放在心上。

二姨太太爲什麼氣不平呢？說來話長：一八九四年（光緒二十年），李鴻章推薦袁世凱駐紮高麗（朝鮮）漢城，做交涉通商事宜全權代表，韓王李熙跟袁世凱友好。一天，韓王李熙問：「閣下多大年紀？」答：「三十五歲。」問：「爲何沒有把家屬帶來？」答：「尙未娶妻。」問：「而立之年，何以未娶？」答：「總沒合適的，況且公務繁冗，沒有工夫談及此事。」

韓王李熙受騙了。袁世凱在家鄉項城袁家塞，十幾歲那年，就和于氏奉父母之命，媒灼之言結婚了的。李熙對袁世凱說：「我的二女兒年方二十一歲，也是找不到合適的。」袁世凱知道李熙的二公主素有中國西施的綽號，袁世凱說：「我豈敢高攀？」韓王說：「不然，實我乃高攀耳！」袁世凱畢恭畢敬地回答：「豈敢，豈敢！」

韓王見袁世凱有意，說：「倘閣下不棄，願閣下賞光；前來宮中玩耍，不但我歡迎，二女兒早已聞閣下英雄大名，必然歡迎閣下進宮中去。」袁世凱對女人是個好「獵手」，故自此他整天瘋了心似地往韓王宮中去跑。

時間長了，袁世凱和韓王妃及二公主熱乎得如同一家人。他早已和二公主勾搭上了。韓王和王妃也縱使女兒同袁世凱如膠似漆，搞得火熱，二公主已然「失身」了。

自從韓王李熙跟袁世凱提議這件婚事起，到袁世凱和二公主戀愛期間，韓王就和王妃開始給女兒準備婚事，時間不到百日，正是四月艷陽天氣，便與袁世凱和二公主舉行了隆重的結婚大典。更使袁世凱出乎意料之外的一樁天大喜事，就是還有兩名陪嫁過來。一名是王妃的妹妹金氏；一名是貴族吳氏。袁世凱走了桃花運。他心中暗喜，眞是買一個饒兩個，從此，可以一箭三鵰了。

過了一年，二公主李氏等，隨同袁世凱奉朝廷命令歸國，那二公主才發現，袁世凱十幾歲時，在家鄉早已結婚了。這位結髮夫妻就是于氏。後來，袁世凱在蘇州嫖妓，同妓女沈氏又搞得火熱，那沈氏本是官宦門第之女，因其父爲清兵，加入了太平天國革命部隊之後，被捕入獄，沈氏才落入火坑的。袁世凱用二百兩銀子，把沈氏贖身從良，到袁家沈氏成了袁世凱的第一位姨太太。所以韓王之女李氏，屈居第二位姨太太了。陪嫁過來的韓王妃之妹金氏和貴族吳氏，分別爲第三和第四位的姨太太了。

李氏、金氏、吳氏三人，在袁世凱的強權勢力之下，而身居異國，她們恨命苦，抱頭痛哭了一場。天呀，叫我們回國罷；救苦救難的觀世音菩薩……三人正在抱頭痛哭際，袁世凱從外邊走進來了。袁世凱想：若是以善言相勸，她們反會得寸進尺，不依不饒，於是猛然瞪起眼睛吼叫起來，暴跳如雷地舉起衛身帶著的指揮刀，三人一見雪亮的刀已然出鞘，嚇得三人跪在地下求救命！袁世凱見流尿滿地，意識到是三人小便失禁了。

袁世凱心想這一步棋，算走對了，於是轉嗔爲喜說：「爾等三人起來罷，只因見三人思念故國，而今你們的國家，已然被日本佔據了，如果你們回去，你們想過沒有？你們都是貴族，日本人豈能對你們甘休？不殺了你們，也會被千百個日本兵輪姦妳們！」三人這時異口同聲地說：「稟報大人，不回國去了。」袁世凱這時對他們百般安慰，叫丫鬟把她們帶到浴室，把她們的尿了的褲子換下來。

後來，這李氏給袁世凱生了二女四男；金氏給袁世凱生了二男二女；吳氏給袁世凱生了二女一男。

袁世凱眞的要做皇帝的氣氛越來越濃，臨近做皇帝的日子，越來越近，許多衆姨太太中，以二姨太太李氏爲首的聯合起來，一道來找袁世凱，袁世凱眼看皇帝要做不成，討袁之聲，遍及十八省。袁世凱來到後宮休息，她們來找袁世凱的理由，是根據全家在八月十五日，過中秋團圓節，吃元宵的那天晚上，袁世凱許下的願爲依據；答應下當嬪的那幾個姨太太，心中不服氣，爲什麼許下我，封爲嬪，爲什麼不封爲妃子？二姨太太李氏，想爭取做個東宮皇后或是西宮皇后，所以氣勢洶洶地問：「大人到底封我什麼？」袁世凱一見，正是火上加油，他聽你一嘴，她一嘴地質問。袁世凱把桌子一拍，說：「我封你他媽的B！」大家一見大人火了，都溜之乎也了。

一九一五年十二月十二日（民國四年十一月初五），宣佈稱帝爲「中華帝國」，定於一九一六年（民國五年）的元旦，正式登基，國號「洪憲」元年。眼看，還有半個月就到了。

在風雨飄搖中的袁世凱，到了元旦這天，總要過一過，坐一坐金鑾寶殿之癮，死也瞑目。

登基典禮開始：當時參加典禮的文武百官，都穿上團花袍服，頭戴平天冠。袁世凱卻心慌意亂地到了金鑾寶殿，穿著紫紅色鑲著金絲龍袍，無精打采地站在寶座之旁，手扶寶座，卻沒有坐下，迷迷糊糊地只聽群臣三呼萬歲，他定了定神，受三跪九叩禮畢，之後，他像做夢一般，說：「余一人有慶，與諸公共之」，這十個字的聲音，一個字比一個字低。下邊群臣幾乎聽不清楚說的是什麼？說完就恍恍惚惚地退下去了，群臣感到皇帝有些反常。

原來，袁世凱見全國人民討袁的聲浪，一浪比一浪高，北京城危在旦夕，但是無論如何也要在金龍殿坐上一分鐘，死也瞑目，於是他已然在事先和軍師們研究好了：向全國公佈。復位大總統，什麼登基、詔書、中華帝國、洪憲等等，一律宣佈廢止，緩和一下討袁的聲浪。但爲時已晚，交臂失之。

全國各省各界，哪裡容得袁世凱耍花招，討袁之聲，越來越緊，驚嚇、急氣、後悔、懊喪，一病不起。一九一六年六月六日（民國五年五月初六日），結束了他八十三天的一場故都春夢，終年五十八歲。徐世昌、黎元洪、段祺瑞以及家屬，在袁世凱入殮時，給他穿上了龍袍，以慰在天之靈。

袁世凱的靈魂不散，幽靈依然縹緲在這九百五十九萬七千平方公里的土地上，尋找夢寐以求「皇帝夢」的政治野心家，只要五行不剋，袁世凱的靈魂就會投胎嬰兒身殼之中。

三十四　身首異處　蓮英喪命

赫赫名聞中外，受慈禧太后之寵，賞賜身穿黃馬褂，頒二品紅頂大花翎大太監李蓮英，在清朝入關二百多年來，在閹宦之中，受此殊遇者，僅此一人而已。

彼時，滿朝文武大臣，對他無不側目而視，就連皇上，也怵他三分。權傾朝野，不可一世的大太監，爲何西太后死後三年光景，就遭受身首異處之禍呢?筆者雖然知道其「人首異處」的底細，但又拿不出確鑿證據，所以在筆者的靈腑深處，埋藏六十年。

一九六六年七月，北京城的夏天，像個悶葫蘆罐，在這「橫掃一切」的日子裏，北京的海淀區恩濟莊六一小學的校長被揪了出來，老師們都成了「牛鬼蛇神」。

「狗崽子們，今天去刨李蓮英的墳!」造反頭頭衝著一群老師下令。

原來，慈禧太后的寵監李蓮英的墳墓就在六一學校的校園內。墓前是一座石橋，過了橋第一座石門是漢白玉石的牌坊，牌坊的橫眉鐫刻著「欽錫李大總管之墓」八個醒目大字，左側是「閬苑風清」，右側是「仙台縹緲」。第二道石門上鐫刻著一副對聯：上聯「秉性惟眞承眷厚」，下聯「居身克謹心得安」。

紅衛兵們手持皮帶口喊：「狗崽子們，別磨洋工！」老師們誰也不敢說一句話。刨掘李蓮英的墳墓談何容易！那墳墓非常堅固，用糯米湯摻沙土、白灰和黃土築成的寶頂。「牛鬼蛇神」卻也神通廣大，眞把墓穴掘開了。棺槨被啓開了，李蓮英衣冠楚楚地躺在裏面，袍衣袍褂完整無缺。再一細摸衣褂內，全塡滿了珍珠瑪瑙、金銀財寶。咦！身軀哪裡去了？原來祇有一個腦袋，袍褂是一個塡滿了財寶的空架子。

一個曾經橫行天下的人物，筆者對他「人首異處」的底細，知其來龍去脈。但又誰能證實呢？祇在作者的靈腑深處，蘊藏了半個多世紀，而今人證物證俱在，但又恐牽扯某些人際關係，故幾次動筆而終止。

一九八九年十二月十九日至年底，《民日報》（海外版）連載了筆者的《李蓮英外傳》，在最後幾個章回，筆者把李蓮英死亡之前因後果，寫得比較簡略，這才引起《縱橫》雜誌社的編輯邀筆者寫具體一些。不過那篇稿子，側重敘述李蓮英生前橫行霸道的具體事例過多。有些喧賓奪主。

筆者讀了中國人民大學清史研究所編輯《近代京華史跡》一書，刊載佟洵先生的《李蓮英墓之謎》一文，引起了筆者的注意。佟先生文中最後說：「至於李蓮英因何故，於何處，被何人暗殺？由於沒有史料，本文還不能作出說明。這個謎有待於大家今後共同探討、研究、解開。」

如果要作者來解開，得從一九〇八年《光緒三十四年》慈禧太后死後說起：太后一死，李蓮英的靠山一倒，他惶惶不可終日。巧的是，光緒皇帝先慈禧太后一天死去，姑不論光緒之死與李蓮英有甚麼瓜葛，假如光緒死在太后之後，李蓮英會立即遭到殺身之禍必矣。

兩宮一晝夜之間死去。李蓮英趁喪亂中派心腹把慈禧長春宮的稀世之寶席捲而去。李蓮英出宮之後趕緊由御賜他那所位於北長街的住宅（今一女中），搬到自購的位於護國寺棉花胡同（今中醫院）的一所住宅內。從此閉門不出，謝絕一切來訪者。因他深知仇人遍天下。

光緒一死，宣統登基，光緒的遺孀隆裕太后在宮內作威作福。隆裕太后的寵監小德張（張蘭德）是李蓮英的死對頭，他想乘李蓮英倒勢之機，聯合群閹敲李的「竹槓」。宮中太監大致分兩派，但在覬伺李蓮英的財物方面，卻是一致的。於是權且聯合起來，各遣心腹，四出調查，得知李蓮英除了存在原籍及各銀號、金店的存款外，以及儲於宮中尚未運走的現金若干，至於直隸私人所購土地之廣尙難統計，於是小德張面奏太后。太后下了一道手諭命清宮內務府查辦李蓮英。李蓮英聞訊膽戰心驚，趕緊派管家秘密到南池子南灣子江大人（朝宗）府上求救。

江朝宗字宇澄，安徽旌德人。他是袁世凱的親信，袁世凱自戊戌年幫助慈禧絞殺新政後，日益受到重用。李鴻章死後，清廷任袁世凱爲直隸總督北洋大臣，加之袁世凱有編練新軍在握，一躍爲清末第一號的實力人物。此時他把曾在小站練兵時的頭目江朝宗，安置在京師，打入清宮內部，故江朝宗與李蓮英親如手足，李則貪其勢，江則圖其財，互相利用，在宣統時代，李蓮英目睹大禍臨頭，故又把家中財寶源源送到江府中。果然錢能通神，江朝宗把小德張召至宅中，叫他轉告隆裕太后，對李蓮英不要趕盡殺絕，隆裕太后鑒於袁世凱與江朝宗關係密切，祇好賣給江朝宗一個面子，放鬆了對李蓮英的追查。

小德張見李蓮英手眼通天，爲了與李蓮英抗衡，也把珍寶源源送入江府，江朝宗是來者不拒，他見李蓮英已成爲一隻困虎，而小德張正在年輕有爲，又是隆裕太后的親信，故樂於和張蘭德交往。小德張詳細備述了李蓮英作惡多端的罪行後，改變了江朝宗對李蓮英的「慈悲」之心。自此，小德張頻繁地進出江府之門。

筆者是一九一二年（民國元年）生人；而李蓮英死於一九一一年（宣統三年），當筆者記事時，袁世凱已授與江朝宗迪威上將軍銜，任步軍統領衙門正堂，掌京師九門鎖鑰，先父諱玉泰（原名毓泰）任江朝宗機要秘書，故而兩家交往親密。江朝宗有一獨生子江澤春，字寶倉，與先父同齡，筆者稱朝宗爲「江爺爺」，呼江寶倉爲「大爺」。三十年代，江朝宗任中國紅十字會會長，先父任總務處長，筆者家便遷入乾麵胡同會內居住，後應江朝宗父子之邀，遷入南灣子江朝宗宅南院，兩家接觸更加頻繁了。

在筆者陪江朝宗閒談時，經常聽到他談及李蓮英與小德張之事，以及說李蓮英傷人太重被暗殺了。但他閉口不談李蓮英被殺的原因和經過。江寶倉爲人比較直爽、坦率。有一天，江寶倉與筆者聊天，談到李蓮英時，他說：「慈禧太后死後，溥儀做了皇上，隆裕太后想沒收李蓮英的財產，要不是老爺子（指江朝宗）出來替他說話，早就把他家抄了，小德張是李蓮英的死敵。有一天老爺子下請帖請李蓮英在什刹海會賢堂於下午六時恭候便酌。

這天江朝宗在席間勸酒，李蓮英卻心事重重，寡言少語。江朝宗安慰他說：「今日特約老兄前來，一則敘離別之情，二則特給老兄壓驚，別無他事，請自管放心。」李蓮英：「上次多蒙將軍庇護，不然早已家敗人亡、人頭落地了。」江朝宗聽此言後說：「兄弟當派偵緝隊到老兄住地保衛。」

酒過三巡，李蓮英一邊喝酒，一邊落淚，江朝宗見此一再好言相慰。

時間已逾九點，李蓮英與將軍依依惜別，各自乘車而去。當李蓮英的轎車行北河沿南岸時，這時駕車的白馬忽然嘶叫起來，停止馬蹄就是不往前走，車夫用皮鞭狠狠地抽打，那白馬又蹦跳地不向前進。李蓮英問管家：「馬今晚犯了什麼病？」管家說：「叫車夫李二下車牽著牠走才是。」李蓮英說：「李二快快牽著馬前行！」那李二只好牽馬前行。

車行不遠，突然前面有幾名彪形大漢攔截去路。車伕和管家齊聲說：「裏邊坐的是李總管大人。」不是李總管還不攔截你們吶」，一位彪形大漢說。

「好說，好說，列位用錢，只管說話」李蓮英掀開車簾客氣地說。對方說：「今天不要錢，要你的命！」說著幾名大漢先把跟班的管家和車伕捆綁起來，然後把李蓮英拖出一箭多遠，李蓮英終於被幾名大漢砍了他的人頭。

跟班的管家和車伕，掙扎著鬆開了繩子，猜知惟恐大人沒了性命，於是二人乘上轎車往家中去報告。轎車往回跑的途中，正好碰見一位家人，奉家人之命，去什刹海會賢堂尋找總管大人，探詢這麼晚時間，大人怎麼還不回來？車伕遇見家丁，急忙問家丁幹什麼去？這才知道大人在後海河沿出了事，故家丁隨轎車往回家中。

李總管宅中的姨奶奶們，共同商量派家丁分別連夜把李蓮英的弟兄找來，共商大計。

夜深，各弟兄均來到了宅中，瞭解情形之後，由管家和車伕帶路去到出事地點，持燈夜尋李大總管。一名家丁忙喊：「這裏有一顆人頭，大家跑來一看，果然是老爺的人頭，那身軀哪裏去了？持燈仔細尋找也不見，大家猜知是被土匪抛棄海子中去了。

李蓮英各兄弟說：「大家趕快把人頭包好，不要等到天明，有話回去商量。」

一群人急忙趕回了家中，舉家聞知，一場痛哭，姨娘、管家、丫鬟、家丁，見著老爺的人頭，更加大哭不止。李蓮英一位弟兄說：「哭，解決不了大事，二哥被殺，如果被新聞記者知道了，我們家中的後果，不堪設想，我們不是沒有吃過虧，西太后剛一死，二哥出宮閉門不見客人，那時候，天津的《國聞報》、上海的《時務報》、湖南的《湘報》、廣東的《知新報》，這些報館，連接不斷地登載二哥在宮中五十年的腥跡醜聞，所以今天怎能把二哥被害的新聞說出去呢？」大家聽了這些話，認爲很有道理。大家一致認爲應該報出急病逝世，誰走漏消息，誰負責任。

話說江寶倉曾與筆者談到了李蓮英被害後，當時的一些情形：李蓮英被殺的次日一大早晨，李蓮英之某弟去到南池子南灣子拜見江朝宗，並未等其弟開口，江朝宗便問：「令兄昨晚回家可好？」李蓮英之某弟哭著跪地向江朝宗說：「家兄昨晚在回家的路上被人殺害了。」江朝宗故意大吃一驚，說：「

你放心，我一定下令捉拿兇手。」

當日，江朝宗就派江寶倉到棉花胡同李宅「慰問」其家屬。這才知道，昨天晚上，李蓮英的家人見老爺深夜不歸，便派一家丁去會賢堂尋找，在途中遇見了車伕和跟班的匆匆趕車往回跑，報告在河沿路遇劫和李蓮被殺的情形。

當江寶倉奉父命到李宅慰問之後，李蓮英的各位兄弟請江寶倉回去稟報江大人，不要下令追究，請代爲保密。然後對外以病死發出訃聞。

李蓮英生於一八四八年十一月十二日（道光二十一年十月十七日），死於一九一一年三月四日（宣統三年二月初四日），終年六十四歲。

箸者從李蓮英碑文中看到：「太上孝欽（慈禧死後的謚號）顯皇后昇遐，公之退志決矣，退居之時，年已衰老。公殞於宣統三年二月初四日。」

碑文中，絲毫未提到李被殺而死，可見其家人對眞象封鎖得多麼嚴密；所以，李蓮英之後代，理所當然地認爲李蓮英善終是毫無疑問的。假如李蓮英的墳墓不被「紅衛兵」命令「走資派」和「牛鬼蛇神」的校長和老師們把墳墓挖開，就連筆者也不敢相信，筆者所知道的那點線索，是千眞萬確的。

但是，也有人仍然懷疑，是被盜墓者圖其財，盜殉葬品之後，使其「人首異處」的。

筆者僅將「中國人民大學清史研究所」出版的《近代京華史跡》一書中，作者佟洵先生所寫「李蓮英之死」的一段，作回答罷！文中說：「……也許有人會提出這樣的疑問：李蓮英墓是否早被盜過了？因此不能憑棺木中屍體不全，斷定李蓮英不是善終的。這個論據是不能成立的。第一、在一九六六年，趙廣志同志（按：指六山學校教師親自參加墳墓挖掘者）挖掘之前，李蓮英墓穴的石牆、石門寶頂……全部完好無損，沒有被挖掘過的痕跡，他的棺槨也沒有被開啓過。第二、一九六六年掘墓開棺時，「看見一個人」，蓋著被子在那兒躺著，被子平平展展，沒有被人翻動過的一點痕跡。這裡所說的「一個人」，不是一具完整的屍骸，而是一個用衣服裝殮的「人形」。如果盜墓者來過，絕不會把東西取走後，再替死人把被子打平、蓋好。第三、一九六六年挖墓從李蓮英的棺材中取出：鑽石帽正一件（直徑一・六厘米）、花寶石鑲鑽石戒指一件（戒面二×一・四厘米）、翠搬指一件（高二・五厘米，直徑三厘米）、光緒款金煙碟一件（金重一四〇・五克）、青玉褐浸環一件（宋朝・直徑五・七厘米，玉的）、青玉土浸劍飾一件（漢朝、高四・三厘米，寬五厘米，玉的），還有四顆鎮棺珠等，大大小小五十多件文物。如果此墓曾被人盜過，那麼盜墓者爲什麼不把金煙碟、鎮棺珠拿走？不把那比英國女王冠上的鑽石還大的鑽石帽正拿走？或疑盜墓者不爲盜珠寶，而爲盜屍來，那麼，爲什麼要留下腦袋呢？這是令人不能理解的。由此種種說明，李蓮英之墓並未被人盜過。」

從佟先生所寫的這段話看，豈不昭然若揭？

編後語

本書脫稿後，向讀者交代一下：作者不是小說家，內容卻以章回形式展示讀者面前，多以筆記形式出現。所述故事當中，有的是民間傳說，有的是作者親聞親見，不見於正史，而用以補正史之缺遺。章回之中的人物形象，有誇張，也有虛構。人物大多刻描慈禧太后或太監的私生活；對近代史的闡述年月日，既是眞實的，也是嚴肅的。

作者是隨辛亥革命應運而出生的，自幼接近清末遺老、遺少，對清朝末葉宮廷腐敗、昏庸、向外人屈膝投降，以及對列強簽訂無休止的不平等條約的史實，深深地印在作者靈腑之中。而今作者年逾八旬，在有生之年，想從這本書中，潛移默化、教育年輕一代，毋忘國恥，發奮圖強、振興中華。

本書編寫過程中，承蒙陳培林、白玉新、唐迺昌、蘇楗、劉廣海、廣定遠等多位先生大力協助，使本書順利出版，並蒙溥傑先生爲本書封面題字，一併在此致謝。

作者謹識